Les trois mamans du petit Jésus

ALPHONSE BOUDARD

Les trois mamans du petit Jésus

ÉDITIONS FRANCE LOISIRS

Édition du Club France Loisirs,
avec l'autorisation des Éditions Grasset.

Éditions France Loisirs,
123, boulevard de Grenelle, Paris
www.franceloisirs.com

ISBN : 2-7441-4021-X

Pour Jacques Rosny,

en remerciement d'avoir mis tout son talent au service de la rue de l'Amitié.

NOTE DE L'ÉDITEUR

Voici le dernier texte d'Alphonse Boudard, écrit le dimanche 9 janvier 2000, de son lit d'hôpital :

Pof ! Je remets la gomme. Cette fois c'est le palpitant qui me trahit, le salaud. Le malaise en plein voyage aérien pour me rendre à Nice. J'ai eu droit à tout le cérémonial. Les brancardiers, l'ambulance et l'hosto. Service de réanimation. Une nuit de piqûres, de prises de sang, d'électrocardiogrammes, de tension. Les choses certes ont évolué depuis Cochin 1952. Les mœurs dragon chef de service. Le ton s'est radouci mais question dormir, j'ai le ronfleur forcené d'en face... les lumières qui s'allument... le réveil pour les soins.

En vape je suis aux aurores et de ma fenêtre je vois une superbe rangée de cyprès, délicate attention pour envisager l'avenir.

Faut que j'attende encore un peu pour reprendre vraiment la pointe feutre pour guérir de l'écriture.

Fort heureux, j'ai un roman assez guilleret qui va orner les vitrines des libraires au mois d'avril. Qu'il soit posthume, c'est tout le mal que je me souhaite.

Après vivra, verra.

Alphonse Boudard est décédé le 14 janvier 2000.

Nul n'est imparfait du subjonctif.

I

Il est né le divin enfant

Nous sommes en 1895, le soir de Noël... Tout à fait dans un autre monde. Difficile un siècle et des poussières plus tard de vous remettre dans l'ambiance. Les mœurs, les goûts et les couleurs et les dégoûts. Je vous ramène là au début... le divin enfant ! Carrément, résonnez musettes ! mais alors là une drôle de crèche pour le petit Jésus. Au *Grand 18... La Cigale d'or*, un établissement plutôt discret, rue Brantôme dans le IVe à Paris. Peu importe l'adresse exacte, elle figurait bien entendu dans l'*Annuaire Rerum* des maisons closes et sur les registres de la police des mœurs du 36, quai des Orfèvres.

Il arriva donc, dans la nuit du 25 décembre 1895, un nouveau-né déposé dans un panier à provisions, langé hâtif dans des guenilles... carrément sous le porche du 18. D'après le récit que me fit à la fin de sa vie la vieille Ursule, il neigeait compact ce soir-là. En toute bonne logique, il aurait dû clamser ce môme. Il s'en est fallu de quelques flocons. Madame Louisa avait décidé de fermer le bobinard. Une nuit de Noël le client se fait rare, il ne vient pas se perdre dans les douceurs luxurieuses d'un claque. Il est avec sa madame ou sa maman à la grand-messe de Minuit chrétien... l'heure solennelle où il est pas question de folâtrer, ne serait-ce que par de furtives pensées, dans le boudoir des filles de mauvaise vie.

À *La Cigale d'or* ce soir-là n'étaient venus que trois michetons, de vieux habitués, des célibataires endurcis et sans doute anticléricaux. C'était l'époque où s'affrontaient déjà vigoureusement les partisans de la Sainte Église et les bouffe-curés, radicaux ou autres. Le seul endroit où ils pouvaient à l'occase se retrouver sans faire d'étincelles, c'était le boxon. On imagine mal de nos jours ce que furent ces maisons sous la IIIe République régnante. Carrément une institution à peine voilée aux yeux des ligues de vertu.

Ce n'est pas mon propos ici de vous brosser le tableau de la prostitution en maison à la fin du XIXe siècle. J'ai déjà beaucoup œuvré sur la question. Bref, les claques fleurissaient partout, les moindres villes de vingt mille âmes avaient leurs établissements. Tout ça bien organisé, géré par un syndicat de tauliers très puissant... protégé par la police et toléré aimablement par les municipalités, les paroisses... les autorités militaires.

L'histoire d'un enfant abandonné a été racontée

dans les années trente par Maurice Dekobra, romancier fécond et imaginatif, bien oublié aujourd'hui malgré sa *Madone des sleepings*. D'après ce que m'a rapporté après la guerre la vieille Ursule que je vous présenterai plus loin, Dekobra qui devait fréquenter quelques bonnes maisons où l'on s'épanche les spermatozoïdes, avait eu vent de la véritable aventure du bébé dans son panier à la porte du *Grand 18*. Il en a tiré un roman, *Hamydal le philosophe...* d'une agréable lecture mais fort éloigné de ce qui s'était passé réellement.

À l'époque où la vieille Ursule m'a raconté l'anecdote, comme bien souvent je n'y ai pas prêté une attention aiguë. Elle était bonniche au *Grand 18*, Ursule... D'après ce qu'elle affirmait, elle n'avait jamais voulu louer son derrière pour quelque menue monnaie aux amateurs. Je me posais la question à son sujet de savoir si elle avait eu vraiment certains charmes à fourguer dans sa jeunesse. Même très viocarde, on peut souvent se rendre compte si une dame a été compétitive dans le domaine de la séduction, de la beauté... Ça se respire un peu, s'entrave à de ces riens... *combien je regrette mon bras si dodu, ma jambe bien faite et les années perdues* comme ça se chantait dans nos terroirs au temps du poète Béranger.

Ursule, j'avais été lui donner des nouvelles de son petit-neveu, compagnon de cellule... un brigand comme j'en ai, hélas ! fréquenté, côtoyé quelques spécimens lors d'un dernier séjour au château des brouillards de Fresnes-lès-Rungis. N'importe, ce n'est pas ici mon propos de vous bonir l'histoire du petit-neveu. En tout cas loin d'être une épée, un caïd en pègrerie. Ce qu'il espérait, Kléber, de sa tata, quelques subsides, quelques piécettes en un temps où dans les prisons on léchait les murs pour s'apaiser la fringale.

Mame Ursule elle finissait pas dans l'opulence. Je l'ai dégauchie dans le fond d'une cour rue Saint-Merri... dans le coin où s'élève aujourd'hui l'usine à culture Pompidou. Le secteur, en ces années d'après-guerre, de putes bas de gamme... des gravosses... de la félicité pour les démunis, comme disent à présent nos sociaux secouristes du malheur du peuple.

Elle avait bien du mal à survivre, Ursule... s'offrir de temps en temps un litron consolateur. Pour la croque elle avait plus de dents... ça lui facilitait les choses... Elle trempait son pain à même le pinard. Slof ! Elle m'a reçu dans la pénombre avec son clébard aussi poussif, aussi vieux qu'elle en proportion, un aboyeur cacochyme de race indéterminée. Il avait bonne mine, ce Kléber, de me dépêcher pour bottiner cette misérable. L'étonnant, c'est qu'elle était encore vivace de la jactance, la mémée... et l'oreille encore fine.

— Comment ? De ses nouvelles ? J'en ai pas besoin de ses nouvelles à ce salopard. Il m'a pris jusqu'à mon dernier sou, qu'est-ce qu'il veut que je lui donne de plus.

Ça se poursuivait par un chapelet de plaintes, doléances diverses et colorées... tout ça entrechoqué d'événements auxquels je n'entravais rien. J'avais envie de me trisser au plus vite... les commissions des copains de taule, ça vous mène toujours à des impasses, quand ce n'est pas à des cagades voyouteuses... des putasseries assassines.

N'empêche, je fus pris d'un sentiment de pitié devant cette pauvresse dans son trou noir avec son poêle, un vieux Godin qui lui répandait pas une chaleur excessive. Elle était couverte de fringues, oripeaux divers... par-dessus cette espèce de châle noir tricoté ajouré comme on en voyait autrefois sur toutes les épaules des bignoles, des commères qui apparaissaient parfois pour tancer Ribouldingue et Filochard, mes chers Pieds Nickelés.

— Attendez deux secondes, je vais revenir.

Je me suis propulsé sur les pavés ronds de la cour, parmi les flaques, les détritus. Dans la rue voisine j'ai cherché un peu de bectance... pas facile, nous étions encore sous le régime des tickets d'alimentation. C'est loin dans les oubliettes du temps mais sachez que la moindre bouffetance, le moindre froc, le moindre pneu de vélo, fallait présenter ses cartes... ou alors glisser sous le comptoir de la boulangère la paluche mais pognonnée adéquate... les caresses sur cuisses, préludes aux branlettes, ça faisait partie d'un autre programme, plutôt nocturne. J'avais un peu de quoi dans les fouilles, j'ai pu casquer quelques victuailles en vente libre... des sifflards en peau de toutou... calendos zéro pour cent de matières grasses... une confiture à la saccharine... du pain qu'aujourd'hui vos clébards, chères lectrices, vous refuseraient en montrant les crocs. Surtout j'ai rapporté à Mame Ursule de l'Appellation Contrôlée... c'était le seul vin qu'on pouvait acheter sans tickets...

L'accueil alors chez la vioque... j'étais le messager du bonheur. On a trinqué et on a bu... elle a fait presque cul sec avec moi juste par politesse. Je me demandais alors ce que j'avais maintenant à glander dans le fond de cette impasse du malheur. L'autre pomme de Kléber, comment pouvait-il être si nave, si tordu pour espérer tirer quoi que ce soit de cette dabuche. D'après ses dires, elle touchait je ne sais quelle pension et elle planquousait quelque part dans son gourbi un petit paquet d'éconocroques. Il se figurait tout de même pas que j'allais la travailler aux sentiments pour qu'elle sorte de quoi expédier un mandat à ce neveu indigne. D'ailleurs, elle avait de l'instinct Mame Ursule... d'elle-même elle a contre-attaqué.

— Il s'imagine pas, ce petit con, que j'ai de quoi lui fabriquer un colis ! Si c'est votre ami, je vous le dis tout de suite, vous n'aurez avec lui que des désagréments, des flics à vos trousses.

Ça, je m'en étais archi-convaincu. Kléber, il lui était arrivé de me rendre quelques services pendant un séjour au mitard. Il était là, lui, auxiliaire au nettoyage... il besognait du balai, de la serpillière, de la brosse en chiendent. Il m'avait passé des messages, du tabac... ça vous paraît peu, mais c'est beaucoup en période de cul-de-basse-fosse.

Voilà... la commission...

— J'ai jamais beaucoup aimé les maquereaux, mais Kléber il aurait mieux fait de se trouver une gagneuse.

Elle jugeait ça moins déshonorant, Mémée Ursule, que de monter des escroqueries minables... des embrouilles de chèques falsifiés, d'assurances bidon. Il a trouvé le moyen, ce con, de se faire sauter dans son avenue. Parfaitement, tout près de l'Étoile, en train d'essayer d'entuber une rombière qui s'était méfiée et avait prévenu la police. Crac ! Menottes et direction quai des Orfèvres. Ça avait donné un peu de pâture aux spécialistes des chiens écrasés... des titres « Kléber arrêté avenue Kléber », des drôleries de ce genre.

Kléber, faut dire, c'est pas un prénom si usuel. Paraît que ça venait de son papa qu'avait une vénération pour le général de la Révolution. Ça tenait à quoi cette lubie... j'ai pas eu le loisir de vous résoudre ce problème. Il aurait pu aimer Marceau, Hoche ou Masséna. Il m'avait tout de même glissé, Kléber, que sa tante Ursule avait servi des années durant dans un claque... ce fameux *Grand 18... La Cigale d'or.* Qu'elle avait terminé là presque comme sous-maîtresse après avoir débuté en faisant la bonniche... le nettoyage des bidets. L'âge venant, les tauliers rejetaient le personnel comme le linge sale usagé. Paf ! à la rue ! Celles qui s'étaient pas encagnoté quelques piécettes dans un coin se retrouvaient au Salut de l'Armée... les secours de l'abbé Pierre, Paul ou Jacques. Amen. Le destin d'Ursule qui finissait sa triste existence dans le fond d'une impasse du quartier Rambuteau. Quand elle en avait le courage, elle sortait avec un cabas en toile cirée pour récupérer les restes sur le carreau des halles... les légumes à la traîne, les détritus consommables. Si elle avait une cagnotte quelque part, fallait que son avarice soit un vice tenace pour qu'elle aille ainsi se traîner avec les mendigots autour des épluchures de la ville. Vrai qu'on a tout vu dans ce domaine. L'ancien légionnaire devenu clochard mort sur un matelas de pièces d'or. À la main courante des commissariats, on en lit de toutes sortes dans le sexe, le fric, la dinguerie. J'ai comme ça une espèce de flair, d'instinct qui m'amène dans des situations apparemment sans issue. Des démarches incohérentes... des incursions dans le loquedu... fréquentations les plus faisandées, les plus insolites... qui ne mènent au mieux à rien, au pire aux interviews des flics. Seulement le dieu malin du porte-plume veille... tout à coup... bien des années plus tard, il me secoue. Et voilà. Je n'ai pas entendu en vain ce que je prenais pour la déconnante de Mame Ursule.

J'avais fini pour m'aérer par la faire sortir de sa turne, qu'on aille à côté dans un rade où elle avait ses coups de jinjin déjà prêts sur le comptoir. Le patron... mettons le Gros Marcel comme tant d'autres... les manches de sa chemise retroussées pour laver les verres... la moustache encore conquérante au cas zoù une personne féminine de sa clientèle l'accrocherait du regard.

Nous sommes donc en face à face avec la vioque.

Autour c'est du tout venant des commerces de bouffe... des boulots où les pognes ne restent pas si blanches qu'au ministère des Finances.

Il fait une espèce de tambouille, ce Gros Marcel, une sorte de potée. Ça lui fera du bien de se torcher ça à Mame Ursule. J'ai pas trop insisté... elle a faim et elle a soif... elle a besoin aussi de se raconter... je suis une esgourde et je connais Kléber... le rejeton de sa nièce Marguerite morte sous un bombardement. Qu'elle était devenue ensuite quasi sa mère à soixante-dix ans rognés. Ça serait trop long à vous rester dans ce chapitre.

— Si les claques étaient restés ouverts, j'avais encore des relations, j'aurais pu le placer, le faire embaucher comme loufiat, comme garçon de chambre. Une fois dans le place, il est pas si vilain gosse, il aurait pu se trouver une môme qui lui aurait amélioré l'ordinaire.

Tout ce qui est de ces choses du pain de fesses... des lupanars, je fus dès mon plus tendre un peu en éveil. J'ai confessé tout ça ailleurs. J'aurais dû aussi comme ce petit Kléber m'orienter vers cette carrière. C'est le déshonneur, certes, mais on s'y prélasse les pompes, on se glisse sur les endosses des costards coupés sur mesure. Ça vaut tout de même mieux que s'esquinter les paluches sous la tutelle de la sainte régie Renault... J'ai dû déjà vous dire tout ça, je me répète et contrepète. Si ça vous amuse tant mieux, au prix où sont les objets de première nécessité, ça vaut peut-être le coup de s'offrir de temps à autre du divertissement de librairie.

Aujourd'hui que mes poils du cul se blanchissent, je rebandoche au porte-plume... enfin pointe feutrée, puisque je suis inapte à me cloquer devant les ordinateurs du meilleur des mondes.

On était au moment où je vous cause, cet entretien avec la pauvresse dans ce troquet rue Rambuteau, peu de temps après la fermeture des maisons... toute cette salade de Marthe Richard. De naïfs proxénètes ou clients se faisaient encore des illuses que ça allait se tasser... que les heures bleues des gâteries voluptueuses seraient pour après-demain.

Ursule avait des relations qui s'étaient pointées dans l'établissement pour se faire rincer. Ça l'a pris de nous raconter toute l'histoire exceptionnelle de M'sieur Noël, le grand seigneur des tauliers du *Syndicat des maîtres d'hôtel de France et des colonies...* ainsi s'enveloppait dans cette digne appellation le gang de ces messieurs les tenanciers de maisons closes.

Elle avait une vénération, Ursule, pour M'sieur Nono, un homme comme on peut les compter sur les doigts de la main dans le siècle. Moins connu que Clemenceau ou le maréchal Joffre mais certainement aussi musclé de la tronche. Un véritable génie.

— Et personne veut me croire quand je dis que M'sieur Nono... Noël, si vous aimez mieux... avait commencé par s'appeler Jésus... simple rapport à ce qu'on nous l'a déposé au *Grand 18* quasiment à minuit le 25 décembre. Je peux même vous dire que c'était en 1895... J'étais dans mes miches de vingt-quatre ans.

Voilà le point de départ. Un récit ensuite cahotique, mélo-méli... imbibé de vinasse. Autour, les autres auditeurs du rade... des rescapés des mystères d'Eugène Sue. Des trognes à couperose... édentées... mal rasées comme de nos jours les snobs dernier cri. Tout de même j'ai retenu l'essentiel, l'incroyable de cette nativité dans un bobinard. Je vais pas vous laisser dans le mot à mot de Mame Ursule, ça intéresserait peut-être quelques amateurs linguistes, mais ça nous ferait trop de pages pour l'éditeur, du remplissage pour justifier son à-valoir.

***

Il pleurait pas le bébé dans son panier, il ouvrait grands les yeux et lorsque Madame Louisa l'a découvert il lui a souri. Peut-être que ça a conditionné la suite, cet angélique sourire. Louisa elle s'attendait pas, c'était une femme de décision qui s'en était jamais laissé compter même fleurette au temps où son valseur faisait se retourner les messieurs sur son passage. La mode alors c'était sûrement dans l'ampleur, on cachait tout... les mollets... les seins... on se serrait la taille avec des corsets de torture. Tout ça je vous suppose, je l'ai aperçu dans les livres illustrés... les rétrospectives en couleur. Certes elle s'était pas éternisée la jeunesse dans un atelier de couture. Difficile de vous dire comment elle en était venue au tapin. Ce qu'il y a de sûr, c'est qu'elle ne s'était pas attardée longtemps dans les étreintes de bas tarif en hôtel meublé. Très tôt elle avait enquillé dans le circuit des tolérances... Jeune, roulée au moule, le regard à lancer des défis aux plus valeureux tringleurs, elle a progressé dans la carrière... fur à mesure qu'elle montait les escaliers des meilleures maisons.

Très vite elle fut premier sujet, sans bien qu'elle s'en rende compte elle-même, elle s'est choisi un julot d'élite... Je crois d'ailleurs qu'à l'époque, après la guerre de 70, on les appelait des Alphonses. Mon blase n'a aucun rapport avec le métier... simple hasard. Qui sait aujourd'hui qu'Alphonse fut le nom symbolique des proxénètes du Second Empire ? Qui sait quoi d'ailleurs au-delà de la dernière décennie ?

Tout l'art d'une gonzesse mariole, c'est de faire croire qu'on l'a choisie, qu'on la drive, qu'on est le maître... Beau merle, siffle, elle vous entortille, sorcellise... toutes les astuces de paupières, de battements de cils... de rose aux joues... tous les soupirs qu'on croirait que le pont est au-dessus. Gondole ! Salut ! Je vous la fais courte et allegretto... quelques années et nous retrouvons Louisa devenue Madame. Avec Arthur, son homme définitif, ils se sont offert en cadeau de mariage le *Grand 18*, une taule qui périclitait. Ça nécessita quelques travaux... soigner surtout les décors. Du tout pour l'amour... la douceur des coussins... velours et soie naturelle. En cette fin de siècle on était au goût des volutes, des nouilles qui se tortillaient partout. Dans les chambres de somptueux pageots en bois avec des sculptures au-dessus du traversin. Aux murs des peintures suggestives dans le style pompier... pour un lupanar ça va de soi.

La Cigale d'or, c'était pas une maison de premier plan comme alors *Le Chabanais* qui ne recevait au propre comme au figuré que les membres du Jockey-Club. Dans la bonne moyenne... de la cuisse pour petits-bourgeois, commerçants du voisinage, bureaucrates, courtiers en ceci cela... de la roture à l'aise. Ça roulait pas sur la joncaille au début de cette République troisième du nom. Certains clients se privaient de dessert, de cigarettes, de sorties en famille pour aller à *La Cigale d'or* se faire éponger, fouetter, embrocher au gode... j'en passe et des plus féroces. Reçus dans les amabilités... le petit salon... toujours trois ou quatre personnes qui venaient proposer leurs appas. Marie, Claudine, Gertrude, Amélie... le choix. Rien de très original. Tout ça fut rapporté maintes et maintes... Maupassant, Goncourt, Élisa et les gravures et les chefs-d'œuvre de Lautrec, n'en déplaise au déplaisant du *Figaro littéraire*. Je me fais une petite idée d'après ce que raconte Ursule. Au souvenir, l'âge et le picton aidant, certes elle enjolive. Si je transcrivais sa jactance avec les silences, les hoquets, les digressions diverses, j'arriverais pas à vous tenir sérieux l'attention. Tout ce que j'ai entendu là dans ce troquet, l'essentiel m'en est revenu comme toujours plus tard, filtré par le sale temps qui vous bouffe la gueule, vous alourdit les guibolles.

Revenons à cette nuit de Noël. Le panier, Madame Louisa s'en est emparée... apporté le bébé dans le salon. Les filles allaient se mettre à table... un petit réveillon entre elles. Qu'elles avaient mis une dinde au four. La surprise alors ! Ce panier avec ce poupon qui ne paraissait pas être frigorifié. On venait sans doute juste de le déposer lorsque la patronne l'avait découvert. Avec le bon réflexe, un peu plus de présence d'esprit, elle aurait pu apercevoir, rattraper la personne qui venait de l'abandonner. Une femme certainement... dans les cas de ce genre, c'est toujours une mère qui largue son môme. Le plus souvent c'est sous le porche des églises que ces désespérées abandonnent leur progéniture. À la grâce de Dieu. Ainsi dire... en définitive l'orphelinat de l'Assistance publique... un dieu féroce qui vous fabrique du malheur à la chaîne.

Imaginez donc la scène, le panier sur la table basse du salon. Ces demoiselles qui n'en reviennent pas du cadeau. Une nuit de Noël... un bébé. Elles se penchent.

— Qu'il est beau ! dit Marthe la blonde, la joufflue de partout... encore en tenue de travail à poil sous un peignoir transparent.

— C'est le petit Jésus, murmure Lucie qui garde au cœur de bons sentiments chrétiens malgré les péchés qu'elle accumule chaque jour...

D'ailleurs elle avait l'intention d'aller à la grand-messe de onze heures à Notre-Dame. Elle s'est acheté un joli chapeau pour la circonstance.

Le petit Jésus au bobinard, ça laisse tout de même ahurie Madame Louisa. Elle a eu un peu de religion dans la jeunesse, elle respecte les choses sacrées.

Lorsque parmi ses chalands elle repère un ecclésiastique, elle le fait soigner tout particulier... qu'on le suce avec un peu de respect, c'est bien le moindre.

Rachel est juive comme son prénom l'indique, elle a aussi un peu de religion dans la tête mais ce n'est pas tout à fait la même, n'empêche que ce bébé l'émeut... les larmes lui coulent.

— Pauvre gosse ! Qu'est-ce qu'on va en faire ?

La grande question. De toute façon il faut parer au plus pressé. Il commence à grimacer le petit Jésus... Marthe le prend dans ses bras, il est tout humide... langé, plus ou moins ficelé dans presque des hardes. Le voilà nu. C'est Marthe qui pousse un cri de joie.

— Il a une quéquette !

Curieusement, ça rassure les quatre femmes. Un homme. C'est vraiment une réincarnation de Jésus, mais il faut le changer, il a sûrement faim. Là on va avoir recours à Ursule. Jusque-là elle était au four, à la cuisine à préparer les agapes... Tout était en place sur la grande table de la cuisine... le couvert... Elle faisait son boulot conscencieux Ursule... c'était d'abord une fille de ferme... éduquée aux coutumes de ce temps qui n'avaient pas tellement variées depuis les péquenots de Le Nain.

Elle savait tout faire question travaux ménagers. Depuis trois ans qu'elle officiait au *Grand 18*, les patrons n'avaient qu'à se louer de ses services. Tambouilleuse de première bourre. De ces plats de campagne que toutes les nouvelles cuisines n'arriveront jamais à égaler. Elle en avait déjà vu pas mal de trucs, des choses les plus surprenantes dans ce bobinard mais, là, ça lui en a bouché un coin... le panier, ce bébé dans les bras d'Hortense. Fallait qu'elle prenne le relais... s'occuper un peu de le nettoyer... de le sécher, de le langer avec des serviettes, d'y aller au plus pressé.

— On n'a pas de biberon, a fait remarquer la douce Rachel.

— Ça risque pas que tu le fasses téter...

Le vanne de Lucie... Rachel était un joli sujet avec de grands yeux qui lui dévoraient un visage aux traits réguliers... La plus belle de l'atelier de Madame Louisa, n'était sa poitrine un peu trop menue, et les autres braquaient là-dessus leur vacherie mêlée de jalousie.

À l'heure qu'il était, que les cloches de la Nativité allaient tinter, on savait pas où s'adresser pour dégauchir un biberon... On n'avait même pas de lait à la cuisine.

— Faudrait peut-être prévenir les flics...

Quelqu'une a suggéré... laquelle ? N'importe, mais ça a gelé la température. Les flics, ça voulait dire les emmerdes... les interrogatoires, les soupçons. Eux ces balourds, ça leur éclaterait à la gueule que ce bébé était le fruit du péché d'une des pensionnaires. Et pourtant... l'évidence, il venait d'ailleurs ce petit Jésus. Ursule le berçait, il commençait à trouver longs tous ces préliminaires. Avant toute chose, fallait consulter M'sieur Arthur, l'homme à Madame... le tenancier de *La Cigale*. Il était où ce soir-là Arthur ? Encore dans un tripot à taper le carton.

Madame Louisa avait quelques points de repère à ce sujet. Il avait promis qu'il viendrait fêter Noël avec ses petites mignonnes, comme il disait. Seulement les promesses d'Arthur ! Il était peut-être pas si loin, rue des Gravilliers chez le Gros Napoléon... un rade où ça flambait lorsque le rideau de fer était baissé... que se retrouvaient là les plus purs arsouilles du secteur. Quartier général de malfaiteurs en tout genre... voleurs, tireurs, escamoteurs de réticule... tous plus ou moins protecteurs de plus ou moins jeunes personnes placées en maison. Celui qu'on surnommait le Gros Napoléon se prétendait le fils d'une chambrière engrossée par l'empereur troisième du nom. Atteint d'une obésité maladive, il trônait dans son domaine de crapulerie sans que la police lui cherche des poux. Ne me demandez pas pourquoi... tout ça est enfoncé dans les brumes du passé, mais y a tout lieu de supposer que ce fils approximatif de l'Empereur en croquait sévère avec les argousins.

Madame Louisa a expédié Rachel pour rameuter son homme. Le seul moyen à cette époque pour joindre quelqu'un en dehors de la poste c'était le cheval ou le pédibus. Cette histoire serait tout autre avec le téléphone portable. Paris respirait le crottin. C'était pas si loin de *La Cigale d'or*, la rue des Gravilliers, le bouge du Gros Napoléon. Rachel était jeune et tricotait des gambettes comme une gentille petite pute qu'elle était. Une nuit de Noël, elle risquait pas trop de se faire harponner par quelque malandrin à casquette... un chourineur comme on en rencontre dans les chansons de Bruant.

Fort heureux, Arthur était là et Rachel lui est parvenue alors qu'il commençait à se faire essorer ce qui lui restait de monnaie en fouille. Ça lui a fait un prétexte honorable pour quitter la table de jeu... Sa femme l'appelait pour régler une question urgente... dans un bordel il arrive des événements imprévisibles, les autres flambeurs comprenaient ça puisqu'ils vivaient tous plus ou moins du pain de fesses.

M'sieur Arthur, c'était un trapu, un apoplectique... une tronche plutôt de marchand de bestiaux. Écrivant ça, il me revient... *maque* pour désigner le proxénète c'est l'apocope de maquignon. Ça nous arrive du Moyen Âge où ces messieurs étaient comparés, assimilés aux marchands de bestiaux. Bizarrement, maquereau c'est venu plus tard, on ne sait trop pourquoi on a ajouté le suffixe... et ensuite tous les poissons y sont passés, hareng, brochet et leurs compagnes traitées de morues. Peut-être parce que le centre de leurs activités se situait dans les halles près des pavillons de la marée. Je vous déduis sans preuve comme certains flics ou journalistes.

Cette histoire de gosse abandonné devant le *Grand 18*, tout d'abord il a presque trouvé de mauvais goût qu'on vienne le déranger pour ça, n'était que ça l'avait arrangé pour s'arracher à ce flambe où la scoumoune le travaillait depuis plus d'une heure. Bien sûr si on prévenait les archers de la République ils trouveraient le moyen d'enquêter, de fourrer leur pif partout. Beau tout prévoir, dans un claque y a quand même des coins où vaut mieux pas aller renifler.

Rachel marchait plus vite que M'sieur Arthur, fallait qu'il trimbale sa brioche sur ses courtes pattes. Il s'essoufflait tout en grognant.

— Merde ! On a qu'à le déposer sous le porche d'une église.

Pas si facile une nuit de Noël. Les messes de minuit attirent du monde.

— M'sieur Arthur, il est si beau... si mignon, ne peut s'empêcher de dire Rachel d'une voix déjà suppliante.

— Mignon ! Mignon ! Ça nourrit personne mignon... c'est encore des conneries de gonzesse.

Il pensait ainsi Arthur. Est-ce qu'il avait été mignon lui ? Personne en tout cas ne l'avait dorloté avant qu'il soit en mesure de se posséder une femme de rapport. Et encore, en dehors des gâteries de la chose, il s'était jamais attardé dans les bisous... les mots tendres... les caresses sans motivation sexuelle.

Le bébé une fois emmailloté proprement on l'avait mis dans la chambre dite chinoise, rapport au décor, coussins... mobilier... l'éclairage tamisé de rideaux jaunes transparents. Ça plaisait à certains clients... des amateurs d'exotisme... des officiers anciens combattants de la conquête de l'Indochine.

— Ursule est partie chercher du lait et un biberon, elle connaît une mère de famille dans le coin. On la dédommagera...

Ce qu'a dit Madame Louisa quand son homme est

entré dans la piaule, qu'il est resté un moment à regarder le gosse qui s'est mis à lui sourire. Le miracle... un sanglier pareil, ce vieux pourvoyeur de bordel... ni Dieu ni maître... que la loi du profit et de la basse jouissance... ça lui fait quelque chose ce bébé souriant. Merde ! Il avait l'optimisme chevillé à sa faible personne ce môme pour sourire, alors qu'il venait d'être laissé comme un paquet de détritus sous une porte cochère. Il a fini par soupirer Arthur, il s'est retourné vers Louisa qu'il appelait son gouvernement. C'était l'expression à l'époque, les maris ouvriers ou paysans considéraient leur femme un peu comme un roi son Premier ministre.

Le gouvernement en question, il était maintenant dans les affres de l'incertitude. Ce bébé venu comme ça, comme envoyé par Dieu... ça lui remuait des tas de choses. Ils avaient jamais voulu d'enfant avec Arthur. Quand on gère une maison de société, faut dire que c'est pas pratique d'élever un lardon. Beau être taulière dans l'âme on n'en est pas moins femme. Elle avait laissé passer l'âge, Louisa, de vêler... Elle osait trop rien dire, mais ça germait dans sa petite tête l'idée de se le garder ce gosse... Ça leur ferait un héritier pour *La Cigale d'or.*

Ursule était revenue avec un sac garni de tout ce qu'il fallait pour l'enfant... le biberon... les langes... un pot de lait. Elle, elle allait s'en occuper.

— Je le savais, dira-t-elle près de soixante ans plus tard dans ce bistrot banal à pleurer comme dans la chanson d'Édith Piaf.

À la cuisine Marthe et Lucie l'avaient remplacée,

la dinde avait pris un coup de feu. On allait tout de même pas se priver d'un petit gueuleton de Noël. Y avait des huîtres et une grande tarte. Natürlich elles péroraient du marmot qu'elles appelèrent Jésus, ça découlait d'une bonne logique, Rachel est venue les rejoindre, leur donner la nouvelle fraîche que le patron était arrivé.

— Comment y prend ça ?

— Il parle d'aller le déposer dans une église, mais j'ai pas l'impression que Madame est d'accord...

Ce que femme veut... Le ver est dans le fruit. Arthur groume, il se tape un coup de blanc d'Alsace pour se remonter le moral, s'éclaircir les idées et s'engorger le foie du même coup.

Ursule eut tôt fait de régler tous les problèmes du nourrisson qui s'est jeté goulûment sur son premier biberon.

Des femmes engrossées, abandonnées, qui se débarrassent de leur progéniture, Arthur il en a vu pas mal défiler durant sa carrière. Il ne les acceptait dans son établissement que si elles étaient libérées de toute entrave. Quelques-unes avaient un môme placé en nourrice qu'elles allaient voir leur jour de sortie.

***

Séquence... Le Jésus s'était endormi dans la chambre chinoise. Tout le monde s'est retrouvé à table justement pour fêter la Nativité. Voyez le paradoxe... comment vous appeler ça... une situation tout de même exceptionnelle. Ça leur a coincé à tous la gaieté tandis qu'ils se farcissaient les huîtres. C'était alors un mets recherché les huîtres... tous les fruits de mer, les crustacés pour que ça arrive jusqu'à Paris, depuis Dieppe ou Étretat, ça nécessitait des soins... des barriques avec de la glace pilée.

Chacune et même chacun, puisque le taulier participait au réveillon tout en dégustant les fines de claire, gambergeaient à la situasse sans oser rien dire. Arthur comme toujours trônait en bout de table... la serviette nouée autour du cou pour pas salir son gilet brodé. On attendait qu'il dise quelque chose... son avis... s'il prenait une décision c'était difficile ensuite d'aller à l'encontre. Régnait dans cet univers des maisons une dictature absolue des tauliers. Le bémol c'était l'avis de Madame... elle s'élevait jamais en public contre son seigneur et maître... elle se réservait pour l'oreiller, la nuit qui porte d'utiles conseils.

Sans moufter on avait fini les huîtres, Ursule sortait la dinde du four lorsque Rachel s'est offert le culot de déclarer tout de go :

— Moi, ce petit, je l'adopterais bien. Avec ce que je gagne, je pourrais l'élever convenablement.

Elle avait le privilège, elle, de ne pas avoir un jules attitré pour lui ponctionner le produit de ses passes. On se gourait qu'elle avait une cagnotte quelque part, planquée chez sa mère, rue du Roi-de-Sicile.

— T'es en carte, Rachel, n'oublie pas... T'auras jamais le droit d'adopter un gosse.

Elle avait pas pensé à ça. Toutes les filles dans les taules étaient encartées, répertoriées dans les fichiers de la brigade des mœurs. Obligation de passer toutes les semaines à la barbote, c'est-à-dire la visite médicale. Ça faisait partie du système... le règlement protecteur de l'hygiène publique. Les vérolées et les chtouillardes, on les bouclait à Saint-Lazare, un hôpital annexe du Dépôt, pendant la durée des soins.

La mise en carte c'était en quelque sorte une mise au ban de la société. Toute la vacherie de la bonne République bourgeoise se révélait à des détails de ce genre. D'un autre côté, la gestion d'une maison de tolérance n'était accordée qu'à une femme déjà d'un âge canonique et sans casier judiciaire. Le véritable tenancier n'apparaissait jamais sur les papiers officiels, c'était pourtant lui qui s'arrangeait avec les autorités adéquates pour obtenir le droit d'ouvrir un bobinard. Ça coûtait ce que ça coûtait... en bonne monnaie et ensuite en renseignements. La volupté publique et l'ordre étaient à ce prix. Vogue la galère ! Ne s'en plaignaient que quelques idéalistes, quelques exaltés qui rêvaient d'un monde meilleur où les dames vous suceraient à l'œil.

La pauvre Rachel, si elle voulait un gosse, n'avait que la ressource de se laisser caramboler sans précaution. Mais ça, ça lui déplaisait. À défaut d'un grand amour, d'un chevalier servant qui viendrait l'enlever du sérail, un enfant carrément abandonné, ça lui paraissait quelque chose de magique... de magnifique... qu'elle puisse s'en occuper... l'aimer. Ça la lavait de toutes les saletés de son métier.

— Y a qu'une personne qui pourrait légalement adopter ce lardon, ce serait moi...

V'là ce qu'a déclaré Arthur — et c'était vrai. Beau avoir déjà un long passé de proxénète, il n'avait pas l'ombre d'une condamnation sur son casier judiciaire. Ça prouvait surtout qu'il était un super-marlou... qu'il avait toujours manœuvré de telle sorte qu'on ne l'avait jamais coincé dans une sale affaire. Dans le Milieu ça le faisait soupçonner d'en croquer sérieux avec les flics... de balancer à l'occasion. Sans doute le faisait-il mais il ne livrait aux argousins que des types sans défense... des caves dévoyés. Tirons un trait... le rideau ! M'sieur Arthur avec ses gilets brodés, ses cheveux teints en noir corbeau, sa belle raie au milieu du crâne, était un citoyen modèle, voilà tout. Il avait des relations jusqu'au Sénat. Naguère un ancien ministre, un collaborateur du président Freyssinet, venait toutes les semaines au *Grand 18* se prendre des gâteries au martinet. Ça ne lui coûtait que le pourliche qu'il laissait à l'exécutante. Arthur ne voulait pas recevoir l'argent d'un serviteur de la République.

Il découpait soigneux la dinde tandis qu'il a déclaré ça... que lui seul pouvait, s'il le voulait, devenir le papa adoptif du petit Jésus. Saint Joseph en quelque sorte. Ça c'était plutôt stupéfiant cette amorce de désir en paternité. Aussitôt Madame Louisa est venue à la rescousse.

— Avec nous il sera à l'abri du besoin.

Un vieux fond de superstition lui était remonté avec ce paquet de chair vivante déposé devant sa lourde. C'était le signe de quelque chose... du ciel, ou alors c'était à ne plus rien croire. Son existence n'avait pas été particulièrement vouée aux choses de la religion... n'empêche qu'elle en avait des restes. Sa première communion... la belle robe blanche... les cierges, les cantiques... tout ces curetons en robe de cérémonie. C'est finalement ce qui vous reste quand on a tout oublié du catéchisme et de l'histoire sainte. Des conseils aussi qui lui revenaient de sa grand-mère... qu'elle devait toujours garder au cœur le culte de la Vierge Marie. Les pensionnaires, bien sûr, elles ont approuvé l'initiative tout en réclamant leur part du Jésus.

— On sera chacune son tour sa maman, a dit Marthe.

Ça, c'était une idée, qu'en somme cet envoyé du paradis aurait quatre mères. Arthur, ça l'a plutôt réjoui, il réfléchissait aux frais qu'occasionnerait le gniard. Partagé en quatre, ça lui paraissait plus équitable.

— Il va être élevé au pain de fesses, ce chiard.

Il ricanait tout en distribuant les morceaux de dinde. L'ambiance tournait liesse... le vin aidant... la rigolade... les nibards qui se mettaient à l'aise. Ursule qui avait fini de bichonner l'enfant s'est glissée à table pour profiter des agapes. Elle, elle était pas si bien traitée d'habitude, elle bectait après tout le monde et Madame lui parlait de la hauteur de sa position.

— J'ai jamais voulu me laisser faire par M'sieur Arthur, nous avoua-t-elle un demi-siècle plus tard.

Sans doute qu'il avait pas tant insisté. Je vous ai dit mon impression qu'avec ses yeux globuleux, son pif en patate... sa démarche de basse-cour, elle aurait pas affuré lerche dans une taule comme le *Grand 18*.

Arthur il essayait les nouvelles... chose admise, le taulier avait une sorte de droit de cuissage. Il notait ainsi les dispositions des pensionnaires... Madame fermait les yeux... après tout c'était un sacrifice nécessaire à la bonne marche de l'entreprise.

— C'est moi qui leur ait dit : « Vous pouvez pas l'appeler Jésus. »

Ça lui paraissait un sacrilège. Jésus au bordel, ça pouvait indisposer le bon Dieu. Elles ont toutes et lui avec, convenu que c'était préférable pour l'identité qu'on le prénomme Noël.

Restait à régler les détails de l'opération... la paperasse comme il sied dans un pays civilisé. À l'époque, ça se rédigeait au porte-plume... l'anglaise bien moulée des petits fonctionnaires hargneux et mal rémunérés. Ça nous reste en témoignage dans les registres municipaux.

II

Jésus dans sa crèche

Toute sa tendre, sa petite enfance, on ne l'appela que Jésus... Jésus par-ci... Jésus par-là ! Mouche-toi, Jésus ! Jésus mets pas les doigts dans ton nez ! Toutes choses qu'on disait aux enfants naguère en guise de bonne éducation. Aujourd'hui tous ces conseils impératifs sont prohibés par les nouveaux éducateurs, les psy et les savants pédiatres. Qu'il faut pas surtout les brusquer ces chérubins, les traumatiser... les empêcher de s'épanouir sans complexes ! Où sont les coups de pied au cul d'antan ?

M'sieur Arthur a donc fait le nécessaire pour adopter le môme abandonné. Heureux qu'il avait des relations haut placées... qu'il graissait les pattes les plus griffues, les plus rapaces. Je vous passe les démarches, les combines, les cadeaux aux dignes épouses. En principe cet enfant devait être élevé par l'Assistance publique... la perspective de devenir ouvrier agricole dès son plus jeune âge chez les paysans où on l'aurait placé. En ces années de fin XIXe, les ploucs étaient parmi les plus damnés de la terre... Ça les portait pas à la gentillesse généreuse pour des mômes qui n'étaient même pas les leurs. La plupart, c'était par cupidité qu'ils passaient un accord avec l'Administration, ça leur assurait une minuscule pension et, bien sûr, dès que le petit en avait la force on le faisait marner. Alors l'adoption par Arthur et Louisa, on peut dire que ce fut une marque exceptionnelle du destin pour mon héros.

Je vous dis héros puisque c'est sa vie que j'entreprends de vous écrire... ma vie de Jésus en quelque sorte comme Daniel-Rops, un célèbre académicien des années cinquante, aujourd'hui un peu oublié... hélas ou pas... je ne saurais trop me prononcer !

Ça s'est très vite organisé au *Grand 18*. Le petit Jésus, on lui a acheté un magnifique berceau et on l'a logé avec Ursule qui allait lui servir de nurse les premiers temps. Madame ne pouvait pas se permettre de le garder dans sa chambre. Son travail exigeait sa présence au salon pour recevoir la clientèle qui défilait jusqu'à des deux heures du matin.

Les demoiselles à tour de rôle l'ont promené dans un landau de petit prince avec des grandes roues... un modèle qu'on ne voyait qu'à la cour d'Angleterre. Au début ça a fait jaser les commères, les boutiquiers... On chuchotait que ce môme était le fils d'une pute de l'établissement. Plausible... mais les filles qui se faisaient engrosser n'amenaient pas leurs gosses sur leur lieu de travail. Elles les plaçaient, les tauliers ne voulaient même pas en entendre parler. Bien sûr on avait interrogé Lucie ou Rachel et elles avaient dit la vérité, que ce petit Jésus leur avait été confié par le ciel justement le soir de Noël.

Allez croire une chose pareille ! On n'en finissait plus aux alentours de supposer, de raconter ceci et n'importe quoi... des extravagances de sorcières.

N'empêche qu'on allait le baptiser... au printemps à l'église Saint-Paul. On en déduisait donc qu'il n'était pas la progéniture de Rachel qui, elle, l'aurait fait circoncire par le rabbin.

Belle cérémonie, on avait convié toutes les relations utiles du quartier et puis des amis tenanciers d'Arthur avec leurs matrones... florissantes du buste... robes moirées, leurs bijoux indiscrets aux doigts, au cou et les cabochons aux esgourdes. Je ne saurais vous dire exactement leurs fringues sans consulter de vieilles revues de mode. Les hommes, beau se mettre en bourgeois sur leur trente et un, ils respiraient la marée... Le système de tolérance était déjà bien organisé à Paris en cette fin de siècle. Ça battait son plein... le bordel pour tous les riches qui s'offraient les plus belles pouliches et les pauvres qui s'assouvissaient rapidos avec les hotus, les radasses au *Fourcy*, une maison d'abattage réputée.

M'sieur Arthur dans la profession il était estimé à sa juste valeur. Sa boîte tournait rond, il évitait les scandales, les salades avec les placiers... des hommes du Milieu qui répartissaient les nanas dans les maisons. Ils étaient là eux aussi pour le baptême du petit Jésus... avec les offrandes comme les rois mages... Coco le Borgne, Léo Tête d'argent, Maurice la Tripe, Charlot le Croque-mort.

Ça s'est couronné par un banquet dans une brasserie du boulevard Sébastopol. Même le curé de la paroisse était invité. Se tenant tout de même sur ses gardes cézig, il n'a fait la politesse que de venir prendre une coupe de champagne à l'apéritif. Pourtant c'était un client du *18* cet hypocrite... il venait de temps en temps s'offrir une pécheresse qu'il quittait en lui disant : « Je prierai pour vous ma fille... » en plus d'un petit billet de pourboire.

Tout s'est déroulé dans la meilleure ambiance possible. On avait laissé Jésus dans son landau sous la surveillance d'Ursule. À tour de rôle les pensionnaires et les dames de la brasserie venaient s'extasier, s'ébaubir, contempler le chef-d'œuvre de chair. D'après Ursule, c'était vraiment un joli bébé, d'une nature souriante. On se perdait en conjectures sur ses origines. Y avait de grandes probabilités pour que sa génitrice soit une pute... et qui avait travaillé à *La Cigale d'or*, sinon pourquoi le choix de ce porche ? Les tenanciers en avaient débattu sans vraiment trouver une piste, des indices... En général, comme la maison était plutôt tranquille avec sa clientèle de petits-bourgeois... de commerçants juifs, les filles y restaient le plus longtemps possible. Dans le système, elles allaient d'une taule à l'autre. Quand elles étaient fraîches et fringantes, elles débutaient dans les bordels de luxe et petit à petit avec les années, l'âge, elles finissaient dans l'abattage... l'horreur. Tout le long de leur existence les maques leur avaient engourdi tout leur pognon, jusqu'à la moindre piécette. Je vais pas revenir là-dessus. J'ai déjà expliqué ça maintes et maintes... que c'était là que se situait le véritable problème de la prostitution... Tout aux jules, aux placiers, aux tauliers... les gonzesses exploitées jusqu'à leur mort.

Au moment où je vous décolle cette histoire, c'était un demi-siècle avant la campagne de Marthe Richard. Mis à part quelques idéalistes, personne remettait en cause cette organisation du turf. Ça faisait l'affaire de tout le monde... l'État, l'Armée, l'Église et la Santé publique.

Ce qui allait compliquer les choses au *Grand 18*, c'était que Rachel, Lucie et Marthe entichées du petit Jésus ne voulaient plus changer de crémerie. Entre les passes elles allaient le voir, faire des gouzous, aider Ursule dans son biberonnage. De toute façon, la présence de cet enfant avait transformé l'ambiance du claque... Tout juste si on le présentait pas aux vieux habitués... C'était pas dans les mœurs du siècle de s'occuper, de choyer les mômes comme de nos jours, je vous ai dit... Éducation plutôt frappante... la main leste des parents, les instituteurs munis de trique pour faire entrer les participes, les conjugaisons et les meilleures dates d'Histoire de France dans le crâne des écoliers. J'ai connu comme cela des vieillards dans ma jeunesse qui vous récitaient tous les départements avec les chefs-lieux et sous-préfectures d'une seule coulée. C'était même le test, le fin du fin. On savait ses départements, tout était dit, on était armé pour affronter les difficultés de l'existence.

Dès que le Jésus se mit à déambuler d'abord à

quatre pattes, puis à trottiner, on pouvait pas le laisser vadrouiller dans les chambres, le salon, les escaliers. Le commissaire Malmaison a lui-même mis en garde Madame Louisa... ce bambin dans le boxon risquait de provoquer encore des ragots, d'amener on ne sait quel scandale. Au nom de la morale, de l'enfance en danger... que sais-je ? Le commissaire Malmaison était un flic de terrain, un homme parvenu à son poste de directeur de la police des mœurs en menant toutes ses affaires avec une grande prudence, un doigté d'artiste flic. Il marchait pas au coup d'éclat, les perquisitions brutales dans les lieux de débauche. Par ses airs doucereux, sa rondeur bienveillante, il finissait par se mettre en fouille les plus méfiants proxénètes... Certes comme la plupart de ses collègues, il en avait croqué des petits cadeaux, enveloppes et autres. Des filles qu'on lui réservait lorsque l'envie lui prenait de donner un coup de canif sans conséquence à son contrat de mariage avec sa bobonne. Voilà, mais ce qu'il voulait surtout c'était obtenir de bons rencards, ça se balançait tout de même allegretto dans ce milieu... les nanas, leurs maques qui se livraient, les cons, à toutes sortes de trafics, se mouillaient parfois dans des coups à la godille. À cette époque le banditisme en était encore aux attaques de la rentière qui tournaient de temps en temps à l'assassinat de la rue Popincourt... Mme Crépin étouffée sous son oreiller pour des éconocroques minables... Toute cette engeance de voyous, qu'on nommait alors les apaches, bavachait, se cherchait des salades... et tout ça venait aux fines esgourdes de leurs nénettes dans les rues à retape et puis les maisons. Vous dire le cheminement de ces confidences me ferait et vous ferait perdre du temps. Enfin le Malmaison avec son melon, ses bonnes godasses, sa chaîne de montre, il était choyé à *La Cigale d'or*. Lorsqu'il était là, M'sieur Arthur lui offrait l'absinthe, l'ancêtre du pastaga, qui se prenait avec un sucre sur une cuillère spéciale... bien frais. Ce que se racontaient ces deux hommes ça faisait finalement partie des rouages qui font rouler la société sans trop d'encombre.

— Faut pas garder cet enfant ici, a donc prévenu le commissaire. On vous accuserait d'incitation de mineurs à la débauche.

Excessif. Le petit Jésus n'avait pas encore deux ans. Pour son âge il était assez en avance, il commençait à retenir les gros mots et se glisser sous les cotillons de ses mamans. Faut bien les désigner telles. J'ai titré sur trois mamans, mais en réalité elles étaient quatre comme les Mousquetaires, puisqu'il me faut bien compter Madame Louisa qui figure elle sur l'état civil de notre chérubin... son vrai blase, Mme Lachalupe née Louise-Amélie Brioude.

Nous verrons par la suite que Rachel, Lucie et Marthe jouèrent un rôle primordial dans le destin de Jésus. Bien sûr, elles n'étaient pas des Saintes Vierges, mais à tout prendre les saintes putes valent mieux que la maritorne Assistance publique.

Il avait raison le lardu, la seule solution c'était de le placer en nourrice. Ce qu'a débattu notre attelage de tenanciers, le soir sous l'édredon après une journée de labeur pour Madame, et pour Monsieur sa randonnée bistrotière habituelle. Ça s'appelait pas relations publiques en ces années d'avant la guerre de 14, mais ça revenait au kif. Pour la marche de ses affaires Arthur rencontrait d'autres patrons de bordel et aussi les placiers à la Porte Saint-Denis. De pâles malfrats auxquels il lui arrivait d'acheter des bricoles joaillières... des bagouses, des colliers... des pendentifs qu'il allait ensuite refourguer à des receleurs de toute confiance. C'était les seuls risques qu'il se permettait et il était si prudent, si bien protégé par ses amis de la Grande Maison, qu'il n'avait jamais eu d'emmerdes. Tout de même une faiblesse... avec son *Grand 18*, il avait de quoi exister confortable. Une vie de rentier avec cigares de La Havane, champagne et volailles au four.

Le petit Jésus, il s'y était attaché mais à la manière des hommes. Il le voyait surtout endormi, il s'attendrissait jusqu'à dire les banalités qui se débitent dans ces cas-là... que c'est si mignon quand c'est petit et que ça deviendra des pourritures comme tous les autres, qu'on se demande si ça vaut la peine de les mettre au monde.

— En tout cas, c'est pas toi qui l'as eue la peine.

Ce que lui rétorquait Louisa. C'était une nuit après la fermeture... la gravosse se démaquillait devant sa coiffeuse. Elle avait été belle dans sa prime jeunesse avec sa tignasse brune, ses yeux de braise... tout le charme méditerranéen. Seulement elle avait le filon de graisse... entretenu par la gourmandise de petits plats en sauce et des vins chaleureux. On se rend compte des dégâts quand il est trop tard, que la mamelle abonde, les miches vous dispensent de vous asseoir sur un fauteuil rembourré.

Elle aurait fait une très bonne mère... une mama plutôt. Elle l'était devenue avec les filles qui défilaient à *La Cigale*. D'ailleurs elle les drivait plutôt doucereuse... jamais glapissante comme beaucoup de ses collègues. Ce mauvais rôle d'aboyeuse, de virago adjudant-chef était réservé aux sous-maîtresses dans les maisons plus importantes. Au *Grand 18* avec ses trois ou quatre pouliches, ça nécessitait pas un encadrement. Madame Louisa suffisait à tout, juste avec Ursule pour les gros travaux. Et puis tout le monde mettait la main à la pâte lorsqu'il s'agissait d'aider au nettoyage ou à la préparation des repas.

J'en reviens donc à mon petit Jésus, déjà si précoce qu'il se glissait dans tous les coins, qu'il enregistrait tout de son œil malin, fallait donc le dégager de là. M'sieur Arthur s'est enquis d'une bonne nourrice. Ça manquait pas à cette époque... de toutes sortes, celles qui prenaient les mômes de l'Assistance, les mal payées... souvent dans le style Thénardier... et puis les autres, toutes les catégories. Par le Gros Napoléon, celui que je vous ai présenté hâtif en son tripot... ce poussah qui couvait un tas d'écus... qu'on se demandait comment quelques arsouilles ne l'avaient pas mis un soir à mal... chauffer les panards, le dépouiller de ses trésors. Le hic c'était qu'il avait des cadors... deux dogues pour lui garder sa lourde ! Bref, il connaissait du monde Napoléon et du meilleur. Ça nous amène à Nogent... enfin dans les environs... la campagne à la fin du siècle avant-dernier. Les dimanches de beau temps ça attirait sur la Marne, dans les guinguettes, des mectons en canotier, des belles aux jupes froufroutantes. Tout ce qu'on voit dans les tableaux de Renoir et plus tard dans les films de son fils et ses suiveurs. La jeunesse... les merles moqueurs... des choses plutôt plaisantes même si parmi les canotiers se glissaient de frétillants barbeaux en quête de proies.

Mme Aubrant, la nourrice, elle était à l'écart du fleuve. Une forte gaillarde, veuve d'un militaire mort pour la France au Tonkin (déjà !). La pension dont elle avait hérité ne lui suffisait pas pour vivre à son aise... se payer des petits riens qui font l'agrément de l'existence, alors elle prenait des gosses en pension. Elle les choisissait plutôt chez les gens qui avaient de quoi. Jamais plus d'un ou deux à la fois... des enfants de commerçants ou de filles mères entretenues... Elle s'était offert (le mot qu'elle employait) le rejeton d'une grande tragédienne dont il serait encore inconvenant de révéler le blase un siècle plus tard. Une de ces femelles au verbe strident... une racinienne, cornélienne de choc qui s'affrontait en péplum avec Mounet-Sully lui-même.

Mme Aubrant, ça avait été jusqu'alors le plus beau spécimen de son cheptel enfantin. En général on lui reprenait ses pensionnaires vers huit neuf ans quand on les envoyait à l'école souvent comme internes. C'était des déchirements successifs... elle s'attachait, Amélie. Je vais vous employer son prénom et même son diminutif de Mélie, ça nous facilitera la conversation porte-plume-lecteur. Mélie elle commençait à avoir de la moustache sous son gros nez rouge, n'empêche que c'était une excellente nature, une douce nounou, une brave qui ne lésinait pas aux travaux les plus durs.

Piaule. Pas de confort mais tout de même de la solide construction. Un jardin... un clapier avec des lapins... une pompe dans la cour... du lierre sur la façade, un perron de trois marches et de la propreté nickel à l'intérieur... le carrelage toujours rincé... une grande table... et puis dans la chambre de quoi nicher deux gosses, chacun dans son petit lit.

— Chez Mélie, il pourra pas être mieux votre Jésus-Christ.

Il exagérait Napoléon le graisseux... Jésus on pouvait pas nier puisqu'il était parvenu à Noël... Christ c'était une autre paire de balloches, nous verrons plus loin.

— Faudra qu'y fasse ses preuves... a dit Arthur en mâchonnant son cigare.

À ce moment-là, lui aussi bien que sa mémère, ils glandaient imaginatif pour l'avenir de leur enfant adoptif dans les hautes écoles... les bicornes polytechniciens... les écoles plus ou moins normales qui vous conduisent au sommet de la République.

On a commencé par lui écrire à Mme veuve Aubrant. Louisa elle avait son certificat d'études, ça lui permettait de rédiger les lettres d'une belle anglaise, bien moulée avec les pleins et les déliés. Ça a disparu cet art de tracer de belles majuscules... tout se taille, plutôt s'évapore, bientôt avec tous les appareils du progrès on n'écrira plus du tout.

Mélie veuve Aubrant, lorsqu'on lui a dit qu'on lui envoyait le petit Jésus, elle a cru d'abord à une mauvaise blague d'un anticlérical comme il en existait alors de féroces... des bouffe-curés insatiables. Fallu qu'elle se rende à l'évidence. À ce moment-là, elle était tout à fait libre, on venait de lui retirer sa dernière petite pensionnaire. Jésus, c'est Louisa qui l'a amené avec Ursule dans un fiacre. Il faut tout de même vous restituer les choses... les automobiles n'existaient pas encore... en tout cas elles ne s'aventuraient pas dans les rues. Juste les frères Renault à Billancourt dans un hangar bricolaient ce qui allait devenir la divinité des temps modernes. À présent la plupart de nos contemporains tueraient papa-maman-la bonne et moi pour une Mercedes. Les accidentés, morts de la route, sont pour ainsi dire les martyrs de la nouvelle religion.

Bon. Le fiacre mena trottinant le petit Jésus chez la Mélie. Oh ! elle avait déjà eu des petits enfants de putes à élever. D'autor elle respirait le métier de la maman qui arrivait quelquefois avec son chevalier souteneur. L'avantage avec celles-là... qu'elles discutaient pas les prix et qu'elles casquaient d'or... je me permets cette plaisanterie qui tombe juste. On payait encore à l'époque avec des louis et des naps...

La stabilité monétaire faisait pendant avec le reste... les bordels, l'Église et le service militaire.

— En réalité, son prénom c'est Noël, mais on n'a pas pu s'empêcher de l'appeler Jésus... Un enfant qui vous arrive la nuit du 25 décembre !

Ce qu'éprouve le besoin d'expliquer Louisa en introduisant son petit chez Mme Aubrant... Il était pas très rassuré Jésus, d'après ce que m'a raconté Ursule. On allait lui chanstiquer ses habitudes. Toute l'affaire, il me semble, se situe là. Les mômes sont des petits bestiaux d'habitudes... mangeoire, pipi, dodo et les objets qui les entourent, les tronches qui leur sourient. Vous les placez ailleurs, c'est un arrachement... ça leur déchire quelque chose dans leur petite tête. Traumatisme, disent les psy, et là, il me semble qu'ils ont raison. Ils exagèrent peut-être un peu, si le nouvel endroit où on dépose le môme est agréable, les personnes qui s'occupent de lui avenantes, il se console vite, il oublie... il est futile et s'il le reste ça le protégera du pire au cours de son existence. Ne souffriront que ceux qui restent dans les déchirures... certains artistes... des intellos qui vont entretenir leurs plaies, vont s'ouvrir les cicatrices à force de les déchirer.

De nature, le petit Noël-Jésus il allait pas tourner dans cette direction-là. Après quelques larmes, quelques criailleries, il s'est consolé au sucre d'orge, aux bonnes paroles de la Mélie... les hochets... elle avait tout un attirail de jouets que lui avaient laissé les mômes précédents.

Je passe, ellipse... Madame Louisa voulait pas

faire attendre trop longtemps le fiacre au prix où ça coûte... Le cocher, lui, il voulait plus décarrer, la Mélie, elle lui avait offert un coup de rouge, ça fait du bien par où ça coule.

Sur le pas de la porte, Jésus dans les bras de sa nouvelle maman, il a fait des petits au revoir de sa menotte. Elle allait revenir dimanche Louisa, et puis les autres, Lucie, Rachel et Marthe. Si certains gosses sont sans mère, lui, il allait être gâté de ce côté-là. Quatre au *Grand 18* sans compter Ursule et Mme Aubrant qui était conquise dès le premier soir. Pas tous les jours qu'on a dans ses bras le petit Jésus, beau comme un dieu naturellement. Bouclé, frisé... blond comme un Viking... ça aurait pu impliquer des yeux bleus et, non, Jésus avait de grands yeux noirs. On allait se rendre compte plus tard que c'était pas un vrai blond, sa tignasse allait foncer en grandissant... au point d'être quasi brune à l'âge où sa séduction deviendra moins enfantine vis-à-vis des dames... où ça commencera à lui peser qu'on l'appelle encore Jésus.

Et il me faut à ce propos vous ouvrir une parenthèse linguistique en quelque sorte... dans le livre de *Sainéan* sur l'argot ancien, il est spécifié qu'on donnait « le nom de Jésus à celui qui servait d'appât pour faire chanter les individus portés à cette passion... » On comprend bien sûr de quelle passion il s'agit, mais de nos jours on irait franco dans les explications. Un homosexuel passif, le Jésus. Celui qui mord l'oreiller... entre-temps, Jésus aura fait carrière avec un roman de Francis Carco, *Jésus la*

Caille, et on aura gratifié les homos passifs de tous les blases possibles... tapette, tantouse, lope, folle plus ou moins perdue, fiotte et bien sûr pédale, cette dernière appellation englobant finalement aussi bien les pointeurs que les pointés. À préciser toutes ces choses à l'orée du XXIe siècle, je vais passer pour rétrograde, voire un homophobe puisque nous en sommes à présent aux unions entre hommes bientôt admises par la Sainte Église. Alors l'analogie Jésus homo passif, ça risque plus de choquer grand monde. J'attends sous peu les études qui vont nous instruire sur les penchants, la vie sexuelle du vrai Jésus... le Nazaréen, celui des Évangiles... quelques savantissimes professeurs ès braguettes vont bien découvrir la nature réelle des rapports entre le Christ et saint Jean par exemple, qu'on aperçoit sur presque toutes les images, les fresques anciennes, la tête au creux de l'épaule de son divin maître.

À signaler par la même occase philologique que le Jésus est aussi un excellent saucisson lyonnais et qu'on dit aussi le petit Jésus en culotte de velours pour parler d'un régal du gosier... d'une bonne bectance.

***

Mon Jésus à moi, je vous le retrouve donc chez Mélie... tout nouveau tout beau dans sa cagna. Il est comme un chat qui explore une nouvelle demeure. Bien vite le petit Jésus s'apprivoise. Il fait beau ce jour-là et Mélie l'emmène dans le jardin. Il s'émerveille des jolies fleurs, les roses, les œillets... les glaïeuls, et puis il va rendre visite aux lapins dans leurs cages. Il fait amitié avec Nestor le toutou de madame, un brave griffon vendéen.

Il va pousser là à présent notre petit Jésus qui deviendra grand et toujours beau... bébé, puis gosse et enfin mec. Toujours il aura du succès auprès du sexe faible, les mamans, la nounou et aussi Ursule... jusqu'à ce qu'il soit en mesure de s'aventurer à la course aux jupons.

Ça va venir rapide, je ne peux me permettre de vous tartiner des pages sur cette première période trop heureuse d'ailleurs pour vous émouvoir. Le paradoxe, qu'il ait été abandonné une nuit d'hiver dans la rue et que par la grâce du dieu des putes, il ait été recueilli, adopté au *Grand 18...* que ce soir-là M'sieur Arthur s'est découvert à la cinquantaine une vocation paternelle... et que le cercle des dames de petite vertu ait applaudi à grands cris.

Par la suite il pourra pas se gémir à droite et à gauche d'une enfance misérable, maltraitée... Il sera une exception parmi les gosses abandonnés.

Très vite Jésus fut dans ses aises, ses draps, ses fringues... C'était un défilé continu chez la veuve Aubrant, ainsi était-elle nommée dans la paperasserie officielle. Son défunt mari, dont la dépouille était restée dans je ne sais quel marigot tonkinois, il trônait avec son képi d'adjudant de l'infanterie coloniale dans un cadre doré au-dessus du grand lit campagnard où il donna jadis du bonheur à sa chère et tendre. Ça, ça datait d'une bonne quinzaine d'années. On ragotait dans le bourg, à Nogent, que depuis elle se consolait les miches à l'occase favorable avec le facteur... un brigadier de gendarmerie et un employé de je ne sais quel ministère qui venait parfois lorsque tombait la nuit et qu'il devenait gris, l'employé, comme tous les matous en l'occurrence.

N'allez pas croire que la Mélie se comportait comme une créature... enfin au sens que l'on donnait naguère à ce mot... synonyme d'une personne de vie dissolue moitié poufiasse, moitié nymphomane. Non, elle s'offrait un peu d'extase charnelle sans que ça tire à conséquence. Elle était tout de même levée aux aurores et elle torchait, mouchait, nourrissait la marmaille sans défaillance.

Avec Jésus, ça lui a fait comme une espèce de roman d'amour. Celui-là, elle s'est mise à le chérir déjà comme un homme... à jalouser toutes celles qui se pointaient à la concurrence affective. Lucie, Rachel et Marthe qui prenaient le train et puis la carriole à cheval pour arriver jusqu'à la maison divine. À Nogent elles ne faisaient pas trop scandale avec leurs fringues à froufrous... couleurs vives sinon criardes et puis des chapeaux... leurs ombrelles... les dimanches, il en défilait du même mauvais genre accompagnées de leurs galants à canotier... jules ou michetons, ou parfois un béguin de valse à l'envers.

On se doute qu'elles ne venaient pas les mains vides les mamans turf... elles savaient mettre de côté de quoi porter à leur petit chéri des friandises et des jouets. Elles donnaient même dans l'émulation... qui qui ferait le mieux. Fort heureux, quelques semaines après Jésus, Mélie a pris en garde une fillette de trois ans, Rosalie, dont les parents tenaient un commerce de quincaillerie près de la Bastille. Ça valait mieux qu'il y ait plusieurs moutards dans une maison, ils jouent, se créent un petit univers de rêvasseries et de rigolades. Rosalie, question beauté, elle aurait sans doute du mal à devenir un jour un prix de Diane avec son strabisme, ses traits déjà épais, ingrats, une chevelure pauvre de couleur incertaine.

— Faudra qu'elle se rattrape sur les nichons, déduisait Lucie.

Des fois ça suffit pour attirer les clients de bobinard. Et elle oubliait Lucie que les parents de Rosalie, ces besogneux quincailliers, allaient peut-être lui laisser une dot qui effacerait les petits défauts de sa physionomie.

En tout cas pour compagne de jeux, le divin enfant, ça lui a fait ample son affaire. Elle était d'un caractère facile cette môme, elle se laissait maltraiter, tirer les cheveux, pincer et mordre pourquoi pas. Il devenait notre héros plutôt dominateur... graine de macho, diraient nos contemporaines libérées. Étonnant qu'il en fût autrement avec l'éducation première qu'il recevait. Mis à part son papa Arthur qui se contentait de le faire sauter sur ses genoux, il n'avait autour de lui que des femmes à sa dévotion.

Je ne sais pas comment l'autre, celui de Nazareth a été élevé, si sa Vierge de mère lui passait tous ses caprices... on n'a aucune précision dans les Évangiles... les textes trop sacrés pour s'arrêter à de pareilles vétilles. Le nôtre de Jésus, celui du *Grand 18*, ça allait en faire un lascar à qui il vaudrait mieux passer ses quatre volontés... et j'écris quatre façon de me plier au langage courant. Enfance heureuse donc, inimaginable... quatre mamans, sans compter la Mélie et la pauvre Ursule qui n'avait pas souvent l'occase de venir faire ses dévotions à ce Jésus qu'elle avait torché la première... lui avait tenu la zigounette pour ses premiers pipis d'homme. La supériorité incontestable de s'épancher contre le mur. La seule chose à présent, à l'aube du nouveau millénaire, qui nous reste à nous pauvres mecs... et je me demande si les féministes au pouvoir ne vont pas nous obliger à nous accroupir.

Trêve de balivernes ! Puisque je parle de la brave Ursule, mon témoin oral des prémices de cette histoire... elle était la seule qui était encore à *La Cigale d'or* trois ans après cette nuit de Noël. Les filles elles avaient été par la force des choses se faire aimer ailleurs... c'était le roulement, ça les amenait parfois à l'autre bout de la France, en des boxons fréquentés par des bouseux, des claques quasi ruraux.

Malgré la distance, elles se démerdaient les unes les autres à venir à Nogent, elles s'appliquaient de longs voyages en train... troisième classe... banquette en bois. Je n'ai pas bien eu de précisions sur la vie sentimentale des unes et des autres. Lucie, il me semble qu'elle avait un homme qui lui causait pas trop de soucis. Marthe, sans doute qu'elle était maquée... Seule précision pour Rachel qui restait à Paris fidèle à *La Cigale d'or*, elle ne voulait pas s'éloigner d'une maman paralysée. Elle trouvait tout de même le moyen de venir embrasser Jésus presque tous les mois. Les autres lui faisaient remarquer que c'était pas dans sa religion d'adorer ce messie. Pour les Juifs, ce n'est ni plus ni moins qu'un imposteur.

Ça alimentait les conversations ce genre de problème. On parlait aussi du capitaine Dreyfus... aurait-il vendu des secrets militaires aux Allemands s'il avait été un bon Français ?

— Tout dépend du prix, avait dit M'sieur Arthur, surprenant un bavardage entre les filles.

Mélie toutefois élevait chrétiennement les enfants qu'on lui confiait. Les dimanches, elle les faisait propres et bien fringués et bien peignés pour les conduire à la messe. Rosalie d'une main, Jésus de l'autre. Charmant tableau dans les bleus, les roses pastel. Avec les mois, les années, notre bambin il devenait nettement turbulent, casse-cou, casse-porcelaine. Fallait l'avoir sérieux à l'œil... Mélie confiait, quand elle était trop occupée, cette tâche à Rosalie, une enfant déjà sérieuse, promise à une existence boutiquière derrière un comptoir... chignon parfait sur le sommet du crâne, le sourire adéquat pour le chaland, la chalande. Et avec ça, madame, je vous mets un peu de persil ? Ça sera tout ? Inscrit déjà dans l'œil de l'enfance. Jésus, lui, c'était pas l'évidence qu'il ferait dans le commerce honnête, les bureaux du ministère des pensions, la carrière des honorabilité bourgeoises.

Beau dire, ses premiers pas au sein d'une maison réprouvée par la morale, mais tolérée par la police, ça ne pouvait que lui laisser une impression indélébile. Je ne serais pas là, chères lectrices, à vous tartiner des pages sur son enfance pour vous l'aboutir à une destinée pantouflarde. André Gide, qui commençait à sévir de sa belle plume, l'écrivait déjà... on ne fait pas de bonne littérature avec des bons sentiments, fussent-ils distingués. À plus forte raison des romans à vous captiver deux trois cents pages.

À la messe, il se tortillait Jésus, il s'ennuyait... il se tirait les crottes du pif. Mélie était obligée de le secouer un peu, lui chuchoter de menues menaces pour qu'il se tienne tranquille. Tout de même choquée en son for intérieur qu'un enfant abandonné la nuit de la Nativité n'ait pas inné le sens des choses de la religion... qu'il soit pas charmé par les cantiques... ensorcelé par le cérémonial de la messe.

Il s'intéressait davantage aux activités des lapins qui grimpaient sur les lapines... aux affaires déjà du sexe. Il en arriva vers cinq ans à obliger Rosalie à lui montrer sa petite fente... il venait déjà la gaffer lorsqu'elle faisait son pissou derrière les fleurs du jardin. Lui, il lui montrait sa quéquette... déjà tout fier. « Espèce de petit cochon ! », disait Mélie. Il avait tendance aussi à s'égarer ses petites paluches sur les nénés de ses mamans. Marthe était bien pourvue de ce côté-là... une paire de roberts qui demandaient qu'à s'échapper de son corsage pour le plaisir du micheton. J'en profite puisque le mot nous parvient pour vous signaler, frétillantes lectrices, que justement à cette époque, Robert, c'était une marque de bouteille de lait qui se distribuait à domicile sur les paillassons. D'où l'analogie. Sans les plumitifs, les savants de la jactance, on ne saurait plus le pourquoi du comment. Je me doute cependant que vous vous en battez la foufounette et les messieurs leur chère verge !

Enfin, je vous note, signale toute fin plus ou moins utile, que mon Jésus c'était déjà de la graine d'arsouille... sacripant on pouvait pas encore prévoir. Mais en tout cas dans le précoce concernant les excès de la chair.

C'eût été inutile et cruel de le tancer, lui interdire de s'informer sur la question. Mélie, si elle respectait le bon Dieu et la Vierge Marie, elle était pas pour autant coincée du derrière. Je vous ai dit ce qui se chuchotait au village et ses alentours... ces coquins qui venaient parfois lui coquiner l'intimité. Et puis les mamans visiteuses... elles se prétendaient couturières, vendeuses dans l'alimentation, fallait être amputé de la jugeote pour le croire. Madame Louisa aussi, elle était un peu trop fardée... ses allures, sa quincaille de bijoux étalée... ses façons de causer... elle était taulière dans la peau comme d'autres sont nonnes ou cuisinières.

On faisait semblant de ne pas se rendre compte, voilà tout... c'est en définitive la clef de la bonne marche de la société. Faire semblant de... les paroles, les gestes... se coincer le sourire là où il faut... bon moment. S'occuper trop du fin fond, se tritouiller le pourquoi... les raisons... se retirer les crottes de l'âme, ça ne peut qu'envenimer les problèmes. Les fameux problèmes dont on se gargarise à longueur d'ouvrage et surtout dans les blablas de radio ou de télévise... les spécialistes... ceux qui savent, ceux qui croient savoir. Les gens de la période que je m'efforce de vous rapporter, ils supportaient mieux leur condition parce qu'ils avaient pas tellement le loisir d'en palabrer à l'infini. Y a pas de problèmes y a que des imbéciles, comme le disait mon vieux pote, le professeur.

Par la suite, lorsque Jésus se sera métamorphosé en homme, on lui prêtera des exploits enfantins... qu'il avait éteint le commencement d'incendie dans le clapier en oubliant de préciser que le feu s'était déclaré suite à une de ses imprudences... un jeu d'allumettes. Rosalie n'avait pas cafté, déjà elle savait ce qu'il fallait ou ne fallait pas dire, qu'elle se ferait dérouiller sinon. C'était la plus âgée mais c'était toujours Jésus le plus fort. Il courait, sautait... grimpait aux arbres pour voler les fruits, les prunes vertes... Au lance-pierres il fut très vite un champion. Et le coup de fourchette. Sans rien perdre de son charme, il grandissait. On sentait que chez lui le petit homme avait hâte de se débarrasser de sa peau d'enfance.

Arriva l'âge de l'école... l'âge paraît-il de raison. À Nogent la communale était fréquentée surtout par des petits ploucs... des mômes qui sortaient du foin, des labours... mal dégrossis, plutôt ricaneurs et peu disposés à s'ouvrir l'esprit sur le B.A. ba... les tables de multiplication et le vase brisé de Soissons en 486.

Sans doute avaient-ils entendu leurs parents dire que le gosse envoyé par Mélie était un fils de pute. Il a respiré ça d'emblée le petit Jésus qui récupérait son vrai prénom de Noël pour les registres de l'école publique.

Les enfants, si on les laisse à leurs penchants, leur nature, ils se groupent et ils rejettent celui ou ceux qui ne leur paraissent pas conformes à leur clan, leur bled, leur façon de causer. Ils se cherchent des victimes, des souffre-douleur. Jésus-Noël, ça leur a paru dès son entrée dans la cour de récréation le type idéal à martyriser. Ne serait-ce qu'à cause de ses fringues. Pensez si Madame Louisa et ses autres mamans avaient fait le nécessaire pour qu'il soit sapé quasi milord... Rien que ça le désignait à la vindicte marmailleuse. Instructif d'étudier ce comportement chez les tout-petits, il n'est que l'esquisse de ce qui se passera plus tard... d'une façon feutrée en temps ordinaire, mais qui n'attend qu'une belle occase pour se déchaîner... les périodes troubles où l'on trouve toujours des espions, des traîtres, des Juifs, des collabos... le premier mouton venu pour la tonte, le dépeçage... la corde haut et court.

Seulement avec Jésus devenu Noël Lachalupe, du patronyme de son père adoptif, ils se sont vite aperçus les morveux que ce n'était pas le client rêvé pour aller le satonner, le glavioter, le pourchasser de vacheries jusque dans les chiottes. Exactement comme dans une caserne, une prison, il faut tout de suite mettre les horloges à l'heure... affronter le premier malotru, fût-il d'une tête plus grande que vous.

Ça pouvait pas se deviner comme ça que le petit Jésus serait un castagneur inné. Sans jamais avoir appris, sinon sur le dos de la pauvre Rosalie, tout de suite il a été sur ses gardes. Le premier qui l'a bousculé en le traitant de fille — c'était alors l'insulte courante — il s'est retrouvé à terre et Noël à califourchon sur lui en train de le bourrer de coups de poing. Fallu que l'instituteur M. Carreau, un moustachu à lorgnon, vienne les séparer... ou plutôt tirer Noël par le col, le relever. Rien que ça, il était catalogué, le fils de putes, on lui avait appris de drôles de manières dans son bordel familial.

— Faudra faire attention de ne pas vous conduire comme cela ici !

Ce qu'il a tancé M. Carreau, et qu'il voulait plus voir ses élèves se battre comme des chiffonniers. La formule et je me demande si elle a quelque fondement... les chiftirs se battent-ils entre eux plus que les charbonniers ou les parlementaires ? Faudra demander aux IFOP de nous éclaircir le mystère... Après tout on en a fait bien d'autres, des statistiques, sur des sujets encore plus ridicules.

Passé ce premier accrochage, Noël a été à son pupitre et il a suivi vaille que pousse les premières leçons de l'instruction publique obligatoire. Sans trop se fouler, il a appris assez rapide à lire, écrire et compter. Surtout cette dernière matière qui lui restera. Une véritable machine à calculer dans la tronche pour tout ce qui concernera ses affaires.

Les autres marmots petit à petit, ils se sont rapprochés en prenant des précautions... des fois qu'il se mettrait en boule, on avait eu un avant-goût de ses réactions. Certes à plusieurs ils auraient pu le coincer quelque part pour l'avoiner. C'était tout de même prendre le risque qu'il se venge sur l'un d'eux dès qu'il en trouverait la possibilité.

Bref. La loi du plus fort encore une fois. On s'étonne après dans l'histoire du monde, des dictateurs, des chefs dit-on charismatiques. D'après les gravures, les témoignages, le général Bonaparte en arrivant à Nice pour prendre le commandement de l'armée d'Italie, il avait pas si bonne mine. Mais quoi ? une volonté farouche de chaque instant, la hargne de gagner... gagner toujours.

III

Jésus au collège

On a dépassé 1900... année mythique. L'Exposition... le Grand Palais... toutes les merveilles de la science, du progrès qui devaient nous assurer le bonheur dans le siècle à venir. Bien plus tard Noël, ancien petit Jésus, devenu Nono pour les dames, racontait qu'on l'avait conduit à l'Exposition universelle. Il se souvenait du trottoir roulant... de la grande roue. Et il avait même dû y aller plusieurs fois, peut-être avec chacune de ses mamans désireuses de l'instruire tout en l'amusant. Un tourbillon... c'est confus dans ce qu'il a raconté et que j'ai récolté de seconde voix. Ursule aussi y avait été à la fameuse Exposition, mais on ne lui avait pas confié le petit Jésus, elle n'était qu'un pauvre larbine... une souillon qui nettoyait toujours les bidets de *La Cigale*, qui tournait pleines fesses durant cette période exceptionnelle. Il s'y pointait une clientèle étrangère nombreuse, multicolore... des Argentins, des Arabes en burnous, des Américains, des

Boches... Ursule appartenait à cette génération pour qui les Allemands resteraient à jamais les Boches. Jusqu'à des rois nègres qu'il avait bien fallu recevoir malgré la peur, la répugnance des filles pour ce qu'elles considéraient comme des sauvages. Une fois le premier pas franchi... la lourde de la chambre refermée, y avait des surprises, des compensations... des admirations devant la vigueur et l'énormité des moyens de la clientèle africaine.

L'Expo... en tout cas à cinq ans, il était encore chez la Mélie... heureux d'y pousser avec les fleurs, les poules, les lapins... Nestor, le clébard, et sa première compagne Rosalie, charmant laideron complaisant et à l'affût de ses moindres désirs.

C'est à ce moment-là que le couple de tauliers a pu s'acheter une maison à Villejuif qui était encore dans la verdure... la campagne. Paris s'arrêtait à l'octroi... Porte d'Italie. Au-delà, après une région incertaine de bâtisses misérables dans Le Kremlin-Bicêtre, on atteignait quelques bourgades où les rentiers se faisaient construire des *Sam suffit* en meulière. Le rêve de tous les loquedus contraints aux usines nourricières... la maisonnette entourée d'un petit jardin... la haie d'aubépine et le chien-chien pour vous aboyer les visiteurs, les importuns, les quémandeurs. Les tenanciers, ils arrivaient assez facile à s'offrir ces petites folies. Ça les laissait à une distance raisonnable de leur commerce. Ils pouvaient se reposer là des soucis du pain de fesses, recevoir des amis... de la famille dans l'ignorance de la réalité de leur négoce. Jouer aux bourgeois... le devenir carrément le jour où ils prendraient leur retraite.

Si Arthur n'avait laissé tant d'espèces sonnantes sur les champs de courses et dans les tripots, certes la villa de banlieue, Louisa s'y serait prélassé les miches beaucoup plus tôt. Le *Grand 18* c'était une très bonne affaire. Je vous détaille pas mais il gagnait du fric sur tout, les chambres, les consommations ou la nourriture des pensionnaires... puis tout le nécessaire à leur besogne... peignoirs, chemisettes, guêpières, bas et jusqu'aux bottines. Le prix des passes restait à la fille, c'est-à-dire à son maquereau qui venait toutes les semaines chercher sa comptée. Et c'était le jour de sortie... l'homme se disait être de jugulaire en souvenir de son service militaire, quand il montait la garde, le casque retenu par la jugulaire. On n'est pas plus délicat.

Louisa et Arthur emménagèrent à Villejuif, rue des Hortensias, vers la fin 1900... pour inaugurer le siècle. Pendaison de crémaillère avec tout le gratin de la gent bordelière de Paris et même quelques aminches de province venus spécial pour la fiesta. Pas le temps dans cet ouvrage de vous la narrer menu... Je vous prive peut-être, mes chers lecteurs, de quelques croustillantes pages mais le temps et mon éditeur me pressent. Alors si vous le voulez bien, nous retrouvons nos tourtereaux tauliers quelques jours plus tard, déjà installés dans leurs meubles néo-rococo... des dorures pour que ça fasse riche, des porcelaines bariolées, des tableaux on se doute pas impressionnistes... du sérieux coucher de soleil sur la mer... une reproduction de *La Dernière Cartouche* de Detaille.

Voilà, ils vont se pieuter... Madame Louisa déballe sa graisse et enfile une chemise de nuit fort décente ma foi... pas de quoi érectionner son Arthur qui se dégrafe les fixe-chaussettes, assis sur le fauteuil. Ils ont engagé une discussion sérieuse qui va se prolonger dans les draps... sous l'édredon qui couvre un lit comac en bois noir. Éclairage au gaz. Un luxe pour ce début de siècle. On éteint la calbombe et on poursuit le dialogue. Dressons l'oreille... il est question du petit Jésus... de son avenir. Il est plus si petit, n'est-ce pas, il grandit à chaque visite. Si on le laisse à la communale, ça pourrait tout au plus le mener au certificat d'études... le couronnement des études primaires qui vous ouvrait les portes des carrières subalternes dans les Postes, les chemins de fer, la gendarmerie... les ronds-de-cuir de la bureaucratie nationale déjà envahissante. Ça laissait prévoir qu'un garçon déjà si doué, si beau, si séduisant ne se laisserait pas embarquer sur le navire de toutes ces médiocrités. Surtout qu'il fallait compter avec l'exemple, qu'il ne manquerait pas de méditer, la carrière de son papa adoptif !

Pour pallier cette tentation, il fallait qu'il possède un bagage scolaire propre à lui permettre de passer une certaine frontière dans la société. Presque infranchissable même avec du fric et de l'intelligence. Les frontons de nos mairies se réclament de l'égalité, mais c'est bien la chose la plus mal partagée qui soit en République démocratique ou en monarchie absolue. Les castes sont là. Les grands de ce monde, ils sont nés ailleurs... ils ont poussé dans un cocon... tout un style... langage... manières. Dès qu'ils se mettent à table pour becter, ils se reconnaissent. Venant du fin fond de la glèbe ou de la mine... pas moyen de moyenner, vous ne vous en sortez que par la bande. Quand il ne s'agit pas de bande de malfaiteurs, on peut s'estimer aux alentours du miracle ! C'était un peu le sort de M'sieur Arthur avec ses gilets brodés, ses cravates en soie... ses bottines... ses Montecristo au bec... les crocs de ses moustaches cirés, il reluisait aux écus d'or, n'empêche que passé certaines limites, il ne trompait plus personne. Il était marqué d'un sceau d'infamie. De ça Louisa en était beaucoup plus consciente que cézig... la vanité masculine aidant, il se faisait quelques illuses en se fiant aux apparences... aux bonnes manières des commerçants, de tous les purotins du voisinage.

— Faudrait qu'il aille dans les écoles...

Ce que disait Madame à son homme sur l'oreiller. Les écoles pour elle ça voulait d'abord dire les institutions chrétiennes. Il aimait pas les curés Arthur... ça lui venait de son papa, anticlérical à la mode des banquets gras du Vendredi saint ! Mais il lui fallait convenir qu'en passant par eux on pouvait atteindre de belles situations. Et puis Louisa se demandait bien pourquoi Jésus n'irait pas dans une école chrétienne.

— Et s'il devient curé ?

Arthur, l'inquiétude le gagne. Il argumente à sa bobonne... les curetons, elle est payée pour le savoir... c'est hypocrite et compagnie. Ça prêche la vertu et ça se fait mettre des godes dans le fondement.

— Pas tous, rétorque Louisa. J'en ai vu mais pas plus que les autres. Y a aussi des ministres radicaux, des docteurs, des pharmaciens qui se font faire des trucs pas croyables !

À l'évidence, fallait dégager leur Jésus des jupes de la Mélie pour les soutanes des frères des écoles chrétiennes. Pourtant à ce moment-là se déclenchait la grande guerre de la laïcité contre la curaille. Celui qu'on appelait le petit père Combes conduisait la bataille contre l'Église... un barbichu qui se dégustait des fricassées de séminaristes à tous les repas.

— Ils expulsent les congrégations, tu choisis bien ton moment... objectait encore Arthur.

Faiblement... beau être super-tenancier... proxénète distingué, c'est le plus souvent que les femmes ont le dernier mot comme un peu partout. Louisa, elle gardait une confiance absolue dans le pouvoir de l'Église. Les persécutions anticléricales n'étaient qu'un épisode de la lutte entre le bon Dieu et carrément le Belzébuth incarné par Monsieur Combes. Malgré les mesures prises contre les écoles confessionnelles, elles restaient d'autant plus solides qu'on les persécutait.

Un très bon client du *Grand 18*, un monsieur influent dans les milieux de la droite bien-pensante, avait ses deux fils à Lagny au pensionnat Saint-Laurent, une institution fondée sous la Restauration... du solide aux mains des Frères maristes, spécialisés, si on peut dire, dans l'éducation des enfants, de la jeunesse. D'après ce monsieur de droite qui venait chez Louisa se faire certaines gâteries qu'il pouvait pas exiger de son épouse, l'établissement avait bonne réputation. On n'y maltraitait pas les mômes, on leur inculquait les meilleurs principes et en fin d'études, après le baccalauréat, ils réussissaient souvent dans les concours d'entrée aux grandes écoles.

Le coup de Perrette et le pot au lait... déjà Madame Louisa elle voyait son Jésus en uniforme de polytechnicien... le bicorne sur la tronche... prêt à entrer dans les carrières les plus prestigieuses de l'État. Ça, c'était le rêve... la réalité fut autre, on se doute, sinon je me donnerais pas la peine de transpirer du stylo pour vous raconter l'existence d'un fonctionnaire fût-il haut... couvert de décorations, de succès de toutes sortes. J'ai encore quelques confrères talentueux, la plume prête à vous raconter ce genre de biographie.

La discussion reprit le lendemain et le surlendemain au bobinard... M'sieur Arthur, ça lui déplaisait de voir son Jésus entre les paluches griffues des curetons. Il objectait que dans ce genre de pensionnat on fabrique des individus aux mœurs contre nature. Pour la pègre, je vous ai dit plus haut, un giton, pédé passif, c'était un jésus... Arthur il pouvait pas admettre ça. On pouvait plus continuer à l'appeler de la sorte.

— Des fois que ça lui donnerait des idées, argumentait le dab...

De quoi faire hausser les épaules de Louisa, qui avait déjà remarqué que son rejeton adoptif reluquait le corsage de ses diverses mamans.

— Ça m'étonnerait... moi je lis dans les yeux des hommes dès qu'ils s'ouvrent.

Xetera... propos que je vous rapporte plutôt imaginatif. J'étais pas là pour les entendre mais un romancier, ça romance et ça brode et ça suppose... et plus il est doué, plus il invente pour cerner de près la réalité.

Voilà, Louisa a attendu la prochaine visite de son monsieur si distingué... rosette rouge à la boutonnière... la canne à pommeau... le col à becter de la tarte et le chapeau gris perle. Il est venu, c'était pour lui une espèce de nécessité, se dégourdir le poireau en ce mauvais lieu. Il trouvait ça une bonne idée d'envoyer le neveu de Madame Louisa chez les Maristes. Au passage je vous précise que la clientèle, les michetons habitués de *La Cigale d'or*, ignoraient l'existence du petit Jésus. C'était motus... à la limite, on parlait du neveu orphelin dont Madame s'occupait par charité chrétienne. Juste ce qui transpirait. Toute cette société de bordels, de putes et de tenanciers, ça s'agitait derrière les rideaux tirés... on chuchotait... on ricanait. Seuls les poulets savaient tout, la condition sine qua non pour que tournent gentiment les manèges de la luxure.

***

Que je vous ouvre une parenthèse au sujet des mamans du petit Jésus. Rachel, je vous ai dit, était restée à *La Cigale*, elle voulait pouvoir être près de sa mère clouée sur un fauteuil de paralytique dans son petit logement rue du Roi-de-Sicile. En outre, elle avait des qualités professionnelles extraordinaires pour retenir le client. Elle œuvrait dans la douceur des paluches et de la langue pour le conduire au pays des Merveilles. Madame Louisa, qu'avait tout de même de la lecture, aurait voulu qu'elle se fasse appeler Alice, mais Rachel resta fidèle à ses origines, au prénom que lui avaient donné ses parents.

Elle allait le plus souvent voir son petit Jésus à Nogent, elle trouvait toujours des jouets nouveaux, des frusques, des tas de gâteries. Elle l'emmenait se promener dans la campagne voir la Marne quand il faisait beau. Jésus aimait son parfum. Trop malin pour le dire ou le faire sentir ouvertement, Rachel était sa préférée. Déjà il avait une façon de l'embrasser dans le cou qui la faisait frissonner de plaisir.

Marthe officiait au *Palais de Cristal* dans le nord de Paris. À l'approche de la trentaine, elle s'élargissait de la hanche et de la fesse. Les doudounes elle les avait déjà sérieux du volume depuis longtemps. Ce *Palais de Cristal* était fréquenté par les Algériens déjà nombreux à Barbès. On sait qu'ils aiment la chair épanouie. Marthe déguisée en danseuse orientale remontait pas mal de monnaie, seulement elle alimentait avec cette monnaie un certain Mimile le

Nantais dont les seules qualités humaines et professionnelles se situaient au-dessous de la ceinture. Il lui arrivait de se présenter un peu partout comme la plus belle bite de Paris et de sa banlieue. Vous vous doutez bien que c'était pas à Neuilly qu'il s'annonçait de la sorte. Il traînait les bistrots, tapait le carton et à la demande il allait animer des petites séances dans les maisons, lorsqu'un micheton s'amenait avec sa propre épouse pour la faire prendre devant lui. Avec Mimile, les taulières savaient que la dame ne serait pas déçue du voyage au septième ciel. De nos jours un zèbre pareil serait vedette de films porno. On se l'arracherait dans les télés.

Marthe se prétendait heureuse avec ce mec-là. En échange de la régalade du fion qu'il lui mijotait au plumard elle l'entretenait. La loi réprime ce genre d'association, mais les législateurs savent-ils que l'amour ça se respire, ça se délecte, ça se transpire... ça se légifère pas.

N'empêche, la grosse Marthe depuis la naissance de Jésus, elle se partageait le cœur entre son voyou membré et ce chérubin qu'elle allait voir tous les jeudis... train et fiacre... les bras chargés de victuailles, répandant son odeur de pécheresse ! Toujours fringuée froufroutante, satinée, bijoutée. Pour la circonstance elle se mettait sur le chignon un chapeau de paille avec des ailes blanches sur le côté. Cérémonie. Les femmes de ce temps-là mettaient un galurin pour aller à la messe. Marthe avait de la religion. La première fois qu'elle avait *fait* un curé, elle avait dit un *Notre Père* tandis qu'il la besognait. « Pardonnez-nous nos offenses... ne nous laissez pas succomber à la tentation. » Ça lui arrivait parfois de jouir avec un client malgré l'interdiction formelle, les us et coutumes de la maquereauterie, mais avec un ecclésiastique elle se retenait toujours, ça lui aurait paru une espèce de péché mortel de prendre ainsi son panard. Pour ça qu'elle éprouvait de la gêne lorsque le petit Jésus égarait ses menottes dans l'échancrure de son corsage.

— Sois sage... allons.

Il riait le môme, il était paré de tous les charmes de son jeune âge... la frimousse, les fossettes... c'était autre chose que Mimile avec sa gueule en biais, ses rouflaquettes et ses tatouages ! Bien difficile d'y voir clair dans son âme de pute à la grosse Marthe.

— J'ai du mal à me comprendre, avoue-t-elle à Lucie.

Troisième maman, Lucie s'était éloignée en acceptant une placarde à Yvetot en Normandie... un petit claque champêtre, genre maison Tellier, fréquenté par des propriétaires terriens, des maquignons, des péquenots riches et cupides... des rougeauds, des boit-sans-soif. Pas très raffinés question licence... des hommes qui se comportent avec les femmes comme avec leurs bestiaux. Tout dire ! Lucie pratiquait son métier consciencieuse... ponctuelle, obéissante. Toute cette viande qu'elle s'appliquait sur le corps la laissait quasi indifférente. Comme d'ailleurs son hareng attitré, Paulo le Musicien, ainsi surnommé non parce qu'il était doué pour le piano ou le violon mais parce qu'il faisait la pige au pétomane en loufant à volonté tout en modulant ses incongruités sur des airs à la mode. Pourquoi était-il le seigneur et maître de Lucie ? On se perdait en conjectures à ce sujet-là. N'importe... il semble que pour Lucie celui-là ou un autre, elle en avait rien à sucer. De tempérament elle était un peu lymphatique, devenue pute parce que ça lui avait paru le plus facile... pas trop fatigant. Toute sa séduction résidait dans sa nonchalance... Son corps tenait le choc des aléas du bordel parce qu'elle mangeait peu et buvait surtout de la flotte.

Cette aventure du petit Jésus, elle avait pris ça comme une sorte de manifestation du ciel... qu'elle se devait de le chérir de son mieux. Elle s'y efforçait en prenant le train une fois par mois pour aller à Nogent, passant par Paris où elle ne manquait pas d'aller saluer M'sieur Arthur et Madame Louisa. Parfois elle profitait du fiacre qui conduisait la taulière chez la Mélie. Avec le divin enfant comme pour le reste elle faisait de son mieux, elle lui portait des produits du pays de Caux... des pommes, de la charcutaille... une bouteille de calva pour la nourrice.

***

Je vous referme donc cette parenthèse afin de vous faire mieux connaître les mamans du petit Jésus. Et nous en revenons à ce projet de l'envoyer se faire éduquer chez les Maristes. Arthur et Louisa n'avaient pas consulté les autres mères. Fait accompli. On l'avait inscrit pour la rentrée scolaire et on avait envoyé la soudure au Père directeur... un saint homme barbu qui n'était pas insensible au doux froissement des billets de banque à ses oreilles poilues.

C'est en Seine-et-Marne, Lagny, pour y aller on prenait le train et le pensionnat était sur les hauteurs de la ville dans une vaste propriété boisée, fleurie au printemps... mûrie de pommes et de poires à l'automne. Le portail... entouré de deux peupliers qu'on chantait pour l'anniversaire de la fondation de la confrérie... juste avant les grandes vacances. Bâtisse quelque peu austère... style incertain des débuts du XIXe où l'on copiait un peu de tout. Enfin n'importe, l'ensemble des locaux du collège n'avait rien de réjouissant pour les amateurs d'esthétisme. L'essentiel c'était la chapelle, là où Dieu veillait dans son tabernacle. Tous les matins les élèves étaient conduits en rang pour la messe basse, avant même le petit déjeuner. On va revenir sur tout ça dès que notre Jésus à nous sera dans la place. À priori rien de très agréable si on compare avec l'existence quasi animale de chez la Mélie. De quoi se répandre en larmes pour un gamin introduit là sans crier gare. Ça ne pouvait lui sembler qu'une sorte de punition.

— C'est pour ton bien... que tu deviennes quelqu'un dans la vie.

Elle a assuré ça Madame Louisa sans grande conviction. Elle avait été reçue par le Père directeur... ce barbu qui n'arrivait pas à se sortir de tout son système pileux un sourire engageant. Natürlich, en bonne taulière, Louisa se le propulsait imaginatif dans une de ses chambres d'amour avec juste la barbe pour lui masquer sa nudité. Valait mieux pas qu'elle spécule dans cette direction, elle se présentait comme une honnête hôtelière, recommandée par cet homme de droite légionné d'honneur.

Pour extirper le petit Jésus de chez sa brave nounou, de la nougatine point ne fut. Beau lui promettre qu'on viendrait le voir, que toutes ses mamans se relaieraient les jeudis et les dimanches, l'idée de quitter son petit jardin, les bestiaux et même Rosalie son souffre-douleur, lui tiraillait l'estomac. Déjà il se retenait de pleurer, on lui avait dit que c'était les filles qui pleuraient et déjà il prenait le chemin des écoliers mâles. Tout ça d'époque, le contexte. Même à la laïque on séparait les sexes... école de filles, école des garçons. Les adeptes de la jaquette flottante prétendaient que c'était les anormaux qui faisaient le mur pour aller s'amuser avec le sexe opposé.

Voilà, Jésus est inscrit pour l'année scolaire. Maintenant on ne va plus utiliser que son vrai prénom de Noël et bientôt Nono pour les petits copains... Il attend dans l'antichambre du Père supérieur. Autour c'est nickel, ciré, astiqué... un grand tableau représente l'Assomption de la Vierge Marie entourée d'angelots. Un petit chef-d'œuvre kitsch, diraient nos esthètes modernes... L'odeur de sainteté se respire un peu dans toutes les pièces, les couloirs. Ça le change vraiment notre petit héros de sa cambrousse nogentaise et surtout des décors luxurieux du *Grand 18* sur lesquels il a ouvert ses yeux innocents.

Le R.P. barbu il a un petit speech tout prêt pour accueillir les nouveaux. Toujours le même on se doute... qu'il leur promet de les conduire sur le chemin de la sagesse et du devoir. Avec l'aide du Seigneur Dieu et la bonne Vierge Marie, ça ne peut donner que d'excellents résultats... de la réussite dans les examens, les concours, de quoi être armé pour une existence de bon chrétien et d'excellent Français. Ils sont plutôt nationalistes dans la confrérie... antidreyfusards, ils veulent reprendre l'Alsace et la Lorraine. C'était la rengaine après la défaite de 1870 où nos armées se firent torcher une fois de plus, écrabouiller, anéantir par les Teutons de Bismarck. Ça n'empêche, on en redemandait, on allait les reconquérir nos chères provinces. À quel prix... ça, on verrait bien. Y a toujours des héros pour les hécatombes !

Pour être dans la note, au pensionnat les enfants étaient tous en uniforme — une vareuse bleu marine à boutons dorés comme dans la chanson et une gapette à viscope de cuir... Tout ça se fabriquait à La Belle Jardinière, magasin aujourd'hui disparu en face de La Samaritaine. Toutes les écoles, les administrations, les fanfares allaient se faire saper là. Et aussi les dames de petits fonctionnaires... des frusques qui ne prêtaient pas à la rigolade. Du noir, du gris... des coupes à l'image de cette rigide petite bourgeoisie.

Ça l'a tout de même rebutée, la grosse Louisa,

lorsqu'il a fallu aller prendre les mesures de son Jésus... qu'on lui a proposé une coupe la plus grande possible pour la veste, le pantalon, la vareuse, que ça puisse faire de l'usage pour deux ou trois ans. Les enfants poussent vite, l'idéal économique c'est qu'ils flottent dans leurs fringues la première année et que la dernière ils soient boudinés de partout. Naturellement les mômes jusqu'à je ne sais au juste... quinze ou seize ans... portaient des culottes courtes. Ça nous serait assez surprenant de se reporter d'un coup de baguette magique un siècle en arrière. Les photos d'époque en donnent une petite idée. Tout ça dénotait la tristesse, la pauvreté... les esprits coincés entre les préjugés tenaces, la trouille de tout, de Dieu, du patron, des petits chefs et surtout le dogme de l'épargne avec ou sans caisse.

M'sieur Arthur ça l'a finalement rassuré de placarder son enfant adoptif dans un tel univers. Lui il n'avait jamais pu décrocher ne serait-ce que son certif. Primaire c'était rien de le dire... tirant plutôt sur le primate. Tout ce qui ne concernait pas les problèmes de gagner du fric le dépassait infiniment, mais il avait pris conscience que ça ne pourrait pas faire de mal à un môme de se faire instruire, même par les curés. Pour ce qui est des mœurs, il se faisait fort de veiller sérieux au grain.

Je vous reconstitue tout ça grâce aux confidences d'Ursule. Elle avait suivi toutes les phases de cette affaire. Elle consolait de son mieux son petit qui resterait toujours pour elle un envoyé du paradis une nuit de Noël. Il osait pas chialer en public, je vous ai dit, crainte de passer pour une fillette... mais avec la pauvre Ursule il ne se gênait pas, il sanglotait sur sa poitrine... son tablier de serveuse.

Heureux qu'il avait une nature à tout renverser rapide, à s'adapter à n'importe quelle situasse. Dans sa vie cahotique, ça allait être un atout majeur.

***

Voici donc Jésus en son uniforme de collégien. Nous sommes en 1904 ou 1905, Ursule ne sait me dire au juste et je ne vais pas me mettre à faire des recherches pour un détail aussi insignifiant. Madame Louisa elle a pas suivi le conseil des vendeurs de La Belle Jardinière, il a une veste, un manteau coupés à sa taille... l'année prochaine on renouvellera la garde-robe. Il a pris le train à la gare de l'Est... descendu à Lagny-Thorigny-Pomponne. Là, une carriole du pensionnat l'attendait et Louisa a tenu à l'accompagner jusqu'au bout... jusqu'à la grande cour où ils se sont fait les bises d'adieu ! C'était Louisa qui pleurait... le sentiment maternel parvenu chez elle tardivement en était d'autant plus fort. Le paradoxe chez une femme qui jusqu'alors n'avait vécu que dans la putasserie la plus sordide... d'abord avec son propre cul, puis en exploitant sans vergogne celui des autres... Le schéma dans ce domaine est malheureusement toujours le même... les taulières et les sous-maques sortent du salon de choix. Promotion. Une fois investies de l'autorité, elles redoublent de vacherie, de sévérité, surtout les sous-maîtresses qui tiennent un rôle d'adjudant-chef dans les bordels.

Rien ne laissait prévoir que Madame Louisa fonde en larmes dans la cour d'un collège de Maristes en quittant son môme. Plus de problème, Jésus lui tenait à cœur autant que si elle l'avait pondu elle-même.

Jésus a été tout de suite pris en pogne par les gens du pensionnat. Un frère l'a conduit à son dortoir... lui a fait ranger ses petites affaires dans un placard et puis visiter les salles de classe, le réfectoire... l'a présenté aux uns aux autres... votre nouveau petit camarade Noël Lachalupe. On lui a donné son numéro en quelque sorte de matricule le 89 sans bien se rendre compte que ça fleurait un peu la Révolution. Le final de ce tour d'horizon, c'était la chapelle et justement à l'heure du Salut du Saint-Sacrement. Chaque jour, après le goûter de quatre heures, tous les mômes en rang se rendaient à la chapelle pour chanter le *Tantum ergo*. Les classes des petits, on les mettait au premier rang. Toute cette marmaille escortée par des pions en soutane, séminaristes ou vieux frangins en bout de carrière. Ça donnait pas à première vue dans la gaudriole, surtout que ce premier jour d'internat le ciel était à la grisaille, la brouillasse.

Que pouvait-il se passer dans la petite tête de Jésus-Noël ? On ne sait trop, il lui fallait un certain temps pour se creuser son trou. Toujours le problème lorsqu'on arrive dans une communauté nouvelle... la période d'adaptation.

Après le Salut, fort heureux les mômes avaient droit à une récréation pour qu'ils fassent connaissance. Un peu partout, on brocardait les nouveaux dits têtes de veau, on les lorgnait traviole à l'affût de leurs défauts... de leurs faiblesses où les malveillants peuvent glisser leurs petites vacheries.

Un ancien, un grand est venu l'apostropher d'un ton agressif :

— Comment tu t'appelles, toi ?

— Noël.

— Noël, c'est pas un nom ça. Ton père alors c'est le père Noël.

Savoir pourquoi ça fait rire les autres gamins qui commençaient à faire cercle autour de lui. Encore bambin, sorti à peine des couches de chez la Mélie, il était déjà obligé d'être sur ses gardes. Si ça se reproduisait comme à la communale de Nogent, il était encore prêt à se défendre à coups de pied et à coups de poing.

Son regard, son attitude de défi a désarmé les amateurs de mise à mort. Le grand a pris le parti de jouer les protecteurs. C'était un redoublant, un garçon qui se situait toujours dans le fond de la classe avec les cancres. Ça fait image lorsqu'on évoque ce genre d'élève. La plupart du temps ils étaient chargés de mettre le charbon dans le poêle pendant l'hiver.

Ça me permet de vous donner un aperçu des conforts de l'époque... Éclairage au gaz... chauffage parcimonieux dans les classes, à la chapelle, au réfectoire. Pour dormir pas besoin d'autre source de chaleur que l'animale... à chacun la sienne au fond de son petit lit sous les couvertures. En rangées les lits, une cinquantaine alignés comme à l'hosto et puis pour la surveillance, le pion dans son antre, protégé des regards par des draps tendus autour de sa couche.

***

Les premiers jours il était maussade notre petit Noël. Tout le décourageait... la lumière chiche dans les couloirs, les salles d'étude, le dortoir... Dans les assiettes du réfectoire c'était des choses pas tellement ragoûtantes qu'il devait se tortorer. Fort heureux que sa valoche avait été garnie de friandises diverses par la Mélie... du pain d'épice, des grosses tablettes de chocolat Menier... un pot de confiture, toutes sortes de gâteaux secs, un saucisson et même du fromage. Tout de suite ça lui a amené des petits potes... de ceux qui ne recevaient jamais rien. Régnait une grande inégalité entre les mômes... selon les moyens de leurs parents, la générosité des papas-mamans.

Pas si facile de cerner les choses de près à propos de l'origine sociale des élèves. À priori ils étaient issus de familles aisées pour se permettre de casquer la pension. La galtouse, le confort, tout ça laissait à désirer, il n'empêche que c'était cher. Il était admis, grâce aux résultats scolaires, que l'établissement tenait bien la cote... que même les médiocres finissaient par acquérir là un bagage indispensable. Ça conduisait certaines familles à faire des sacrifices.

Tout de même une majorité de gosses de la bonne sinon riche bourgeoisie. Des gens à principes, des culs-bénits comme on disait. Le pensionnat pouvait se targuer parmi ses recrues de quelques grands noms de l'industrie, du commerce et aussi de la noblesse la plus authentique. Ce coup d'œil sur la composition sociologique des pensionnaires, j'en ai acquis la connaissance en interrogeant Ursule et bien plus tard lorsque je fis connaissance avec Noël lui-même à la fin de son parcours.

Il s'est aperçu, sans en être tout à fait conscient, qu'il n'était pas le seul poussin noir dans ce poulailler. Quelques autres mômes avaient des origines incertaines, ça se subodorait pour peu qu'on ait l'œil exercé, à leurs mamans visiteuses. La mode alors ne permettait pas de se livrer à des excentricités vestimentaires mais chez certaines mères on discernait, sinon carrément la poufiasse de maison close, un peu la gonzesse entretenue, la poule de luxe. D'instinct, elles se mélangeaient pas avec les bourgeoises.

Et tout ça se répercutait chez les gosses. Se ressemble, s'assemble. Sans trop vouloir, Noël est devenu copain avec un certain Bruno, un gamin à la chevelure frisée, l'œil mariole... la démerde seconde nature. Autant vous dire tout de suite que le papa de Bruno il tenait un estaminet près de la place Clichy. Un endroit où il arrivait à M'sieur Arthur de venir laisser un peu d'oseille au poker ou à la passe anglaise.

Pour les gens du Milieu, ceux qui avaient réussi à s'installer confortable, c'était une espèce de garantie de confier leurs lardons aux frères des écoles chrétiennes. Autant, devaient se dire ces dabs maquereaux, ces dabuches putes, qu'ils n'entrent pas trop jeunes dans les carrières glandilleuses... C'est dans les premières années qu'on se laisse aller à des actions inconsidérées, des violences qui peuvent vous briser net toute ascension sociale.

Bien forcé notre petit Jésus de suivre le mouvement, de se plier à cette discipline qui paraîtrait aujourd'hui quasi monastique. La prière matin et soir à genoux au pied du lit... la messe... les cantiques. Constamment des surveillants ensoutanés derrière leur dos... même à la récréation ils étaient là, ils gaffaient, ils organisaient les jeux.

Des curetons de choc... des hommes formés par la Sainte Église comme les sous-offs dans l'armée. Dans tous les corps constitués... les religions, les régiments, les partis... sans les sous-offs la cabane s'écroule. Croire, obéir aveugle, se faire obéir, ne jamais se poser de questions... Dès qu'ils se mettent à réfléchir, à tatillonner, à se demander le pourquoi du comment, c'est les prémices de la fin des flagdas. On s'en aperçoit de nos jours que toute l'armada catholique prend la flotte... ça s'est mis à contester, chambouler, ouvrir des débats... les dialogues, les blablas infinis, les caquetages furieux pour le bien de la chrétienté, son retour aux sources, ses vraies valeurs et en deux trois décennies l'édifice s'effondre. Plus de soutane... plus de célibat... plus de latin... et on s'aperçoit qu'il ne reste plus rien... que l'habit faisait le moine, le chant grégorien la foi et que de tenir les gonzesses à distance était d'une élémentaire prudence.

Je vous écris ça, simplement pour le plaisir de dire, de constater... les raisons de la décadence d'une affaire qui tenait le coup, vents et marées, attaquée de partout depuis deux mille ans. Fallait pas laisser les sous-fifres ouvrir leur claque-merde, voilà tout !

***

Pour une douzaine de gosses, y avait un de ces cerbères qui menait les activités... à qui rien ne devait échapper. Il rédigeait le quotidien des joyeux rapports qui aboutissaient chez Tic-Tac le sous-directeur... un petit bonhomme rondouillard qu'on aurait pu, à l'aspect, le croire bon zig, papa indulgent mais qui ne laissait rien passer... qui savait, qui voulait tout savoir.

En classe régnaient les instituteurs. Dès les débuts ils allaient par paires... celui qui s'occupait des sciences, des mathématiques et celui qui enseignait le français, l'histoire, la géographie. Eux aussi portaient la soutane mais n'ayant pas encore prononcé certains vœux, ils n'étaient que frères. Ceux-là étaient d'une espèce plus agréable. Selon leur savoir-faire, leurs aptitudes pédagogiques, ils arrivaient à donner à leurs élèves des notions de grammaire, de calcul... des dates d'Histoire de France et des formules de chimie. Ça faisait l'essentiel pour ceux qui n'iraient pas jusqu'aux études secondaires.

Le seul élément féminin parmi ces éducateurs, c'était Mme Priolet, la prof de solfège chargée d'apprendre aux gosses à chanter, surtout des cantiques. Bien plus tard Noël, devenu M'sieur Nono, poussait parfois quelques goualantes inattendues en latin... ce qui ne laissait pas de surprendre les demoiselles qui usinaient de la fesse pour son plus grand profit.

Mme Priolet ne risquait pas d'éveiller la concupiscence de ses élèves et surtout de ses collègues. Revêche, les lèvres pincées sous une ombre de moustache brune, elle ne pouvait inspirer que le respect le plus chrétien. Elle dirigeait la chorale à la chapelle, l'assistait un gros frère aussi poussif que son harmonium...

Noël n'était pas encore à l'âge des révoltes, il se sentait, sans trop savoir pourquoi, comme en punition dans cet univers.

Un mauvais moment à passer... l'enfance, la jeunesse. Ça va à l'encontre des idées reçues à ce sujet... imposées surtout par une littérature complaisante. Reste l'ingéniosité des mômes, ils arrivent toujours à contourner les obstacles, à ruser, ils ont d'énormes facultés de dissimulation. Noël, très vite, a mis en œuvre tous les trucs possibles pour échapper à la monotonie de cette existence vouée aux études et aux exercices de piété. Autour de lui s'est formé un petit groupe... incontestablement dès son jeune âge il avait une sorte de charisme. Il goguenardait les pions en sachant jusqu'où il pouvait aller trop loin.

Au final, ce qu'on apprenait le mieux dans ce genre d'établissement, c'était l'hypocrisie. Régnait une ambiance plutôt malsaine à Saint-Laurent... beau faire sonner les cloches allègre pour ponctuer les heures... les cantiques... les prêchi-prêcha... ça se sournoisait dès que la surveillance se relâchait. Dans le dortoir, la nuit, y avait des mouvements bizarres... des ombres qui se glissaient et même, ça chuchotait, jusque derrière les rideaux du pion. Ça, Noël ne s'en aperçut que par la suite, les premiers temps il s'enroupillait dans ses draps comme un petit Jésus qu'il était encore pour ses mamans qui, dès le premier jeudi, le premier dimanche, sont accourues à la visite.

Rachel se présenta la première puisqu'elle tapinait toujours au *Grand 18*. Jamais elle avait mis les panards dans une école de confession chrétienne. Elle s'était fait une beauté pour aller voir son petit chéri... son petit Jésus.

— Faut plus m'appeler comme ça, Rachel. Surtout ici.

Ce qu'il lui a chuchoté dans les embrassades à la grille d'entrée.

C'était un beau jour d'automne... peut-être l'été de la Saint-Martin... en tout cas Rachel longtemps après en parlait encore de cette première visite à son Jésus. Certes il avait grandi, il n'était plus le bébé qu'on prend dans ses bras et qu'on n'arrête plus de bécoter. Fallait qu'elle s'y fasse, il était devenu Noël, il était grand pour son âge avec une petite gueule marrante, l'œil qui frisait... le cheveu qui fonçait et puis il avait déjà de la jactance.

Ils s'étaient installés sur un banc près d'une des pièces d'eau qui agrémentaient le parc... elle avait sorti des serviettes, des gobelets, tout ce qu'il fallait pour une dînette d'amoureux. Le terme exact... Rachel qui n'avait pas dans sa vie un maquereau pour lui pomper le fric que lui laissaient les tauliers, elle reportait toute son affection sur ce môme. Elle aurait bien voulu, elle, l'avoir adopté toute seule et bien sûr il serait pas là à se morfondre chez ces goys en soutane. Dans ses exercices professionnels, elle avait pu un peu se rendre compte de leur tartuferie. Elle s'était déjà appliqué quelques ecclésiastiques sur la soie et pas des plus ragoûtants.

Noël, que les copains surnommaient déjà Nono... le sobriquet qu'il allait garder jusqu'à la fin, en y ajoutant le Monsieur devant lorsqu'il serait chef d'entreprise... Nono donc, parmi ses mamans, préférait Rachel... elle avait un corps resté un peu fillette... mince, fines attaches et des yeux de biche. Je ne sais comment elle en était arrivée sur le turf, mais elle n'avait jamais mené une vie très heureuse. Je vous ai dit sa maman paralytique dont elle s'occupait avec quelques parents plus éloignés... Dans les claques où elle travaillait on n'avait jamais eu à se plaindre d'elle... elle évitait les frictions avec ses congénères, même celles qui éprouvaient le besoin de lui rappeler qu'elle n'était qu'une youpine.

Ça te gêne en quoi ? demandait-elle. L'autre était bien forcée de convenir qu'elle ne lui faisait aucun tort, d'autant plus qu'elle était d'un genre, d'un gabarit qui lui amenait des amateurs rêveurs plus délicats que la plupart des autres michetons. À l'approche de la trentaine elle ne paraissait pas son âge, sur le banc à côté de Noël on eût dit sa grande sœur plutôt que sa mère. Tout de même les autres collégiens, qui se glandouillaient avec leurs parents dans le parc, lançaient des coups d'œil significatifs sur Rachel. Sans pavoiser pute, je vous ai dit, elle était tout de même différente des autres visiteuses. Le soir dans son lit Noël s'endormait avec le visage de Rachel. Il avait gardé un peu de son parfum sur ses fringues.

Le jeudi suivant c'était le tour de Madame Louisa avec Arthur. Il faisait moins beau et dans les cas de mauvais temps une salle de réception était prévue avec des petites tables et des banquettes. L'inconvénient que les familles s'entassaient les unes à proximité des autres. Les dames bourgeoises, si elles ont gaffé en chanfrein le couple de tenanciers pourtant dans ses atours les moins pavoisants. Les honnêtes femmes retapissent, respirent vite fait les professionnels du pain de fesses. Les surveillants aussi et le gros Tic-Tac qui est venu faire des politesses aux uns aux autres.

Par la suite se sont succédé Lucie et Marthe... à nouveau Rachel et encore Madame Louisa. Ça l'a obligé à des explications... que toutes ces dames chicos étaient ses tantes... trois sœurs... et qu'elles l'aimaient toutes comme un fils. Il ne savait pas au juste si Louisa était sa véritable mère, mais à neuf ou dix ans, il était un peu troublé par certaines cachotteries qu'on lui faisait à propos de sa naissance. On lui fêtait en même temps son anniversaire et sa fête le jour de Noël. Somptueusement, il va sans dire. Il commençait à avoir une petite idée sur le genre de commerce qu'exerçaient ses parents. Les mots bordel, boxon, bobinard avaient traîné à ses oreilles enfantines lorsqu'il déambulait dans le quartier... les rues avoisinantes du *Grand 18*. S'il n'était pas très intéressé par la grammaire, l'orthographe et la géographie... pas très ouvert à ces choses qui vous conduisent aux aléas de la métaphysique, il était aux aguets, attentif à tout ce qui concernait *La Cigale d'or*... le va-et-vient de ses petites mamans avec des messieurs de toute sorte.

Ça lui faisait tout de même une curieuse éducation. À Lagny il ingurgitait du catéchisme à hautes doses... des chapelets, du latin... des génuflexions... des prières, des sermons et de l'Histoire Sainte. Et dès qu'il était avec ses mamans, son papa Arthur, il respirait tout autre chose que l'encens de la grand-messe.

Peut-être un autre môme eût été déchiré... inquiet... malheureux de cette dualité. Nono déjà trouvait le moyen de moyenner, de s'arranger de tout. Au pensionnat il suivait vaille que pousse la classe. Certains de ses petits potes faisaient des tours de cons, des tricheries qui ne les menaient qu'à se faire filer des coups de trique, se farcir des lignes à recopier pendant les récréations. Nono avait pris ses distances avec les garnements du fond de la classe... le grand Bruno, Gilbert Fournier qui se trempait la bite dans l'encrier pour amuser la galerie, Marcel Belet champion du lâcher de perlouses en rafales.

Il les préférait sûr aux bons élèves, les fils de famille qui fayotaient au premier rang... qui levaient tout le temps le doigt et qui glapissaient leurs leçons la bouille épanouie de satisfaction.

Lui, il était dans le milieu (déjà, diront les mauvaises langues). Il savait à peu près ce qu'on lui demandait de savoir et il copiait aussi sur son voisin, le fils d'un notaire qu'il récompensait avec des gâteaux, des bonbons, de tout ce qu'il avait à profusion dans son casier au réfectoire. Ses mamans lui en portaient trop, s'il avait bâfré tout ça tout seul comme certains, il serait devenu poussah, le cul plein de graisse à se traîner. Alors, bien sûr, il distribuait presque tout aux loquedus, à ses copains... il allait même jusqu'à offrir des caramels et des gaufrettes au surveillant famélique du dortoir.

Peut-être là qu'il a pris le pli de graisser toujours beaucoup de pattes autour de lui. Pour un observateur sérieux, les choses sont déjà tracées quant au reste de son existence. Il évite les heurts de front, il cherche les faiblesses de ceux dont il dépend, il est généreux de nature, ce qui n'est pas si courant dans le gent enfantine et il ne se plaint pas. Il ne se plaindra jamais même lorsque la vieillesse l'atteindra avec ses saloperies imparables.

IV

L'écolier de Noël

Je n'ai pas eu tous ces renseignements le premier jour tandis que je faisais carburer Ursule au gros qui tache. Je n'avais guère non plus les moyens de la traiter au saint-émilion. Il s'est passé quoi au juste ? Je l'ai revue au hasard par la suite parce que j'avais quelques affaires, quelques relations dans son secteur. Ça devait être ma vocation plumitive qui m'aiguillonnait, j'aimais écouter les récits des uns, des unes, des autres et souvent des plus déjetés. Les vioques en bout de course qui mâchonnent, radotent leur jeunesse... Ils enjolivent ou vous entragiquent leurs histoires, leurs amours à la pompe-moi-le-zob... leurs échecs dus au mauvais sort, au dieu méchant, au diable et son train... son tralala ! Comme jaspineuse, conteuse, Ursule elle était plutôt douée, née un siècle plus tard elle serait devenue romancière. Il en est aujourd'hui, les cuisses ouvertes à l'étal de nos librairies, qui sont loin d'avoir son expérience, son talent... qui ne savent débagouler que leur cul... comment elles se le sont fait défoncer pendant une drogue-partie sans trop savoir par quelle verge en érection. Toute l'originalité... qu'elles se soient fait prendre d'abord par l'arrière. Histoire de ne pas être conformiste comme ces petites bourges qui s'offrent d'abord par la foufoune.

Je m'égare, je m'emballe et il faut que je revienne à mon Jésus. Je vous l'ai laissé au pensionnat des Maristes. Il y coule des jours sans joie. Il pense à l'avenir, m'avouera-t-il, ça l'aide à lui faire passer l'enfance... Quand il sera grand, il se voit pas revêtu de toutes les défroques sociales qu'on lui fait guigner. Il sera grand, c'est tout, il sera costaud et il fera ce qu'il veut, ça lui suffit comme idéal.

— Tu devrais devenir officier de marine, lui disait Rachel. T'aurais un bel uniforme et puis t'irais dans les îles où il y a des belles filles. Ça me fait de la peine rien que d'y penser, mais si tu deviens heureux, c'est tout ce que je demande.

Lorsqu'elle lui faisait cette déclaration quasi amoureuse, il était déjà aussi grand qu'elle. C'était sa dernière année à Lagny, au mois de juin. À la rentrée, son papa Arthur lui avait promis qu'il ne l'obligerait pas à reprendre sa casquette de collégien. Quatre piges dans cette officine de curés, ça lui suffisait pour le restant de sa vie. Il y avait appris l'essentiel en ce qui concernait la religion, en tout cas qu'il valait mieux ne pas se mêler de mettre des bâtons dans les roues du carrosse du Saint-Sacrement. L'Église était pour l'ordre établi... elle faisait de la charité son dogme absolu mais dans la pratique elle ne devait rien déranger dans la boutique sociale. Les conflits avec la République étaient toujours dans leur phase aiguë, le Saint-Père Pie X donnait pas dans les innovations dogmatiques... le temps n'était pas encore venu des évêques qui révèlent à leurs diocésains leur homosexualité. S'ils grignotaient de la brioche infernale, ils le cachaient. Noël a réussi à échapper aux assiduités ambiguës de quelques frères. Il avait compris la poloche et il s'esbignait toujours lorsque les entreprises de ses éducateurs pouvaient dévier vers la braguette.

Il soutiendra plus tard, lorsque les conversations s'attarderont sur ce sujet, que ceux qui se sont laissé entraîner à touche-pipi et même à se faire égoïner, ils avaient au départ des dispositions naturelles.

— Mon cul n'a toujours été qu'à moi.

Ce qu'il proclamait et, là, je vous emmène dans une autre époque, j'anticipe. Déjà bien allegretto de ma part que je vous saute ces quelques années du pensionnat. Il y aurait peut-être beaucoup à en dire, mais d'autres l'ont fait mieux que je ne le pourrais. Notamment Gabriel Chevallier dans *Sainte-Colline* paru avant la Seconde Guerre mondiale. Un livre éclatant... la description de cet univers des collèges religieux début de siècle avec une acuité, un talent incomparables. Je me pose un peu la question du pourquoi un tel chef-d'œuvre — ainsi que *La Peur* et *Clochemerle* — ne figure jamais dans les multiples anthologies littéraires. Sans doute les augures de nos belles lettres, nos grands prêtres de l'intellect, l'ont-ils taxé de populisme, de vulgarisme, de rigoladisme. Il n'est de livres qui méritent la postérité que s'ils dégagent un ennui profond garant du sérieux avec lequel l'auteur tient son porte-plume.

***

— Tu sais qu'il a fait sa première communion.

Ursule qui m'annonce ça un soir où je l'ai retrouvée rue des Gravilliers en train de se jeter un dernier coup de jinjin derrière le jabot. J'avais pas envie d'écouter ses histoires, je guignais une môme faite au moule et avec des yeux prometteurs. Elle venait là se désaltérer... j'avais quelques chances de la voir débarquer. En attendant, me fallait bien écouter Ursule. Au début je raccrochais pas...

— Paye-moi un calva, je te raconterai la communion du petit Jésus.

Le calva c'était une tournée, elle était en compagnie d'une vieille radeuse et son gringalet d'homme... un hareng aux nageoires fatiguées.

— Il l'a loupée sa communion !

Elle se marre... Ça se passait tout ça à Lagny. À onze ans les enfants faisaient leur communion solennelle. C'était un grand jour dans le pensionnat, une fête. Tous les parents étaient là... les dames en toilette, les papas cravatés, col dur, les pompes si possible vernies. Quant aux mômes ils gardaient leur uniforme bleu, mais ils arboraient le brassard blanc de la pureté. Et puis peignés, tous passés le matin à la douche. Il lui semble à Ursule qu'il y avait un évêque, déplacé spécial de Meaux pour honorer la cérémonie, confirmer les communiants de l'année précédente. N'importe ! Évêque ou non, les mômes vont recevoir l'Eucharistie pendant la grand-messe de onze heures.

En attendant les parents, l'évêque, les personnalités, les anciens... y a une espèce de quartier libre et les futurs communiants peuvent se dégourdir les guibolles dans le parc. Dans ces temps déjà lointains, il fallait être à jeun pour recevoir l'hostie consacrée. Une règle des plus strictes. Et voilà que Bruno, le petit pote de Noël, l'entraîne vers le jardin de l'aumônier. Dans le pensionnat c'était le nabab l'aumônier, l'abbé Coureau, il avait un petit pavillon coquet derrière la chapelle, entouré d'un potager. Tout ça entretenu par les frères larbins.

Bruno, de temps en temps, il faisait la clôture du jardin pour aller se gaver quelques fruits... des prunes, des poires, des cerises ou des pommes selon la saison. Il pense plus à la communion, Noël non plus, et il l'entraîne... l'abbé Coureau il a des rangées de fraisiers magnifiques. Nous sommes en fin mai, début juin. Nos garnements pénètrent dans le jardin et les voilà qui vont aux fraises. Ça serait tout à fait véniel comme péché... un larcin qui se règle à confesse avec quelques *Ave*... quelques *Pater*. Seulement ce jour-là ça constituait une circonstance aggravante. Toujours, sans plus y penser, Bruno et Noël regagnent la cour de récré où les copains déjà s'alignent. La cloche sonne... les parents sont arrivés, s'attroupent. L'aumônier est là, un tas d'officiants, d'enfants de chœur et on entend la chorale qui entonne un cantique de circonstance... *L'agneau si doux, le voici !* Parmi les parents, Noël a aperçu Arthur, Louisa et ses trois autres mamans. Elles sont venues, elles sont toutes là comme chante Aznavour. Sur leur trente et un... leur trente-deux elles le réservent pour les clients dorés sur tranche. Marthe est enserrée dans un corsage bleu avec les roberts qui ne demandent qu'à se dégager du soutien-gorge. Lucie est bordée d'organdi. Rachel qui va se faire une violence en pénétrant dans l'antre des goys... que ne ferait-elle pas pour son Jésus chéri. Toutes les trois se sont glissées au premier rang pour le voir passer avec son cierge. Il est le plus beau naturellement, le plus grand, un déjà merveilleux petit mec.

Mais que se passe-t-il ? Bruno s'est détaché des rangs et il s'en va parler à l'oreille de l'abbé Coureau. Ah merde ! Il lève les bras au ciel, l'abbé Coureau ! Il fait signe aux autres tonsurés autour de lui de stopper la progression de la troupe. Voilà, et il s'avance vers Noël, lui intime de sortir des rangs. Il comprend maintenant Noël, ça lui était sorti de la tête... Bruno vient de vendre la mèche. Tout à coup, ce nave s'est souvenu des fraises et la peur lui a saisi l'âme. S'il va communier après avoir mangé, il redoute les foudres du ciel... que Dieu le punisse sur-le-champ... le foudroie... que sais-je, lui brûle la langue ? Alors il a pris la décision héroïque d'aller tout dire, tout avouer à l'aumônier, et du même coup balancer son pote.

Par lui le scandale arrive ! Tout est suspendu... Le Père directeur rapplique et puis Tic-Tac et ils entourent les petits délinquants. Ils ne peuvent absolument pas recevoir l'hostie en ayant ingéré un aliment... qui plus est des fraises volées à l'abbé Coureau. Décision immédiate du Directeur. Bruno et Noël vont se placer derrière leurs camarades et ils ne les suivront pas vers la table sainte. Autour les invités s'interrogent... pourquoi ces deux enfants sont-ils punis ? Les mamans du petit Jésus aux cent coups... l'émoi et puis M'sieur Arthur qui fend le défilé... Il a un melon gris perle, M'sieur Arthur, une jaquette, une cravate beige avec une grosse perle au milieu. Il accroche le Père directeur, le barbu poilu de partout. Ils s'écartent... Ça discute en chuchotis fermes. Par la suite on a su qu'il lui a proposé du pognon pour étouffer l'affaire... carrément, il a voulu lui glisser un paquet de talbins dans la poche de sa soutane. Il aimait le pognon, le Père supérieur, presque autant que la Vierge Marie, mais là il était trop tard. Bruno et Noël feront leur première communion le lendemain à la messe basse, ça leur servira de leçon... de punition... d'humiliation !

Je vous reconstitue ce mini-drame d'après le récit d'Ursule.

— C'était mieux comme ça, il paraît que ça porte malheur de communier en ayant becté.

La radeuse, à côté, y a été d'un témoignage... qu'elle avait eu un homme devenu muet parce qu'il avait communié rien qu'après un café crème et deux croissants... Cette confidence provoque le persiflage de son julot...

— Muet, ça l'empêchait pas de te bouffer le cul !

Propos dénués du moindre tact envers une personne qu'avait tout de même de la religion et qui subvenait à ses besoins les plus alimentaires. En tout cas se baguenaudait dans le public une croyance, une sorte de superstition autour de ce jeûne obligatoire avant la communion. L'explication du comportement de Bruno. Il s'est justifié comme ça, alors que Noël, né pourtant un 25 décembre, était déjà tout à fait sceptique quant aux conséquences des fraises sur l'Eucharistie.

On a mis les deux petits pécheurs au fond de la chapelle tandis que leurs camarades se dirigeaient les yeux baissés, les mains jointes, vers la sainte table... *Mon Dieu je ne suis pas digne de vous recevoir...*

La première réaction de Noël fut de se venger de ce connard de Bruno... le coincer dans les chiottes pour lui filer une avoine dont il garderait le souvenir.

Sur le plus tard, lorsque j'ai connu ce petit Jésus devenu M'sieur Nono retraité du proxénétisme, ça m'est revenu cette histoire de première communion ratée. Je l'ai replacé sur les rails... il en gardait un souvenir plutôt à la rigolade. C'était en somme la première fois qu'il se faisait *balancer*, il aurait dû certes corriger son petit pote. Mais déjà il avait de la réflexion... ça l'aurait entraîné trop loin... des complications inutiles. Simplement il l'a scié... il ne lui a plus adressé la parole et il a fait pression pour que les copains le mettent en quarantaine. Tout de même ce petit incident a fait s'agiter les langues vipérines chez les parents respectables des autres élèves. Les dames bourgeoises avec leurs chapeaux monuments... leurs lèvres pincées au moindre mot de travers. Rien que cette tribu de putes évidentes qui s'occupaient de Noël les avaient mises sur l'accent aigu de la méfiance.

Probable que le Père directeur s'est laissé séduire par les piécettes de M'sieur Arthur... À l'époque, des louis et des napoléons d'or circulaient assez couramment. Ils se mettaient en planque, enterrés dans les jardins, surtout après la guerre de 14... lorsque le franc s'est mis à vaciller. N'importe, Noël et Bruno furent pardonnés en confession et ils communièrent le lendemain aux aurores sans fastes liturgiques, quasi dans la pénombre.

— Ses mamans, ça leur a fait beaucoup de peine, dit Ursule. Une première communion ça n'a lieu qu'une fois dans la vie !

Elle, elle n'avait pas été conviée aux réjouissances, elle restait au *18* pour assurer l'intendance, surveiller les trois autres pouliches qui usinaient de la fesse et du téton.

Après la grand-messe, y avait un banquet en plein air pour tous... le beau temps permettait que les agapes aient lieu dans le parc, sous les marronniers en fleur... honoré par la présence de cet évêque de Meaux... peu importe son blase... Monseigneur Trucmuche... en tout cas c'était pas Bossuet. On avait même poussé la déférence jusqu'à l'installer, avec le directeur, l'aumônier et quelques ecclésiastiques triés sur les vitraux, sur une estrade qui rehaussait leur prestige. Le commun des fidèles était à même le sol. Tout était bien prévu, hiérarchisé dans les moindres détails en ce temps-là dans cette puissante armée qu'était l'Église catholique.

Rachel, ça l'amusait plutôt l'épisode de la communion ratée. Et ça choquait Madame Louisa, qui en a profité pour lui glisser quelques vannes antisémites... que son Dreyfus non plus ça ne devait pas le concerner tellement le sacrement de l'Eucharistie.

— S'il avait fait sa première communion, il aurait jamais pu trahir la France.

Le genre de réflexions. Il était pourtant revenu de l'île du Diable, Dreyfus, on l'avait réhabilité. Mais Madame Louisa et M'sieur Arthur ils avaient leurs petites idées là-dessus. Tel était le climat en ce début de siècle. Rachel n'essayait pas de contredire ses patrons, c'eût été pour elle le chemin de la porte, elle tenait à rester au *Grand 18* à cause du voisinage de sa mère et surtout de son amour pour le petit Jésus.

Je vous ai anticipé au chapitre précédent une promenade dans le parc du pensionnat qui se situe deux ans plus tard, sans doute lorsque Noël a entamé sa puberté... que ces mamans style catiche commencent à le troubler...

***

Après la communion, les élèves passaient en deuxième division. Là, c'était les boutonneux, les malveillants de l'âge ingrat. À part quelques âmes d'élite qui succombaient aux charmes des cantiques, des rites, de tout le cérémonial religieux... quelques futurs prêtres... les autres, dès leurs premières bandaisons, ils donnaient dans les cochonneries... ils racontaient des histoires de filles qu'ils avaient vues à poil... ils se projetaient dans les bobinards. Ça faisait d'ailleurs, avant la grande libération des mœurs, une clientèle importante, les collégiens, pour nos maisons de société. Simplement fallait faire bien gaffe, lorsqu'ils n'avaient pas encore dix-huit ans, de ne pas se faire coincer par les flics... Détournement de mineurs, ça s'appelle encore dans le Code pénal. De quoi conduire la taulière au placard et lui faire sauter sa tolérance. Adieu vaches, clients cochons et poules de luxe !

Toujours, des meilleurs arrangements avec ces messieurs des mœurs évitaient ce genre de catastrophe. Les tenanciers savaient mettre le prix pour que la police baisse les paupières sur ses jolis yeux. Fallait tout de même bien que les jeunes gens s'initient aux jeux de l'amour... c'était en quelque sorte des leçons d'éducation sexuelle qu'ils recevaient à la *Villa des Roses*, au *Château des fleurs*, au *Moulin galant*...

De toute façon au pensionnat, ça commençait après le certif, en catimini au dortoir ça s'initiait dans les branlettes. C'est là qu'il fallait faire un peu gaffe à la déviation. Le camarade initiateur, il a parfois envie de se faire pomper par son apprenti... que celui-ci y prenne goût et c'est foutu pour le chemin des dames.

Noël il se méfiait de toutes ces amusettes, à défaut de femmes il se contentait du fameux péché d'Onan que les bons pères évoquaient dans leurs cours d'instruction religieuse... quand dans la Bible on en arrivait à ce chapitre.

À gamberger ainsi aux félicités de l'amour, ses études en pâtissaient, il s'intéressait de moins en moins aux règles de trois, à l'analyse logique et aux cinq comptoirs des Indes. Aux vacances, il allait quelques jours dans la villa de Villejuif où il s'ennuyait, puis Mélie l'accueillait avec joie à Nogent. Rosalie avait grandi sans prendre trop de formes. Un peu de poitrine et des hanches lui eussent amélioré son potentiel de charme assez restreint de par son visage ingrat. N'empêche, elle accompagnait Noël sur les canots de la Marne, elle prenait part aux exercices de pagaies... enfin de rames pour être précis. Ils louaient des barques un peu lourdes. Noël, au milieu de toutes ces nanas, depuis Ursule jusqu'à Rosalie, qui se disputaient pour lui combler ses moindres désirs, il aurait pu tourner enfant gâté, capricieux... de la race impossible à jamais satisfaire. Ça devait pas être dans ses chromosomes, il était au contraire agacé par toutes ces prévenances féminines. Il restait sur son quant-à-soi, mais il avait pigé d'instinct que son pouvoir, on dirait aujourd'hui phallocratique, lui offrirait des perspectives alléchantes.

Avec ses mauvais résultats scolaires il était évident qu'il pourrait pas devenir, comme pensait Rachel, officier de marine, ni cardinal selon les rêveries insensées de Madame Louisa... qui se disait que, puisqu'il était venu envoyé du ciel une nuit de la Nativité, c'eût été logique qu'il épousât la carrière ecclésiastique.

— Y reprendra l'affaire, lui a dit Arthur pour répondre à ses angoisses quant à l'avenir de cet enfant.

Lui se berçait pas trop d'illusions. Moins finaud que sa bobonne, il jaugeait Jésus avec son expérience des hommes. Après tout c'était la meilleure carrière pour ce môme. Les tauliers vieillissants, tout comme les rois ou les propriétaires terriens, désiraient que leur progéniture prenne leur succession. Ça se pratique, s'arrange encore dans beaucoup de corps de métiers. On voit ça de nos jours chez les stars de la chansonnette ou du cinéma. Même en politique, on se refile les bonnes places par héritage. Allez après ça m'expliquer que les nobles de jadis étaient des monstres... deux siècles après notre grande révolution, nos plus fervents démocrates se comportent comme eux.

Dans le cas d'une maison de tolérance, ça posait des problèmes particuliers. L'héritier fallait qu'il ait tout de même un certain âge, pris *du poids* comme on dit chez les malfrats, et surtout qu'il se trouve une dame, si possible sa légitime garantie par la mairie, pour obtenir l'autorisation tacite de reprendre la direction de *La Cigale*.

Toutes ces conjectures prématurées, lorsque Noël va quitter le collège avec juste comme bagage scolaire son certificat d'études. Naguère on pouvait envoyer les mômes à l'usine ou dans les mines de charbon à douze ans turbiner dix heures par jour. Heureux temps pour résoudre les problèmes de la jeunesse.

Exclu qu'un garçon comme Noël, un envoyé quasi du paradis, aille s'esquinter les pognes dans les travaux manuels. Aucune de ses mamans ne l'eût permis. Même celles comme Marthe ou Lucie affublées d'un hareng glouton se seraient arrangées pour mettre à gauche de quoi l'entretenir.

Vous pourriez vous imaginer, chères lectrices attentives à mes jolis contes, que je vous parachèverai mes œuvres avec une Nativité, une sorte de rachat pour vous avoir induites à la tentation charnelle avec mes histoires parfois salaces. Je me voyais déjà dans une ode claudélienne. L'enfant Jésus confié aux pécheresses, ça permet tous les espoirs de rédemption, une nouvelle écriture de l'Évangile... Alléluia ! Un ouvrage à glisser entre toutes les mains... Grand prix de la littérature catholique ! Eh merde ! mon personnage a évolué dans une direction que je n'avais pas prévue... en tout cas voulue. C'est le sort des pauvres romanciers qui n'arrivent plus à maîtriser leurs créations. Faut aussi avouer que la vérité transmise par la vieille Ursule ne me permettait pas de me reconvertir dans la bien-pensée. Hélas trois fois, comme disait le général de Gaulle ! Me voici donc encore embarqué dans une biographie où vous sentez déjà l'odeur de poisson conservé dans les saumures de mon verbe argotique.

Il mijotait donc Arthur de former son fils adoptif afin qu'il puisse un jour reprendre le flambeau au *Grand 18*. S'il ne s'agissait pas d'une carrière des plus honorables, elle présentait l'avantage de ne pas exiger de bagage culturel pour y accéder. Mais comme rien n'est simple, rien n'est acquis tout mâché, rôti pour personne, le métier de taulier demandait des dispositions, une expérience particulière. La plupart des maquereautins qui sévissent dans le putanat, c'est pas leur QI élevé qui les distingue. Ils tiennent leur cheptel par un mélange de prestige voyou et de brutalité. Comme ils sont paresseux, veules et souvent joueurs, ils vivotent selon les plus ou moins bonnes recettes des fesses de leurs dames. Rare qu'ils ne chutent pas... se font envoyer par les flics voir si les magistrats peuvent s'attendrir sur leur sort. Tout ça finit dans les geôles... le bagne à l'époque dont je parle. Ils essayaient de s'en sortir par la délation... le balançage des potes. Ça ne leur réussissait que jusqu'à ce qu'un méchant vienne leur expliquer sa façon de régler les problèmes à la lame... au flingue... une ration de bastos dans le thorax.

Ces précisions pour mettre un bémol à ceux qui penseraient que le proxénétisme n'offre que des facilités.

M'sieur Arthur considérait avec juste raison qu'il faisait dans la carrière partie de l'élite... qu'il était gradé... une sorte de colonel, de général. On a besoin de vanité même dans la crapule. L'idée que son petit Jésus pouvait devenir comme son patron chagrinait Rachel. Je vous ai dit, elle se l'imaginait en commandant sur un bateau... La flotte française à l'époque pavoisait sur toutes les mers... canonnait les coloreds qui se pliaient pas sous la férule de notre République une et indivisible.

On se fait tous des idées... que notre expérience, nos conseils peuvent avoir un effet sur l'avenir de nos enfants. Bernique ! Salive inutile... ils feront ce qu'ils veulent, même les pires conneries. Le mieux c'est de les laisser venir... ils vous observent, ils en savent sur vous toujours plus que vous ne croyez. Noël comprenait que papa Arthur ça lui chantait dans la tête qu'un jour cette belle et saine entreprise de *La Cigale d'or* lui revienne entre les pognes. Déjà à ce moment il ressentait les atteintes d'une vieille vérole qu'il avait attrapée avec il n'avait jamais su au juste quelle pute. Sir Alexander Fleming était encore étudiant et, avant sa découverte de la pénicilline, la syphilis faisait des ravages. On peut citer n'en plus finir les noms de célébrités mortes au champ des tréponèmes... des rois, des artistes, des généraux que l'ennemi n'avait pas pu abattre... de grandes courtisanes, bien sûr, des dignitaires ecclésiastiques... On appelait ça le coup de pied de Vénus en langage châtié. Tous ceux qui promenaient leur pénis en de mauvais lieux et même ailleurs... bien des femmes du monde contaminaient leurs amants, oui, tous ou presque étaient frappés... Une calamité aussi mortelle que le sida de nos jours. Et là, c'était une maladie honteuse, on n'appelait pas les populations pour secourir les syphilitiques. On considérait que le chancre induré apparaissait comme la manifestation de la colère divine pour punir les pécheurs.

En tout cas on n'avait que les moyens du bord pour le soigner ce chancre. Des remèdes de bonnes femmes, des thérapeutiques à peu près. Certains traînaient leur vérole assez longtemps sans qu'elle leur cause trop de tracas. Et puis tout de même les tréponèmes se réveillaient, ça passait à la deuxième phase qui envahissait toute la carcasse. Au finish ça se terminait dans l'horreur... le sujet devenait dingue... divaguait... se tordait... hurlait. On le bouclait à Charenton, l'asile d'aliénés réputé de la région parisienne où avait fini le marquis de Sade.

Arthur comprenait que bientôt pour lui les légumes seraient cuits dans la marmite infernale du châtiment. Il avait des étourdissements, des sautes d'humeur. Au flambe il abattait n'importe quelle carte sur le tapis. Madame Louisa était inquiète, c'était pas la grande passion qui les retenait ensemble... Elle disait parfois pour amuser la galerie : « Lui, Arthur, c'est plutôt Roméo et paupiette. » Son plat préféré les paupiettes de veau, et il avait été jusqu'à proférer qu'il les préférait à sa femme. D'où cette spirituelle réflexion d'icelle.

— Je me rappelle plus quand ils l'ont foutu à l'hosto. Il me semble que c'était l'année de l'inondation... grommelle Ursule.

J'ai un peu de culture historique, j'en déduis que

c'était en 1910 et que Jésus avait déjà quitté les Maristes.

— Nono, qu'est-ce qu'il faisait à ce moment-là ?

Je demande, j'ai du mal à m'y retrouver, chronologiquer les choses comme il faut. Au moment de ces petits dialogues certes je n'avais pas idée de vous les reproduire au bout de ma pointe feutre. C'était du temps où je fautais contre la loi... où je me figurais, bonne pomme, que j'allais engourdir une nuit un trésor avec lequel je pourrais m'enfuir dans une île du Pacifique me la faire grasse et crapuleuse sous les cocotiers et les vahinés suceuses. Rêveries de jeunesse... On se réveille le plus souvent à coups de pompes dans le cul.

— ... Pas trop ce qu'il foutait, il venait pas au *18*, ça lui était interdit. Je crois qu'Arthur l'avait fait embaucher chez le Gros Napoléon comme loufiat.

Profession incertaine mais poste d'observation. Toutes les frappes, les rouleurs de mécaniques, les petites mains de la délinquance se retrouvaient là pour perdre leur argent mal acquis. Les condés aussi se pointaient... encore avec des grolles cloutées... le pardessus noir et le melon qui fut longtemps presque leur signe distinctif. Tels que vous les admirez dans *Les Aventures de Tintin*. Souvent avec le pébroque, Paris est une ville pluvieuse, et par temps sec on peut s'en servir pour matraquer les émeutiers, les récalcitrants de toute sorte.

Le Gros Napoléon n'était pas si vétilleux sur ses heures de présence, Noël faisait plus grand que son âge, il se sapait, disaient ses mamans, comme un milord.

— Il était puceau ?

Je demande, ça devient un événement essentiel pour cette biographie. Les lectrices sont, je suppose impatientes, je leur ai mis si je puis dire le foutre à la bouche.

Ursule a hésité à me répondre... quelque chose la chagrinait. Elle se figurait tout de même pas qu'elle serait choisie... Quarante ans plus tôt, me direz-vous, ça n'était pas impossible qu'elle se fasse butiner par un adolescent. Restait qu'elle n'avait rien pour l'attirer cet adolescent... Torgadue, boquillonnante... l'œil bovin, les mamelles déjà flasques. Tout ça m'a été rapporté par d'autres témoins et puis M'sieur Nono lui-même qui disait :

— Ursule, c'était une brave gonzesse, mais elle a toujours été dégueulasse de sa personne. Au tapin, tout juste si elle aurait pu se faire les Biques dans une taule d'abattage.

Et puis ça lui avait jamais traversé l'imagination de s'envoyer en l'air avec le petit Jésus, ça lui aurait paru un péché mortel.

Alors ? Tournez la page, je vais vous dire comment les choses se sont passées et avec qui.

V

Le petit Jésus dans la crèche

Ce titre est emprunté à une formule égrillarde que souvent les filles lançaient aux clients éventuels qui passaient rue des Lombards, rue Blondel ou rue Greneta... hauts lieux du turf parisien. « Tu viens mettre le petit Jésus dans ma crèche ! » Ça faisait rire les copines et si le micheton acceptait autour on l'applaudissait.

Depuis que Noël avait pris presque sa silhouette, sa carrure d'homme, imaginez un peu les pensées qui traversaient parfois l'esprit de ses mamans. D'autant qu'il blaguait, qu'il commençait à jouer des pognes sur leurs corsages, leurs miches. Il leur faisait déjà des compliments appuyés... qu'elles devraient bien lui montrer leurs jupons... leurs guêpières... Elles pouffaient, lui tapaient sur les menottes... petit dégoûtant ! À distance, Lucie soulevait sa jupe... Tout ça se déroulait dans la campagne nogentaise... dans les taillis... les roseaux du bord de Marne.

— Pense que je suis ta mère, dit un jour Lucie, tu dois me respecter.

Elle était encore dans les eaux de la trentaine... tout de même de bonne conservation, ne serait-ce que pour fidéliser sa clientèle.

— T'es pas ma mère ! C'est Louisa ma mère.

Elle a haussé les épaules. Il savait bien que Louisa n'était pas non plus sa mère. Arthur l'avait affranchi de sa naissance abandonnée. Seulement Louisa elle avait passé l'âge de se faire accrocher des cerises aux oreilles... se faire chercher les bêtes à bon Dieu entre les nibards.

C'en était resté là avec Lucie... quelques agaceries... des mots, des rires pouffés. Rachel, il osait pas trop se risquer avec elle... elle lui badigeonnait leurs relations sauce romantique. Avec les sempiternels oiseaux sur la branche... les fleurs qu'on cueille, qu'on respire... juste il se permettait une petite bise dans le cou. Elle en avait pour sa semaine... ça lui effaçait à l'avance toutes les étreintes qu'elle allait subir de charcutiers, tripiers, épiciers... jusqu'à des marchands de charbon dont il fallait tout de même nettoyer le pénis avant qu'ils copulassent.

Restait Marthe, elle, elle sentait les années graisseuses lui envelopper la carcasse. Ça faisait le bonheur furtif d'une certaine clientèle. On dit que les hommes aiment sortir, se pavaner avec les minces, les mannequins et puis rentrer avec les gravosses pour s'esjouir la virilité. Sans doute y a-t-il du vrai dans ce ragot des villes. Difficile d'apporter une preuve... ça serait encore des statistiques à la mords-moi... des prétextes pour que les psy nous bavent encore une étude de plus, aussi utile que la recherche du sexe des anges.

Plus Noël grandissait, se faisait homme, plus de drôles d'idées licencieuses lui trottaient dans la cafetière. Ça lui traversait pas l'esprit qu'un tel rapprochement physique puisse frôler l'inceste. Il n'avait aucun lien de parenté avec ses protectrices... alors ? C'est l'occase qui fait la larronne et lorsque vous trottent des projets de ce genre, on dirait que le destin s'en mêle... s'amuse à bousculer le programme. Arthur était à l'hosto à filer son mauvais coton vénérien. Pour un taulier, c'était à peu près normal qu'il finisse au troisième stade de la vérole... un peu comme un général qui ne devrait mourir qu'à la guerre. Ce qui n'arrive pas si souvent, les généraux préférant à tout prendre rejoindre les tauliers dans le tabès plutôt que leurs soldats sur les champs de bataille. Louisa ayant été à Charenton voir son homme, Noël se trouvait seul à la villa de Villejuif. Spacieuse la résidence... décorée au goût nouille de la Belle Époque... tapisseries, meubles, bibelots... croûtes au mur que ça ferait aujourd'hui du Kitsch pour nos esthètes snobs. Mais confortable ! de profonds fauteuils... canapés... dans la cuisine de quoi se restaurer, désaltérer les gosiers les plus secs. Pas de bonniche... par économie, c'était Ursule qui venait trois fois par semaine faire le ménage. Comme récompense, elle avait droit de déjeuner avec ses patrons et de remporter des rognures prétendument pour son chat mais elle se prenait quelques bons morceaux pour se grignoter dans sa cagna.

Toujours est-il que Noël est seul ce jour-là. Il a sa chambre au premier et en bas... presque en sous-sol, un petit atelier où il soigne sa bicyclette. C'est justement un cadeau de Marthe cette bicyclette... une Française Diamant, le plus beau modèle du moment... De quoi vanner dans les rues autour du *Grand 18*. Nous n'en sommes pas encore à l'automobile accessible à tous. Seuls les grossiums... le Tsar, Monsieur Fallières... les grands patrons de l'industrie peuvent s'offrir des de Dion-Bouton ou des Delaunay-Belleville. Jules Bonnot sera le premier prolétaire qui se mettra au volant de ces merveilles pour arraisonner les encaisseurs.

Il est en train de graisser les rouages de sa bécane, Noël... burette et tout. Une petite gapette marque Grivelle sur sa chevelure bouclée. Et la porte s'ouvre pour laisser pénétrer qui ? Je vous le donne en deux mille... Marthe elle-même ! A-t-elle su qu'il était là... seul ? Quel diable le lui a soufflé dans le creux de l'esgourde ? En tout cas elle est en beauté la gravosse. Tout mis en œuvre pour aguicher les messieurs. Un petit bitos de paille au sommet de sa chevelure soigneusement chignonnée. Revêtue d'étoffes légères, fanfreluchardes. Elle tient à la main un petit paquet de chez le pâtissier et une charmante ombrelle.

— Alors, elle te plaît ?

Ce qu'elle lui demande d'autor avant même les bisous d'usage.

— C'est ma petite fiancée, répond Noël... je peux pas mieux te dire.

Elle pose son paquet, son ombrelle... elle est maquillée sans excès. Sa jupe est légèrement relevée, un petit froncé pour laisser apercevoir son mollet au-dessus de sa bottine. Ça la fait rire que Noël compare son vélo à une fiancée.

— T'as des drôles d'idées... les vraies fiancées, ça sert à autre chose, tu y as déjà pensé ?

— Ça m'arrive.

Il est un peu laconique Jésus-Noël dans sa manière de s'exprimer. C'est son naturel, il se laissera jamais aller aux bavardages inutiles. Sa petite maman s'est approchée de lui et il s'essuie les mains pour l'embrasser.

— Madame Louisa est là ?

Noël lui explique... qu'elle est à son devoir d'épouse d'aller apporter un peu de réconfort à son homme.

— Pour pas grand-chose, murmure Marthe... il reconnaît plus personne. Il paraît qu'il se prend pour un chien. Je sais pas combien de temps y va tenir comme ça, mais pour tout le monde vaudrait mieux qu'il aille voir au ciel s'il y a pas des anges à mettre au tapin.

Elle cause ainsi Marthe... sans hypocrites fioritures. M'sieur Arthur elle l'a jamais porté spécial dans son cœur. Passons, elle ne va pas se mettre à le dégrainer alors qu'il est à l'article... qu'il va bientôt tourner le coin.

Noël a rencontré le regard de Marthe. Ça commence toujours avec les yeux ce qu'on appelle l'amour, ou ne serait-ce que les prémices de la partie de jambes en l'air. Elle le sait maintenant, c'est elle qui va dépuceler le petit Jésus. Un sacré trophée à inscrire dans son palmarès galant. Elle en conte souvent de savoureuses à ce sujet... parmi ses clients, les ministres, les princes russes, un cardinal... quelques généraux... et en dehors des étreintes tarifées, plusieurs jeunes garçons du meilleur monde. Comme ça au béguin ! C'est sa gourmandise d'initier les jeunots, elle est comme ces hommes qui recherchent les gamines jusqu'à la sortie des écoles avec des sucettes.

— Elle rentre quand Louisa ?

Avec l'aller et retour en fiacre ça leur laisse le temps de s'affronter les épidermes. Il est encore timide Noël, il a compris la poloche mais il n'ose le premier geste libérateur des bas instincts. Faut en venir là. Marthe est tout de même habituée à prendre l'initiative dans son travail. Des puceaux, elle a en débraguetté plus d'un... « Allons, chéri, fais-moi voir ça ! » Et de s'extasier même si le morceau n'était pas d'un gabarit exceptionnel. Ça leur fait toujours plaisir aux hommes qu'on leur admire la biroute. Les plus déjetés physiques ou cérébraux, c'est tout ce qui leur reste pour s'offrir un peu de vanité.

Avec Noël elle ne peut pas l'attaquer de la sorte. Ça lui reste qu'elle est quelque part un peu sa maman, qu'elle l'a bercé à sa naissance... Y a comme une gêne. Et puis, là, dans l'atelier avec la jolie bicyclette, ça se prête pas à la bagatelle. Ou alors chez des amants déjà bien chevillés qui s'excitent dans les décors insolites... les encoignures de porte... les wagons de chemin de fer... derrière les confessionnaux.

— Si on montait dans ta chambre, on se parlerait mieux, et puis j'ai chaud, je me dégraferais un peu.

V'là ce qu'il fallait dire. Noël, il a été vers la lourde qui donnait sur le petit escalier conduisant à l'appartement et il a balancé un vanne tout à fait piquant.

— Bien sûr, maman, tu seras mieux dans ma chambre.

Ça, je vous rapporte et je ne sais plus qui me l'a dit et si par hasard j'invente pas. En tout cas ça correspond à l'esprit de Nono qui pince le rire et les principes en même temps que les plus belles paires de fesses.

***

Marthe n'a pu retenir une moue admirative en découvrant la quéquette à Jésus-Christ. C'était pas un morceau insignifiant. Avec un engin pareil, il pourra plus tard visiter les belles étrangères, il fera honneur à la France. Elle a dû aller à l'abordage... dès que dans sa piaule... lui prendre la bouche, qu'il ait pas le temps de s'effrayer. Pour le poids, elle lui en remontrait... c'était pas un match à égalité. Il s'est fait bousculer sur le plumard d'une légère poussée... elle avait l'art de déloquer les mecs et se mettre en même temps en état de leur garnir les paluches. De son corsage on se doutait bien qu'il pouvait pas sortir des doudounes atrophiées... des outres sèches. Beau dire, Noël pour sa première relation amoureuse, il a de la surface à parcourir. Il était tout à fait novice, les bavardages sexuels qu'il avait pu avoir au pensionnat ne l'avançaient pas lerche. Mais Marthe ne risquait pas de le laisser en carafe avec des petites maladresses qu'il aurait eues avec une jeunette aussi inexpérimentée que lui. Déjà, elle était à loilpuche... et pourtant les fringues des dames en ce temps-là ça se retirait pas d'un souffle du vent. On se perdait dans les jupons, les culottes à dentelles, les agrafes... les boutonnières. Même les plus experts enjambeurs, les débauchés casanovesques, ils s'emmêlaient parfois les doigts, ils finissaient à l'arrachage des volants... ça ajoutait du piquant à la montée vers le septième ciel.

Sur ces problèmes concernant la bagatelle... tout ce qu'on peut dire, écrire... les fameuses leçons d'éducation sexuelle, c'est que du pipeau. En réalité, ça n'intéresse que les impuissants, qu'on appelle maintenant non-bandants pour ne pas les traumatiser. Dans ce domaine c'est comme pour la musique... si on a pas le don c'est irrévocable, on peut toujours s'offrir un stradivarius, on n'en sortira pas davantage que d'un crincrin.

Justement la comparaison convient parfaitement, l'amant d'élite doit se servir de sa partenaire comme d'un violon, lui faire rendre l'âme en jouant de son archet en artiste.

Pour sa première expérience, Noël était tombé sur une orfèvre en fesses-parties. Déjà rôdée par quelques années à l'ouvrage quasi quotidien. Là, elle se donnait au fortissimo... le dépucelage de Jésus, on n'en a même pas parlé dans le Nouveau Testament. Si vous voulez, par déduction, mon avis le plus humble, elle devait éviter qu'il lâche la semoule avant que de pénétrer dans le couloir du paradis. Ce qui arrive avec les jouvenceaux... ça urge, ils s'éclatent dès qu'on leur touche la bébête. Déjà Nono, il avait le don de savoir attendre, ne pas se précipiter sur les friandises. Faut dire que là c'était un gâteau à la crème de dimension respectable et notre héroïne était au mieux de sa forme. Ils n'avaient pas pris le temps d'ouvrir les draps... ils étaient sur le couvre-lit à ramages et ça risquait de laisser des traces qui tromperaient ni Louisa ni Ursule... n'importe... on ne pense plus à ces détails dans l'ivresse, n'est-ce pas ?

Par la suite, au cours de son existence tumultueuse, Noël il s'est embroché moult personnes du beau sexe... une variété phénoménale... des mignonnes les plus menues aux gravosses de démonstration, mais jamais de la vie il n'oubliera cette séance d'initiation avec sa maman Marthe. Brassens a chanté dans le mille lorsqu'il a évoqué la première fille qu'on a prise dans ses bras.

Certes notre gentil Jésus a surpris Marthe par les

dimensions de son braquemart encore plus avantageux que celui de son Mimile. Attention ! Rien de monstrueux... pas le genre bourricot, mais une belle queue comme beaucoup s'en souhaiteraient sous la ceinture. Elle a fait chez Marthe une entrée fracassante... une pénétration qui vous monte la volupté à la bouche... Pour le retenir le plus longtemps possible, Marthe l'étouffait entre ses roberts, ses cuisses, l'enserrait dans ses bras. Elle s'était mise à soupirer sans discontinuer... elle murmurait des choses inaudibles d'abord... elle a fini par dire « encore ! encore ! » et puis « Plus fort ! plus fort ! Reste... reste... je t'aime... Reste, mon petit Jésus ! »

Plus tard Noël, devenu M'sieur Nono, se vantait d'avoir tenu trois éjaculations ce premier jour. Pour un puceau, il en promettait dans les chattes, n'est-ce pas... Je vous narre pas dans le minimalisme... une réincarnation du Christ qui s'avère un prodigieux tringleur. Ça vous offre déjà quelques bonnes pages de régalade.

Elle est restée anéantie sur le pageot, les cuisses encore ouvertes, le regard perdu... éperdu, allons-y... de bonheur ! C'était tout de même du nouveau pour elle, s'être farci un Jésus aussi performant... adorable en plus, la gueule en rapport avec le sexe, ce qui n'est pas toujours le cas, elle en savait quelque chose avec son voyou attitré, son Mimile la tronche en biais. Et par-dessus tout ça cet indicible parfum d'inceste.

C'est lui qui a réagi le premier, aussi curieux que

ça puisse paraître. Après avoir récupéré ses esprits, il s'est pas attardé dans les mignoteries de la bouche que lui prodiguait Marthe. Elle se lassait pas de l'embrasser, de le caresser partout. À se demander si elle ne voulait pas qu'il remette son artillerie en batterie. D'un sec mouvement, il s'est dégagé du pieu... en cela il se comportait déjà en mâle... Marthe avait l'habitude, sitôt soulagés, ils ne pensent qu'à se remettre sur pied, repartir, rebondir ailleurs les salauds !

— Louisa va revenir... dépêchons-nous.

Il réagissait logique... si la taulière rappliquait, les trouvait en saint Jean dans la piaule, elle allait faire une vérole, déjà que celle de son mari lui facilitait pas l'existence...

Elle s'est dépêchée Marthe, elle aurait voulu pourtant qu'ils restent là, allongés comme elle imaginait les amoureux romantiques... Tristan et Iseult... Roméo et Juliette... Elle avait pourtant passé l'âge et le poids du rôle féminin... n'empêchons pas les femmes de rêver ! Y a que ça le rêve... les belles légendes pour vous faire passer les tristesses, les médiocrités de l'existence.

Vous dire ce qui parcourait le cerveau du petit Jésus après l'acte, je ne sais trop... il devait savourer... se trouver maintenant un homme tout en étant un peu dépassé par la situation. Au fond, il aurait mieux aimé entrer dans le circuit amoureux avec Rachel. Les choses s'étaient déroulées autre, il n'y pouvait rien, la grosse s'était imposée, comment lui résister ? D'ailleurs, ça ne lui était pas venu à l'esprit. Depuis qu'il observait les va-et-vient du *Grand 18*, il fallait bien que ça lui arrive. Obscurément il se rendait compte qu'il gagnait du temps. S'il devait faire carrière dans le commerce des filles, avec Marthe il avait passé haut la bite son examen d'entrée. Mention plus qu'honorable, elle n'avait pas besoin de le lui dire. À peine avait-elle eu le temps de s'harnacher que le fiacre sur la route s'est fait entendre... le galop... les grelots... les ordres du cocher. Aussitôt Noël a dégringolé dans son atelier retrouver sa bicyclette et Marthe s'est glissée en lousdoc au salon.

— J'étais venue prendre des nouvelles de M'sieur Arthur, a-t-elle dit un peu gênée à Madame Louisa. C'est mon jour de congé.

Elle risquait pas de le passer avec son proxénète nantais, il s'était fait emballer dans une bagarre. Direction le Dépôt... une inculpation de coups et blessures, agrémentée d'une rébellion envers un agent de la force publique. C'était le plus souvent les citations portées sur son casier judiciaire. Il échappait aux inculpations d'exercice du métier de souteneur, ce qu'on mentionnait alors dans les prétoires, au choix avec vagabondage spécial. Ces appellations ont disparu de notre vocabulaire de justice, sans qu'on sache pourquoi... Là encore une question de mode comme pour les costards, les chapeaux... les godasses, les romans.

La Louisa, elle avait un instinct de clébarde, de

louve... tout ça aiguisé par ses années bobinardeuses qui vous forment autrement que le couvent des Oiseaux question perception des choses... des actes... des êtres... des moindres bricoles. À *La Cigale*, elle savait d'un regard si une fille venait de détourner un petit bifton qu'elle se glissait sous sa jarretière... elle ciblait tout de suite les clients... ce qu'ils avaient en fouille... leurs secrets cochons... s'ils étaient radins ou généreux... en découlait ce qu'ils pouvaient allonger en espèces sonnantes.

Cette visite inopinée de Marthe, tout de suite elle respire une espèce d'embrouille et elle est sur le chemin de la vérité lorsque Noël, dégagé, l'air le plus naturel, remonte de l'atelier.

— T'étais venue voir aussi comment marchait sa bicyclette, elle balance l'air de rien à Marthe. On peut dire que tu lui as fait un joli cadeau !

Noël reniflait lui aussi la vape. Cadeau de choix mais, dans un sens, il venait de la remercier en nature. Un malaise s'était installé... Marthe demandait des détails insignifiants sur l'existence de M'sieur Arthur... s'il bectait bien... si les infirmières le dorlotaient ?

— Dorloter, tu parles ! C'est des mecs, les infirmières et des pas commodes... N'oublie pas qu'il est chez les dingues, mon homme... il aboie... il bave... il me reconnaît plus.

Elle répondait d'un ton un peu acerbe, maîtrisant mal son agacement. Noël, lui, ne bronchait pas... un peu d'ironie dans l'œil. Ça lui semblait évident que sa maman Louisa avait tout compris. Surtout que Marthe avait, déjà au temps où elle officiait à *La Cigale*, une réputation de bourrin. Ses gentilles collègues ragotaient qu'elle s'envoyait en l'air quand un micheton lui plaisait. Ce qui ne se fait pas en territoire bordélique. Une femme qui se respecte ne prend son pied qu'avec son jules.

Y avait donc de l'électricité dans l'air, Louisa se contenait pour ne pas leur faire part, sans tortiller de la jactance, de ses soupçons. Elle se méfiait tout de même de la réaction du môme. Jusqu'ici il s'était toujours montré plutôt docile, accommodant, serviable... Depuis qu'il avait quitté le collège, il ne lui avait pas posé de problèmes. Pourtant dans les environs du claque, ça manquait pas de petits voyous qui voulaient le driver dans leur sillage de filouteries, mais Noël n'était pas de l'espèce qu'on entraîne. Curieux gamin, plutôt réfléchi pour son âge et depuis qu'il avait ce vélo, il s'y adonnait avec fougue.

— Tu deviendras champion comme Garin... on lui prédisait.

En tout cas il se faisait du muscle et il prenait une assurance de tous les instants. Marthe avait apporté une tarte pour le goûter qu'elle se promettait avec Louisa. En arrivant elle l'avait laissée dans l'atelier sur un établi. Pour le plus con obtus flic de sous-préfecture, ça semblerait quelque chose de louche qu'elle ait laissé sa pâtisserie dans l'atelier et qu'elle n'ait pas pensé à en offrir une petite part à son Jésus en attendant le retour de maman Louisa.

— Tu devrais nous faire du chocolat.

Elle était gourmande la grosse Marthe... l'évidence, considérant son popotin, mais là elle y tenait pas tant au chocolat, elle voulait faire diversion. C'était dans leurs coutumes à ces dames de derrière les volets clos que de se faire des petits goûters vers quatre heures, lorsque ces messieurs ne sont pas encore sortis de leurs bureaux. Je ne vous en ai pas parlé, mais ces demoiselles qui passaient plus de temps au salon que dans les chambres, elles s'occupaient à de menus travaux... surtout dans l'aiguille, le tricot, la broderie... d'autres à la cuisine préparaient des desserts, les petits plats à mettre dans les grands.

— Aujourd'hui j'ai pas le cœur au chocolat, a répondu Louisa.

Un petit silence. Marthe a cru bon d'ajouter :

— Pauv' Madame Louisa, tu penses à ton homme. Y va peut-être guérir, t'en fais pas...

Elles étaient restées debout face à face dans la salle à manger, sous le lustre qui bouffait tout l'espace. Ça sentait le roussi, Louisa en vanne a répondu :

— Je pourrais peut-être l'emmener à Lourdes, tu crois pas ?

C'était une idée tout de même saugrenue, jusqu'ici on avait pas entendu parler de syphilitiques guéris par la Vierge Marie. Fallait en finir... sa visite à la Marthe, la taulière en avait compris le but.

— T'as pas l'air dans ton assiette, a bafouillé la grosse.

— Vaut mieux que tu partes, tu crois pas ?
— Comme tu voudras. Je te laisse la tarte pour le petit.
— C'est ça, il a besoin de remontant...
Envoyé cinglant, mais Noël avait déjà une drôle de présence d'esprit pour son âge, il a enchaîné :
— Le vélo, ça fatigue surtout quand on grimpe.

VI

De crèche en crèche

Maintenant, les choses allaient prendre une nouvelle tournure. Une fois son premier tringlage, le Jésus, il avait envie de remettre le couvert. Ça lui avait paru le comble du délice. Avec le vélo pour les muscles et pour respirer le bon air, il se voyait l'avenir à la caille. Je vous passe quelques jours. C'était pas dans la facilité qu'il pouvait rencontrer maman Marthe. L'histoire de son Mimile avait tourné dans la mansuétude grâce à un magistrat bon enfant. Il en existe et pas seulement parmi ceux qu'allaient se prendre du martinet au *Grand 18*, au *Moulin galant* et autres temples d'Éros.

Ils avaient réussi tout de même à se retrouver deux ou trois fois dans un garni près de la porte de La Chapelle. Ils oubliaient les décors sordides en se donnant de la joie sans relâche. Quelques séances et Noël connaissait l'essentiel de la question, Marthe était une pédagogue du fion qu'aurait mérité une chaire en Sorbonne.

Mais derrière nos tourtereaux se tramaient, s'ourdissaient des pièges. Madame était tout à fait convaincue que Marthe avait débauché son fils adoptif. Ça lui en filait un sacré coup dans ce qui lui restait d'âme. Elle n'était pas précisément jalmince, elle savait bien en se regardant dans la grande glace de l'armoire de sa chambre, qu'elle était hors course... ça faisait déjà une paye qu'elle avait réduit sa chatte juste aux petits besoins. Son vérolé, alcoolique de mari, lui non plus avant d'aboutir à Charenton, il prenait plus du tout son fade... naguère, je vous ai déjà dit, il étrennait les nouvelles... une espèce de droit de cuissage que Madame Louisa admettait sans trop rechigner. C'était pour la bonne marche de la taule, il faisait ensuite son rapport sur la donzelle... il la notait comme un instituteur... seize sur vingt, sujet à conserver... Cinq et demi... c'était presque la lourde assurée avec son petit baluchon.

Tout ça s'éloignait, ça appartenait déjà au XIXe siècle, l'heureux temps où Arthur pavanait chez ses pairs avec ses cigares et les pièces d'or qu'il lançait ostensiblement sur le tapis du poker.

Louisa, qui s'habituait à la disparition de son homme, n'avait pas la moindre idée de le remplacer. Elle se sentait en mesure de tenir l'entreprise toute seule... déjà elle prenait contact avec tous les tauliers de la capitale et surtout avec les gens des mœurs. Là aussi fallait s'aboucher avec de nouvelles têtes, renégocier les conditions d'un modus vivendi, arroser les corruptibles en leur laissant croire qu'on honore leur probité... leur intelligence... laisser toujours une porte de service entrouverte à ceux qui veulent se rendre compte de vive bite comment ces jeunes personnes pratiquent leurs bonnes œuvres.

Noël besognait mollement chez le Gros Napoléon et il allait à bicyclette pioncer dans sa chambre à Villejuif. Sa maman Louisa ne le rejoignait pas tous les soirs, elle restait le plus souvent au *Grand 18* pour y accueillir les bandeurs tardifs et bien sûr surveiller de près ses pouliches. Elle aurait pu recruter une viocarde du bâtiment, tout heureuse de lui servir d'assistante... de sous-maque pour être précis... ce qui se pratiquait un peu partout. Par pingrerie, elle se contentait d'Ursule pour la remplacer sans se douter que ça rabaissait un peu le niveau de la maison. Les chalands aiment retrouver derrière la caisse une femme de poids, certes, pas une jeunette, mais une dame de belle prestance, bien attifée, maquillée adéquate, l'amabilité sortant de ses lèvres au carmin... J'ai raconté ailleurs combien les tenancières devaient être le revers d'une médaille dont l'avers serait l'effigie de la mère supérieure d'un couvent. Un claque n'est-il pas le monastère de la lubricité... Au XVIIIe siècle tout ça était parfaitement limpide dans l'esprit des libertins qui appelaient les maîtresses de maison des abbesses. Notre abbesse à nous, la maman Louisa, elle avait repéré des signes, des traces qui ne trompent pas une fouineuse comme elle dans la chambre de Noël. Elle s'est tâtée tout d'abord de l'attaquer... soit brutalement, soit par la bande, en touches insidieuses.

Ayant une longue pratique de l'engeance mâle au lit, debout, à la table ou en voiture, elle flairait déjà chez son fils adoptif une nature qu'il valait mieux pas braquer. Avant de sombrer dans la dinguerie, les derniers temps, Arthur lui répétait qu'il devinait en lui de la graine de julot... un futur caïd qui ne s'en laisserait pas trop compter par les femelles. Ça le renforçait dans son idée qu'un jour il serait son successeur.

« Je pourrai mourir tranquille, j'aurai pas bâti le *Grand 18* pour rien. »

Louisa se résignait... le *Grand 18* elle se projetait plutôt de le fourguer au meilleur prix et de se retraiter à Villejuif... ou peut-être même dans une petite bicoque sur les côtes azuréennes.

Elle se nourrissait d'une hargne venimeuse à l'endroit de Marthe. Que cette salope ait débauché ce môme, quasi encore un enfant, confié à ses soins par le bon Dieu lui-même, elle en était persuadée. Ça se mélangeait dans sa tronche, ses relents de religion... de superstition... avec le fiel de la jalousie. Si elle avait pu être franche avec elle-même, elle aurait compris qu'elle se rongeait d'impuissance de n'être plus en âge décent pour conduire le petit Jésus dans les félicités de l'Amour. Comme toutes les dames obligées de renoncer aux plaisirs du plumard, elle se recyclait dans la morale. Elle trouvait ça parfaitement dégueulasse que Marthe ait pu entraîner cet innocent dans son entrecuisse. Mordieu, elle ne manquait pourtant de rien en ce domaine, cette salope... tous ces clients avec lesquels elle n'hésitait pas à jouir comme une chienne... et puis son hareng de ruisseau... ce Mimile dont on vantait ici ou là les mérites calibrés.

Natürlich, Noël fuyait plutôt les occases de se retrouver en tête-à-tête avec sa maman adoptive. Il prétextait bien sûr sa présence indispensable chez Gros Napoléon et puis son vélo. Il venait de s'inscrire dans un club à Vincennes parmi les juniors, les minimes. Le moniteur... moustachu gaulois... maillot rayé... casquette à pattes... emmenait les mômes jusqu'à la vallée de Chevreuse. Noël avec ses grandes guibolles moulinait sec sur son pédalier... dans les côtes il distançait ses petits copains concurrents. Il dira plus tard, en admirant les prouesses de Leducq, de Goasmat ou de Bartali, que ça lui avait nourri l'imagination pendant quelque temps de devenir coureur professionnel. Le moniteur l'encourageait... les événements ont bousculé tout ça... Lorsqu'il aura l'âge de s'aligner dans des courses professionnelles, le canon au loin commencera sa partition.

Il nous reste encore quelques années dites de Belle Époque avant d'en arriver là. Années pendant lesquelles notre gentil Jésus va hisser le grand foc vers les mers bleues de la galanterie.

— T'as pas revu Marthe ?

Lui demande Louisa tandis qu'elle prépare la pâtée pour son chat siamois, que lui est en train de feuilleter *L'Illustration...* un beau reportage sur le tsar Nicolas II, grand ami de la France et de ses petits soldats. Il lève pas la tête, Noël, il répond entre les dents :

— Et pourquoi tu voudrais que je l'aie revue ?

— Je sais pas... elle a tellement été gentille avec toi.

— Oh, elles sont toutes gentilles, mes petites mères...

Ça tourne, voyez, autour de ce qu'il faut bien vous appeler le pot... Louisa reste un peu en carafe... elle n'ose pas pousser plus loin le dialogue. C'est lui qui croit bon d'ajouter :

— Il est vrai qu'elle m'a fait découvrir...

Il prend une pose et elle s'arrête de couper le mou pour le chat... elle reste la bouche entrouverte.

— Découvrir quoi ? elle articule.

— Ben, le vélo... depuis je me sens un autre homme.

Vous entravez, chères lectrices, même celles qui parmi vous n'ont pas une culture cinématographique étendue, qu'un dialogue pareil c'est presque du Michel Audiard ou de l'Henri Jeanson. Fermé son claque-merde à la vioque, elle est désarmée... si elle essaye de poursuivre, d'aller plus loin, ça finira dans le ridicule. Tout de même incroyable qu'une tenancière de boxon, une putasse pareille soit dans les sangs retournés à l'idée que son fils adoptif s'est fait déniaiser par une de ses anciennes pensionnaires... une escaladeuse de braguettes aux doigts de fée.

La discussion entre Louisa et Noël en est restée là. Lui, il est sorti de la cuisine pour justement aller pomponner sa bécane. C'est ainsi qu'on appelait la bicyclette... même le général de Gaulle félicitait les coureurs du Tour de France d'avoir de bien jolies bécanes. Ça vous donne des lettres de noblesse à une machine.

Oh, les femmes ont de la ressource, elles n'ont pas besoin d'avoir lu Machiavel ou le cardinal de Retz pour trouver la manœuvre propre à faire le plus de mal possible à l'ennemi.

Ça a commencé par Rachel, toujours fidèle à son fauteuil dans le salon du *Grand 18*. En temps mort, elle bordait des petits mouchoirs, des jupons... un peu à l'écart de ses congénères qui se laissaient aller au jinjin... cidre doux... des petites liqueurs qui finissent par vous déprécier le minois à la couperose.

Elles étaient montées les trois autres... en conférence, disait-on par euphémisme. Madame Louisa, tout d'abord, est venue s'intéresser aux travaux d'aiguille de Rachel.

— Tu t'esquintes les yeux.

Vrai que le salon était pas si bien éclairé, avec les volets clos fallait toujours faire marcher les becs de gaz. Ça coûtait cher et ça répandait quand on les éteignait une mauvaise odeur.

Les yeux esquintés, c'était l'amorce, n'est-ce pas. Après quelques choses et d'autres, la conversation est venue sur Noël et sur son vélo.

— Elle a eu une idée que j'aurais bien voulu avoir, a dit Rachel. Marthe est une chic fille.

Le prétexte pour que Madame fasse une petite moue dubitative.

— Je la connais Marthe, en général elle fait rien pour rien.

Réflexion qui voulait dire quoi ? Rachel regardait sa patronne un peu étonnée.

— Quoi ? T'es pas tombée de la dernière pluie ! Marthe, bourrin comme elle est, elle s'est peut-être fait récompenser par notre Jésus.

Carrément les pieds dans la confiture. Qu'est-ce qu'elle insinuait la dabuche ? C'était pas possible... Jamais Jésus ne pourrait faire une chose pareille avec une de ses mamans et la plus mamelue, celle qui représentait le mieux la maternité.

— Récompenser ! Qu'est-ce que tu veux dire ?

Le comble... Louisa lui met les accents où il faut... aigus ou graves. Que son adorable Jésus, il est devenu un homme depuis déjà plus de deux ans, avec des poils partout jusque sur sa poitrine, et qu'il se rase trois fois par semaine avec le sabre d'Arthur. Alors, elle peut comprendre de quelle récompense il s'agit. Elle la pratique plusieurs fois par jour cette sorte de récompense.

— Mais tu n'y penses pas, Louisa... Marthe aussi bien que moi, c'est sa mère !

C'est bien ce qu'elle s'est dit Louisa lorsqu'elle fut en proie à son premier soupçon. Une chose dégueulasse en somme.

— À dix minutes près je les prenais en flagrant délit ! Dans sa chambre ! Cette grosse ordure a laissé des traînées comme une limace sur le dessus-de-lit.

— Ça n'a pas de sens...

Rachel essayait de trouver des raisons pour ne pas croire à ce qu'elle considérait comme une monstruosité !

— Ça a du sens, ma petite, quand on est pressé... quand l'un des deux bascule l'autre et qu'il a le feu au cul.

— Il pouvait se défendre...

Elle bafouille... Louisa, ça la dépasse tant de naïveté de la part d'une fille comme Rachel qui usine dans sa maison depuis déjà quelques années !

— Les hommes, ça se viole pas, surtout les jeunes... ils bandent du matin au soir. Alors, l'autre poufiasse, elle avait prémédité son coup.

Louisa raconte à peu près ce qui s'est passé avec d'infinies variantes comme un Maigret vous démonte le crime de Bergerac. Déduction... le sperme coule de source. Une poufiasse quadragénaire et un jeune homme sans doute déjà porté sur la bricole...

— Pourtant sa mère... bafouille Rachel.

Faut tout de même pas pousser... elle n'est pas plus sa dabuche que les autres... qu'elle-même... que Lucie...

— C'est presque pareil...

— Ce que je me suis dit aussi, mais enfin c'est pas parce qu'il nous est arrivé un soir de Noël qu'il est fabriqué autrement que les autres.

Elle ne pouvait qu'en convenir Rachel. Pour couper court à ce moment-là, ça a grelotté à la porte, Louisa s'est précipitée pour voir par le judas grillagé qui s'annonçait. Justement un habitué de Rachel, Monsieur Armand, un barbu soigné de sa présentation, onctueux de la jactance... un notaire qui venait du Havre chaque mois et portait toujours un petit cadeau pour Madame, un flacon de calvados ou un somptueux choix de bonbons pralinés.

Il a trouvé sa préférée carrément en larmes... en sanglots, Monsieur Armand.

— Qu'est-ce qui vous arrive, ma petite chérie ?

— Rien, a dit Madame. Allons Rachel... mouche-toi... sèche tes yeux. M'sieur Armand est là pour te consoler. N'est-ce pas, M'sieur Armand ?

Fallait bien qu'elle s'exécute la pauvre Rachel. Elle restait abasourdie par ce qu'elle venait d'apprendre et qu'elle considérait confusément comme une trahison de son petit Jésus. Alors pour lui sécher ses larmes, le notaire barbu il était pas de force.

***

Noël, lui, ça ne le tracassait pas lerche les conséquences de ses parties de jambes en l'air avec la grosse Marthe. Il était partout en apprentissage et il progressait vite. Chez Gros Napoléon il écoutait les *hommes...* il commençait à risquer ses pourboires au flambe. La passe anglaise... le rami... le poker. Il repérait presque au pif, à l'instinct, les tricheurs. Ça lui permettait d'avertir Gros Napoléon, de le mettre en quart contre tel ou tel...

— Il promet ce môme, a-t-il dit un soir où spécial il s'est pointé à *La Cigale*.

Ça lui arrivait deux trois fois par an, il venait se faire faire une bouche chaude... son expression favorite, tout de même plus imagée, plus littéraire en quelque sorte que ces fellations qui se pratiquent jusque dans le bureau ovale du président des États-Unis.

Lorsqu'elles le voyaient débarquer, le gros nabab, les gonzesses essayaient de se défiler. Oh, elles n'étaient pas à une suçoterie près... seulement le Napoléon il était pingre... il se faisait donc éponger avec une réduction de cinquante pour cent. Et malgré ça, jamais une petite piécette glissée en lousdoc comme faisaient certains michetons... Un linvé ou larantequé... la monnaie de l'époque, vingt ou quarante sous, exprimée en louchebèm. Je vous cite cela pour le folklore, la couleur locale du temps.

Bientôt avec le pognon euro tout ça deviendra indéchiffrable.

Comble de déveine, ce cochon maudit il a choisi Rachel...

— Ça fait longtemps que tu ne m'as pas gâté, ma petite poule, il dit en guise d'introduction.

Rachel, depuis deux jours qu'elle avait appris que son petit Jésus avait fauté avec cette morue, ce sac à bites de Marthe, elle dépérissait. On appelle ça maintenant le stress. Nib d'appétit, elle qui déjà bectait comme un oiseau... qui souffrait d'avoir à boire une coupe de champagne avec les clients, elle s'était mise à fumer, elle parlait plus, elle tirait une tronche d'enterrement. « Les filles qui font la gueule, les hommes y n'en veulent plus », dit la chanson de Piaf.

Elle a été au comptoir, elle a pris une serviette sur la pile préposée à l'hygiène des opérations. Elle a fait deux pas vers l'escalier et puis elle est revenue vers Madame Louisa qui trônait, impériale de la mamelle sur son tiroir-caisse.

— J'peux pas ! Je suis malade ! Demandez à Félicie.

Félicie aussi pompait les dards sans barguigner, c'était une fille du Nord, une chtimi qui préférait à tout prendre se faire assaisonner le valseur plutôt que les sales besognes qu'elle avait pratiquées depuis l'âge de onze ans à la mine.

Elle s'est levée, Félicie, plutôt ravie de l'aubaine, elle se faisait une cagnotte pour un jour ouvrir un estaminet à Hénin-Liétard. Gros Napoléon, il comprenait pas l'attitude de Rachel, mais il a suivi Félicie un peu contrarié quand même.

Ça, c'est le brillant résultat des confidences auxquelles s'était livrée Louisa. Pas prévu que Rachel allait prendre ça si mal... que ça lui ferait autant de chagrin.

— T'es pas cinglée, elle lui a dit entre les dents. Tu vas pas me dire que c'est à cause de Jésus que tu veux pas te farcir Napoléon ?

— Oh, à cause de tout, a répondu Rachel. Je n'ai plus envie de rien et certainement pas de ce gros porc.

Parfois le rôle des entremetteuses et autres bordelières, ça consiste aussi à jouer un peu la confidente, la psy en quelque sorte de certaines pensionnaires en crise morale. La plupart, c'est quand leur mec leur a fait des entourloupes, la tromperie n'étant que monnaie courante. Il peut aussi mettre les voiles avec une plus belle, une plus jeune gagneuse. Il y a celui qui plonge pour quelques années au chtar. Et aussi des histoires de famille, des mômes malades en nourrice. Celles qui se font plomber, c'est-à-dire attraper la vérole.

Madame console, conseille... se fait douceâtre, réconforte mais rarement au point de sortir de son tiroir-caisse quelque monnaie cicatrisante.

Avec Rachel, elle était devant un cas glandilleux. Elle se rendait compte que ses sentiments envers le petit Jésus n'étaient pas d'une limpidité de source fraîche. Sans doute n'aurait-elle pas osé se le glisser dans son plumard mais c'était d'autant plus grave, cette conne était amoureuse. Elle avait sa photographie en premier communiant dans sa chambre, sur sa table de nuit. Priait-elle le Dieu d'Israël pour lui ? Madame Louisa ne savait pas trop si ces oraisons-là se pratiquaient chez les schmoutz, comme on les appelait dans le quartier.

— C'est Marthe la cause de tout ça. Je vais la faire bordurer du *Palais de cristal*, le patron est un ami d'Arthur. Et après, bernique pour reprendre le peignoir dans une maison. Elle va faire le ruban à la Charbo.

Je m'aperçois qu'il faut tout vous apprendre, mes chers lecteurs et lecteuses... Dans le jargon des bobinards, lorsqu'une fille était admise, les tauliers lui fournissaient un peignoir, d'où l'expression. Ils fourguaient aussi tous les dessous, les bas, les affûtiaux pour exciter le chaland. La Charbo, c'était la rue de la Charbonnerie à Barbès, y faire le trottoir était au plus bas de l'échelle de la prostitution.

— Marthe, je te dis... Noël y s'est juste laissé faire, le pauv' môme. Il a toutes les circonstances atténuantes.

Rachel a regagné sa place au salon. Son petit coin où elle rongeait son cafard. Madame Louisa l'avait aiguillonnée dans la bonne direction. C'était Marthe, uniquement Marthe la responsable, la traîtresse, l'ordure... elle lui préparait un louveteau féroce de sa louve.

***

Ce soir-là Rachel s'était planquée au coin de la rue de Beaubourg pour voir Noël sortir de chez Gros Napoléon. Il était minuit passé lorsqu'il est apparu chevauchant son vélo. Avant la guerre de 14, Paris n'était pas des mieux éclairés, le bourgeois ne s'aventurait pas dans certains quartiers après la tombée du jour. Le risque de se faire dépouiller par quelques escarpes était bien réel. Les journalistes les baptisèrent apaches en analogie avec les tribus indiennes du Far West réputées féroces dans les feuilletons. Noël, lui, n'avait pas peur, glissée dans sa ceinture il avait une petite matraque pour se défendre et jusqu'ici il n'avait pas eu l'occasion de s'en servir.

Rachel, s'apercevant qu'il venait dans sa direction, a débouché comme pour traverser la rue de telle sorte qu'il ne puisse l'éviter. Coup de frein.

— Qu'est-ce que tu fais là, Rachel ?

— Je rentre... Y a plus personne à *La Cigale*.

Elle rentre, ouais, mais il s'est fait la réflexion que c'était pas tout à fait le chemin le plus court entre le *Grand 18* et la rue du Roi-de-Sicile. Déjà il avait pris le pli de ne jamais poser de question embarrassante, surtout aux dames.

Après l'avoir embrassée, il lui propose de l'accompagner, il va la prendre sur son cadre... ça se pratiquait ce genre de transport, surtout avec les jeunes filles, c'était une excellente amorce de flirt.

— Je préfère marcher...

— Comme tu voudras, mais je t'accompagne tout de même.

Maintenant qu'elle était près de lui, elle ne savait plus comment lui parler. Elle avait prémédité carrément de l'interroger et maintenant elle se réfugiait dans les banalités... que les nouvelles de M'sieur Arthur n'étaient pas très bonnes... qu'au *Grand 18* les affaires n'allaient pas au mieux.

— Et toi ?

— Quoi, moi ?

— Tu vas bien ? Je te trouve pâlotte...

Elle haussait les épaules... elle n'avait pas envie de répondre sur sa santé, alors elle lui a dit :

— Je ne te vois pas assez souvent, Noël...

— Tu sais que maman Louisa ne veut pas que je vienne à *La Cigale*. J'ai pas dix-huit ans.

Elle aurait voulu lui répondre, n'est-ce pas, que pour faire des galipettes amoureuses, certaine trouvait qu'il avait l'âge. Et puis malgré tout elle se raccrochait à l'espoir que cette vache de taulière l'avait bluffée... qu'il ne s'était rien passé de sérieux entre son Jésus et la grosse Marthe.

Ils ont marché en silence quelques minutes, il n'y avait plus personne dans les rues... juste de temps en temps on entendait les sabots d'un cheval sur les pavés au loin.

— Qu'est-ce que tu veux faire plus tard ? elle a fini par lui demander.

Elle connaissait pourtant sa réponse... qu'il savait pas... qu'il verrait bien ! Elle redoutait la vérité... qu'en définitive, il était de la graine de maquereau, que ça lui suffirait d'avoir quelques demoiselles pour lui offrir une vie confortable. Il l'a détrompée.

— Je serai champion cycliste. Je veux gagner le Tour de France.

Ça lui a fait comme un appel d'air d'apprendre ça. Vraiment un bon projet d'avenir. Bien sûr, il allait faire des courses, devenir quelqu'un comme ce Petit Breton qu'on célébrait partout... un héros. Oh ! elle était contente... ça, c'était une bonne idée. Du coup elle l'a embrassé sur la joue et, lui, il en a profité pour la saisir par la taille.

— T'es jolie, tu sais ! Bouge pas, je vais pas te manger.

Entre eux, y avait le vélo et c'était le fameux vélo de Marthe ! Brusque, ça lui est revenu à l'esprit à la petite Rachel. Elle était là, Marthe, avec des roues, un cadre, un guidon... une machine prestigieuse de la Française Diamant. Lui, il n'y pensait pas à Marthe ! Il trouvait sa maman Rachel bien mignonne, bien désirable. Ça lui germait dans l'esprit qu'il pourrait peut-être se retrouver avec elle sous un édredon. Après tout elle n'était pas sa mère non plus. Il avait pas de vraie mère, il pouvait se farcir toutes ses mamans du *Grand 18.* L'aventure avec Marthe ne lui paraissait qu'une façon de se déniaiser gentiment et, curieusement, jusque-là ça ne l'avait pas encore induit à en tirer la conséquence qu'il pouvait récidiver avec Lucie et Rachel.

Elle s'était dégagée Rachel. Hors des murs de *La Cigale*, elle ne se laissait tripoter par quiconque. Le geste que Noël avait eu de la saisir par la taille, avec ce vélo de Marthe entre eux, ça lui faisait comme une brûlure. Elle a tourné les talons et elle s'est mise à courir, courir... son chignon s'était défait et Noël regardait sans comprendre sa fine silhouette s'éloigner avec ses longs cheveux qui lui flottaient dans le dos. C'était rien pour lui d'enfourcher sa bécane et de la rattraper. Il hésitait parce qu'il entravait déjà la coupure... Rachel avait tout appris et elle était furieuse. Et ça, ça allait singulier compliquer la situation.

***

Justement, je viens de parler plus haut de Lucie et elle allait se pointer. Elle était, vous vous souvenez peut-être, à Yvetot dans une petite taule rurale avec son Paulo pétomane qui patrouillait dans les parages, incapable d'entreprendre quoi que ce soit, même des actions délictueuses, pour subvenir à ses besoins. Lucie était sa seule raison de vivre... écrit de la sorte, on pourrait croire à une formule de grande passion. En fait de sentiments, il n'en avait pas plus dans son cœur que dans le fond de son froc... du vent pour bien dire. Lucie, lorsqu'elle voulait se sortir de cette triste condition de pute à ploucs et d'exploitée par un maque à la mie de pain, elle reportait ses pensées les plus tendres sur cet enfant de la nuit de Noël. Elle n'avait pas l'occase de le voir si souvent, d'Yvetot à Paris, ça faisait à l'époque un assez long voyage dans un de ces trains poussifs à compartiments en bois. Il lui fallait en outre se débarrasser de Paulo, qu'il aille un peu traîner ses pompes ailleurs sur un champ de courses, un rade quelconque de voyous de gouttière... ou pourquoi pas, aller à Rouen au *Quatre As* ou *À la Patte de chat*, s'offrir une poufiasse quelconque avec le pognon que lui refilait Lucie. Ainsi des belles mœurs de la gent maquereautine.

L'essentiel était qu'il dégage. Par moments elle ne pouvait plus le voir, elle le supportait par une espèce de veulerie, ça lui aurait trop compliqué l'existence de se débarrasser de ce cloporte pour peut-être le remplacer par un encore moins reluisant. Elle était vouée, voilà tout... Hors du circuit des claques, elle n'aurait eu que la ressource d'aller tapiner dans les rues, mais à tout prendre les maisons lui offraient un toit, une sorte de sécurité, de chaleur animale.

Avec elle, Madame Louisa n'a pas hésité, elle se doutait que sa passion pour Jésus-Noël ne dépassait pas des proportions raisonnables et aussi elle savait que Lucie ne pouvait pas blairer Marthe. Ça lui était donc facile de chauffer son exécration. Lucie était venue un dimanche jusqu'à Villejuif où Louisa, par lettre, l'avait invitée à déjeuner. Noël n'était pas là lorsqu'elle est arrivée, mais il n'allait pas tarder, il était parti à son club s'entraîner dès les aurores. Ça lui laissait le temps à notre vicelarde mère maquerelle... de causer de choses et d'autres, puis à tout trac, lui annoncer la grande nouvelle.

— Il l'a perdu...

Lucie ne comprenait pas, elle était pas préparée à cette révélation.

— Qui ça ? Perdu quoi ?

— Son pucelage... Notre petit Jésus...

Lucie, de prime abord, pensait qu'il était bien jeune pour commencer la ronde infernale du trou du cul. Mais dans l'ambiance où il vivait, ça ne la surprenait pas excessif.

— Au *18* ?

Elle a demandé, elle se figurait qu'il était monté plus ou moins en douce avec une nouvelle pensionnaire.

— Je l'aurais jamais laissé faire. Le commissaire Belleville me l'a bien spécifié... pas de mineurs dans la taule.

Belleville, c'était le nouveau patron de la police des mœurs, un homme assez compréhensif mais y a des limites que les enveloppes les plus garnies ne permettent pas de dépasser.

— Je te la donne en mille ! Tu devineras jamais ! Avec Marthe ! Parfaitement, cette grosse truie a profité de son innocence, et tu sais où ?

Ça, ça la dépassait un peu la brave Lucie... Marthe avait bien trente-cinq ans et lui...

— Il aura seize ans à Noël...

Elle était soufflée... en plus une de ses mamans adoptives. Elle a osé... avec le petit Jésus...

— T'en es sûre ! Lui, qu'est-ce qu'il t'a dit ?

Louisa lui explique... elle ne lui a rien demandé, elle ne veut rien brusquer. Après tout, c'est normal qu'il s'initie à l'amour, mais elle veut se venger de Marthe, elle va la faire virer de partout et surtout elle voudrait bien qu'elle ne revoie plus Jésus. À vouloir jouer à la plus mariole, elle perdra cette sorte de prérogative maternelle qu'elle partage avec les autres mamans. En tout cas elle était secouée Lucie... elle ne savait plus quoi dire. Elle est passée à la cuisine aider Ursule qui préparait le repas.

Tout ça, je vous précise, je vous le reconstitue d'après justement ce que me racontait Ursule plus tard. Je prévoyais pas qu'un jour ça me ferait la matière d'un chef-d'œuvre apprécié de vives lectrices, mais déjà ça me faisait rire. « Tu penses, disait Ursule... Jésus-Christ qui se tape ses mamans ! » Elle anticipait, nous n'en étions qu'à la première et puis elle mélangeait tout, la vioque... le picton aidant, elle faisait de Nono carrément une réincarnation du Seigneur de l'Évangile.

Il est arrivé... je vous reprends, le nouveau Jésus-Christ sur sa bicyclette. Il était jouasse de voir Lucie. Leurs rapports étaient jusque-là des plus affectueux. Rien teinté de romantisme ambigu comme avec Rachel, mais Lucie était encore salement désirable... ses loloches tenaient bon au balcon... ses miches rondelettes... aimantaient les pognes. Moulée dans des fringues de couleurs vives, elle restait un beau sujet. Juste de traits, elle n'avait pas un profil de Diane chasseresse... Quelque chose de lourd dans le regard... la bouche prometteuse certes mais avec la lèvre inférieure un peu proéminente. Enfin c'est ce que rapportait Ursule, tout de même assez précise quant aux descriptions physiques. Peut-être parce que n'ayant jamais été belle, elle se passionnait pour l'esthétique des autres... savoir ?

La tenue cycliste seyait à Noël. Il portait le maillot orangé de son club, des knickers, une petite gapette qu'il penchait sur le côté. Lucie ne pouvait que le trouver séduisant... elle était troublée en pensant à ce qu'il avait fait avec cette garce de Marthe.

— T'es beau comme ça. T'as l'air d'un champion.

Ils s'embrassaient comme il se doit entre une mère et un fils, mais déjà chez l'un et l'autre germaient des pensées impures. Lucie comprenait que Marthe n'ait pu résister à un beau petit mec pareil... que ça la changeait de tous ces bestiaux, ces mâles en rut, ces vicelards qu'elle se transpirait à longueur de jour... Ça lui traversait l'esprit tout en lui demandant si les choses allaient bien pour lui... s'il était heureux de son entraînement bicycliste. Lui, il répondait tout en picorant dans les plats et en chanfrein il lorgnait Lucie... il la trouvait plus fraîche que Marthe, il commençait à se dire que...

La deuxième tentation de Jésus en quelque sorte. Au sujet de Rachel, s'il avait compris qu'elle en pinçait sérieux pour sa pomme, il redoutait les complications... que ça ne pouvait pas se passer comme avec Marthe, sans conséquences sentimentales... Pour un garçon si jeune, c'était une grande preuve de maturité que se méfier ainsi des pièges du cœur.

Toujours est-il que ce jour-là, il y eut des échanges de regards significatifs. Ça lui paraissait dans la poche d'aller folâtrer avec maman Lucie. Simplement fallait l'occase. Cet après-midi-là Louisa est restée à la villa... qu'elle aille ou non voir Arthur à Charenton, ça ne changeait rien. Le tabès faisait son œuvre. Il était maintenant bouclé dans une sorte de cage... il fallait le nourrir de force, lui ingurgiter des purées, des aliments liquides avec une espèce d'entonnoir. De l'atroce... à croire qu'il commençait sur terre les châtiments prévus aux enfers. Vrai qu'il avait mené une vie de malfaisant à exploiter les filles... pressurer les gens dans son commerce de viandes humaines. Sans compter tous les malfrats qu'il avait envoyés au bagne et l'un d'eux à la guillotine.

Je vais encore faire diversion, mais on racontait que naguère Louisa ayant détecté un curieux client plutôt patibulaire... rapiécé... douteux de partout, qui était venu un soir et avait étalé un tas de fric...

billets et pièces d'or pour faire la fête... inviter les filles... Champagne pour toutes et Madame aussi bien sûr ! Il était monté avec deux pouliches, déjà fin rond et s'était avachi, endormi sur le lit avant même qu'il exhibe sa zigoune pour la petite toilette.

Juste, Arthur rentrait plus tôt que de coutume ce soir-là... au flambe il s'était fait essorer, ça le rendait pas dans les humeurs joyeuses. Mis au parfum par Louisa, ça lui a paru un quidam qui pourrait intéresser les flics. Sa mission d'honnête tenancier, de signaler à la police les suspects... les gens qui pouvaient troubler l'ordre public. Le téléphone n'était pas encore en usage courant mais il a été lui-même, sous la pluie, jusque chez les flics de la rue Saint-Merri. Pour faire son devoir, disait-il.

Le commissaire a dépêché au *Grand 18* deux gardiens en mission de contrôle d'identité. Bonne pince ! le généreux micheton était recherché pour divers délits et l'enquête menée à son sujet a découvert que, dans la soirée même, il avait estourbi une rentière rue Rambuteau à deux pas. Directos, après son forfait, il s'était pointé à *La Cigale d'or*, festoyer avec les économies de sa victime. Il appartenait à une espèce de brigands à la limite de la débilité mentale. Sans famille, sans que personne songe à le défendre sérieusement... un résidu social que les jurés de la Seine n'ont pas hésité à condamner à mort.

— Et tu sais ce qu'il a fait ce dégueulasse ? me demande Ursule (le dégueulasse pour elle, il s'agit d'Arthur). Eh bien, il s'est levé un matin à quatre heures... habillé comme pour une cérémonie et il a été voir guillotiner ce pauvre type ! Au premier rang... avec les journalistes... pour bien se montrer aux chats fourrés.

Je vous rapporte ce que disait la vieille Ursule qui n'en finissait pas d'indignation quelques décennies plus tard d'une telle infamie et elle ajoutait en conclusion :

— Sa vérole, il l'avait pas volée. Moi, j'ai pas pleuré à son enterrement.

La date approchait inexorable, ça serait plutôt une délivrance comme on dit. Je ne saurais vous indiquer la date de sa mort, mais enfin elle se situe un peu plus tard. Entre Lucie et Noël rien n'avait encore suivi leur flirt du regard. Les manœuvres de Louisa n'avaient pas encore abouti pour faire éjecter Marthe de son lit au *Palais de cristal*. Elle y faisait florès avec son cul de compétition, son savoir-faire au déduit. Beau bavacher qu'elle balançait, qu'elle s'envoyait des clients hors du claque, le tenancier ne voulait tout de même pas se priver d'un sujet d'élite sur la foi de quelques ragots. Et dans tout ça, y avait le Mimile qui rendait partout des services, je vous ai expliqué... des trucs pas à la portée de n'importe quel bandeur.

Pas toujours facile de démêler tous les événements des années de jeunesse de notre Jésus. Impossible de savoir s'il allait toujours honorer la grosses dans des hôtels minables... Elle, il semble qu'elle le relançait, il s'esbignait habilement derrière son entraînement au vélo-club. S'il voulait gagner des courses d'amateurs, devenir un champion, fallait qu'il se tienne sur la réserve question quéquette. Son directeur sportif, M'sieur Brugnot, il était formel... tous les coups tirés, les branlettes, ça coupait les guibolles des coureurs. Certains, lorsqu'ils avaient fauté, traçaient une petite croix sur leur guidon.

Vous allez me demander des nouvelles de la gentille Rachel. Oh ! ça n'allait pas si bien, elle planquait parfois dans les portes cochères pour voir passer son héros pédalant... rutilant de santé... vraiment un mec à béguin selon une expression d'alors. Elle aurait voulu sortir avec lui, aller sur la Marne en barque quand il faisait beau... à la fête à Neu-Neu, à Luna Park qui fut en ces années le fin du fin de la distraction des midinettes et leurs soupirants. Le cinématographe aussi, elle aurait aimé emmener son Jésus voir cette nouvelle salle immense qui venait de s'ouvrir rue Saint-Paul.

Elle lui avait fait quelques avances dans cette direction... des propositions vraiment honnêtes... des divertissements comme une jeune maman peut s'offrir avec son grand garçon. Et il se défilait... toujours avec son vélo et puis ses heures de travail derrière le zinc chez Napoléon. « Tu comprends, je veux gagner ma vie tout seul, j'en ai marre d'être assisté comme un môme ! » Paroles verbales, avec le temps, quelques mois... quelques années, il révisera ce point de vue. Mais ce qui lui déplaisait, c'était de devenir tenancier... l'exemple d'Arthur et de ses semblables qu'il voyait rue des Gravilliers l'incitait pas à suivre leur exemple.

Nous en sommes donc avec Jésus à sa période sportive... L'exemple de Lapize, Garrigou, Faber... tous ces sacrés moustachus qui grimpaient les Pyrénées... ça vous avait une autre gueule que les fripouilles ventripotentes de chez Gros Napoléon.

On parlait aussi dans *L'Auto*, dans toutes les chroniques sportives, d'un certain Georges Carpentier devenu champion d'Europe de boxe. Une belle gueule, toutes les gonzesses en raffolaient, depuis les princesses jusqu'aux vendeuses du carreau du Temple. Noël à ce moment-là aurait pu devenir un héros de ce genre tant il est vrai que la carrière sportive était un des rares moyens de s'élever dans l'échelle sociale pour les rejetons des classes maudites... les corvéables, pressurables, enculables à merci... toujours cocus, victimes de choix, y compris de ceux qui leur promettent le paradis sur terre.

VII

Requiem pour Arthur

À Notre-Dame-des-Blancs-Manteaux, ça s'est passé la cérémonie religieuse. Une messe des morts tout à fait à la hauteur du personnage... enfin tel que la corporation des Maîtres d'hôtel de France et des colonies l'estimait. C'était leur appellation euphémique, ils s'étaient constitués en sorte de syndicat pour défendre leurs intérêts. Arthur Lachalupe avait des titres de noblesse dans la confrérie, alors on avait battu le rappel afin qu'il ait des obsèques dignes de sa réputation. L'église était pleine, tout le gratin des marchands de viande était là, tous ceux dont les maisons figuraient dans l'*Annuaire Rerum* qui préfigurait le fameux *Guide Rose* dont on trouve encore à prix d'or des exemplaires chez les bouquinistes spécialisés.

Comme à un enterrement royal on se chuchotait le nom des vedettes... Armand le Magnifique, Roger l'Incendié, Dédé Cœur pourri... les placiers réputés tels Milo-les-Yeux bleus, Loulou le Mexicain... Et les

Madames, je vous dis que ça... toutes en deuil avec des voiles, des manteaux de fourrure. On avait du mal à les retapisser... Miette Dévouée... Mado Gloire... Ginette la dompteuse ! Elles avaient fait parfois de longs voyages pour être là, unies dans la prière pour le repos aléatoire de l'âme du défunt. Même la grosse Zélie... quasi impotente, la matrone de *L'Attache aux bœufs* à Saint-Étienne qui s'était fait escorter par deux de ses pensionnaires.

— Prions pour notre frère Arthur.

Devant le catafalque, le curé de la paroisse invitait les fidèles. Certes il en avait un sérieux besoin, n'est-ce pas, après tout ce que je vous ai appris sur cézig... Au fond de l'église, un œil averti pouvait déceler quelques figures de lardus, des adjoints du commissaire Belleville qui, lui, décemment ne pouvait pas honorer de sa présence les funérailles d'un pareil maquereau.

Je ne vous oublie pas les filles... par grappes selon leurs affinités. Toutes celles qui avaient œuvré de la fesse au *Grand 18*... des anciennes... élevées dans leur jeunesse par les bonnes sœurs dans leur campagne normande, bretonne, picarde ! Le gros du cheptel putassier venait des labours, du cul des vaches... les serveuses de ferme en rupture de glaise. Il est vrai que le sort de ces malheureuses dans le monde rural était si pénible, si mal rémunéré... promises plus ou moins au droit de cuissage du fermier, qu'à tout prendre elles s'amélioraient la condition en devenant filles de joie. Le terme le plus approprié. Elles vendaient de la joie et la plupart dans les agapes, les foiridons crapuleuses avec leurs protecteurs, elles étaient pas les dernières dans les blagues et les chansons.

N'empêche, elles prient... elles ont toutes gardé des liens avec la religion... des images pieuses dans leurs sacs à main, des cierges qu'elles vont faire brûler parfois pour demander à la Vierge Marie de faire des journées fructueuses et sans attraper de sales maladies.

C'est Louisa qui mène le deuil sous une abondance de crêpe noir... On lui distingue plus la tronche et ça vaut peut-être mieux. Beau être en veuve chrétienne, elle porte sur sa face bouffie les stigmates de la poufiasse patentée.

Mais le plus remarquable dans ces obsèques, le plus étonnant, c'est tout de même près de Madame Louisa le petit Jésus en costard noir, col dur, cravate adéquate... les cheveux bien peignés, la raie au milieu. Il en jette l'envoyé de la nuit de Noël... bien baraqué, droit, l'œil déjà dans le velouté qui va faire tomber en pâmoison les dames aussi bien du grand que du demi-monde. Dire qu'il a de la peine serait déraisonnable, la mort de son papa adoptif le laisse indifférent. A-t-il eu quelques sentiments pour ce gros taulier ? Il a appris en l'observant... des trucs qu'il appliquera peut-être un jour, mais dans l'ensemble ça lui reste un personnage qu'on ne peut admirer. En tout cas, Noël joue son rôle. Il garde le maintien grave... il s'agenouille quand il le faut et il répond en latin. Ça lui est encore tout frais du pensionnat. Le plus surprenant c'est qu'au moment de l'*Agneau si doux*... il se détache le premier pour aller communier. Derrière lui, ça hésite... quelques catiches finissent par sortir du rang, les yeux baissés, les mains jointes. Ursule qui suivait le mouvement se posait encore la question de savoir si toutes ces demoiselles s'étaient confessées la veille et si elles s'étaient abstenues d'œuvrer de chair ensuite.

Aujourd'hui peut-être que tout ça n'a plus de conséquences, la pratique religieuse est devenue souple, au début du siècle on commettait un grave péché mortel si on recevait l'hostie sans être en état de grâce.

Et Noël ? C'était plus dans ses habitudes d'aller faire pénitence depuis qu'il avait quitté les Maristes. Dans le lot des communiantes, juste derrière Madame, suivaient Marthe et Lucie. Avec la musique, le *De profundis* chanté par la chorale de la paroisse, dans le genre on approchait de la réussite. Ça stimulait tout le monde un service funèbre de cette classe. Le temps de quelques cantiques on oubliait les salissures de la profession. Après l'absoute, on se devait d'accompagner le défunt jusqu'à sa dernière demeure au cimetière du Père-Lachaise. Toute une procession derrière un corbillard tiré par des chevaux... Enseveli sous des couronnes, des gerbes de fleurs, le char funèbre. Les gens sur le passage... avenue de la République, ils se signaient et croyaient que c'était pour le moins un ministre qu'on funéraillait de la sorte... un ponte quelconque... un industriel, quelqu'un de la haute. Précisions... de la haute pègre... derrière sa dépouille mortelle, c'était l'envers de la société qui défilait. Le côté noir, la nuit par rapport à ceux qui étaient dans la lumière... les vrais gens honnêtes ou supposés tels.

Noël suivait le corbillard en tenant le bras de la veuve en tête du cortège et immédiatement derrière arrivaient ces dames... Rachel qui n'avait pas voulu se montrer à l'église, ça lui aurait été reproché par toutes les garces qui se seraient gaussées à propos de ses origines. Ça, ça lui importait peu, et elle était là derrière un pilier de l'église surtout pour admirer celui qu'elle appelait toujours son Jésus. En apercevant Marthe aller à la communion, boudinée dans une espèce de tailleur noir, imitation d'un modèle de grand couturier, elle s'était allumé le cœur à la haine... cette ignoble grognasse qui avait défloré son amour... c'était ça exact... Noël représentait pour elle quelqu'un de pur, de beau et qui ne méritait pas d'être souillé de la sorte. C'est peu dire qu'elle s'exaltait interne. Elle suivait la procession en retrait et il s'était mis à tomber sur tout ce joli monde une de ces petites pluies fines dont le ciel parisien a la recette. Elle vous imprègne comme un buvard et elle peut durer indéfiniment croirait-on.

Je vais pas vous tenir tout le trajet, nous arrivons dans le grand cimetière de la capitale où reposent tant de célébrités, poètes, marquises, héros et martyrs puisque les ultimes Communards y ont leur mur.

Un maître de cérémonie de chez Roblot regroupe les gens, les répartit autour de la fosse. On descend Arthur au fond de son trou. Il reste plus qu'à jeter une fleur sur le cercueil et à y aller de ses condoléances aux membres de la famille. Avec Madame Louisa et Noël, il y a un frère d'Arthur arrivé de sa province, une sorte de plouc endimanché, accompagné de son épouse assortie. On a ouvert les parapluies. Les amis défilent... les employées de Monsieur. Rachel s'est approchée, elle a dans son champ de vision carrément la grosse qui serre la cuillère au frère... elle arrive sur Noël... elle va l'embrasser, l'ordure... ah ! elle ne peut pas supporter cette vision et, pour son malheur, il se trouve qu'un fossoyeur a laissé une pelle contre la croix d'une tombe. Rachel s'en saisit, elle écarte les personnes qui sont devant elle ! Un bond, elle est sur Marthe, la grosse pelle s'abat sur sa tête, son chapeau noir à aigrettes. Un coup violent, imparable.

— Tiens, salope, tu l'as pas volé !

Ses paroles qui restent gravées dans la mémoire d'Ursule qui était là... de l'autre côté de la fosse, parmi les plus beaux spécimens de harengs... Les choses alors se précipitent... quelques solides gaillards maîtrisent difficilement Rachel qui écume, continue à cracher des injures. Marthe s'est affalée sous le choc, des bras la retiennent... elle a la tronche ensanglantée... On entraîne Rachel à l'écart tandis que tout le monde s'affaire autour de Marthe. Noël, lui, il a tout de suite réalisé le fin du fin... les causes de l'attentat. Il fait son choix rapidos, il fonce sur Rachel... On l'a désarmée, elle sanglote...

— Tout le monde, bien sûr, la croyait devenue folle subitement, dit Ursule. Ça criait de partout...

qu'il fallait appeler les flics... la conduire au commissariat.

Noël a écarté les braillards, il s'est présenté pleine face à Rachel.

— Calme-toi !

— Je vais la tuer ! Il faut que je la tue ! Que je l'achève cette pourriture... ce tas de merde !

Pour la première fois de sa vie, Jésus a giflé une femme. Flac ! Flac ! L'aller et retour. Le sacrement de confirmation pour ainsi dire. Un réflexe de phallocrate, n'est-ce pas... Rachel s'est effondrée, prise d'une crise de désespoir. D'autre part on soulevait Marthe, on l'emmenait où... au bistrot... la maison du gardien... je ne sais... Quelques âmes dévouées étaient parties prévenir un sergent de ville en faction à l'extérieur du cimetière. L'idée que la flicaille allait rappliquer, ça a fait déguerpir entre les tombes, les monuments funéraires, quelques tauliers et quelques putes qui n'appréciaient pas ce genre d'intervention.

Enfin... le brouhaha... le scandale arrive. Louisa, quoi qu'elle en eût, s'agitait pour soigner Marthe. Celle-ci avait perdu connaissance, le coup de pelle avait fendu son chapeau, entamé le cuir chevelu... Graves ou pas, les blessures à la tête font saigner abondamment et ça impressionne... Fallait qu'on la transporte à l'hôpital Tenon, boulevard Gambetta... Déjà quelques flicards s'emparaient de Rachel. Un brigadier interrogeait les assistants.

Les belles funérailles tournaient cafouillage, catastrophe. On embarquait Rachel, maintenant effondrée, qui se laissait soutenir par deux moustachus qu'on appelait encore des sergeots dans les conversations de la ville. Noël expliquait au brigadier que Rachel avait été prise d'une sorte de crise... qu'elle allait regretter son acte.

— Sera bien temps si elle a tué cette dame... hein ? Ça va finir où tout ça ? En cour d'assises et puis au bagne.

***

Il s'enthousiasmait trop vite l'aimable protecteur de l'ordre. Pour lui c'était le fin du fin... la cour d'assises, le bagne, et pourquoi pas la guillotine. Elle fonctionnait, il est vrai, assez régulièrement en province et à Paris où on exécutait encore devant la prison de la Roquette. Ça faisait le thème de quelques goualantes réalistes... l'enfant du malheur qui roule de vol en vol pour arriver au crime. La maman qui pleure son fils indigne. Je vous passe le couplet sur la supplique au Président. Fort heureux, la grosse en fut quitte avec quelques journées d'hosto... des agrafes... un pansement sur la tronche... des gémissements... son Mimile à son chevet qui médite tout haut une vengeance pour se donner des airs d'en avoir.

Rachel se retrouvait à la Petite Roquette en attendant de passer en jugement. Un oncle s'occupait d'elle, le frère de sa maman paralysée. Noël s'était arrangé pour le rencontrer sans en rien dire à Louisa, il se sentait un peu responsable de cette corrida lamentable. Enfin obscurément... il fut aussi obligé d'aller voir sa maman Marthe à Tenon. Elle avait très vite repris le dessus, la grosse, mais elle s'expliquait pas le geste de cette petite roulure de Rachel. Noël lui a mis les points sur les *i*... qu'elle était jalmince voilà tout... et elle ne pouvait pas invoquer cela devant la justice.

Avec un scandale pareil Louisa, qui s'en serait bien passée, avait été convoquée chez les flics... répondre à des tas de questions. Pour eux, ils eurent vite l'opinion que c'était une histoire de filles qui se disputaient un hareng. C'était un peu ça, tout en étant loin du compte. Si on leur avait dit que c'était le petit Jésus le responsable... enfin la cause de ce pugilat en plein cimetière, ils auraient cru à une mystification.

Lucie, qui avait les clefs du mystère, avait regagné son atelier de fesses à Yvetot... C'était pas le moment de chômer, son petit homme, son musicien pétomane, avait besoin de sous. Ayant commis quelques indélicatesses au jeu, des petits voyous vindicatifs l'avaient amendé.

On s'enfonce, voyez, dans des salades peu reluisantes. Seules les motivations de Rachel avaient un peu plus de noblesse... un parfum de romantisme fleur du trottoir. Noël, pour s'extirper de tout ça, pédalait de plus belle, il n'arrivait pourtant pas à ne plus penser à Rachel. Pour lui, elle avait voulu tuer une rivale... ça lui donnait une opinion flatteuse de sa petite personne. Il devenait, en quelque sorte, le héros d'un drame passionnel. Madame Louisa l'avait tout de même accroché à ce sujet... cassé ce morceau qu'elle n'avait pas osé jusque-là.

— T'aurais pu te retenir...

Ce qu'elle lui a dit lorsqu'ils se sont retrouvés face à face le soir de ces obsèques démentes. Il a pas apprécié l'attaque, le jeune Noël... il attendait pas d'être majeur pour s'affronter avec les femmes.

— Me retenir de quoi ? il a répondu avec un air goguenard.

— Si ça te démangeait tellement je t'aurais procuré une fille de *La Cigale*.

Il haussait les épaules... ça n'avait pas de sens ce qu'elle disait et elle trouvait le moyen de reprendre le refrain... que Marthe c'était un peu sa mère... que ça ne se faisait pas de baiser sa mère.

Il préférait ne pas répondre. Certes il avait plus envie du tout de reprendre sa liaison avec la gravosse. Tout le monde était au courant et il ne voulait surtout pas se trouver en rivalité avec son Mimile qui lui lançait des regards venimeux, ce con.

— On ne parle plus de ça, il a conclu... C'est du passé.

— Et Rachel, qu'est-ce que tu vas en faire ?

Pertinente question ! Il était pas le gardien, l'amant de Rachel. Elle s'était monté le bourrichon, il n'y pouvait rien. Il l'aimait bien, voilà tout.

— Tu t'imagines pas que j'ai couché avec elle ! Pas plus qu'avec Lucie... Je couche plus avec personne si tu veux savoir. Si je veux devenir un champion, faut plus que je me donne à n'importe qui... ça te suffit ?

Là-dessus il est monté dans sa piaule se coucher, reprendre des forces... le lendemain il participait à sa première course d'amateurs dans la vallée de Chevreuse.

Madame Louisa, elle a bougonné entre ses dents : « On verra bien. » Ça lui paraissait pas tellement plausible qu'un tel beau mec... quasi un étalon, reste tranquille à l'écurie. En se débarrassant de sa tenue de grand deuil, elle gambergeait tout de même à l'avenir de la taule. Elle serait pas éternelle, fallait bien qu'un jour quelqu'un reprenne l'affaire. C'était pas un coureur cycliste qui pouvait driver un attelage de gonzesses suceuses.

VIII

Jésus en Normandie

Sûr qu'elle voyait juste la vioque et le plus curieux c'est que l'occasion de se perdre est arrivée à Jésus par le cyclisme. Il était parti avec son club s'entraîner du côté de Rouen en vue d'une course d'amateurs essentielle. La première grande compétition à laquelle Noël participait... La chance ou le manque de bol, selon, voulait que ce soit le parcours Yvetot-Fécamp, à l'occase d'une fête où les bateaux partaient pour Saint-Pierre-et-Miquelon pêcher la morue. Je n'y peux rien mais c'est ainsi.

À Yvetot, le directeur sportif du club, Armand Brugnot... moustaches gauloises, les muscles avantageux, le regard impératif, avait pris un arrangement pour loger ses poulains dans le gymnase de l'école communale... des lits de camp... un repas frugal pour ne pas les alourdir. Noël, il nourrissait quelques espoirs de triompher de ses rivaux. Il était le plus jeune de l'équipe mais le plus grand, le plus athlétique. Ça baignait si on peut dire... seulement comme jadis dans le désert, notre Jésus fut tenté par le Diable. Enfin, il n'avait pas la moindre mauvaise intention en allant faire une petite visite quasi filiale à Lucie... « Je vais embrasser ma tante », a-t-il dit à M'sieur Brugnot. Lui c'était pas un homme à se faire des idées qu'un de ses élèves pédaleurs puisse aller embrocher une personne de sa famille. « Rentre pas trop tard. » La recommandation d'usage.

Pour dégauchir le claque, c'était pas difficile. Ça se passait dans une maisonnette un peu à l'écart sur la route de Bolbec. Avant 14, dans ces cambrousses, c'était un point stratégique la maison aux volets clos. Les bigotes se signaient en l'apercevant et les hommes du cru n'y allaient qu'à la nuit tombée... Le jour c'était du client de passage, du calicot, du péquenot venu d'ailleurs pour acheter une vache, un cheval... négocier quelques affaires de calvados... de barriques de cidre... qui profitaient du voyage pour se dégourdir la zigounette.

Le rez-de-chaussée de la maison était organisé, on ne peut pas dire en salon, mais en bistrot avec des tables recouvertes de toile cirée... des chaises paillées... une sorte de comptoir où se tenait la sous-maque... un quintal de barbaque dans une robe d'un rose douteux. Je pourrais vous ajouter des détails sur son physique... pour vous la résumer... je vous cible une tronche porcine qui ne s'éclairait d'un sourire qu'à l'approche du micheton en supputant ce qu'il pouvait allonger comme biftons pour soulager sa verge.

Au moment où Noël a pénétré là... elle était seule

la porcine à son comptoir. Il s'est fait accueillir au frais.

— T'as pas l'âge toi... fous le camp de là !

Sans être le moins impressionné, Noël a répondu :

— Je viens voir ma tante... Mlle Lucie.

— C'est ta tante ?

— Je suis son neveu, c'est permis !

— Tu tombes mal, elle est de repos, Lucie.

— Et elle se repose où ?

— Elle a pris une piaule, derrière l'église. Y a une vieille qui loue des chambres. Elle préfère ça... pourtant ici y a du confort.

Noël sans même remercier du renseignement s'est extirpé du bouge... ça lui a paru insupportable que sa maman Lucie puisse travailler là. Elle méritait mieux sinon autre chose. Il était décidé à aller la voir... il redoutait simplement d'y retrouver son Paulo la Musique qui devait sans doute être le motif pour lequel elle pieutait pas au bordel. On voulait surtout pas les maques dans les chambres... c'eût été une source d'emmerdements... et les flics pouvaient carrément les alpaguer au nid... au plein de leur délinquance.

L'église d'Yvetot, je vous décris pas... j'aurais pu aller la visiter pour vous en tirer une page descriptive naturaliste, mais je présume que vous vous en battez les couilles... les poils de la chatte pour les dames !

Si Paulo avait été là, l'affaire eût été des plus simples, Noël aurait embrassé sa maman... on aurait bu une bolée de cidre et le lendemain, au départ de la course, Lucie serait venue encourager son petit Jésus. Il est tombé qu'elle était seulâbre, son barbiquet venait de lui claquer la gueule et il avait décidé de la larguer. Ça lui arrivait assez souvent mais toujours il se repointait deux ou trois jours après... Elle le savait et n'en moulait pas un chagrin excessif. Simplement fallait qu'elle se remette la face en état de reprendre le lendemain sa place, là-bas, dans son sordide boxon. Sa piaule, c'était carrément une soupente... une pièce mansardée au deuxième étage d'une espèce d'hôtel de passage pour représentants de commerce qu'on appelait encore des colporteurs. L'époque est toujours dans le XIXe en ce qui concerne les façons de parler, les mœurs...

Elle n'est pas au mieux de sa beauté lorsque Noël débarque dans sa chambre, l'imbécile de Paulo lui a un peu coquardé l'œil gauche... elle a réparé ça tant bien que mal au maquillage. Elle s'attendait pas à la visite de son Jésus... elle n'était pas au courant qu'il participait le lendemain à une épreuve cycliste. Lorsqu'elle lui ouvre la porte, elle a un mouvement de surprise. Pour tout arranger, elle est à poil sous un peignoir, une espèce de déshabillé qui dénotait la pute si on considère les femmes du secteur... les honnêtes avec leurs chemises de nuit en pilou. Certaines tenues qu'on dit aujourd'hui sexy n'étaient réservées qu'aux gourgandines, aux femmes du monde en adultère... xetera. Ça trouble Lucie de recevoir Noël en cet état. Pourtant dès sa prime enfance, il l'avait aperçue au *Grand 18* en bas... porte-jarretelles... guêpière... accoutrée dans le transparent pour aguicher le chaland.

Ils s'embrassent... elle n'a pas revu Noël depuis les obsèques tumultueuses de M'sieur Arthur.

— Je m'excuse, je ne t'attendais pas...

Ils s'expliquent... lui sa course du lendemain, elle cette bagarre avec son homme. Ce pour quoi elle est restée là enfermée dans sa tanière.

— C'est pas qu'il est méchant, mais il est jaloux.

Ça paraît le comble qu'il soit jalmince, ce pétomane. Enfin jaloux... il boit aussi et il cherche n'importe quel prétexte pour jouer les caïds... imposer ses volontés à sa pouliche.

— S'il me voyait ici...

Réflexions de Noël. Lucie se recule... le regarde et elle dit :

— Sans doute qu'il me chercherait des noises, mais une fois que tu serais parti...

Vrai qu'il a une carrure d'homme à présent... que c'est plus le petit Jésus qu'elle allait voir à Nogent pour lui porter des friandises. À l'évidence Paulo ne s'y frotterait pas. Noël a du répondant dans les biscotos et puis il est lâche Paulo... le cas de le dire un vrai péteux.

C'est pas le confort dans le gourbi... Lucie a fermé de son mieux sa robe de chambre sur sa poitrine. Il s'est assis près d'elle sur le divan. Elle allume une cigarette... ça aussi c'était pas de mode que les femmes fument, en dehors des vieilles Bretonnes qui tiraient sur leurs pipes sous leurs coiffes. Lucie, un client l'a initiée au plaisir du tabac, un voyageur au long cours lui ramenait d'Orient de longues cigarettes opiacées... Ça lui servait un peu de drogue, elle voulait surtout éviter l'alcool qui déflorissait ses copines. Elle était vraiment au comble de la joie de revoir son Jésus qui avait troqué les séductions de l'enfance pour celles d'homme très accompli puisqu'il s'était perdu entre les cuisses de Marthe.

— Et Rachel ?

C'était le hic, Rachel ! Nul ne pouvait ignorer qu'elle avait fait une tentative de meurtre sur la personne de Marthe parce qu'elle était folle de Noël... Que c'était comme une trahison que la grosse se le soit appliqué sur la soie. Tout ça confus, certes, difficile à expliquer au juge qui instruisait l'affaire.

— Elle est à la Petite Roquette... je sais pas quand ils vont la juger.

— Y vont tout de même pas l'envoyer aux assises. Elle n'est pas morte Marthe, elle se porte bien à ce qu'y paraît.

Noël confirmait. Il voulait prendre contact avec l'avocat de Rachel... mais de toute façon le juge allait le convoquer et il ne pourrait demander un permis de parloir qu'après avoir été entendu.

— On peut rien te reprocher à toi !

Ça lui semblait clair à Lucie... Ils ont poursuivi leur conversation gentiment... d'abord tout à fait frère et sœur. Et à un moment, vous dire exact comment ça s'est enchaîné... il lui a pris le bras, il l'a regardée en souriant et il a dit :

— C'est dommage que tu sois aussi ma maman !

Elle a éclaté de rire la petite Lucie, elle s'est un

peu renversée en arrière... et sans le vouloir son peignoir s'est écarté découvrant l'amorce de ses nibards. Malgré de nombreuses années de service au claque, ils tenaient encore dans une fermeté qui ne pouvait qu'ouvrir l'appétit braquemardeur de notre futur champion cycliste. J'écris trop hâtif, ça va être là dans cette piaule de pauvresse qu'il va rater son début de carrière. Nous verrons ça un peu plus loin, pour le moment il y va carrément de la paluche dans l'ouverture du peignoir rose... Il est en émoi... au comble... cet euphémisme pour ne pas trop choquer mes dernières lectrices pointilleuses question bonnes mœurs, les dernières qui résistent encore devant la déferlante libération des confessions féminines poussées chienlit.

Toujours fut-il qu'entre Jésus et sa maman Lucie ça s'est déroulé dans le classique. Elle avait pas besoin de lui préambuler l'instrument, il lui suffisait d'y mettre la menotte, tâter pour se rendre compte. La bistouquette du petit Jésus avait singulièrement forci. Dans son turbin elle en voyait de toutes les dimensions, mais celle-là c'était un morceau royal. Et puis elle était pour ainsi dire neuve, fraîche... d'une ardeur toute juvénile. Ça peut paraître incroyable qu'une fille comme elle ou la grosse Marthe puissent encore consommer et s'extasier sur l'objet après des années de fréquentation quotidienne. Mais Noël apportait à Lucie quelque chose de tellement différent... avec ce mélange de tout ce qui l'entourait, sa naissance mystérieuse, son adoption par le *Grand 18*... L'excitation aussi du fruit défendu. Lucie n'était pas une fille à états d'âme, n'empêche ce presque inceste ajoutait à leurs ébats !

Vous dire qu'il était déjà, mon Jésus, un artiste virtuose du chibre serait sans doute prématuré. Considérant son âge il avait cependant toutes les ressources de la jeunesse... en capacité de remettre le couvert... de rester en faction dans la guérite de la luxure.

Lucie, elle se l'est pris comme une impératrice... ça lui a arraché des cris à réveiller tout l'hôtel... les colporteurs dans leur premier sommeil. À s'interroger, ces naves, si on n'assassinait pas une femme sous les combles...

Je pourrais vous laisser savourer ce délicieux passage, vous en tartiner à bite que veux-tu... Ça me présente moins de difficulté plumitive que vous dépeindre, je ne sais, l'ordination d'un prêtre... la bataille de Trafalgar... la fabrication des chapeaux claques. Je suis pourtant obligé à l'ellipse, non par pudeur, mais par souci de ne pas trop ressasser, ne serait-ce que dans les joies de l'existence. Sans même faire appel aux grands mots, faut bien reconnaître qu'en dehors de cet exercice, pourtant mû par l'instinct de reproduction, il vous reste plus que les recettes culinaires pour vous consoler de la condition humaine.

N'importe, je signale que ce fut entre Lucie et Noël des heures divines... C'est bien le moins avec Jésus métamorphosé Cupidon... Elle n'arrivait plus à le laisser repartir... Il s'était souvenu au milieu des soupirs, des cricris... des murmures d'extase... que le lendemain il y avait cette course... qu'il allait être sur les rotules pour prendre le départ.

— Tant pis pour ta course... reste encore mon chéri !

V'la les gonzesses, elles te cassent les mecs les plus décidés. Combien de champions laissèrent leurs titres, leur carrière en de moelleux boudoirs où ces garces de filles leur pompaient la gloire !

Leur catch amoureux dura combien de temps ? Malgré les supplications de Lucie, Noël a fini par renfiler ses knickerbockers... ses godasses.

— Je reviendrai, je te le jure... Tu me retrouveras à Paris. On prendra une chambre pour nous deux.

Fallait promettre n'importe quoi pour s'arracher. Il l'a laissée, éperdue, comme anéantie sur le pas de sa porte. Par sa lucarne, elle l'a regardé sur son vélo disparaître dans la nuit sous la pluie normande coutumière.

En dehors des conséquences immédiates de ce moment d'égarement, il se gourait pas Noël qu'il venait encore de s'accrocher une passion dévorante à ses basques. Cette fille jusque-là lymphatique, sans réaction sous la férule d'un jules à la mie de pain, allait se révéler une panthère.

Nous la retrouverons plus loin. Je vous invite après la chronique galante à la page sportive. Noël avait regagné le dortoir dans le gymnase en s'efforçant de ne pas réveiller les copains. Seulement M'sieur Brugnot de mœurs plutôt spartiates s'imposait les mêmes efforts que ceux qu'il exigeait de son équipe, alors, lui aussi, il roupillait sur un lit de camp au bout de la salle. Roupillait mal à cause précisément de Noël qu'il ne voyait pas revenir. Il était deux heures et demie lorsqu'il l'a entendu se glisser vers son page, ça lui faisait pas lerche de sommeil pour récupérer...

Il a fait face Noël le lendemain... souriant et tout... toilette à grande eau dans une espèce d'abreuvoir. Un peu d'entraînement pour s'échauffer... un casse-croûte avec du lard, une soupe au chou. Les athlètes n'avaient pas encore découvert les bienfaits de la diététique, ils se remplissaient la panse et partaient la musette garnie de sifflard, de fromage, parfois même un bidon de pinard.

Juste avant le départ, alors que Noël s'approchait de la ligne tenant son vélo par le guidon, l'air de rien M'sieur Brugnot s'est approché et lui a glissé à l'oreille :

— J'espère qu'elle avait pas une nièce ta tante ?

Difficile de lui répondre qu'il avait une Sainte Trinité de mamans et qu'il s'était senti en somme obligé de faire quelques politesses à l'une d'elles. Il croyait pourtant qu'il avait récupéré... retrouvé sa forme olympique. Il se sentait invincible, aussi fortiche sur une selle de vélo que sur un traversin. L'orgueil aidant, il n'a pas attendu trois bornes pour mettre le nez à la fenêtre... ce qui veut dire en jargon cycliste, sortir du peloton, tenter une échappée solitaire.

M'sieur Brugnot suivait dans son cabriolet Renault qui faisait baver d'envie les populations d'alors. Il a tout de suite flairé le fiasco... ce môme bluffait... voulait lui en foutre plein les châsses et il allait bientôt être rejoint, puis lâché irrémédiable par le peloton avant d'abandonner... de s'affaler sur le talus, son vélo entre les jambes.

Rejoint par le peloton, il l'a été après une échappée de dix kilomètres. D'abord Noël s'est senti des ailes d'ange. Qu'est-ce qu'il déconnait le père Brugnot ! Sa nuit d'amour l'avait au contraire sublimé. Tout en forçant sur les pédales, il lui revenait aux naseaux l'odeur de Lucie... il la revoyait son visage tout enjolivé par le désir, le plaisir... ses yeux bleus perdus dans le vague... noyés de larmes. Avec Marthe ç'avait été animal en quelque sorte, elle avait des secousses d'abattage.

Peu à peu il a ressenti de la pesanteur dans les guibolles. Quelle folie de s'être échappé pour faire le malin. Il aurait suffi tout simplement de rester dans le peloton, de suivre le train et de s'en détacher sur la fin, lorsqu'on approcherait de Fécamp... Pas que les jambes qui flagadaient, il se ressentait des lourdeurs dans la tête... et puis des tiraillements dans les avant-bras. À Fauteville-en-Caux il était rattrapé et il ne parvenait pas à s'incorporer au peloton. Tous ses petits copains filaient devant lui... C'était à peu près là que M. Brugnot anticipait son abandon... en quoi il se gourait le cher homme. Faisant un effort prodigieux Noël est resté en selle... transpirant à grosses gouttes... serrant les mâchoires. Preuve exemplaire de ce qu'il allait être tout au long de son existence. Il ne lâcherait jamais dût-il en crever.

Il est parvenu à Fécamp avec un retard considérable. Titubant, zigzaguant, il s'est effondré sur la ligne d'arrivée. Tout le monde fêtait le vainqueur, un garçon qui allait faire parler de lui dans l'avenir, un nommé Henri Pélissier.

***

Pareille connerie ne condamnait pas notre Jésus à renoncer aux épreuves cyclistes. Il lui suffisait qu'il ne renouvelle plus ce genre de fantaisie à la veille d'une compétition. Pas question d'ailleurs qu'il devienne pro, il n'avait pas l'âge.

C'était d'ailleurs son handicap... l'âge. Ça paraît drôle aux viocards qui doivent compter dans le sens inverse... qu'on bordure en raison de leurs poils blancs. Noël était précoce. Je vous l'ai montré en simple appareil avec une dame... sur le vélo, s'il se cassait pas les jambes en emmenant Popol au cirque, il avait quelques chances de faire une carrière... il était bon rouleur et rapide sprinter. Mais surtout c'était dans la tronche, au raisonnement qu'il dépassait de plusieurs longueurs ceux de son âge. S'il était resté dans les études, qu'il s'y soit un peu appliqué, il serait devenu ce que Madame Louisa souhaitait... un diplômé d'une grande école. Les notions abstraites qu'on s'ingurgite dans les lycées le rebutaient. Toute sa vie il ne pourra se mouvoir que dans le concret, avec son regard, sa gamberge, ses déductions. Surtout ne jamais s'embarquer derrière les mots, les sortilèges verbeux.

Autour de lui, par exemple, les gens, les amis et même les mitrons du pain de fesses étaient pris par l'ambiance patriotarde. Sans doute nos gouvernements, nos élites préparaient, elles, assez consciemment la grande guéguerre, celle qui allait nous permettre de reprendre l'Alsace et la Lorraine, nos provinces violées, volées, mises aux chaînes par les Teutons. Les mômes, dès la communale, on les mettait en condition... qu'ils soient tous prêts à partir sac au dos aux premières sonneries du clairon. Chez les Maristes, les bons pères dosaient tout ça avec le Christ-Roi... la France fille aînée de l'Église. Noël avait donc subi ce bourrage de cerveau comme ses petits condisciples. Seulement sur lui c'était passé comme sur une toile imperméable. Il écoutait, il ne commentait pas... à la limite, pour être tranquille, il faisait semblant d'acquiescer. Si les gens importants, les chefs politiques, militaires ou religieux étaient comme ça, frémissants d'aller guerroyer, il ne pouvait pas tout seul proclamer que ça lui semblait mieux d'aller canoter sur la Marne... se faire les muscles des cuisses sur son vélo... et puis tout de même, puisqu'il est question de cuisses, aller un peu les écarter pour cueillir du bonheur à la petite semaine.

Et même en ce domaine, il se méfiait des serments... de la sérénade amour-toujours... Elle faisait des ravages d'après ce qu'il entendait dire... les filles, leurs mectons... les excès de la jalousie. Avec lui, pour une bagatelle, ça avait failli tourner au crime passionnel.

Ça me permet le raccord, comme on dit au cinéma dans les scénarios. Rachel ça tournait pas dans les sucreries de l'existence pour elle. On lui avait bien sûr évité le plus grave... la comparution en cour d'assises. Sa tentative d'homicide s'était réduite en coups et blessures qui ne relevaient que de la chambre correctionnelle. Mais à l'instruction ça s'envenimait plutôt. Dès que le juge prononçait le nom de sa victime, la femme Fougedoire Marthe Marie Yvonne, Rachel entrait en transe... elle dévidait des chapelets d'injures. Le magistrat n'arrivait pas à lui faire avouer les motivations exactes de son acte mais la grosse Marthe avait déclaré aux flics, dès qu'elle fut un peu en état de s'exprimer, que c'était une affaire de jalousie... à cause d'un homme, mais elle aussi arrêtait les confidences dès qu'on lui demandait un nom. Madame Louisa non plus ne pouvait rien dire... toutes les deux avaient travaillé chez elle à sa meilleure satisfaction. Elle n'avait jamais remarqué d'animosité entre elles. Des filles irréprochables.

— Passons, disait le juge, un peu agacé de l'adjectif.

La clef du mystère c'était le petit Jésus. Il aurait pas fallu, comme la plupart des mômes, qu'il grandisse. Une fois la puberté atteinte, c'en est fini des risettes, des gouzous-gouzous... Il se renfrogne, grogne... se met en rut dès qu'il respire une femelle. Que lesdites femelles les plus accessibles soient ses mamans d'une nuit de Noël, ça ne pouvait pas s'expliquer dans le cabinet d'un juge d'instruction. Lui, ce qu'il déduisait de tous ces blablas, c'est que ça baignait dans un jus de putes, de vice, de proxénétisme... de tout ce que la morale bourgeoise exécrait. Il désirait entendre Noël puisqu'il avait assisté au pugilat, qu'il était intervenu pour calmer Rachel.

— Ce dont je vous félicite.

Pour une entrée en matière avec la magistrature qu'il aura dans l'avenir souvent l'occase d'affronter, c'était de bon augure. En tout cas le curieux s'il pensait, considérant l'âge du jeune homme, lui tirer plus facilement quelques informations éclairantes... fiasco total. Noël s'est déjà comporté en « homme »... il ignorait tout des mobiles de Rachel. Elle avait peut-être eu un coup de folie. Lui, il était ami avec les deux filles puisqu'elles l'avaient connu enfant, il les aimait bien toutes les deux et ça le chagrinait qu'elles en soient arrivées là.

Il a enveloppé tout ça avec une habileté de vieux renard et à la finale il a demandé un permis de visite.

— Pour l'aider moralement, a-t-il cru bon d'argumenter.

Demande agréée. Ce qui va nous conduire au parloir de la sinistre prison de femmes rue de la Roquette. Un face-à-face dans un box grillagé avec un mètre de séparation entre les cages pour permettre à une bonne sœur en cornette de circuler, d'écouter... d'empêcher les mauvais gestes, ceux par exemple des filles qui se troussent pour montrer leur minou à leur chéri. Des choses sans gravité mais qui dans cet univers étaient sujettes à des sanctions disciplinaires.

Elle s'attendait pas Rachel à être appelée au parloir. Depuis près de deux mois qu'elle était au trou, en dehors de son avocat, un barbon barbu moitié sourdingue, elle n'avait vu personne. Juste son oncle lui avait écrit afin de la rassurer sur le sort de sa mère, il avait trouvé une dame pour s'occuper d'elle. C'était tout. Elle était paumée, enfermée dans un sordide dortoir, entourée de codétenues pas si ragoûtantes... bien entendu des *filles publiques* en majorité... mais aussi des voleuses, des entôleuses... des assassines de leur jules... une empoisonneuse... des cas d'infanticide, en général des filles-mères qui se débarrassent de leur bébé. Tout ce cheptel sinistre sous la surveillance de frangines pas des plus amènes... des spécialistes du châtiment qui froufroutaient pas de la bure... de la crème de vacherie. Du mal à imaginer que des êtres puissent vivre, végéter dans une telle géhenne... Une sous-vie dans un cloaque. Au nom de Dieu, paraît-il.

Les religieuses veillaient surtout à ce que toutes les pécheresses trouvent les voies de la rédemption. Ça voulait dire qu'elles se farcissaient des messes, les pécheresses, des prières à n'en plus finir... Les hypocrites donnaient du chapelet, pour se faire bien voir et peut-être obtenir un certificat de bonne conduite pour attendrir un peu leurs juges.

Rachel, natürlich elle pouvait pas suivre ce troupeau de chrétiennes, elle était donc devenue pour toutes la Juive... la Youpine pour les plus acerbes.

Nous ne sommes pas encore sortis en France de l'affaire Dreyfus et l'antisémitisme est encore ardent. Surtout chez les fidèles de l'Église catholique où le peuple d'Israël était considéré comme déicide. Depuis, le clergé a mis du vin casher dans son eau bénite. Il s'adapte au point de renier quelques principes du dogme qui paraissaient intangibles. Amen ! Pas épiloguer là-dessus.

Toujours est-il que la pauvre Rachel, à la Roquette, elle ne coule pas des jours paisibles. S'ajoutant aux tracasseries de l'administration pénitentiaire, aux conditions d'hygiène déplorables, à une alimentation de porcherie, on la brocarde, on l'isole, on guette le moindre faux pas pour stigmatiser « la Juive ». Elle subit tout ça avec un petit sourire résigné. Elle est notée à l'encre rouge, signalée dangereuse. Puisqu'elle a voulu tuer une rivale sauvagement, ses compagnes doivent se méfier, les infanticides et les V.V. ... (Ainsi désigne-t-on les dames meurtrières de leur époux... Veuves Volontaires.) Une religieuse lui a expliqué que les gens de sa race, ses ancêtres, avaient crucifié Jésus. Ça l'a fait rire et bien sûr ce rire a été mal pris. Elle pouvait pas lui expliquer à la frangine que Jésus elle l'avait bercé au *Grand 18...* qu'elle l'aimait et que lui c'était le vrai... chair et os. D'ailleurs il était là maintenant dans la pénombre derrière la grille du parloir.

— Tu es venu !

Elle a dit cela comme un soupir... les larmes jusque dans la voix.

— Et pourquoi je serais pas venu ? a-t-il répondu.

Il a enchaîné en ironie sur son quasi-devoir filial.

— C'est pas parce que t'as fait une connerie que je vais te laisser tomber.

— Je suis si heureuse ! Tu vas bien ? Tes courses cyclistes, tu les gagnes ?

Il répond hâtif sur ce qui concerne sa petite personne. Surtout, il faut parler de son affaire... la sortir au mieux de ce mauvais pas. Il va aller solliciter Me Moro-Giafferi pour sa défense, un avocat dont la renommée commence à monter dans les prétoires... Une voix d'or et puis avec des tas de relations utiles partout, au Palais aussi bien qu'au Parlement.

— Comment je pourrais le payer... J'ai pas beaucoup de pognon à gauche. Une cagnotte chez ma mère. Tu peux en disposer.

Rien à foutre de sa cagnotte, lui aussi il a de quoi. Chez le Gros Napoléon il remonte un peu de monnaie... il joue et il sait déjà tricher sans se faire prendre.

— Faut que tu tiennes le coup... que tu te laisses pas aller. Même dans ta tenue de prisonnière, tu dois rester belle.

Ça lui enivre le cœur à Rachel d'entendre de semblables paroles de son petit Jésus. *Dites seulement une parole et mon âme sera guérie...* C'était déjà dans l'Évangile.

***

Ce que je vous rapporte de ce parloir, je l'ai reconstitué toujours d'après Ursule... J'allais encore lui rendre de petites visites... je la retrouvais dans tous les rades pourris du secteur. Son cher petit-neveu était sorti de cabane... ce Kléber qui fut à l'origine de notre rencontre. Une fois hors de la ratière, celui-là y avait intérêt de le fuir comme un putois malodorant. Il vous tapait et ne pouvait que vous embarquer pour *s'y taire* au 36, quai des Orfèvres. Ursule est restée jusqu'à épuisement au *Grand 18*. Elle y était bien sûr exploitée de toutes les façons possibles mais elle s'y plaisait comme une commère dans son trou de campagne. Elle savait tout... l'oreille partout... l'œil aux serrures. Ce genre de personnage est peut-être l'esquisse d'une romancière, d'une écrivaine témoin privilégié. Après tout, Marcel Jouhandeau à Guéret, il a accumulé comme une pipelette tout ce qu'il rapportera plus tard dans ses ouvrages... les petits détails... les mots... les intentions... les perfidies et les pensées secrètes. Alors imaginez, dans un bordel, une observatrice comme Ursule... une fouineuse... une précieuse à tous et à toutes. Confidente toujours prête à recueillir les tracas et les chagrins... quasi-secrétaire de Madame qui, vieillissant, lui laissait sa place pendant ses absences.

Sur l'affaire de Rachel, elle avait tout suivi après le cimetière du Père-Lachaise. Ça l'avait marquée cette histoire. Ça valait pas la bande à Bonnot qui allait sévir sous peu ni les amours d'Amélie Mélie dite Casque d'or... On s'emmagasine les souvenirs avec ce qu'on a. L'affaire Rachel Mayerson, *Le Petit Journal illustré* lui a tout de même consacré quelques chroniques. Ursule me les a cherchées avec d'autres gazettes dont elle avait gardé les numéros comme des reliques. Je les ai lues jaunies, tachées de graisse et de ronds de vinasse. Ce n'était pas l'affaire du siècle mais les allusions à ses origines raciales pour expliquer son comportement n'y manquaient pas.

— Il a été voir ce Moro-Giafferi... celui qui plus tard a défendu Landru. Un ténor comme on disait. Noël, il a pu le lui payer, il était pas encore trop cher à ses débuts.

Elle m'apprend aussi que Madame y a été de son écot. « Cette petite connasse m'a gâché l'enterrement de mon homme, mais le bon Dieu nous a enseigné le pardon et la charité ! » À faire observer tout de même que Rachel, pendant ses années de cuisses ouvertes à tous dans son établissement, lui avait fait gagner pas mal de pognon... qu'elle avait, avec sa petite frime de pensionnaire modèle, fidélisé une clientèle qui demandait de la prévenance et une certaine éducation pour s'évacuer les spermatozoïdes sans trop se martyriser la conscience.

Ursule, elle savait pas comment il était ce Moro-Giafferi... elle ne pourra, à son vif regret, assister au procès en correctionnelle. Moi qui vous parle, vous écris, Moro je l'ai vu, entendu dans le prétoire en 1946 ou 47... Il était déjà en bout de carrière, secoué par les Floriot, Isorni... Tixier-Vignancour qui lui faisaient la pige question coffre... mais il tenait encore bon la barre... De ce bonhomme rondouillard sortait une voix à faire trembler les vitres du Palais. Il défendait en la circonstance un petit camarade qui avait participé au braquage de la recette du champ de courses d'Enghien. Ceci est une autre histoire... une espèce de série noire qui aurait fait un bon film dans les années Gabin-Lino Ventura.

Moro, il a conseillé à Noël d'aller voir Marthe afin qu'elle retire sa plainte. Finaud, lui, il avait à peu près reconstitué le scénario original. Puisque ce tout jeune homme se donnait la peine de soutenir Rachel, c'était sans doute pour ses beaux yeux noirs... la chevelure abondante qui lui descendait au milieu du dos... son air de pas pute tout en étant pute qui faisait son charme. Noël qui n'avait surtout pas envie de renouer avec Marthe depuis qu'il avait vagabondé de la bébête dans l'intimité de Lucie, fallait tout de même qu'il se fasse violence... qu'il se dévoue. La grosse était sortie de l'hosto et elle avait repris ses activités prosinardes au *Palais de Cristal*. Après l'accident du Père-Lachaise, Madame Louisa n'avait plus insisté auprès de ses tauliers pour la faire virer... valait mieux ne pas envenimer la situasse qui allait aboutir devant les chats-fourrés du Palais de Justice.

À ce moment-là, ça me devient coton de suivre les événements. Lucie est venue à Paris relancer elle aussi son Jésus qui s'est cru obligé de la régaler en nocturne. Ce fut la première fois qu'une femme lui proposa sans ambages de tapiner pour lui. Tout limpide, elle se trouverait une nouvelle maison... plutôt à Paris pour qu'ils se voient le plus souvent et elle lui louerait un studio... un petit pied-à-terre où elle irait le rejoindre.

Vous imaginez... ou peut-être pas... le cas de conscience que ça causait à cet adolescent. S'il acceptait, il s'engageait dès avant l'âge dans une carrière périlleuse. Il allait consulter personne pour se décider, mais de toute façon ça ne pouvait que nuire aux projets qu'il nourrissait toujours dans le sport cycliste. Ce qui le tenait en équilibre à l'évidence c'est qu'il se dépensait maximum dans les exercices physiques. En plus de l'entraînement au club, il fréquentait la salle de gymnastique municipale où il voltigeait aux barres parallèles... grimpait à la corde avec ses seuls bras... éblouissait l'entourage par ses performances.

On va m'argumenter que tout ça pouvait s'harmoniser — le mot est joli — avec des revenus de proxénète. Exact, mais Noël ne se sentait pas mûr pour entrer dans la carrière. Ses aînés y étaient encore.

L'emmerdant c'est que Lucie avait borduré son musicien de fond de froc. Après une scène, une corrida, il avait encore claqué la lourde, mais à son retour, elle n'était plus là, elle avait quitté son boxon rural sans laisser d'adresse. Un matin elle avait pris le train et elle s'était retrouvé un point de chute... de reins, si on peut dire... dans le XVe, rue Frémicourt, près de l'École militaire, où le client venait se débarrasser l'espace d'une étreinte de son pantalon rouge, son dolman, sa vareuse à épaulettes...

Ce que femme veut et pute qui plus est... Ça vous casse un peu l'idée reçue que c'est l'homme qui envoie la nana aux asperges. Les cas où les mignonnes se sont offertes toutes seules... où elles ont forcé la main d'un brave garçon promis à l'usine, à une vie d'honnête labeur... sont plus courants qu'un vain peuple se l'imagine.

Entre-temps, ou avant, je ne saurais vous chronologiquer tout ça... l'entrevue avec Marthe. Elle lui avait donné rendez-vous dans un petit rade à La Chapelle où ils s'étaient déjà retrouvés naguère, après leur première partie de jambes en l'air chez Louisa, lorsqu'ils avaient récidivé dans des chambres d'hôtel.

Elle avait maigri Marthe à l'hosto... son coup de pelle de fossoyeur, c'était pas de l'amusette de petites filles dans le bac à sable du square.

— La pourriture, elle a bien failli me tuer.

Noël devait la calmer... lui prodiguer des propos lénifiants...

— Je la crèverai quand elle sortira du ballon... Je trouverai une pelle pour lui enfoncer dans le cul.

Il argumente que justement Rachel n'est pas près d'être libérée, elle risque une condamnation sévère.

— Si tu veux qu'elle sorte plus vite, y a qu'un moyen... tu retires ta plainte.

Elle est abasourdie d'entendre son Jésus lui suggérer une chose pareille. Elle s'arrête de siroter son absinthe... ils sont face à face dans le bistrot désert à cette heure-là. Juste le patron derrière le zinc qui lit un journal... elle gamberge, elle le regarde droit dans les yeux.

— Dis donc, mon salaud, tu l'aurais pas sabrée, des fois, ta Youpine ? Hein ! C'est ça, elle a cherché à me buter pour te garder à elle toute seule.

À quoi bon lui jurer qu'il n'y a rien entre Rachel et lui... une gonzesse comme Marthe ne croyait plus les hommes depuis belles burnes. Il n'a vu brusquement qu'une façon de régler le problème... donner encore de sa personne. Il lui a pris la main et il lui a murmuré comme dans un roman de Paul Bourget :

— Tu sais bien que je n'aurais pas pu te faire ça. Entre nous, il y aura toujours ma première bicyclette.

Le point sensible, la bicyclette, la belle Française Diamant. Elle était au courant Marthe qu'il faisait des courses... que c'était devenu pour lui une raison de vivre.

La main prise... le reste a suivi. Au-dessus du rade le patron louait des piaules pour un moment... Ils y furent et le petit Jésus lui a offert son cadeau de Noël en octobre.

Je pourrais vous tartiner un peu... que dehors le vent d'automne faisait tourbillonner les feuilles mortes tandis que Marthe était au comble du bonheur dans les bras de son presque fils.

L'essentiel, le but de cette érection magistrale... tous les orgasmes à répétition prodigués à la grosse, ça lui a permis sur le traversin de la convaincre qu'une femme comme elle, une voyoute en quelque sorte, ne pouvait pas se permettre de faire appel à ces enfoirés de magistrats pour faire justice. Chez les harengs, les putes, les gens du Milieu, ça ne se fait pas de porter plainte.

— C'est toi qui me tueras, a-t-elle soupiré.

Elle a promis, mais elle se réservait de se venger, de la défigurer cette charogne de Juive dès qu'elle aura mis le pied dehors... Et elle s'est reblottie contre lui... elle l'a tâté... s'il pouvait lui redonner encore un peu de plaisir, elle ferait tout ce qu'il demanderait.

C'est un don du ciel pour quelques mecs de pouvoir s'érectionner presque à la commande... Avec un outil pareil, notre Jésus, il pouvait multiplier les bienheureuses et faire jouir les plus frigides.

IX

Jésus en son temps

Ursule est morte. Ou plutôt elle a disparu. Je l'ai cherchée à son rade habituel chez Marcel rue Rambuteau... ça faisait bien dix jours qu'il ne l'avait pas vue.

— Elle est peut-être aux sports d'hiver, a ricané un soiffard déjà à l'abreuvoir au zinc.

Elle était clamsée toute seule enfermée dans son gourbi où je vous l'ai présentée au début. Son chien a hurlé à la mort, ce qui a alerté le concierge. Cinq jours trop tard, elle était déjà entrée dans son dernier rôle de décomposition.

Corbillard des pauvres. Emballée à la va-vite. C'est pas son indigne neveu qui pouvait suivre le convoi... devinez où il était Kléber ? Dans sa résidence secondaire au château de Fresnes-lès-Rungis... N'importe ! je n'avais plus qu'à le laisser s'enfoncer dans mes souvenirs... s'effacer petit à petit... s'il s'était pas appelé Kléber, je l'aurais complètement oublié.

Je m'étais donc emmagasiné dans la tronche toutes les péripéties que je viens de vous rapporter concernant la jeunesse du petit Jésus. De temps en temps j'y repensais... j'en racontais des bribes aux amis... dans les soirs de bonne gamelle aux bons endroits.

Ce que je savais, c'était sa dernière métamorphose au Jésus... qu'il était devenu un grossium du proxénétisme... À peu près le Krasucki du syndicat des tauliers... qu'il avait ouvert *Le Cythéria...* le nec plus ultra du boxon. Une maison de tous les péchés de la luxure... tous les fantasmes les plus extravagants... En plein quartier de la Madeleine, on peut dire le Carlton-bordel. Traînait à son sujet toute une légende... qu'il avait roulé sa bosse dans les Amériques... fait fortune en Argentine... laissé derrière lui des cœurs déchirés, des chattes en nostalgie mais aussi quelques cadavres à énigme qu'on n'arriverait jamais à savoir qui les avait occis... Qu'ils aient eu des différends avec M'sieur Noël, c'est pas une raison pour en tirer des conclusions policières hâtives, n'est-ce pas !

J'allais le rencontrer, moi, beaucoup plus tard, lorsque Marthe Richard l'aurait mis hors de ses murs et que les calamités de l'âge commençaient à le submerger.

J'en étais pas encore à mon livre-enquête sur la Fermeture, mais je nourrissais mon porte-plume de tous ces personnages de la pègre et des prisons. Un trait par-ci... une anecdote là... je faisais feu de la moindre brindille. Mon domaine... je n'avais pas trop le choix, je pouvais pas me mettre à prospecter sur le terrain de Jean d'Ormesson ou de François Nourissier... même pas chez les prolos, chasse réservée aux plumitifs estampillés du prix Staline.

Il finissait tout de même pas chez les compagnons d'Emmaüs, M'sieur Noël... la loi Marthe Richard l'avait pas réduit non plus aux expédients de la truanderie. Il était là dans un fauteuil sur la terrasse de sa villa des Hauts de Cagnes-sur-Mer. Vue imprenable comme il est dit au grand livre des agences immobilières... gapette sur la tronche à la Gabin... la viscope sur les yeux... C'était le matin d'un jour de mai, il était déjà impeccable, rasé de frais... en costard tweed... Tout juste s'il n'avait pas mis une cravate. Un ami commun lui avait bigophoné et tout de suite il avait accepté de me recevoir.

— Je lis pas grand-chose, mais je lis tes livres...

Ce qu'il m'a dit en me serrant la pogne. Il avait pas lui des bagouses, des chaînes d'or... des marques ostensibles de braiseux. Le défaut majeur, tous les vieux crocodiles des profession voyoutes qu'ils se pavanent la bijouterie portative... les fringues criardes... les véhicules de requins pour faire baver les pauvres caves en leur camping.

Il vivait seul maintenant M'sieur Nono, sa régulière l'avait lâché depuis longtemps. Peut-être étaitelle morte et, dans ce cas, Rosita, l'inoubliable maîtresse du *Cythéria*, elle devait se payer au moins vingt piges de purgatoire avant qu'elle atteigne un strapontin aux derniers rangs du Paradis. Son homme disait ça en se marrant.

— Vous, vous avez une place réservée à la droite de Dieu le Père.

Je me suis permis de lui dire. Il m'avait fait servir du café... un jus de fruits par un serveur chinetoque. Là, il m'a scruté dans le fond des yeux.

— Qui c'est qui t'a raconté tout ça ?

— Ursule...

Que j'aie connu Ursule, ça le soufflait... Ursule, bien sûr ! C'était l'indispensable Ursule du *Grand 18*. Il l'avait perdue de vue depuis si longtemps.

— Si elle m'avait fait signe, je l'aurais pas laissée crever dans la misère.

Sans doute... Tout ce qui concernait sa petite enfance, il en gardait un souvenir qui l'inclinait à la plus grande mansuétude. On était plus si nombreux maintenant à savoir qu'il avait commencé en petit Jésus. Vous me direz dans une drôle de crèche... et qu'il était marqué au départ... qu'il avait *Le Cythéria* dans les lignes de la main.

Belles ses pognes... mais tavelées de ces taches de vieillesse qu'on dit fleurs de cimetière... soignées comme tout le reste de sa personne. S'il avait pris un peu de bide, il avait sous une chevelure blanche une gueule de boucanier aux arêtes vives. Le regard qui vous pénétrait. Avec la plupart des vioques, on peut se rendre compte s'ils ont été séduisants dans leur jeunesse. C'est aussi vrai pour les hommes que pour les femmes. Ursule, par exemple, on la percevait brave de nature et elle en avait d'autant plus de mérite qu'elle avait toujours vu dans le miroir une frime ingrate... la démarche lourde.

— Celle-là, me dit M'sieur Nono... elle a toujours aidé tout le monde sans rien attendre en retour.

Tout ce que j'avais appris de son comportement se reflétait dans le personnage qui s'exprimait assez lentement en mesurant ses mots.

— Si tu veux écrire ma vie, ça sera préférable que t'attendes que j'aie tourné le coin, j'ai passé l'âge de m'exhiber, tu piges, mec ?

Il interpellait en appelant mec ceux qu'il considérait comme faisant un peu partie de sa coterie. Je parle pas de Milieu qui ne veut rien dire, mais d'une espèce de confrérie de gens en marge... de ceux qui ne raisonnent pas dans le mouvement général... qui ne bêlent pas avec le troupeau.

Je n'avais pas d'idée précise sur ce que j'allais faire de ce qu'il voudrait bien me raconter... C'était presque pour le goût de savoir... le récit... La transposition, ça serait pour plus tard. Une autre vie peut-être. Mais le temps me nique le burnous, me rattrape... cette histoire du petit Jésus au bobinard, j'estime qu'elle vaut d'être mise noir sur blanc... papier quadrillé... mon feutre... mes ratures et mes rajouts. Je suis écrivain de la communale, la rédaction du certif. Mon petit Jésus il était comme celui des Évangiles, né au temps du crottin de cheval... Tout a changé avec le moteur à explosion... l'ordinateur était inéluctable.

Je vous ai laissés avec le procès en perspective de la maman Rachel... les prodiges accomplis par Noël pour que Marthe retire sa plainte. Dans la réalité, ça n'a pas eu une importance capitale. Lorsque le délit est constaté... dûment... plainte ou pas, la Justice suit son cours. Le chenapan a volé un camembert, s'il a été pris sur le fait par un agent de la force publique, qu'importe si la crémière laisse pisser le clébard.

— Elle a été condamnée à trois piges, me révèle M'sieur Nono.

De me développer qu'avant 14 dans les tribunaux ça y allait sévère. Que Rachel avait contre elle d'être une pute répertoriée à la Préfecture... et de surcroît juive. Dans tous les corps constitués et surtout la magistrature les antidreyfusards étaient légion... ils digéraient mal la réhabilitation du capitaine, alors si un de ses coreligionnaires tombait sous leurs griffes, il en gardait quelques marques dans le dos.

Elle était passée au mauvais moment Rachel. Fallait faire avec. On l'a envoyée purger sa peine à la prison centrale de Rennes. Le seul, en lousdoc, qui l'a assistée... son cher petit Jésus qui au bout de ses trois ans était carrément devenu un homme. Tous les sens du terme... Lucie, sans précisément être devenue sa femme selon les rites de la pègre, s'efforçait de lui venir en aide. Il se marre en évoquant ça, M'sieur Nono...

— Je voulais pas... je résistais.

Il lui a bien fallu un jour affronter le Paulo pétomane. Dans le circuit du pain de fesses, on reste pas longtemps anonyme, surtout dans le bordel à soldats de la rue Frémicourt.

Je vais pas vous détailler la scène. Paulo attendait un soir Nono rue des Gravilliers, surin en pogne. « Faut que je te saigne, il a dit, tu m'as volé ma gonzesse. » Régulier, n'est-ce pas... si on veut. Il savait pas, le naïf Paulo, que Noël au gymnase il faisait aussi de la canne, de la boxe française... des exercices de défense. Il s'est reculé en feignant la pétoche. « Tu vas pas faire ça, Paulo ! » De quoi le faire ricaner... s'abstraire une seconde de sa mission vengeresse... Pof ! il s'en est pris un pleine gueule... un coup de savate magistral...

— Ça m'a bien servi par la suite... les leçons de boxe française.

Mansuétude encore de la part de Noël, vraiment de la charité chrétienne. Au lieu de l'achever, de le massacrer... l'envoyer aux hostos pour un séjour prolongé, il s'est contenté de lui confisquer son cran d'arrêt et de le laisser étendu sur le carreau. Il y est plus revenu... on a juste entendu parler de lui deux ans plus tard quand il a fini par attaquer une rentière, qu'il n'a pas étouffée sous son oreiller heureusement. Parti se laver les pinceaux l'homme de Lucie. Les pinceaux... les pieds, si vous aimez mieux, c'est au bagne de Guyane qu'on se les lavait dans l'eau boueuse des marigots.

— C'est vraiment loin tout ça, dit M'sieur Nono... Il a dû crever là-bas ce minable.

Il en profite pour me préciser que ce genre de lascar, ainsi que le Mimile qui se gavait dans le sillage de Marthe, c'était pas des modèles pour lui. Il voulait pas devenir comme eux et même comme son papa adoptif M'sieur Arthur. Il m'a confirmé que très rapidement il l'avait ciblé à sa juste valeur. Avec sa *Cigale d'or* il menait une vie de bourgeois honteux. La majorité de ces tauliers rêvait de reconnaissance, d'honneurs à rosette. Leur idéal... des charentaises et bobonne qui reçoit le chanoine et le sous-préfet.

— Ce que j'ai raté, Alphonse... mais vraiment... la seule chose qui me remorque les bateaux noirs dans la tronche... c'est de pas être devenu champion cycliste.

Tout s'en est mêlé, faut dire... quelques accrochages avec les flics et la guerre qui s'approchait... qui allait laminer tous les jeunes de son âge... tous ses petits copains de collège, ceux de son club à Vincennes et puis ceux des rues voisines du *Grand 18*... combien sont revenus des Éparges... de la cote 120... 212... 107... n'importe ? Ils se sont fait hacher menu... absorbés dans la boue... disparus au champ d'horreur.

Y avait tout de même peu de jeunots qui subodoraient les charniers au-delà des musiques militaires. Nous verrons plus loin comment il a échappé au sort quasi commun, qu'il a pris juste au ras du temps la tangente.

Des courses d'amateurs il en a gagné quelques-unes, lorsqu'il s'était pas trop attardé les nuits précédentes dans le lit de ses mamans Lucie ou Marthe. Curieusement elles se sont partagé les faveurs de leur Jésus sans faire de salades. Faisant semblant de ne pas savoir et c'est peut-être la sagesse élémentaire. Il retrouvait Lucie dans un petit hôtel près de son claque... pour rien au monde il n'aurait voulu cohabiter avec elle. C'eût été le piège... les flics seraient, un matin ou l'autre, venus l'emmener en promenade de Santé... oui, la majuscule n'est pas une faute. Inculpé d'exercice du métier de souteneur, il se serait retrouvé à la Vingt et une... c'est-à-dire dans une colonie pénitentiaire jusqu'à sa majorité. Ces colonies, si vous n'avez pas lu Jean Genet, ni aucun livre ou reportage à leur sujet, c'est en un mot le pourrissoir. Des gosses laissés à la merci d'une chiourme hideuse... On fabriquait là des bandits, des épaves, au mieux des révoltés pour grossir les équipes genre bande à Bonnot qui sévissait justement ces années-là. Une flambée d'anarchisme qui luirait encore jusqu'au bout de la nuit du XXe siècle.

À coups de pédales, il préférait rejoindre Louisa à Villejuif. Elle savait tout Louisa, il ne pouvait pas placer sa queue quelque part sans qu'elle le susse. Elle ne pouvait pas faire semblant, elle serait passée pour une conne. Elle mijotait même qu'à sa majorité elle lui laisserait la propriété des murs du *Grand 18* et qu'il pourrait se prendre Marthe comme maîtresse et Lucie comme sous-maque. Ou vice versa, comme ça lui chanterait.

Vous parlez d'une éducation pour un jeune homme qui devrait être encore chez les Maristes à chanter le *Veni Creator*, revêtu déjà d'une soutane avec un surplis blanc qu'Ursule se ferait un plaisir de lui repasser.

Ici réside toute l'ambiguïté de cette fable. Elle s'amorce comme une légende de Noël... l'enfant Jésus recueilli par des pécheresses en leur crèche de la lubricité. Recueilli le mot est faible... sauvé... Sans cette maquerelle et ses trois filles galantes, on l'aurait retrouvé au petit matin mort de froid. Ça arrive encore aujourd'hui. À la fin du siècle dernier, c'était monnaie courante d'une société où le fric se mariait admirablement avec les meilleurs principes chrétiens.

Sauvé certes... mais pour la suite... il avait grandi dans le mauvais exemple. Il avait vécu lui aussi d'amour vénal. Petit maquereau dès ses premières couches. Alors, alors... comment voulez-vous qu'il ne lui pousse pas des nageoires après sa puberté. Tout ça logique... d'une limpidité d'eau de source.

Un temps, le sport... le vélo, l'athlétisme, il avait obscurément cru que ça pouvait modifier sa trajectoire... le sauver, lui permettre de s'accomplir au grand jour. Mais déjà il avait dû se défendre du petit hareng pétomane... le corriger. Il tenait pourtant sa place chez le Gros Napoléon... rien que sa place, jamais un mot de traviole... désobligeant à l'égard de quiconque. S'il prenait les cartes dans une partie, il gagnait plus qu'à son tour... sans le moindre écart... uniquement par son sang-froid, son attention constante et puis, faut bien le dire, un peu de baraka. Au point qu'un soir un malfaisant qui venait flamber là... un tire-laine de la Courtille en tenue de campagne avec des rouflaquettes, des bénards pattes d'éléphant... une tronche à se ramasser six mois, cinq ans d'interdiction de séjour rien qu'en se présentant à la XVIIIe Chambre... Donc un soir, il s'est fait proprement lessiver, ce voyou de barrière. De rage il jette les brèmes et il lance à Noël :

— Pas possible, tu te fais tarauder la bagouse pour avoir autant de chance.

Il se méfiait de ça Jésus... l'insulte publique qui l'obligerait à faire ravaler ses mauvais mots à son provocateur. Toute la tablée... les autres à côté s'étaient arrêtés. C'était dans le climat clair-obscur... l'éclairage au gaz... Gros Napoléon bénéficiait de la bienveillance des flics qui ne se pointaient jamais dans son établissement... ça lui coûtait assez cher. Sans doute le petit poisson de la Courtille spéculait-il que Noël était trop jeune pour l'affronter... un gamin pour ainsi dire.

Eh bien, il s'est levé le gamin en renversant sa chaise. Pour la forme il s'est adressé au patron : « M'sieur Napoléon, tu permets que je règle ça tout de suite ? » Napoléon, il aimait pas les batailles autant que son ancêtre vainqueur d'Austerlitz... c'est un pacifiste... un négociateur.

— Allez faire ça dehors ! Pas de ça chez moi...

Xetera... qu'il voulait pas qu'on lui boucle son tripot. Le plus loin possible qu'ils aillent se saigner ces gouapes !

Noël n'était pas armé, comme avec le Paulo de

Lucie, il devait se battre à poings nus, avec ses coups de savate contre un marlou qui allait se pointer une rallonge, il en était sûr. Ça faisait partie de sa panoplie à celui-là. Au moment où il sortait juste derrière son adversaire, il se trouvait parmi les témoins un certain Loulou, un malfrat du quartier qui l'avait à la bonne... un ami de Madame Louisa et d'Ursule... Geste furtif, invisible, il a glissé un couteau dans la pogne de Noël. En la circonstance il pouvait pas refuser, l'autre était d'un gabarit au-dessus de la moyenne... un baraqué, un battant à l'évidence. Il a été se planter au milieu de la rue et il a appelé Noël :

— Viens me sucer, petite salope ! Viens, tu dois avoir l'habitude !

Tous les clients de Napoléon étaient sortis, c'était déjà l'heure où les gens honnêtes ne circulaient plus dans le quartier. On ne pouvait redouter que les vaches à roulettes, les flics sur leur vélo Hirondelle qui surgissaient en silence. Une chanson de bal musette leur est consacrée... *Les Nocturnes* !

Il me raconte ça sans forfanterie, le vieux Noël. Il avoue qu'il n'en menait pas spécial large. L'apprentissage de la vie allait lui rentrer dans la viande. Il a pas eu le temps d'ouvrir son surin, l'autre avait bondi. Une esquive mais la lame de son adversaire s'était plantée dans son épaule gauche, bloquée, déviée par l'os... une déchirure assez profonde qui l'a fait vaciller et déjà l'autre se préparait pour la mise à mort. Quelques joueurs sont intervenus pour le retenir : « Ça suffit, Albert ! Maintenant tu te tires ! »

La coutume à peu près la même que chez les duellistes nobles, lorsque le sang a coulé, on arrête le combat.

***

— Et alors ?

Je demande. M'sieur Nono s'est arrêté là pour allumer un cigarillo. Je ne me souviens plus exact si c'était la première ou la seconde fois qu'il me recevait dans sa villa de Cagnes. Il préférait que je vienne le matin pour le petit déjeuner comme chez les hommes d'affaires, les ministres trop occupés le reste du temps.

Lui, je suppose qu'il branlait plus rien. Il avait encore des billes dans quelques bricoles... commerces plus ou moins licites, mais il commençait à avoir du mal à se mouvoir.

— J'ai les cannes tristes.

Il aurait pas dû fumer, ni boire de l'alcool... il fumait et buvait du scotch.

— Déjà que je tringle plus...

Je me suis pris du culot pour lui faire la remarque :

— Ça, ça a dû compter dans votre vie.

Modeste, il sourit et me répond :

— Pas que dans la mienne de vie. J'ai toujours voulu partager le plaisir.

Avec cette rixe de la rue des Graves, il avait bien sûr récolté une première cicatrice de truand, mais aussi ses premiers contacts avec la Maison Parapluie comme on l'appelait alors, sans doute à cause des pébroques, ornements obligatoires des Dupont Dupont. La plaie de son épaule était profonde et on l'a transporté en fiacre à l'Hôtel-Dieu... hôpital au nom prédestiné considérant sa naissance. On l'a désinfecté, pansé, soigné et puis un médecin l'a placé en observation pour voir si son état ne se compliquait pas. Prévenir aussi les moustachus dont les locaux sont à deux pas. Une proximité qui favorise, dit-on, les idylles entre ces messieurs et les infirmières. Ça aboutit parfois à des mariages. À l'ombre de Notre-Dame, ça vous fait des romans d'amour édifiants.

Ils voulaient savoir, les deux fonctionnaires qui se sont déplacés à son chevet, d'où venait cette blessure ? Le nom de l'agresseur ou sinon son signalement.

— D'où sortiez-vous ?

La bonne question et la bonne réponse en ce cas c'est d'invoquer la dame de cœur... qu'on venait de quitter sa couche merveilleuse... profitant que son époux était en voyage. Les flics, ce refrain, ils le connaissent autant que le roi Dagobert. Lorsqu'ils l'ont entendu, la messe est dite, ils savent que l'homme qui la chante est un client qu'ils reverront.

— Et, bien sûr, cet homme vous ne le connaissiez pas ?

Un voyou quelconque, un apache. Il en voulait à sa bourse forcément. Des passants sont intervenus et il s'est enfui.

Un des deux lardus écrivait au crayon sur un

carnet les réponses de Noël. On allait le convoquer lorsqu'il irait mieux pour signer une déposition.

— Bonsoir, messieurs ! Bien aimable à vous de vous être dérangés.

La conclusion du vieux toujours sur son fauteuil face à la mer, qu'il faut toujours être très poli avec les agents de la force publique.

Entre la mer et M'sieur Nono, on apercevait l'hippodrome de Cagnes. Lorsqu'il y avait des courses, il y descendait. Il s'était payé un cheval, un pur-sang arabe... Il n'en espérait pas autre chose qu'une satisfaction de vieux malfrat riche, mais l'animal se présentait souvent en tête... lui faisait rentrer encore du carbure.

***

— Je suppose que vous avez été bien soigné par vos mamans.

Il hausse les épaules. Trop c'est trop et Louisa avait préféré qu'elles ne viennent pas jusqu'à Villejuif, ces connes. Les flics en auraient facile déduit qu'il vivait de leurs charmes. Ça serait un jeu de poussin de le coincer ensuite pour proxénétisme. Pour pallier l'inconvénient, Louisa avait invité le commissaire Belleville un dimanche. Petits plats dans les grands... avec des bordeaux millésimés... des liqueurs... les havanes qu'Arthur avait laissés en héritage.

— Je voulais que vous connaissiez mon grand fils.

Il fait du vélo... il veut devenir un champion comme Garrigou, comme Octave Lapize.

Le commissaire ne correspondait déjà plus à la silhouette traditionnelle de ses confrères. Un mince lui... recherché de sa mise... ses cheveux calamistrés... ses pognes fines. On disait, question de se le mettre en fouille, qu'il était surtout sensible aux jolies femmes. Des putes, certes, il pouvait s'en mettre sur le pénis à chattes que veux-tu. Il en avait à satiété... il tournait autour des femmes du monde, c'était plus gratifiant pour sa vanité masculine.

Louisa le savait. Les femmes du monde c'était pas son rayon. Parfois, un client amenait avec lui son épouse ou sa maîtresse pour faire une partie de trougnougnousse avec une pensionnaire. Elle avait connu aussi deux ou trois fois des bourgeoises qui venaient se mettre au choix pour éprouver un frisson nouveau et peut-être aussi pour se faire un peu d'argent de poche... les conjoints de ce monde-là étant réputés parcimonieux quant au budget familial.

Ça paraissait pas si facile de lui cloquer une mondaine dans son lit de célibataire. Des occases il en avait par ses relations. On le disait au mieux avec des personnalités politiques. Ceux qui à ce moment-là s'agitaient autour des menaces allemandes au Maroc. Ça laissait sans doute des loisirs impromptus à leurs épouses.

— J'ai entendu dire que vous avez été agressé dernièrement !

Il lâche l'information tandis que Noël découpe le gigot. Il est souriant... il dit ça comme il dirait qu'il fait beau... que les lilas vont bientôt fleurir... Louisa s'empresse trop vite de répondre que le pauvre petit a eu de la chance de s'en sortir... que les rues de Paris le soir sont devenues dangereuses.

Tandis qu'elle débagoule son boniment, le commissaire ne cesse de regarder Noël qui ne se départit pas de son calme. Affrontement significatif... le chien de chasse a flairé le renard. Il a tout de suite la conviction que ce jeune homme ira loin si un article du Code pénal ne le fait pas trébucher.

Je tire ce paragraphe de ce que me raconte M'sieur Noël au crépuscule de son existence. Je suis maintenant au mieux avec lui, il exige que je le tutoie et il m'emmène voir son gail d'élite, Sultan II dans sa stalle, derrière le champ de courses, que j'aille lui flatter l'encolure. Avec M'sieur Nono, c'était le cheval qu'il fallait caresser comme avec certaines mémères le chien-chien...

***

Avec tout ça, cette description de mon héros... mon Jésus devenu vieux, je vous ai laissé Rachel en taule, la pauvre... dans cet enfer glacé de la Centrale de Rennes. Comme elle avait un petit bagage de certificat d'études... une écriture comme on en voit plus sur nos enveloppes... pleins et déliés... des majuscules anglaises... ça lui a permis de proposer au bout de quelque temps ses services dans les bureaux administratifs. Elle s'absorbait dans ce travail pour ne plus penser à rien... à sa mère qui se mourait rue du Roi-de-Sicile, à ce qu'elle deviendrait en sortant de ce cloaque. Et puis un jour il lui est arrivé une lettre. À Rennes les détenues n'avaient le droit de correspondre qu'avec les membres de leur famille... une fois par mois et une page calibrée.

Son cœur s'est mis à battre. Bien sûr la lettre était décachetée par les cerbères de la censure, mais elle savait... c'était lui qui lui écrivait... il avait réussi à obtenir une autorisation de venir la voir. Grâce aux relations de Madame, un magistrat qui avait ses petites habitudes à *La Cigale d'or* et qui naguère n'avait eu qu'à se louer des prestations de Rachel. Comme quoi tout peut arriver par les voies les plus inavouables.

Et ce fut comme à la Roquette, le face-à-face grillagé la semaine suivante. Elle le dévorait des yeux pour bien garder son image pendant les nuits sombres d'insomnie dans sa cellule.

— Faut tenir bon, Rachel... On va essayer de t'avoir une grâce. Il faut te conserver belle.

Il s'arrête, il a hésité... et il ajoute :

— Pour moi... pour me plaire quand tu sortiras.

Elle approuve de la tête, elle a de grosses larmes qui lui coulent le long des joues... Elle n'ose pas lui dire qu'elle pense sans cesse à lui. Elle dévie en disant qu'elle voudrait pas qu'il lui arrive de mauvaises choses... un mauvais coup... une bagarre.

— Tu fais toujours de la bicyclette ?

Ça la rassure... s'il pouvait devenir champion du Tour de France, ça le sortirait de ce sale métier... Elle est sûre qu'il va réussir.

Tout à coup elle s'est mise à parler, parler... elle en a besoin, ici c'est la règle du silence. Il n'a pas idée Noël... chaque jour, chacun de ses gestes est observé. On ne lui adresse que des paroles aigres... les autres l'insultent toujours parce qu'elle est juive... elles lui souhaitent d'aller à l'île du Diable remplacer le capitaine Dreyfus. Des propos absurdes... des grossièretés ignobles... des pièges d'une mesquinerie à peine concevable.

Noël lui trouve toujours cet air de petite fille... une certaine pureté dans le regard qu'elle a conservée, une grâce juvénile malgré les aléas de l'existence... tout ce qu'elle a vu, entendu, fait à *La Cigale*... les hommes qui se sont succédé dans son lit, qui l'ont obligée à assouvir des manies, des vices parfois horribles.

Noël possède une intelligence souple... une faculté de comprendre les choses et les êtres... Il sait que son arrivée au *Grand 18*, une nuit de Noël, ça lui a donné une espèce de raison de vivre à la petite Rachel... elle l'a aimé comme s'il était son fils, même si elle était parfois gênée de le partager avec les autres. Elle se l'est idéalisé... erreur fatale... ça l'a amenée à Rennes derrière les barreaux. Elle ne voudrait pas avoir pour lui d'autres sentiments que ceux d'une grande sœur, une presque maman. Pas facile de maîtriser son cœur.

Lui aussi, il s'efforce de rester sur le terrain d'une belle amitié, mais parfois il a le sexe qui lui monte à la tête et il ne peut s'empêcher de se dire que ça serait tout de même le couronnement de sa jeunesse d'avoir honoré de sa virilité première ses trois jolies mamans.

***

Quitter la cage-parloir, ça vous arrache un peu les tripes. Rachel retournait dans sa nuit... à la fois elle allait pleurer de joie et de tristesse. Quant à Noël il reprenait le train. Le voyage alors était interminable entre Rennes et Paris. Ça le faisait gamberger à s'offrir une automobile. Chez les tauliers de haute volée ça roulait déjà en des carrosses à explosion. Des modèles déjà très performants chez Renault, chez Citroën et chez Panhard et Levassor. S'il en avait exprimé le désir, Lucie, Marthe et Madame Louisa se seraient cotisées pour lui offrir la torpédo de ses rêves.

— J'ai été à la Porte d'Orléans où j'avais un pote qui travaillait dans un garage et c'est avec lui que j'ai appris à conduire... que j'ai obtenu mon permis.

La suite, c'est encore le handicap de son jeune âge qui l'empêche de posséder une bagnole. Sa maman Louisa quelques mois plus tard va casser sa tirelire pour lui offrir une Renault Cabriolet dernier modèle... une merveille dans les rues de l'époque. Elle avait de quoi assumer toute seule cet achat, la dabuche, mais elle comptait toujours ses ronds, elle pleurnichait que tout le monde la saignait... le percepteur... les fournisseurs... les placiers... et puis tout ce qu'elle ne pouvait pas dire... les enveloppes aux flics... aux partis politiques pour financer leur élection... aux abbés quêteurs... toujours leurs églises à refaire la toiture. Les bobinards le plus souvent s'abritaient à l'ombre tutélaire d'une basilique, d'une cathédrale. Ainsi au Mans où l'archevêché était propriétaire des murs de toutes les maisons d'illusions. Et pour ce qui était des illusions, l'Église n'avait aucune rivalité à redouter...

***

M'sieur Nono ne sait pas au juste calibrer le temps à ce moment-là. C'était la Belle Époque de *Froufrous* et des visites royales dans la République française... Le Tsar, le nouveau roi d'Angleterre George V... des monarques plus incertains qui nous parvenaient d'Afrique ou des Balkans... d'où nous viendrait d'ici peu tout le désastre. La marche du monde il s'y intéressait pas lerche, Noël, entre ses devoirs plus ou moins conjugaux, plus ou moins filiaux avec Marthe et Lucie... ses épreuves cyclistes... les parties de poker... de rami... la passe anglaise, toutes sortes de jeux, non seulement chez Gros Napoléon, mais ailleurs... jusqu'à Clichy, Montmartre où il fréquentait une faune sauvage... des tronches de mort subite, des vindicatifs qu'il valait mieux ne pas acculer aux débâcles trop évidentes. Il gardait sur son épaule la cicatrice d'une partie où il avait peut-être eu tort de gagner avec trop d'éclat. Peu à peu tout de même il se laissait prendre par ce monde de hors-la-loi où les souteneurs faisaient figure de petits-bourgeois.

Il lui arriva plusieurs fois de se faire envelopper dans une rafle... Les flics en force qui surgissent dans un tripot. On embarque tout le monde quai des Orfèvres. Vérification d'identité. Il se justifie, il est venu sans doute se faire plumer. On n'a pas de mandat d'arrêt le concernant... il n'est fiché nulle part. Simplement on fait prévenir sa maman, la veuve Lachalupe, plus connue des services de la police des mœurs en tant que Madame Louisa tenant une maison de tolérance... Les poulets de la PJ ça les amusait de conseiller à cette personne de mieux surveiller les fréquentations de son fils.

Le lendemain de ces nuits au Dépôt, Noël déclarait forfait pour son entraînement au club. Plus il s'enfonçait dans la canaille, moins il pouvait prétendre à une sérieuse carrière sportive.

D'autant qu'il s'est mis à la gambille. Tous les marloupins, les voyous petits ou gros, fréquentaient la rue de Lappe où ça dansait la java... la valse à l'envers... déjà le tango importé d'Argentine. C'est Lucie qui a eu l'idée d'entraîner son petit Jésus sur la piste d'un bal musette. Rapidos il s'est mis à tourbillonner... renverser sa cavalière.

— T'as pas été en Argentine ?

On lui pose la question, un déjà vieux poisson des mers profondes. N'importe son nom, Noël ne s'en souvenait plus... ils avaient trinqué ensemble chacun avec leur nana. Le vieux hareng avait fait ce qu'on appelait la Remonte... c'est-à-dire l'import-export de mignonnes pour les bordels de Buenos Aires où les dames de France étaient réputées.

— Là-bas, tu gagneras plus gros que toi...

V'là ce que disait cet homme d'expérience. Il lançait de la graine... le terrain n'était peut-être pas encore meuble, mais un jour, un peu plus tard, la plante sort du sol et se met à pousser.

Malgré lui, il participait à des bagarres. Pour un rien, un regard... une danse refusée, ça se chablait chez *Bousca*, au *Petit Balcon*. Noël se sortait en général plutôt en bon état de ces rixes. Il le disait sans forfanterie... à l'entraînement de la boxe française, il avait appris les rudiments de la défense... les quelques petits trucs pour envoyer son adversaire dans les bégonias.

— Faut que jeunesse se passe, soupirait-il et il convenait que la sienne ne s'était pas trop perdue dans les inutilités.

Pourtant un jour M. Brugnot l'a viré de son club. Il n'était plus assez régulier, assez sérieux... il venait à lure-lure... « C'est pas comme ça qu'on peut gagner Paris-Roubaix ! » Ça nécessite une ascèse, le sport cycliste... peut-être le plus dur. Noël ça l'a travaillé quelque temps, il savait que s'il lâchait le vélo, il allait fatal s'enfoncer dans les expédients... traficoter... flamber... biaiser... baiser, bien sûr, pour en tirer subsides. Déjà il fléchissait avec ses petites mères, Lucie qui lui glissait, lorsqu'ils sortaient, toujours de quoi régler les additions et même celles des jours suivants. Marthe, elle aussi, avait évacué son Mimile... Peu importent les circonstances, elle était libre. Elle changea plusieurs fois de maison mais en prenant soin de rester toujours à Paris pour retrouver Jésus devenu son Nono, son petit homme et lui porter sa comptée... tout ce qu'elle avait mis à plat ces derniers jours. Ça se pratiquait de la sorte, nos féministes d'aujourd'hui ça leur fait de quoi s'indigner... que le machisme ait pu se concrétiser de la sorte. Ça leur dépasse l'entendement. Et pourtant la biographie de mon héros le prouve, qu'en toute bonne grâce elles portaient leur offrande au seigneur et maître. Mieux... elles en étaient fières. Noël dans le genre était un despote tout ce qu'il y a d'éclairé. Il n'exigeait rien et il laissait toujours à ses mamans putes plus de la moitié de leurs bénéfices, qu'elles puissent faire bonne frime... se saper aux Galeries Lafayette... s'offrir des onguents, de quoi se faire coiffer, se restaurer la façade. D'autant que les années commençaient à les titiller. C'est lui, la passion qu'elles avaient pour lui, qui les maintenaient encore aux frontières de la jeunesse.

Maman Louisa, il était plus question qu'elle aille encore sur le marché de la viande fraîche... Finalement elle ne voyait pas d'un si mauvais œil que son fils petit à petit reprenne le flambeau. Elle n'avait rien à se reprocher puisqu'elle avait tout essayé pour en faire un prêtre, un militaire de carrière... un architecte... Elle aurait casqué ses études jusqu'au bout, jusqu'à ce qu'il apparaisse un matin en soutane ou en casoar.

J'ai demandé un jour à M'sieur Nono, je me suis

enhardi, s'il n'avait pas quelques regrets de ce côté-là. Catégorique, il m'a répondu négatif. Il ne regrettait que l'ascension du Tourmalet au coude à coude avec Thys le champion belge. Mais il savait pourtant que les carrières sportives sont courtes, qu'il lui aurait bien fallu ensuite trouver de quoi se mettre sur le dos des fringues bien coupées, s'alimenter à de bonnes tables... se véhiculer sur quatre roues.

En reprenant un jour la direction de *La Cigale d'or*, il serait sûr à l'abri du besoin. L'affaire avait acquis une vitesse de croisière depuis longtemps. M'sieur Arthur s'en contentait et ce n'était pas Louisa qui pouvait se lancer dans les innovations. Noël ne voulait pas gérer cet héritage à la petite semaine. Tant qu'à se résigner au proxénétisme il anticipait un peu. Il commençait à voir grand, à se demander s'il ne pourrait pas peut-être renouveler un peu le système.

— J'étais, disait-il, comme tous les jeunots, j'avais soif d'aventures.

L'époque s'y prêtait. Y avait encore des terres à découvrir, des friches, des forêts, des mines nouvelles à exploiter. C'était ça, à ce moment-là, qui commençait à le tenailler et en même temps il savait qu'il lui fallait encore attendre... se faire les muscles... apprendre à connaître les hommes... à déjouer des pièges, à profiter des opportunités. Autour de lui ses potes, ses relations de bal ou de poker, n'en avaient que pour la bande à Bonnot qui était entrée avec fracas dans l'histoire des faits divers. Au volant de sa Delaunay-Belleville, il ouvrait la voie à une nouvelle forme de gangstérisme. Ça pouvait être exaltant d'aller attaquer les banques en automobile. L'arrachage... la griserie des coups les plus audacieux. Noël n'avait-il pas le même âge que les complices de Jules Bonnot... les Callemin, Garnier, Soudy. Une flambée vite éteinte par le rouleau compresseur de la répression. Un rien parfois peut conduire un jeune garçon dans un piège mortel. La liquidation de la bande... les trahisons inéluctables... la disproportion des forces en présence, Noël en a pris conscience noir sur blanc dans la presse. La France lui semblait un terrain peu propice aux aventures dont il rêvait. Et ça sentait le roussi un peu partout, dans les Balkans, au Maroc. Les ventripotents barbichus qui gouvernaient les peuples d'Europe n'étaient guère plus raisonnables que les apaches de bal musette, l'envie d'en découdre les tenaillait. À cette différence près que ceux-ci prenaient leurs risques eux-mêmes.

***

Vaille que pousse, on en arrive en 1913. Rachel a obtenu une remise de peine et va sortir du trou. Noël qui a reçu la nouvelle l'attend au volant de sa Renault Cabriolet toute neuve. Seuls les riches peuvent se payer un engin pareil. Il représente ce qu'un ouvrier gagne pénible en trois ou quatre ans. Ça aussi ça donne à gamberger... se retrouver parmi les prolétaires syndiqués ou non, en col blanc ou en salopette, c'était une forme de travaux forcés à perpète.

Noël a rodé sa bagnole sur les routes poudreuses qui conduisent à Rennes. On imagine aisé qu'il est au mieux de sa forme... sapé avec une élégance à peine voyante... juste quelques touches... un petit foulard et sa façon de poser sa casquette sur le côté.

Il était parti la veille de Paris et avait couché à l'hôtel à Rennes, les libérations de détenues c'est le matin et par bonheur il faisait beau ce jour-là. Il se rappelle bien tous les détails dans sa vieillesse le Nono devenu caïd à la retraite. Rachel avait juste une valise et un petit sac. Quand la lourde, et c'est le cas de le dire pour une porte de prison, s'est ouverte, il a aperçu sa silhouette. Elle a regardé à droite, à gauche. Elle s'attendait pas à ce qu'il soit en voiture. Il a donné juste un léger coup de klaxon... une petite poire sur le côté près du chauffeur. Elle est restée un court instant surprise. Une levée d'écrou, ça se vit lentement, intensément. Les diverses fouilles... le passage au piano où l'on compare vos empreintes avec celles que vous avez laissées sur le registre en arrivant... des fois qu'il y ait substitution de personnage. On a hâte et en même temps on veut tout ressentir.

Noël l'a laissée s'approcher et il lui a ouvert la portière. Près de l'entrée, des matonnes et des gardes de service observaient la scène... Valait mieux qu'elle monte, qu'elle s'installe... les effusions seront pour plus tard, lorsqu'ils seront à l'abri des regards inquisiteurs.

Elle est tombée la tête sur son épaule. Sans doute avait-elle fait le maximum pour être en beauté. À la Centrale de Rennes le maquillage était interdit... aucune coquetterie n'était permise... tout en œuvre pour retrancher du monde les condamnées. Rachel n'arrêtait pas de pleurer, Noël avait fait demi-tour... il roulait doucement en direction de Paris. Ce qu'ils ont fini par se dire... des petits bouts de phrases... des presque banalités qu'on ne retient pas, mais qui sont le fin tissu du bonheur de ces instants. Il était venu alors qu'elle avait fait prendre son billet de train par la surveillante-chef. Il était encore plus beau qu'à cette visite qu'il lui avait rendue quelques mois auparavant.

— C'est fini, Rachel, il ne faut plus pleurer.

Beau s'extirper du placard, elle avait gardé toute sa séduction... ses beaux yeux noirs... sa grâce... la souplesse de son corps toujours juvénile. Noël sentait qu'il était mordu, que tout ça allait aboutir comme avec ses deux autres mamans. Seulement, là, ce n'était pas comme avec la grosse Marthe qui fut, vous vous souvenez, l'attaquante... l'entrebâilleuse de braguette. Rachel se crispait un peu à l'idée qu'elle allait finir dans ses bras. Inéluctable, mais elle était trop fragilisée par tous ces mois qu'elle avait passés dans les égouts de Justice. Cette solitude absolue, sans amies, sans réconfort d'aucune sorte... mouton noir du troupeau. Les bonnes sœurs qui assuraient la moitié des services à la Centrale, parfois dans un esprit charitable, se laissaient aller à quelques paroles réconfortantes... quelques gentillesses à l'égard des détenues. Rachel, le dimanche, ne sortait pas de sa cellule. Elle écrivait à sa mère, elle lisait les ouvrages de la bibliothèque, d'accablants récits pleins de bons sentiments, débordants de morale. Ça plaisait à toutes ces femmes parmi lesquelles on trouvait de sanglantes mégères échappées de la guillotine. Eh bien, elles se régalaient de ces romans à l'eau de mélisse, tant il est vrai que les êtres s'ils se comportent comme des barbares, dans les propos, les discours, aiment le suave, les dentelles de la bonne pensée.

Elle parlait Rachel... parlait ! elle vidait son sac, elle se libérait. C'était tellement exceptionnel pour elle ce voyage en automobile auprès de ce garçon qui la troublait comme jamais un homme n'avait pu la troubler.

— On s'est arrêtés vers midi dans une auberge avant Le Mans...

Je le laisse raconter... On déjeune ensemble chez un ami à lui restaurateur sur le port de plaisance de Saint-Laurent-du-Var. Il reste un moment silencieux, pensif, puis il sourit et il poursuit :

— Ç'a été bien. Très bien. Je pensais pas qu'on y arriverait si vite mais voilà. Je n'ai pourtant rien brusqué.

C'est elle qui a dit qu'elle ne voulait pas rentrer tout de suite à Paris. L'auberge faisait hôtel... il suffisait de s'arrêter là jusqu'au lendemain matin.

— J'étais gentleman, je lui ai proposé qu'on prenne chacun une chambre et c'est elle qui m'a dit : « Non. Je ne veux plus dormir seule. »

Ainsi les choses se sont passées dans la simplicité. Il a appris avec elle à se comporter en amour avec des gestes mesurés, une retenue de vieux libertin... des effleurements... des baisers furtifs puis appuyés... un embrasement peu à peu pour arriver à une étreinte qui paraissait comme une espèce de valse lente lente puis brusquement endiablée.

À la fin, quand ils se sont effondrés de fatigue l'un contre l'autre, elle a dit : « Maintenant je peux mourir ! »

Je m'efforce de vous rapporter les propos du vieux malfrat... il revivait ces instants à voix basse, il savourait encore ces moments d'amour inoubliables. Il a coupé court en se servant une coupe de champagne et en me disant :

— J'espère que tu as connu ça. Y a rien d'autre.

Et pourtant, le lendemain, ils ont repris la route, ils ont repris la vie. Ces instants, faut vite les saisir, les vivre intensément pour qu'ils vous permettent plus tard de respirer le meilleur parfum du souvenir.

La suite, c'est Paris et c'est trivial. Il a installé Rachel dans un petit logement rue du Roi-de-Sicile près de chez sa mère. Celle-ci n'était plus qu'une ombre... le cerveau atteint, elle n'a pas reconnu sa fille... sans doute ce que nos modernes médicastres appellent la maladie d'Alzheimer.

Noël quelque temps va jouer les funambules. Avec le fric qu'il reçoit de Marthe et de Lucie, il aide Rachel à s'installer, à reprendre peu à peu ses marques. Il est évasif sur le sujet... cette période incertaine avant qu'il prenne la décision de quitter la France où il louvoie, compose, se dépense entre ses mamans amantes. Seule Madame Louisa est vite au parfum... avant même qu'elle ait le renseignement précis, elle sait que Noël a été à Rennes repêcher Rachel et, un matin, elle l'attaque à la surprenante tandis qu'il boit son café crème.

— Tu te l'es faite aussi la Juive ?

Elle affirme plus qu'elle ne pose la question. Il ne répond pas... il n'a pas de comptes à lui rendre, mais il redoute qu'elle aille se répandre auprès des deux autres, qu'elle les monte contre la môme, que ça fasse encore une explosion puisque Marthe parle encore d'aller faire la tête au carré de cette salope à sa sortie de taule. Noël se croit obligé pour la première fois de se conduire en jules avec sa maman Louisa... que si elle ne ferme pas sa gueule il se fâchera et que ça sera fini entre eux. Il a le ton, les mots adéquats... d'autor il est d'une autre trempe que son papa adoptif. Louisa écrase immédiat... il ne la laisse même pas ergoter, argumenter ci ou ça. Après cette scène il a le pouvoir absolu, il est le maître... une femme comme Louisa se plie... c'est la règle, elle s'y conforme... l'homme ne se discute pas.

***

Quelque temps plus tard il va être sur le point de chuter grave. Il est dans l'appartement, le lit même de Rachel... qui vit sa grande passion dans une tempête intérieure. Pas le temps de m'étendre là-dessus. Depuis sa libération elle n'a pas repris une place dans un claque. Elle vit quelques jours... quelques semaines une histoire d'amour comme elle n'osait l'imaginer au fond de son gouffre à Rennes.

Et crac ! les flics surgissent à l'heure légale... au lever du jour. Un commissaire et deux de ses poussins. Au nom de la loi, il a toqué dans la lourde, Rachel a été ouvrir en chemise de nuit... l'apparition des poulagas la terrasse... Ils ne lui laissent pas le temps de demander le pourquoi du comment, ils foncent, ils arrachent Noël de ses draps... À poil ! Le commissaire constate le flagrant délit... il est couché avec une femme dûment inscrite comme vivant de la prostitution sur les registres de la brigade des mœurs.

— Ton compte est bon. Habille-toi.

Rachel se met à brailler... elle ne comprend pas puisqu'elle n'est plus en maison... Elle jure, elle essaie de s'interposer. Sorti brusque du sommeil presque du juste, Nono, il lui faut quelques minutes pour réaliser, se mettre les idées en place. On vient l'alpaguer comme souteneur... l'évidence. Il se prépare à la contre-attaque... pour l'instant il ne peut qu'obtempérer... se fringuer, apaiser Rachel.

— C'est une erreur... ne t'en fais pas. Je vais m'expliquer calmement avec ces messieurs. Tu feras prévenir Me Moro-Giafferi.

Il a fait récemment parler de lui Moro-Giafferi, il commence à être une vedette du barreau. S'il n'a pu sauver la tête de Raymond la Science au procès de la bande à Bonnot, il a plaidé avec une fougue, un talent qui ont impressionné les chroniqueurs, tout le beau monde qui assistait aux audiences.

— Si t'as de quoi te payer Moro-Giafferi, fait remarquer le commissaire, c'est que mademoiselle te rapporte bien.

Il se marre, ce gros lard... Il est heureux de sa prise... ses lieutenants se sont mis à tout fouiller dans la cambuse... ouvrir les tiroirs... vider le linge. Qu'espèrent-ils trouver ? Noël n'a même pas un surin pour se défendre...

Pour parfaire leur mission, les flics passent à Nono les masselottes... chaînettes qu'ils employaient à l'époque pour embarquer leur client. S'il essayait le moindre mouvement pour se dégager, il resserrait lui-même les fers.

Les méthodes policières d'avant la Première Guerre mondiale étaient hâtives, d'une brutalité qui ne risquait pas de leur valoir des remontrances de leurs supérieurs. Plutôt le contraire... des félicitations... des médailles. Le tabassage d'usage si courant qu'on en faisait des sujets de plaisanteries... des petits sketches dans les cabarets. Durant le trajet à pied entre la rue du Roi-de-Sicile et la Préfecture, Noël se creusait un peu pour comprendre d'où venait le coup... pourquoi cette poulaille avait-elle débarqué soudainement chez Rachel ? Il ne savait pas encore à quel service il avait affaire... Le commissaire qui était venu faire le constat, il ne le connaissait pas, n'en avait jamais entendu parler. Pas l'évidence qu'on puisse l'inculper sérieusement d'exercice du métier de souteneur. Bien sûr, on pouvait inculper, condamner dans ce domaine sur simple rapport de police un individu qui ne justifiait pas de revenus avouables. Ça laissait la porte ouverte à de nombreuses ambiguïtés.

De toute façon, Noël avait ainsi la preuve qu'il était surveillé de près... que les indics s'occupaient de sa petite personne. Ou simplement des jaloux, ce qui revient au même. Il se faisait fort d'apporter suffisamment de preuves pour sortir de ce mauvais pas.

Chez les lardus la mise en scène était au point... minimaliste, écrirait-on dans nos revues intellectuelles. Avant même que Noël ait pu dire un mot, on lui avait fait retirer sa ceinture, ses lacets et l'un de ses gardes, le plus balèse, un simiesque avec de grands bras... des paluches en battoirs à linge, l'a gratifié d'un coup de poing magistral en pleine gueule qui l'a fait tomber à terre.

— Paraît que tu aimes les caresses, espèce d'enculé !

De rire, tandis que Noël se levait pénible en s'essuyant les lèvres qui saignaient. Le gros commissaire, c'était dans son rôle, a joué le médiateur... Lui-même il a aidé Noël à s'asseoir sur un tabouret au milieu de la pièce. D'autres inspecteurs s'étaient pointés sans doute pour ne pas manquer le pugilat.

— Restez tranquilles... Ce jeune homme ne demande qu'à tout nous raconter. Vous ne le savez peut-être pas, mais c'est le petit Jésus en personne.

Histoire de provoquer les rires gras de ses subordonnés.

— Seulement, le petit Jésus, il met les pécheresses

sur le trottoir... C'est sa façon à lui de faire des miracles.

Noël essayait de faire face tout en mettant de l'ordre dans ses esprits. Jusqu'ici personne, surtout chez les flics, n'avait fait allusion à sa naissance et à son adoption par les dames du *Grand 18*. De son vivant, Arthur savait se couvrir de tous les côtés, il donnait ce qu'il fallait où il fallait... en bonne monnaie ou en renseignements qui valaient leur pesant d'or. Sans doute depuis sa mort Louisa ne manœuvrait-elle pas aussi attentif. L'homme a l'avantage de mieux se déplacer, d'aller aux endroits où se désaltèrent les argousins. Arthur était passé maître dans ce genre de relations publiques. Fallait aussi se tenir au courant des mutations, mises à la retraite, changements de fonction, dans la Maison J't'argougne. Ce commissaire, c'était un frais débarqué de sa province, muté subito à la brigade des mœurs, promu pour remplacer Belleville. Duteuil son blase et il était précédé d'une réputation féroce d'incorruptible, ce qui l'avait aidé à gravir les échelons dans sa carrière. Mais tous les malfrats de la place de Paris savent que les petits Robespierres de police, on n'a pas besoin de les guillotiner, ils se ramollissent à la cuisson, ils seront rapidos comestibles... on n'aura plus qu'à les assaisonner selon leur désir.

Parfois ça prend du temps et au cours de leur période d'entrée en fonction ils redoublent de zèle. Si Noël avait entendu parler de ce Duteuil, il aurait été se mettre un peu au vert... Avec sa bagnole il pouvait embarquer Rachel à Deauville. Ça devenait la plage à la mode. Ajoutons qu'il ne se méfiait pas... ça faisait près de deux ans qu'il se faisait gâter par ses mamans putes... en toute discrétion... sans éclat en dehors de celui de l'enterrement d'Arthur. Certes, on le rencontrait à présent là où la gent maquereautine s'agite les nageoires... faubourg Saint-Denis, place Clichy... aux alentours de Pigalle et dans les guinches à la Bastoche et à Grenelle. Il allait dans les tripots les mieux cotés taper le carton... Ces messieurs l'avaient admis chez eux... dans leur domaine quasi réservé, comme un des leurs... le fils adoptif de M'sieur Arthur et de Madame Louisa, c'était leur prince de Galles. Il rendait aux uns et aux autres des petits services. Comme il lui arrivait encore de participer à des courses sur piste, il distribuait des biftons pour Buffalo... le vélodrome où l'on pouvait apercevoir Tristan Bernard, l'écrivain humoriste qui donnait parfois le départ des épreuves.

Rien d'évident pour le faire tomber comme julot. Du moins le pensait-il mais Marthe et Lucie, après avoir largué leurs exploitants attitrés, on se demandait où elles refilaient le carbure de leurs passes. Pas si courant dans le Milieu les indépendantes, elles avaient pas un salon spécial comme les peintres ! Étrange aussi qu'aucun maque ne se soit pointé pour les incorporer dans son écurie. Une fille seule était pratiquement obligée de se payer un protecteur. Sauf évidemment si celui-ci était carrément le patron, le tenancier du claque ou un inspecteur de police, ça arrivait parfois.

Louisa avait pris sous son aile Lucie et Marthe à qui elle avait pardonné le dépucelage de Noël... celle-ci l'avait assez payé d'un violent coup de pelle. Elles travaillaient donc de la chatte chacune dans leur boxon sous la houlette de Louisa.

Organisation astucieuse. Noël, qui continuait à faire un peu le loufiat chez Gros Napoléon, était donc entretenu dans ses études par sa maman adoptive, honnête commerçante et fidèle paroissienne de l'église Notre-Dame-des-Blancs-Manteaux.

***

— Je ne comprends pas ce que vous voulez dire. Tout ça c'est des racontars, des histoires de commères.

Ce qu'il murmure en regardant le gros larduchef... sa trogne d'alcoolo... la méchanceté de ses yeux de cochon. Celui-là n'a jamais dû avoir beaucoup d'occases de se mettre des mignonnes au bout du nœud. C'est un élément qui joue dans la ferveur policière... mal payé, mal aimé... la tronche disgracieuse, ça les incline pas vers les interrogatoires doucereux, psychanalytiques.

— Elles t'appellent bien mon petit Jésus toutes tes salopes ?

Il tente de s'expliquer posément, qu'il y a erreur. On l'a appelé le petit Jésus comme on l'aurait appelé Doudou, Michou, Loulou, lorsqu'il était petit parce qu'il avait été recueilli une nuit de Noël par Monsieur Arthur et Madame Louisa.

— T'étais bien tombé, dis donc ! Si t'es ici et que tu vas aller voir à la Santé si les fayots sont cuits... c'est parce qu'on t'a trouvé à la porte d'un bordel. On t'aurait laissé devant le Sacré-Cœur, tu serais peut-être curé à présent.

Il développe ensuite ses arguments massue le commissaire Duteuil... qu'il est fiché depuis longtemps dans leur placard rose où ils consignent tout ce qui concerne les mœurs, la moralité publique. Il a fait sortir son dossier, il est sur la table derrière lui. De quoi l'inculper de *vagabondage spécial*, d'*exercice du métier de souteneur*, au choix, mais ça revient au même.

— Je travaille...

— Ah, oui ! Chez M'sieur Pasquier connu de nos services sous le sobriquet de Gros Napoléon. Et qu'est-ce que tu fous là ? Tu joues aux cartes avec des marlous de ton espèce.

— Je fais le service. Je suis payé...

Le gros, l'irrépressible rire qui accueille sa déclaration.

— Et c'est avec ce que tu gagnes chez Gros Napoléon que tu t'es payé une Renault Cabriolet ?

— Elle est à ma mère.

— Qui ne sait pas conduire... Y a que toi qui t'en sers de cette bagnole.

— C'est pas un délit d'être fils de riche.

— Fils de putes, tu veux dire. Triple fils de putains. Triple maquereau. Ça te fera triple taule. Trois filles et même ta mère, ça va t'envoyer quelques années au trou.

Et de lui étaler sur la table là tout le dossier. Des rapports le concernant.

— Tu vois, on s'occupe de toi. On te couve... on a des preuves à rallonges... Des témoignages de quoi écrire un feuilleton.

— Ces témoins, je voudrais les voir en face de moi.

Un autre poulet, un maigrichon à moustaches mitées, s'approche pour lui parler dans les naseaux.

— Nous, on s'en fout ! T'es fait, mais si tu veux que ça aille plus vite, on va te faire signer une déposition où tu reconnais tout.

— Et que j'ai volé la Joconde pendant que vous y êtes ! Que je suis le dernier complice de Bonnot ! Ça va plus !

Flaf ! Le maigrichon lui retourne une gifle du revers de la main.

— Ordure ! On me parle pas comme ça...

— Comme ça alors !

Il a pas pu se retenir... il s'est redressé brusque et le gringalet hargneux s'est pris un coup de boule magistral. Dans les règles de l'art. Le coup de boule, vous le savez peut-être, c'est le coup de tête à la mâchoire ou au plein du visage de son adversaire.

M'sieur Nono, devenu sage et vieux, ne regrette rien de sa réaction. Un marron dans la gueule, il acceptait, mais une gifle jamais. Ça lui paraît toujours la suprême insulte, celle qui ne pouvait se laver que dans le sang à l'époque des duels et chez les héros de romans de cape et d'épée.

Après il a dérouillé sévère, Noël, toutes les chaussettes à clous n'attendaient que cette occase-là pour s'exprimer. Puisque le prévenu avait frappé, ils étaient tous en état de légitime défense. Ils y ont été joyeux à cinq contre un... le commissaire Duteuil, lui, se salissait pas les pognes... il bourrait sa pipe comme Maigret. Il s'est donné le beau rôle d'arrêter le baston au bout d'un moment.

— Calmez-vous, les enfants... Faut qu'il soit quand même en état de signer ce qu'on va lui lire.

Le pauvre petit Jésus, si ses mamans le voyaient, elles auraient du mal à le reconnaître ! Tuméfié de la gueule... sanguinolent du nez, de la bouche... plié en deux... des douleurs partout... dans les côtes, le bas-ventre, les cuisses... même ses pieds sont douloureux. Ce genre de caresses Maison se pratiqua encore pendant un demi-siècle dans tous les bons commissariats. Le moindre clochard éméché récalcitrant y avait droit. Aujourd'hui, ils sont un peu en manque, nos néo-poulets... certains se demandent ce qu'ils sont venus faire dans ce métier. La psychologie, quand même ça vous remplace pas une bonne dérouille pour obtenir des aveux circonstanciés.

Exact dans bien des cas, mais déjà Noël faisait partie de ces durs qui font exception à la règle. Ceux qui n'avouent jamais. J'en ai vu quelques-uns revenir d'un interrogatoire musclé la tête ayant doublé de volume tant elle avait pris de coups et n'avoir jamais cédé. Rien. Nib. Ce fut le cas de Feufeu, dit Riton le Tatoué, un de la bande à Pierrot le Fou... on ne le reconnaissait plus... On s'est demandé par quel miracle il n'en était pas mort.

En piteux état Noël lorsqu'on l'a assis devant un

dossier où on avait écrit à l'avance ses aveux... qu'il reconnaissait vivre des subsides que lui remettaient les femmes... une telle... Marthe Fougedoire, Rachel Mayerson, Lucie Madirant, prostituées notoires. Daté du 20 octobre 1913 et ceci depuis un temps non prescrit... Ils ont des formules qui vous plongent dans ce temps indéterminé propre à faire de vous un délinquant endurci, habituel... un parasite patenté.

M'sieur Nono, il évoque... il sourit et grimace en même temps comme s'il était encore meurtri, abasourdi par les contusions multiples. Je vous rapporte donc de première voix. Beau être sonné, il lui restait l'essentiel de lucidité pour savoir que s'il paraphait la rédaction laborieuse des poulets, il prenait un billet de voyage en ballon pour quelques années. Tout ce qui touchait le proxénétisme dérouillait sec devant les tribunaux. Paradoxal dans une société qui *tolérait* la prostitution en maison... qui envoyait ses enfants, ses soldats, ses pères de famille et pourquoi pas ses curés se soulager avec ce qu'on appelait des filles perdues... les femmes de mauvaise vie. Néanmoins les maquereaux proliféraient, du moment qu'ils savaient rendre des services, payer qui et quand il le fallait... ils se pavanaient dans leurs bistrots, leurs secteurs, arborant presque un uniforme avec leurs gapettes, leurs frocs à la mal au ventre... leurs rouflaquettes... leurs tatouages... petit foulard rouge noué autour du cou. Comme ça qu'ils plaisaient aux dames. Leur mode puisque en définitive tout est mode.

— Le travail, hein, t'aimes pas ça ? ricane le commissaire Duteuil.

Il répond rien Nono parce qu'il serait bien obligé de le reconnaître. C'est une punition, le travail, prononcée par le bon Dieu lui-même au début de la Genèse... « *Tu travailleras à la sueur de ton front !* » On lui a seriné ça chez les Maristes... forcé que ça le rende méfiant. Jamais, au grand jamais, il s'était perspectivé dans une usine, un champ de betteraves... sur un chantier... au fond d'une mine de charbon.

Alors ? Si tu n'as pas de parents riches, si tu n'es pas né à Auteuil ou à Passy... et que tu ne veux pas te plier au sort commun, il te reste les activités en marge... délictueuses, voire criminelles qui vous laissent sur le fil du rasoir... le moindre pépin et c'est les chaînes... les barreaux... les hauts murs. Dans le système qui existait alors avec cette fameuse tolérance, y avait mèche de s'émanciper des lois du travail, sans trop de risques.

Les filles elles-mêmes, présentées comme victimes, préféraient aller aux asperges qu'à la chaîne dans une usine... en ménage avec un alcoolo qui lui enfourne un lardon tous les ans.

***

Ils avaient quarante-huit heures devant eux les cognes avant d'envoyer Noël au Dépôt. S'il restait ferme sur son refus de signer quoi que ce soit, après ça devenait plus difficile de l'accrocher. Bouclé en cellule, il a eu le temps de gamberger, de s'échafauder une défense... Il justifiait toutes ses dépenses avec l'aide que lui apportait maman Louisa. En quelque sorte il profitait des bénéfices d'une maison de tolérance mais sans en être le responsable. Il lui semblait qu'un avocat pourrait plaider ses liens familiaux avec Madame. Puisque la loi l'autorisait à exploiter un bordel, on ne voit pas pourquoi elle ne pouvait pas entretenir son fils, fût-il adoptif.

Les autres, Marthe et Lucie, les flics dans leurs rapports signalaient qu'elles sortaient avec Noël... guinches, restaurants, bords de la Marne et les hôtels où l'homme honore sa compagne une fois les rideaux tirés. Les rapports n'occultaient pas que lesdites filles en carte se considéraient elles aussi comme des mamans, en tout cas les grandes sœurs d'un enfant qui sans elles serait peut-être mort de froid.

Xetera. Ça tartinait plusieurs pages en ce style gendarmesque qui de nos jours a réapparu dans la littérature accompagné de blablas intellos appropriés pour nous les introduire en suppositoires.

***

Hors de la préfecture... les quatre mamans du petit Jésus agitaient leurs grandes jupes. Rachel avait fait le siège du bureau de Me Moro-Giafferi. Malheureusement il plaidait en province et on allait peut-être perdre du temps. Son associé ou assistant était débordé. De toute façon, il fallait attendre la fin du délai de garde à vue. Il se pouvait fort bien que les preuves ne soient pas suffisantes pour justifier une inculpation.

Bien sûr elle avait averti Madame Louisa et par ricochet Marthe et Lucie. Jusqu'alors celles-ci ignoraient la sortie de prison de Rachel. Noël avait fait cette cachotterie. De quoi les mettre à ressaut... Avec la bagnole qu'elles lui avaient offerte, il s'était pointé, l'infâme, à la porte de la Centrale de Rennes. Les flics les ayant convoquées se firent un délice de leur donner les moindres détails. Une véritable trahison... de quoi les ébranler... les mettre en état d'avouer qu'elles remettaient leurs comptées à leur petit Jésus.

Ça s'obtient au vif ce genre d'aveux... à la surprenante... les arguments imparables. « Il se fout de votre gueule... il est maqué avec la Juive ! » Et allez-y ! Lucie résiste, elle, elle est moins impliquée dans l'affaire, c'est pas elle qu'a pris un coup de pelle de fossoyeur sur la tronche.

Marthe, c'est pourtant une femme du Milieu à l'ancienne... qui préfère se faire couper la langue que de jacter chez les lardus. Faut croire qu'ils arrivent parfois à vaincre les principes les plus solides. Ils taraudent Marthe... qu'elle est assez conne pour vendre son cul tandis que son petit chéri se la fait crapuleuse avec une salope qui a voulu la tuer. Sa haine de Rachel balaie tous les principes de la pègre. Marthe reconnaît que depuis près d'un an elle aide financièrement Noël. Elle ajoute, comme pour atténuer les conséquences de sa vilenie, qu'elle le considère comme un fils plutôt que comme un souteneur.

L'épisode l'a rendu pour toujours méfiant à l'égard du beau sexe... Nono s'en est fait un article fondamental de son code de bonne conduite. La conséquence immédiate c'est qu'il plonge, qu'on lui désigne un juge chargé de l'instruction de son affaire et qu'il se retrouve au 42, rue de la Santé à l'ombre des matons pas toujours en fleurs.

La maman dépuceleuse du petit Jésus devient la responsable de sa chute. Elle essaie de nier, de plaider qu'on lui a fait dire le contraire de ce qu'elle voulait dire. Les flics ont joué sur les mots... aider son enfant ce n'est tout de même pas la même chose que de se faire exploiter par un barbeau. Sujet de controverse avec le ministère public que Me Moro-Giafferi se fait fort de tirer à l'avantage de son client mais qu'il voudrait cependant éviter. Ce qu'il va expliquer à Noël et à Madame Louisa... que les plus belles plaidoiries n'assurent pas toujours le succès d'une cause... Qu'il faut enterrer la hache de guerre... que les projets de vengeance contre Marthe ne feraient qu'envenimer le problème s'ils amorçaient un commencement d'exécution. Parfois la sagesse, la suprême astuce d'un défenseur consiste à se priver d'une occasion de publicité.

Cette affaire a permis à Noël de mesurer exactement les risques avec les poulets et ces messieurs de la magistrature. Par la suite, comme il sera parfois sur la corde raide avec le Code pénal, il fera en sorte de tout prévoir dans les moindres recoins. Y compris la trahison née d'une rivalité entre gonzesses. Et puis surtout cette vieille règle : qu'un arrangement quel qu'il soit vaut mieux que le meilleur procès.

***

Obligé de vous raccourcir un peu le déroulement... le séjour de notre Jésus à la Santé. Prévenu, il pouvait à l'époque se faire venir ses repas de chez un traiteur. Louisa était là pour veiller à ce qu'il ne manque de rien dans la cellule individuelle où il profitait de ce temps immobile pour s'entretenir en faisant de la gymnastique et l'intellect en potassant le Code pénal.

Son sort dépendait de Marthe, il fallait qu'elle revienne sur sa déposition chez les poulets. Louisa l'a coincée... elle devait se racheter, faire machine arrière. Si Noël était condamné, elle pouvait s'attendre au pire. Elle serait jetée de la profession, virée de partout, réduite à la mendicité. Pas de menaces physiques bien sûr, mais c'était pas exclu qu'elle se fasse avoiner de telle sorte qu'elle ne pourrait plus se servir de ses guibolles pour aguicher le micheton sur le trottoir.

— Tu veux tout de même pas faire condamner celui que tu considères comme ton enfant.

Elle, elle revenait sans cesse à son grief majeur, qu'il ait pu la tromper avec cette traîtresse de Juive.

Tout de même, la vieille Louisa a fini par lui faire reconnaître qu'après tout Nono avait bien le droit de s'offrir chacune de ses mamans.

— Si j'avais quinze ans de moins, tu crois que je me le serais pas offert ?

La mentalité des putes vis-à-vis de leur homme, c'est qu'il a bien le droit de cueillir dans le jardin de la luxure toutes les fleurs qui lui paraissent bonnes à respirer. La sagesse même.

Au final, elle a cédé Marthe... convoquée chez le curieux elle s'est déjugée. Non, elle ne lui donnait pas d'argent, juste elle lui offrait des petits cadeaux.

— Comme une maman à son petit Jésus.

Le juge, un médiocre mollasson près de la retraite, en avait tout de même entendu dans son bureau... reçu des personnages bizarres, avec des motivations quelquefois invraisemblables, mais là, il était bien ahuri. Qu'on puisse évoquer le Christ à propos d'un souteneur le dépassait. Il a fallu tout le talent de Moro pour lui remettre les idées en place en lui narrant ce remake de la Nativité... l'enfant abandonné sous la neige, recueilli dans l'étable d'une maison close... Les Marie-Madeleine qui rachètent tous leurs plus noirs péchés en recueillant le fils de Dieu.

M'sieur Noël, il évoquait la scène avec nostalgie. Il avait bien failli se faire propulser dans une prison centrale, avec une condamnation infamante qui sans doute aurait changé le cours de son existence, n'empêche il regarde ces événements maintenant de si loin qu'il regrette dans tout ça surtout son jeune âge, sa belle gueule, sa démarche souple... Il n'en veut plus rétrospectif à sa « maman Marthe », il avait tout de même passé avec elle de bien agréables moments.

Ce soir, on est dans le restaurant d'un ami, *L'Esquinade*, sur le port de Nice, à se déguster un loup aux herbes. C'est bientôt l'automne. J'ai voulu inviter M'sieur Noël, je lui dois bien ça... tout ce qu'il me raconte est passionnant et, de plus, il s'est pris au jeu. Puisqu'il sait, comme il dit, qu'il va bientôt tourner le coin, il se prend pour Napoléon à Sainte-Hélène... il espère que je vais lui écrire son Mémorial — qu'il laissera ainsi une légère trace de son passage sur la terre.

Il devrait pas boire du champagne, ça lui est interdit, mais à quoi bon ! Ça le stimule. Il dit :

— Je suis sorti de prison le soir après que le juge a signé mon non-lieu, en me jurant que j'y reviendrais plus.

Et elles étaient là... sur le trottoir comme par une malice du destin... Louisa, Lucie, Rachel... Il ne manquait que Marthe qui cachait sa honte dans je ne sais quel claque. On s'est embrassés... on pleurait, on riait... le divin enfant était là... il était libre. On allait fêter l'événement chez *Maxim's*, Louisa avait retenu une table.

Moro-Giafferi devait être de la partie, mais il avait décliné l'invitation, sous prétexte d'un déplacement... encore pour défendre un misérable qui jouait sa tête devant une cour d'assises.

— C'est ce soir-là, me confie Nono, que j'ai décidé de quitter la France... d'aller vers les Amériques voir un peu si je valais la peine d'exister.

X

La multiplication des putes

Ça urgeait d'autant plus que les rumeurs de guerre s'amplifiaient. Noël allait être bon pour le service armé... la loi de trois ans venait d'être adoptée à la Chambre sous la houlette de M. Barthou.

C'est peut-être grâce à ce M. Barthou, client disait-on assidu des meilleures maisons closes, que Nono allait devenir un homme du voyage. On employait ce terme pour désigner les truands qui pratiquaient la traite des blanches... les fournisseurs de viande fraîche pour les gauchos, les pionniers d'Amérique du Sud. Le mouvement s'amorçait depuis quelques années. Les voyous français qui régnaient déjà sur les trottoirs de Soho à Londres étaient partis à la conquête des marchés argentin, uruguayen, chilien, brésilien... On pourrait penser hâtivement que les Espagnols tenaient la forteresse... ils devaient être pusillanimes, mal organisés, toujours est-il que les maquereaux de la douce

France faisait florès un peu partout dans le monde. Curieux de constater qu'il en était de même dans tous les domaines, l'esprit de conquête dominait aussi bien dans les colonies que dans les inventions, les techniques... Tout va peut-être de concert... dis-moi quels sont tes malfaiteurs, je te dirai quel est ton pays.

Ça va être l'épopée du petit Jésus en Argentine, sa campagne d'Italie puisque plus haut j'invoquais l'Empereur à Sainte-Hélène.

Les hommes du voyage ne s'embarquaient pas sans biscuits... ils emmenaient une femme. Celle qui allait leur assurer le bifteck du moins pendant les premiers temps. Si le mec avait un peu d'envergure, il prospérait rapide et il faisait venir de France d'autres colis. Je n'y peux rien, c'était la métaphore argotique pour désigner les arrivantes. Tout un réseau était en place... ça démarrait de chez les placiers de Pigalle, Clichy, la Porte Saint-Denis, la Bastille... ceux aussi de Marseille, Toulon, Bordeaux. Et n'allez pas croire que les pouliches qui partaient pour Buenos Aires ou Montevideo étaient bernées, forcées... raptées d'une façon l'autre. La plupart y allaient pour les beaux yeux de leur jules et aussi parce que c'était l'aventure au bout de quinze mille kilomètres... une autre vie... le soleil... que sais-je... on rêve toujours à l'âge où les fesses se meuvent pour jouer la comédie de l'amour.

Sans faire part de ses projets à quiconque, Noël rencontrait des hommes de poids pour se renseigner, préparer son départ. Les vieux caïmans qui connaissaient tous les arcanes du métier le trouvaient un peu jeunot pour s'engager dans ce genre de flibusterie. Noël, lui, ne se sentait ni jeune ni vieux, il voulait croquer de tout... prendre tous les risques... gagner toujours, gagner encore. Il se doutait bien que depuis son non-lieu, les flics ne désarmaient pas, qu'ils espéraient bien le faire tomber. Ça voulait dire qu'il devait redoubler de précautions pour préparer son départ.

Rachel ne s'était pas remise sur le ruban... sa mère était morte. Pour la consoler de son deuil, Nono lui a annoncé que c'était elle qu'il avait choisie pour l'accompagner en Argentine. Il fut talonné par la nécessité... sa classe allait être convoquée au conseil de révision... On annonçait que l'Allemagne renforçait son armement... Le président Poincaré était reçu à Londres en grande pompe pour sceller l'Entente cordiale. Quand les grands se font tant de politesses, ça sent la poudre. Nono était de ceux qui n'attendaient pas d'être rattrapés par l'événement, si la guerre se déclenchait, il préférait être le plus loin possible du théâtre des opérations.

Je vous résume... il avait en planque de quoi se payer le voyage et vivre en Argentine le temps de s'organiser. J'attigerais un peu si je disais qu'on l'attendait sur le marché, mais y avait de la place pour tous les hommes, d'autant que leurs femmes, les *Franchuchas*, étaient les reines de l'amour vénal. Le handicap de Rachel, c'est qu'elle approchait de la quarantaine, pour le bizness c'était déjà une vieille quoiqu'elle soit loin de paraître son âge... avec son petit gabarit, elle gardait une silhouette d'adolescente. N'empêche !

Bientôt tout fut au point, il avait tous ses faffes en règle... une fausse carte d'identité achetée à prix d'or pour Rachel. Il préférait qu'elle s'appelle désormais Amanda Vivier, qu'elle cache ses origines pour éviter des complications inutiles. On peut dire que Rachel était devenue son esclave... elle acceptait de lui des choses sur lesquelles naguère elle ne transigeait pas. Surtout à propos de sa religion. Dans un sens, Jésus l'avait convertie à sa divinité.

Restaient ses deux autres mamans... Lucie, il avait l'intention de la faire venir un peu plus tard à Buenos Aires lorsqu'il s'y serait bien ancré. Quant à Marthe il s'est fait une douce violence pour effacer l'ardoise. Elle en moulait dans un claque près de la place d'Italie... un établissement presque d'abattage. Elle mouftait pas, elle avait les jetons, elle couchait sur place boulevard Blanqui.

Une idée géniale — et là c'est l'adjectif adéquat — lui est venue. Il a fait admettre à Louisa de l'engager comme sous-maîtresse. Avec son poids, sa paire de nibards de choc, elle pourrait aisément faire tourner la taule pendant les jours de repos de Madame. Et ils étaient de plus en plus nombreux, Louisa prenait du carat et les malaises inhérents à la viocardise la rejoignaient. Ce qui la chagrinait surtout c'était que son Jésus allait partir au loin... qu'elle ne savait pas au juste quand il reviendrait. Il était devenu sa seule raison de vivre... son claque, elle le faisait tourner par routine. Elle a apprécié la grandeur d'âme de son fils. Pas courant dans leur monde, la pratique du pardon... et puis récupérer Marthe de cette façon impliquait qu'elle n'en serait que plus docile.

Lorsqu'elle l'a aperçu qui entrait au *Grand 9* du boulevard Blanqui où l'ambiance était donnée par un piano mécanique, elle est restée figée sur place. Il allait peut-être la tuer, sortir un Laguiole de sa poche pour lui tracer sur le visage cette fameuse croix des vaches qui marquait les donneuses, les filles infidèles. Il s'est approché du comptoir et il a dit simplement :

— Je t'offre un verre.

Elle a bafouillé... elle trouvait pas les mots de la situation. Autour les autres polkas s'étaient arrêtées de bavarder avec leurs clients, elles observaient la scène. Plus bas Noël a ajouté :

— Ne crains rien... Viens t'asseoir avec moi.

En général ces bobinards comprenaient une piste de danse, entourée de petits boxes où les pensionnaires poussaient les michetons à consommer avant de les faire monter en passe.

L'attitude, la façon de faire de Nono indiquaient le jules, les congénères de Marthe ne s'y trompaient pas, ni la taulière qui portait les armoiries du vice sur sa face porcine en surveillance derrière sa caisse.

Assise elle tremblait la grosse, elle pleurnichait, elle amorçait sa palinodie... qu'elle avait cru... qu'elle savait pas que ça pourrait avoir de telles conséquences. Il l'a coupée.

— On n'en parle plus, Marthe, mais à présent tu vas faire ce que je te dis...

Elle a acquiescé. Elle était prête à tout... Il pouvait la faire ramper, la cravacher, elle l'aurait remercié.

Affaire réglée et elle s'attendait pas à cette sorte de promotion... de simple soldate-pute, elle devenait à peu près adjudant-chef.

— Pourquoi tu fais ça, dis... pourquoi ?

Il lui a répondu, il se le rappelait encore soixante ans plus tard : « En souvenir d'une nuit de Noël. »

***

Restait Lucie, lorsqu'elle a appris que Nono s'embarquait pour l'Argentine, bien sûr elle voulait le suivre... elle était prête à tout abandonner... à se farcir cinquante gauchos par nuit pour l'entretenir convenablement. Larmes et sanglots longs... tout le toutime, il lui a annoncé son départ après l'avoir régalée comme il savait maintenant le faire, alliant le suave aux coups de boutoir qui arrachent les cris du sublime plaisir.

— Tu me rejoindras dès que je serai installé.

Promis, juré... il se faisait fort d'ouvrir une maison à Buenos Aires où elle aurait une place de reine.

— En attendant, fais des économies pour le voyage et si on te cherche des crosses tu t'adresses à Louisa.

Elle lui a offert une bague en or avec un petit brillant, sorte de chevalière en gage d'amour.

— Je l'ai toujours, m'a dit M'sieur Nono... mais je ne peux plus la porter... Et il me montrait ses doigts déformés par l'arthrose.

***

Les voyages, je ne pense plus qu'ils forment aujourd'hui la jeunesse. Aller au Club Med, c'est pas voyager... c'est se trouver une rôtissoire en plein hiver... se faire bronzer la couenne et jouer à la bête à deux dos sous les cocotiers.

Ça n'en finissait plus en bateau déjà pourtant plus à voile pour aller de Bordeaux à Buenos Aires. On faisait escale au Portugal, aux Canaries, à Dakar... on cuisait à petit feu en approchant de l'Équateur... on restait en rade quelques jours à Rio de Janeiro. Nono et Rachel devenue Amanda étaient en première classe sur l'*Aiglon*, un paquebot des Chargeurs réunis qui transportaient régulièrement quelques drôles de passagers et passagères... des petits attelages maqueputes. Tout ça sans trop de problèmes. Ça évitait les salades, les esclandres. Les hommes du voyage savaient se tenir, ils attendaient d'être à terre pour jouer de leurs rivalités... engager la compétition pour régner sur le tapin. Ils avaient tout de même au point de départ conscience qu'il était préférable de s'entendre entre Français. En jouant d'une certaine solidarité, ils étaient plus forts.

Nono faisait tache dans la corporation, lui sapé au goût anglais, mince et toujours élégant, il pouvait donner le change, passer pour un garçon de bonne famille et Rachel-Amanda non plus pavoisait pas fille galante. Pourtant, notre héros a pris soin de ne pas rester trop longtemps à l'écart des autres souteneurs. À l'instinct il savait que s'il les snobait ou s'il donnait seulement cette impression, ça lui reviendrait un jour ou l'autre comme un boomerang dans les gencives.

Certains personnages en étaient déjà à leur quatrième ou cinquième traversée. Ceux-là n'avaient pas d'affaires sur place en Argentine ou en Uruguay... ils escortaient quelques petits sujets qui étaient promis à telle ou telle maison. Des arrangements quasi commerciaux pris au voyage précédent avec les tauliers. Carrément, c'était un marché comme celui des bestiaux en Normandie. Les gonzesses étaient vendues. En principe, une fois sur place elles restaient libres de leurs mouvements. Mouvements qui ne pouvaient pas les amener hors du pays. Les distances entre les villes, les régions étaient énormes, à peu près infranchissables. Elles ne pouvaient que changer de crémerie, troquer leur maque pour un autre maque. La plupart restaient à l'attache. Difficile de bien cerner la situation. Tout était possible, certaines nanas sur le bateau s'étaient enfuies précédemment et revenaient avec un nouveau julot. Elles étaient vouées — filles soumises, disait-on, aussi bien en Justice que dans le langage courant et c'est ce qui les définissait le mieux. On touche là, par ce biais extrême, le problème de la liberté. On en parle, on la proclame chérie sur le fronton de nos monuments. On meurt pour elle en des combats douteux et en fin de compte, bien peu de gens font l'amour avec elle. Faut de la science, de l'art pour la faire reluire. Le plus grand nombre, s'il a sa gamelle, ses petits divertissements en conserve assurés, la liberté il s'en bat la gaule. Ces filles qui allaient exercer leur métier du cul dans des maisons loin de leur patrie étaient-elles plus esclaves que leurs sœurs attelées aux besognes de l'industrie ou du commerce en France ? Voire ! Lorsqu'on plaint leur sort... pense-t-on que les hommes, les jeunes garçons de leur âge embrigadés d'office dans des casernes et ensuite, lorsque les trompettes guerrières se mirent à sonner, furent envoyés carrément se faire trouer la paillasse sans possibilité de retour à la case départ. À tout prendre entre 1914 et 1918 il valait mieux se faire baiser à Caracas ou à Montevideo que d'être dans la boue des Éparges à attendre la mort glorieuse.

À l'escale de Rio, Noël s'est aperçu qu'on avait gardé quelques filles en fond de cale... que celles-ci n'étaient pas accompagnées... des tronches misérables... crève-la-dalle... sapées de fringues ternes, fanées, usagées... Elles devaient être en cheville avec des matelots, des hommes du personnel navigant qui les ont fait sortir du bateau, à la nuit tombée, en catimini.

Nono eut tôt fait d'apprendre qu'il s'agissait là de la piétaille de la traite, des pauvres gonzesses à bout de misère se faisaient embarquer par des placiers qui les fourguaient d'avance dans les bordels brésiliens.

Tous les cas de figure possibles. Tous les marchandages, les trafics. D'autres filles débarquèrent ensuite à Montevideo. Le terme traite des blanches qualifiait exact ce bizness. Ça va être un sujet d'enquêtes, d'articles nombreux où se sont mêlés le vrai et le faux. Plus tard la légende de M'sieur Nono le qualifia de roi de la traite des blanches. Ce qui n'est pas exact, il va très vite être *à côté* de ce marché, au-dessus... il se refusera toujours à tenir les filles par la coercition.

En tout cas, c'est ce qu'il va me dire et à un moment où tout ça s'éloigne et que ça n'a plus d'importance.

À Rio, il avait un point de chute chez un vieux ruffian basque qui tenait un bar et faisait le maque par intermittence, quand les affaires n'allaient pas il envoyait sa concubine brésilienne faire quelques passes... Il servait surtout de boîte aux lettres pour les voyous qui circulaient dans le continent. Entre autres, quelques bagnards évadés de Guyane à qui il procurait des papiers d'identité.

Un caïd de la place de Paris lui recommandait Noël. Le bon conseil c'est qu'il ne fallait pas s'éterniser au Brésil... Police tatillonne, vénale, sans qu'on obtienne des garanties sérieuses en échange de beaucoup de fric. Et puis surtout la langue... on y parle portugais... pour les affaires dans tout le reste de l'Amérique du Sud valait mieux jacter espagnol. Nono, pendant la traversée, avait pioché des livres pour l'apprendre. Lorsqu'il débarquera deux semaines plus tard à Buenos Aires il saura déjà se débrouiller avec quelques rudiments. Sans oublier que Rachel-Amanda, douée pour les langues (qu'on n'y voie pas ici malice), s'y était mise aussi et qu'elle progressait plus vite que son Jésus.

Par rapport aux mignonnes plus jeunes qui *voyageaient* avec leurs hommes, elle se rattrapait sur la classe... elle s'habillait mieux et une certaine distinction naturelle, son faux air angélique la faisaient remarquer. Elle multipliait les efforts de toutes sortes pour que son Jésus se sente toujours à l'aise, elle précédait ses moindres désirs. La maman et la putain en une seule personne.

— Elle avait déjà compris qu'elle gagnerait en devenant plus que la meilleure gagneuse... une assistante, une comptable, une secrétaire particulière, tu piges ?

Je pige que c'est un peu différent d'une Madame dans un boxon. Elle était *sa femme*, sa fille d'amour. Dans l'argot des voyous français, ça précisait son importance. Son mec pourrait avoir d'autres pouliches dans son écurie, des doublardes, la femme ne devait pas s'en formaliser... en tout cas ouvertement... c'était dans l'ordre des choses. Me vient à l'esprit à ce sujet une comparaison avec les mœurs musulmanes. La polygamie y est surtout un signe de richesse... le harem n'est pas à la portée du premier bédouin venu avec pour toute fortune son dromadaire. N'empêche que les émirs, les sultans qui vivent de cette façon depuis des centaines d'années n'apparaissent pas comme des monstres, des salauds, des êtres à rejeter. On les reçoit à l'Élysée ou à la cour d'Angleterre. Question de latitude... de traditions religieuses.

À ce moment-là... lors de cette halte à Rio, Noël n'était pas encore bien fixé sur ce qu'il allait entreprendre en Argentine. Au début du siècle c'était essentiellement un pays d'immigration. Tous les paumés d'Italie, d'Espagne, de Pologne, de Russie venaient en masse pour tenter le diable de la fortune. On se doute... bien peu y parvenaient. À défaut d'exploiter les mines d'or, ils travaillaient dans l'agriculture, les céréales... dans l'élevage de bovins et de chevaux. En grosse majorité des hommes... des gauchos qui revenaient de la pampa pleins de sève et qui n'avaient pour s'apaiser la virilité que le bordel.

— Là-bas, tu peux tout faire, a dit le vieux truand basque.

Certes il valait mieux être un peu prudent, se garantir du côté des autorités... le pays était plein de petits chefs... des commissaires, des capitaines de divers corps d'armée. Ceux-là, fallait plus que partout leur huiler les rouages. Et ajouter au fric le piment de la vanité. Mais ils avaient besoin de femmes et les Françaises, les Franchuchas, étaient particulièrement appréciées. Mais elles ne marchaient que sous la houlette de leurs protecteurs français, leurs *caftanes*, ainsi désignait-on les proxénètes en argot argentin.

— T'as tout à apprendre mais t'apprendras vite.

Ce qui fut. Après une courte escale à Montevideo en territoire uruguayen, Nono et sa maman Rachel accostèrent à Buenos Aires. C'était déjà une grande métropole de plus de deux millions d'habitants, depuis elle a dû doubler ou tripler de population. Rien de baisant au regard du touriste, tout en lignes droites, en carré... en damier, traversé par une avenue principale de déjà plus de cinquante kilomètres. Surtout des bâtisses à un étage où s'entassaient les émigrés. Activité débordante. On construisait, on défrichait, on creusait... de quoi fournir toutes sortes de boulots qui ne demandaient pas de compétences spéciales. Du prolétariat selon la conception de Marx. Restait le lumpen... ceux qui étaient à l'écart de cette main-d'œuvre et qui vivaient de mille combines. Ça arrivait de partout les aventuriers, les hors-la-loi, les évadés de pénitenciers. Dans une ville portuaire comme Buenos Aires ils avaient de quoi truander. Dans tout ce fatras, ce tohu-bohu, ces activités multiples, les Français se taillaient doucement leur placarde. Ce n'était que les débuts de leur conquête, ils allaient régner sur le putanat très longtemps. Les autorités ne trouvaient que des avantages à leur turbin... elles demandaient simplement que ça se passe dans l'ombre... éviter les scandales, les rixes... les éclats de voix.

***

À Buenos Aires, Nono devait rencontrer en priorité un certain Sébastien Domenigo sans lequel on ne faisait rien dans la ville. D'origine espagnole, il avait gagné ses galons de voyou à Marseille et à

Paris. On le soupçonnait de tout et surtout on le craignait. On l'appelait aussi Les Yeux bleus. Un sobriquet qui coule de source, d'autant que ses yeux très clairs, assez semblables à ceux des chiens de traîneau, éclataient dans une gueule noiraude, sous une tignasse brune frisée qu'il avait du mal à domestiquer à la gomina. Il avait connu Arthur, Madame Louisa... quelques amis parisiens de Nono.

— Je vais te trouver de quoi attendre, a-t-il dit.

Peu loquace, il avait une voix cassée... quelque chose d'indéfinissable fait de ruse, de violence, d'une acuité toujours en éveil. Sous sa frime, face et profil, on pouvait écrire : dangereux, sans se tromper. Il se protégeait des intrus dans une somptueuse villa derrière la place San Martin. Entourée de murs, protégée de clébards qui se laissaient pas peloter par le premier venu fût-il muni d'un susucre. Les serviteurs, c'était quoi ? Des métis indiens qui ne l'ouvraient pas et voyaient tout.

Noël avait déjà notion du mec qu'il allait rencontrer. Celui-là le jaugeait rapidos. Il l'a reçu dans une espèce de bureau où il entassait des paperasses, des dossiers et des journaux français.

Rachel-Amanda était restée au bas du patio. Les Yeux bleus a demandé à Nono en jetant un regard de la porte-fenêtre :

— Ta femme ?

Nono a acquiescé, c'eût été trop long de lui expliquer qu'elle était aussi sa mère, mais par la suite il s'apercevra que Sébastien savait tout. Dès que les malfrats français débarquaient, il recevait des rencards immédiats sur leur pedigree. Il était le patron et, obscurément, Nono s'est gambergé qu'il devrait être un jour comme cet homme maigre assis dans son fauteuil ou rien. Il s'ouvrait un peu, s'efforçait de sourire... lui offrait un verre, lui demandait des nouvelles de France. Celles que pouvait lui donner Nono avaient fait le voyage... elles dataient de quarante-cinq jours et Sébastien en avait de plus fraîches. Les risques de guerre prenaient de l'élan. On avait trucidé je ne sais quel archiduc en Serbie et ça menaçait de foutre le feu au reste de l'Europe.

— T'as pas fait ton service ?

Négatif. Sébastien n'a pas réfléchi longtemps, il avait des chevilles, d'excellentes relations au consulat de France. Y compris avec les officiers de la mission militaire.

— Tu vas me laisser tous tes papelards. Je vais t'arranger ça aux petits oignons. Ça serait trop con que tu sois obligé de repartir pour aller à la riflette.

Nono n'avait rien de mieux à faire qu'à se livrer totalement à M'sieur Les Yeux bleus. Ce qu'on lui avait recommandé à Paris... des malfrats de haute volée et même maman Louisa. Décision qu'il irait déposer ses bagages à l'hôtel *Phœnix*... non loin de chez Sébastien. Une crèche sans cafards, sans voleurs à tous les étages, sans bouches suceuses qui déclassifient l'établissement.

— Ta môme, tu veux qu'elle travaille tout de suite...

... enfin il se donnait huit jours et il lui trouverait une *casita*, une petite maison, près de l'hôtel, où elle pourrait recevoir. À cette époque, à Buenos Aires, il n'existait en fait de bordels que de grandes taules d'abattage où les filles de moins bonne qualité se faisaient tous les rustres, les gauchos, les ouvriers du bâtiment à la chaîne... serviette, elle monte, elle s'écarte, elle s'en prend quelques secousses et elle redescend dans la grande salle enfumée. « Au suivant. » Comme partout dans ce genre d'assommoir du sexe... Brel a vu ça en Belgique et l'a chanté.

Les Yeux bleus avait ciblé Rachel deux classes au-dessus. Dans ces casitas où les dames officiaient, elles étaient assistées par une servante, une vieille pute le plus souvent, qui faisait attendre les clients dans l'antichambre. Tout ça propre, les murs blancs... pas de fioritures. Qu'importe le décor pour l'amateur qui vient s'offrir une Franchucha.

Ça baignait... presque trop facile ! Mais précédant sa réflexion, Sébastien avait dit : « Si tu sais te tailler ta placarde, on ne te le pardonnera pas... c'est là qu'il faudra te défendre. »

Amanda au patio a fait connaissance avec Inès la femme de Sébastien, une Espagnole déjà elle aussi d'un certain carat... enveloppée, épanouie... avec un regard qui ne laissait pas échapper les choses importantes... Bien sûr c'était elle qui secondait son homme, elle lui tenait plusieurs filles sous sa coupe qui travaillaient en casita. Des lots supérieurs pour clientèle huppée... des gros marchands de viande, hauts fonctionnaires, militaires couverts de médailles gagnées on ne sait où.

Inès serait là à la disposition de Nono lorsque sa

dame serait prête à célébrer sa messe. Fort heureux, il avait en planque dans ses doublures de quoi éclairer tous les intermédiaires qui allaient se pointer dès qu'il serait repéré.

Sébastien s'est levé pour raccompagner Nono qui s'est aperçu alors qu'il tirait la patte en s'appuyant sur une canne. Avant de le saluer, il lui a glissé...

— Elle est juive ton Amanda ?

C'était plus une affirmation qu'une interrogation.

— Exact, a répondu Nono. Mais on a jugé que...

Les Yeux bleus l'a coupé.

— T'as raison. Ici il y a beaucoup de Juifs, surtout des Polacks, ils maquent leurs sœurs, leurs mères, leurs filles. C'est des teigneux, ils pourraient te faire des salades. Et puis à Buenos Aires ce qui fait la loi, c'est pas les truands, c'est les curés. Vaut mieux se payer leur bénédiction !

***

Une semaine plus tard Nono avait avancé plus vite que son plan de bataille. Rachel-Amanda avait intégré sa casita. Madame Inès les premiers jours était venue pour l'aider à recevoir les clients avertis, on ne sait comment, de l'installation d'une nouvelle Franchucha. En quelques jours elle gagna plus qu'en un mois à Paris à *La Cigale d'or*. Appréciable et les messieurs qui se succédaient ne demandaient pas le Pérou... d'ailleurs il n'était pas si loin le Pérou, ils pouvaient faire le voyage, c'était des gens qui avaient les moyens.

Se pointèrent aussi des Français du cru, si on peut dire... des types dont les parents ou grands-parents s'étaient implantés au siècle dernier et qui gagnaient leur vie dans des affaires honnêtes... dans le commerce surtout de viande frigorifiée à destination de l'Europe, dans l'industrie, les équipements d'usine, de voies ferrées. Nono se démenait tout d'abord pour se mettre en règle, se garer de tous les obstacles administratifs. Dans une République sud-américaine les problèmes ne se résolvaient pas comme en France. On payait d'abord, on voyait ensuite comme au poker.

La caution de M. Sébastien servait de garantie. Noël a obtenu un permis de séjour d'un an renouvelable. Il était là pour monter des affaires. Lesquelles, ça, les poulets ne lui ont pas demandé et ils n'avaient pas envie d'en savoir davantage.

Un soir Les Yeux bleus a invité nos deux tourtereaux dans un dancing... appelons ça comme ça... À San Telmo, un lieu en vogue où l'on dansait le tango. Atmosphère enfumée... petites tables... l'alcool à pleins verres... un éclairage douteux mais suffisant pour admirer les danseurs. Un envoûtement extraordinaire... cette espèce d'ébauche, de mime d'une relation sexuelle, langoureuse et rythmée. « Un simulacre de coït avec des figures variées », dit Borges. Nous n'en étions à cette époque qu'au bandonéon. Avec le tango l'Argentine allait conquérir toutes les pistes de danse du monde. C'est un Français, Carlos Gardel qui en deviendra la plus grande vedette. Mort vers 1930 dans un accident d'avion, les Argentins disent que depuis il chante de mieux en mieux.

Le tango, en France, on l'avait quelque peu snobé après la Seconde Guerre mondiale. Il se maintenait pourtant dans quelques lieux privilégiés fréquentés par des aficionados. Après des années de danse en transe hurlante on redécouvre le tango... toute sa magie... les corps qui s'accordent, se frôlent, se prennent... se dérobent... les jambes qui glissent toujours en souplesse.

Nono était fasciné. Tout ça n'avait rien à voir avec les guinches qu'il avait fréquentés à Paris. Inès s'est levée et lui a ordonné :

— Je vais t'apprendre... viens beau gosse.

Elle était née là-dedans Inès. Ses parents étaient installés en Argentine bien avant sa naissance. On ne pouvait trouver meilleure initiatrice au tango.

— Tu es doué, mon Jésus. Bravo !

Ce qu'elle l'a complimenté en revenant à leur table. Sébastien avait expliqué à Rachel qu'il ne pouvait plus danser depuis qu'il avait reçu une blessure à la jambe.

— Blessure de guerre, ajouta-t-il en découvrant deux dents en or sur le devant de la bouche.

Depuis que Nono l'avait rencontré une quinzaine de jours auparavant, il ne l'avait pas vu rire au point de montrer ses dents aurifiées.

Par la suite, Jésus apprendra que sa blessure de guerre il l'avait récoltée dans un traquenard où il avait sauvé sa carcasse de justesse trois ans plus tôt. On chuchotait, les gens bien informés et quelque peu malveillants, que dans l'affaire il y avait laissé aussi ce qui faisait de lui un homme... Comment en être sûr, c'était pas Inès qui allait fourguer la mèche. Elle avait sa propre casita sur l'*avenida Santa Fé* où elle recevait à son gré. Joignait-elle l'utile à l'agréable ? ça reste tout de même la suprême liberté des putes.

Nono s'est risqué sur la piste avec sa maman-amante. Pas ridicules. Ils se sont fondus dans la foule des gambilleurs. Y avait là des *paisaros*... des bons ploucs, mais aussi des tronches de bandits de western... des huileux, des mecs qui puaient le cheval... des endimanchés bariolés à l'espagnole, toute vanité hors... et or ! Si on voulait illustrer, animer ce fameux vocable de macho, ça pourrait en donner une idée facile. Parmi les cavalières, des petits tapins bien sûr... Françaises, Polacks, Italiennes... quelques Noires... toutes s'affichant putes... filles soumises à leurs mecs affranchis.

Tableau de genre. On sort dans la nuit, la ville à l'époque est encore triste, mal éclairée, dangereuse bien sûr. Tous les débris de l'univers qui aboutissent là sont loin de faire fortune, alors ils rôdent, ils attendent, ils ont des lames aiguisées, ils sont prêts à vous égorger pour quelques pesos, quelques bijoux de quincaille.

Sébastien il a une bagnole qui l'attend, une Rolls-Royce Silver Ghost, un petit chef-d'œuvre de mécanique pour l'époque et qui reste encore aujourd'hui une pièce de collection rarissime, recherchée à son poids de métal précieux.

— Il en a fait venir deux d'Angleterre, leur révèle Inès. Une pour lui et une pour M. Alonzo, le gouverneur.

Nono sifflote d'admiration et il ne sait pas si c'est pour la Rolls ou pour le cadeau au gouverneur. Une règle quand on est aux frontières de la légalité... ne jamais avoir l'air de péter plus haut que le cul du chef, du président, du dictateur, du roi... appelez ça comme vous voulez !

***

Qu'il soit adopté par ce caïd, ça participait du miracle.

— Puisque t'es Jésus, disait Rachel, c'est normal que tu fasses des miracles. Pendant que tu y es, tu devrais me rajeunir de quinze ans.

Elle remarquait bien depuis le bateau, un peu partout dans les rues, les tramways, au bal, que les regards des hommes coulissaient surtout vers les gonzesses à la fleur des miches. Et ça ne manquait pas en ville... putes ou autres. Une féerie de brunes ardentes surtout... la moindre gamine promettait la lune... changez l'article pour un pronom... une simple lettre et on s'embarque dans la première casita ouverte.

Que répondre à la réflexion de Rachel ? Nono n'aimait pas les mensonges d'amabilité, alors il se contentait de rire, de l'embrasser.

— Ce soir, quand tu viendras me rejoindre, tu seras la plus jeune.

— Des mamans, ajoutait-elle.

Elle ne pouvait pas s'empêcher d'évoquer le 25 décembre. Au lit, elle l'appelait Jésus quand son plaisir montait tandis qu'il la pénétrait de toute sa puissance. Il avait alors le sentiment qu'il était, sinon Jésus, en tout cas le dieu de l'amour.

— J'ai jamais bandé pour les trop jeunettes, les faux poids...

Il m'avoue un jour de bouffe ou d'apéro ou de champ de courses, je n'ai plus le souvenir. Il me développe que vraiment il en croquait dur pour sa maman Rachel. Tout ça c'est des questions de peau, d'olfactif... la perfection quelquefois vous refroidit les ardeurs.

Il ose se confier comme ça, vous me direz... à Joinville, à Commynes, il révère ma plume, ce dinosaure de la pègre. Ça me console d'être borduré des salonnards, des petits précieux NRF et avant-garde réunis. Ouais, il me révèle, M'sieur Nono qu'il a été vraiment amoureux de Rachel. Ça n'aurait rien d'exceptionnel, si ça ne venait pas de cet homme qui fut considéré longtemps comme une espèce de Don Juan caïd... super proxénète. Sans doute parce qu'il soignait sa réputation d'intouchable, insensible, intraitable pour inspirer la peur.

Il va, selon son humeur, son envie, me raconter son histoire, mais je ne peux lui accorder une confiance absolue. Il sait d'autant mieux mentir qu'il s'affiche comme étant maintenant hors course... quasi oublié... que le monde, le sien en particulier, a tellement changé que tout ça, ce qu'il peut dire ou non, n'a plus d'importance.

On va sûrement se poser des questions au sujet de ce grand amour entre ce Jésus maquereau et sa presque maman pute... que c'est déjà assez difficile pour le commun des lecteurs d'imaginer des liens sentimentaux puissants entre un proxénète et sa tout de même esclave. On en a pas tant l'habitude dans nos livres, nos films... on schématise, on caricature... et pourtant ça existe... c'est un genre de couple ambigu certes mais qui tient quelquefois mieux que les liaisons ordinaires... les mariages de gens honnêtes. Rachel dissociait totalement ses activités à la casita de sa véritable passion pour Nono. On pourrait dire qu'elle était comme une comédienne qui vous joue, n'importe, une criminelle, une folle, une reine et qui, une fois démaquillée, retrouve sa personnalité parfois inexistante. Je l'ai constaté et souvent répété, c'est une secte plus ou moins ce qu'on appelle — ou appelait — le Milieu. Avec ses rites, ses règles, son fonctionnement particulier. En creusant un peu le sujet, on s'apercevait que c'est par réflexe d'autodéfense. Si l'engeance s'écarte de ce système, elle ne peut survivre.

Enfin, je vous explique... m'efforce. Toujours est-il que Nono gardait de cette période de leurs débuts à Buenos Aires un souvenir impérissable. Je déflore pas la suite... nous sommes en terre romanesque, elle a ses lois... entre autres qu'il faut tenir le lecteur en haleine. Ça se faisait jusqu'à Robbe-Pissefroid qui a tout cassé pour nous décrire des surfaces de vase de nuit. Je reviens, pépère au coin du feu, je raconte le Chaperon rouge... tout au plus je préfère qu'elle finisse par se faire simplement dépuceler par le loup.

Noël, au bout de peu de temps, il connaissait les gens qu'il fallait à Buenos aussi bien parmi les affranchis que parmi les honnêtes utiles. Il a trouvé un pied-à-terre à San Cristobal... une sorte de maison coloniale en attendant que la rivière du fric coule sur ses terres afin qu'il aille planter ses pénates au quartier Palermo. Buenos Aires n'arrêtait pas de s'agrandir. Je vous cible en particulier les voyous français et leurs filles d'amour, mais ils se perdaient dans une masse de gens de toute sorte... les naturels, les Indiens, les émigrants. Tout ça à la recherche de boulot... de combines... à faire la manche. Et bien sûr les hommes beaucoup plus nombreux que les femmes. D'où l'arrivée de nos gros malins harengs français, eux accompagnés de leurs gagneuses. La fortune vient en se couchant. Noël, son trésor de guerre, ses biftons dans les doublures de ses fringues... c'était pas inépuisable. Il avait ramassé le maxi avant d'embarquer... la refourgue de sa Renault... la générosité de ses diverses mamans... surtout Marthe qui s'était dépouillée de ses économies pour se faire pardonner. Promis, craché, il rendrait tout ça au centuple dès qu'il aurait mis en route son bizness argentin. Rien ne pressait, *La Cigale d'or* ne manquait ni de pensionnaires ni de michetons. Dans les premières lettres qui lui parvinrent, Louisa lui disait qu'elle était contente de

Marthe... comme sous-maîtresse, elle s'occupe de la maison mieux que nos ministres qui vous conduisent à la ruine et à la guerre ! Je vous résume. Les tirelires du trou du cul débordaient de monnaie. Quant à Lucie, elle s'était placée dans une petite taule à Orléans où elle garnissait son bas de laine.

À Buenos, malgré son ardeur au turbin, Rachel ne pouvait suffire à entretenir son Jésus et surtout à l'aider dans ses projets. Il est donc parti, comme tant d'autres, au marché aux femmes... celles qui débarquaient juste avec un baluchon, les pauvresses qui fuyaient la vermine, l'alcoolisme et la cupidité des bourgeois.

Son avantage à Nono, c'est qu'il inspirait confiance avec sa belle gueule d'amour... ses yeux où les filles se reflétaient plus jolies que nature... ses façons de leur jacter... de sourire... d'enjôler en un mot. La concurrence autour était nombreuse, tous les poissons à nageoires plus ou moins dorées étaient à l'affût. Si les flics argentins avaient voulu réprimer le trafic, il leur suffisait de passer l'épuisette. Mais les autorités supérieures fermaient les yeux.

Noël ne cachait pas longtemps son jeu. Il invitait la donzelle. « T'as de beaux yeux, tu sais ! » Depuis des jours en fond de cale, elle s'était nourrie de croûtons et des restes des riches voyageurs... rien qu'une bonne table... une assiette pleine... du pain blanc... un ou deux verres de vin et elle était bonne pour ce que lui offrait le beau jeune homme avec son costard blanc, ses chaussures italiennes... son sourire prometteur.

Sa cheville, c'était Lulu Carito... un déjà bien installé en Argentine et qui drivait une maison d'assez bonne tenue. Toujours une douzaine de nanas qui soulageaient les travailleurs de la pampa ou des chantiers. S'ils ne picolaient pas, des tringleurs rapidos sans histoires.

Pour amorcer sa conquête, Nono donnait un peu de sa personne. La môme était comblée... Chez un autre Français, un juif venu du Sentier, il frusquait la donzelle. Il avait tout ce qu'il fallait, Jacob... il s'était fait une spécialité de vêtements pour les petites vertus... robes, bas, porte-jarretelles, soutien-gorges... jupons... toutes les couleurs, tous les froufrous... et les pompes... les bottines à talons hauts. Il investissait Noël, le B.A. ba d'une bonne entreprise. La minable qu'il avait harponnée sur le port, en quarante-huit heures devenait un produit aguichant... une pouliche polissonne de l'œil et de la croupe. Comme elle arrivait de Marseille ou de Bordeaux pour fuir le bas tapin des rues... les passes nuiteuses... les flics sans arrêt à les mettre des heures en garde à vue, à les envoyer en taule ou à l'hosto des vénériens... pensez si elles acceptaient les conditions de M'sieur Nono.

Son astuce première c'est qu'il ne cassait pas les prix. Comme manager il se contentait de cinquante pour cent alors que la plupart des maques raflaient presque tout à leurs ponettes. Des noyaux de cerise, ils leur laissaient et sans trop les bercer aux sentiments, aux illusions courantes... On se retirera un jour à La Varenne dans un pavillon couvert de roses trémières. Méthode Nono. En quelques mois il avait un cheptel d'une douzaine de jolis sujets chez Lulu Carito... Sa taule s'appelait *Le Rêve* tout bonnement. Et pas cher le rêve... Les hommes qui venaient là pouvaient s'offrir des friandises de choix... tarte aux poils et biscuit à la cuiller... pour une somme raisonnable.

— J'ai eu vite fait d'avoir de quoi racheter la boîte. Lulu traînait lui aussi une vérole évolutive et il a bazardé son claque pour rentrer en France se faire soigner par un soi-disant professeur miracle.

Seulement en France c'était déjà la guerre. Les casques à pointe venaient de nous envahir. On commençait par se prendre quelques raclées dans les plaines du Nord. En Argentine les nouvelles parvenaient avec beaucoup de retard. Noël n'avait pas encore accompli ses devoirs militaires. Le gros risque c'est que l'ambassade le convoque et l'expédie par le premier bateau en partance pour Bordeaux voir si les Boches n'y étaient pas déjà. Alors toute son affaire était foutue. Fallait manœuvrer au plus vite. Déjà Sébastien lui avait fait connaître un colonel attaché à l'ambassade qui se coulait des jours tranquilles entre les invitations et les soirées chez les plus belles putes. On se chuchotait ses manies... qu'il se travestissait en danseuse espagnole et se prenait des godes spéciaux dans le fondement. Muni de ces précieuses indications, Nono a demandé une audience. Le colonel Longpont était plutôt affable... arrangeant... il suffisait de lui offrir en lousdoc ses menus plaisirs.

Dîner dans une bonne auberge, tenue par une gagneuse recyclée dans la cuisine française. Des miracles elle faisait pour trouver les meilleures viandes, les volailles... les légumes de choix sans lesquels il n'y a pas d'art culinaire français.

Déjà, la bedaine pleine... les vins importés de Bourgogne, ça lui ôtait l'envie d'aller commander un régiment sur la Marne. Nono avait misé sur une de ses nouvelles pouliches ouverte à tous les vices... une salope de compétition. « Je donne tout, mon chéri... le trou de mon cul et ce qu'il y a dedans si c'est dans tes goûts ! »

Il n'est bonne pute que de Paris, disait déjà le poète au Moyen Âge. Les traditions se transmettaient pour ainsi dire de mère en fille dans les bordeux devenus bordels. Bien bel de l'empapaouter, cet officier supérieur avec ses binocles, son stick, ses belles bottes, mais comment pouvait-il sortir Noël de son embarras ? Jeux de paperasses, de notes, de demandes... de certificats médicaux, il fut affecté sur place... dans les services du ravitaillement. La France en guerre avait besoin de viande... du bœuf pour ses boîtes... ce que les Poilus appelaient le singe. Noël fit connaissance avec toute une tierce de louchébems, d'intermédiaires... de revendeurs qui allaient durant quatre ans se partager un gâteau de dimensions respectables. Désigné par le colonel Longpont comme contrôleur de l'Armée, il fut chargé de vérifier l'embarquement, les prix, la bonne qualité de la barbaque. Une usine fonctionnait déjà pour mettre une partie du bétail en conserve... le reste partait dans des bateaux équipés de matériel réfrigérant.

— La guerre mène à tout à condition de ne pas la faire.

Cyniquement ce qu'il concluait mon petit Jésus. Il en envoyait encore des bouffées de cigare de tout le fric qu'il avait gagné tandis que les pauvres types crevaient de froid, de faim et d'éclats d'obus dans leurs tranchées.

— J'y pouvais rien. Si j'étais revenu, ça n'aurait pas raccourci la guerre d'une minute.

Frappé au coin du bon sens. Mais le bon sens, surtout dans ce genre de propos, devient vite une malédiction. Aujourd'hui lorsque nous lisons sur nos monuments aux morts les listes interminables de sacrifiés, on devrait tout de même se poser des questions. On a repris l'Alsace et la Lorraine, si elles étaient restées allemandes, on irait tout de même à Strasbourg bouffer de la choucroute et se jeter derrière le bouton de col un coup de riesling. Il faut peut-être croire que les hommes ont envie de se tuer de temps en temps et si c'est pas pour l'Alsace, c'est pour le bonheur de l'humanité, pour le socialisme ou les moustaches de papa Staline qui ont fait long feu.

Il me développe des théories, des raisonnements de ce genre. Je suis pas loin d'adhérer à sa philosophie. Ce qui me retient, c'est le jugement des gens de ma corporation nouvelle... les experts, les goûteurs lettrés. Quoique pacifistes, antimilitaristes, ils ont toujours une guerre à justifier dans leurs discours et ouvrages. S'ils faisaient encore de la belle musique avec les mots... je les écouterais plus souvent.

***

Du temps a passé. D'une part, je n'ai pas revu M'sieur Noël durant quelques mois et je me suis absorbé dans le boulot.

En tout cas c'est lui qui me rappelle, je reconnais sa voix un peu éraillée par le tabac et l'alcool. Voilà, il monte à Pantruche, c'est encore sa façon de désigner Paris. Il a de vieux amis qui l'invitent pour ses quatre-vingts berges... ils se sont fait une espèce de devoir de l'honorer. Je suis invité, ça fera plaisir à quelques vieux caïmans de me rencontrer, j'ai écrit des livres où ils se sont un peu reconnus, en tout cas dans une langue qu'ils comprennent. Il prend l'avion M'sieur Noël et il descend au *Continental* comme naguère le général Stülpnagel. Les larbinos ils en voient de toutes les couleurs de clients... celui-là, il pourrait être un richissime quelconque mais il a tout de même une tronche, une allure, une façon de dire qui sent le flibustier. On en redouble d'autant plus de courbettes et mille prévenances.

— T'as toujours envie d'écrire la vie de Jésus ?

Oui, mais j'attends encore un peu... il ne m'a pas tout dit. Et entre-temps j'ai quelques bricoles à boucler, je ne me sustente pas d'amour et d'eau de source. Des films qu'on m'envie de porte-plumer pour tel ou tel... le plus beau des ténébreux de la pellicule ! S'ils savaient, les rigolos, que ce turbin s'apparente à celui de la valetaille des grands hôtels. Nourri aux langoustes... logé en palace... tout pareil et traité en se torchant de vos prouesses stylistiques.

Je me rends donc au *Continental*. Prétendre que la Marthe Richard lui a saccagé ses économies me paraît excessif... il se paye une suite, mon Jésus voyou. Il est en peignoir de bain lorsqu'il m'accueille. Pour un oiseau des clairs-obscurs, il est comme moi un matinal. Paraît que la vie nous appartient.

Il traîne pas dans les banalités d'usage... une infirmière avant moi est venue lui faire une piquouse pour je ne sais quoi... le cœur... l'estomac... il se tape aussi plein de cachets.

— Si je veux me suicider, dit-il, j'ai qu'à m'arrêter. Si tu veux mon avis, on vit trop vieux. Tu verras, si t'arrives jusqu'à mon âge.

J'y suis presque et il ne me reste plus qu'à prendre mon feutre et à faire revivre, garder l'essentiel des souvenirs pour faire gambiller les phrases. Il se rappelle qu'on en était restés à Cagnes à peu près en 1916. Déjà il était bien en place à Buenos Aires. Il était propriétaire du *Rêve* et c'est Rachel qui maintenant tenait le bon rôle, celui de la tenancière. Une nature plutôt fragile comme elle, sous la coupe de Nono, se révélait une femme qui gérait le bobinard plus sérieusement qu'un évêque son diocèse. Les pensionnaires, presque exclusivement de nos compatriotes, ne faisaient pas d'écarts, ni de boisson, ni de geste, ni de langage. Madame

Amanda donc, qui avait appris l'espagnol, ne supportait pas les grossièretés de la part des filles aussi bien que des clients. Ceux-ci, s'ils cherchaient du suif... deux gros bras de service, des gauchos en rupture de pampa, les vidaient en quelques coups de latte et de manchette appliqués là où ça fait mal.

Nono, de temps en temps, arborait un uniforme de l'Armée française avec des galons de serpatte. Pour se garantir, faire voir qu'il faisait la guerre à sa façon... Dans tous les bleds d'Amérique du Sud, erraient des déserteurs, des assassins, des voleurs de grand chemin, des pestouillards, des bagnards en rupture de ban ou simplement des types qui n'avaient pas rejoint. Ils vivaient de tout et de rien... des gonzesses, bien entendu, mais toujours sur le qui-vive. Faux faffes, faux airs de s'en foutre. Ceux qui se faisaient agrafer se retrouvaient à fond de cale via Le Havre... le conseil de guerre. On les fusillait pas mais on les envoyait en première ligne devant nos ennemis allemands qui s'en chargeaient.

Nono, on commençait à l'appeler M'sieur Noël avec déférence. Toutes les racailles affranchies à la fois le craignaient et l'enviaient. On le savait protégé par les autorités militaires, ami avec Les Yeux bleus et le gouverneur régional dans sa fouille. Pareille ascension, ça vous bouche pas mal de coins. S'il faisait un pas de traviole ils seraient nombreux à le piétiner et pourtant des hommes qui lui marquaient des politesses... Sa légende se construisait, sa naissance en petit Jésus, on se la rapportait chez les poufiasses et les malfrats. On s'en gaussait natürlich. On lui faisait porter un sacré sombrero... que s'il était si chouchouté par les poulagas du cru, il devait pas leur donner que des pesos. Et pourtant de cette façon-là, il n'en croquait pas, il savait que ça se retournerait tôt ou tard contre celui qui s'en servait. Périra par l'épée, a dit son modèle, enfin le Jésus premier, le seul, le vrai...

Rien qu'avec les pourcentages qu'il prélevait en douce sur les frais de transport de la barbaque, il aurait pu vivre honnête. Mais il avait pris le pli au *Grand 18*... ses mamans, tout en l'espérant futur officier de marine ou cardinal, lui avaient filé le virus. Il avait l'idée d'ouvrir une autre maison à Rosario, une ville plus au nord sur le fleuve Parana, qui prenait de l'expansion surtout à cause de l'élevage de chevaux, bœufs, moutons et de la culture du blé. D'où la clientèle des péons, gauchos et autres caballeros. Il voulait confier à Lucie ce nouvel établissement, c'était sa façon de lui prouver sa reconnaissance. Seulement c'était la guerre aussi bien sur les océans que dans les tranchées de Verdun. On risquait peut-être de se faire couler par un sous-marin allemand et surtout pour embarquer, sortir du territoire, fallait obtenir des visas, des tampons. Les sbires du Cinquième Bureau, à défaut de détecter et démolir les réseaux d'espionnage ennemis, se donnaient des airs redoutables en filtrant l'immigration, en traquant les putes qui voulaient tapiner au soleil. Ça avait considérablement ralenti l'approvisionnement des bordels sud-américains en chair fraîche. Jusque-là lorsqu'elles prenaient du carat, qu'elles n'étaient plus demandées, soit elles prenaient du grade en devenant sous-maîtresses, soit elles finissaient misérablement dans des baraquements qui servaient de bordels pour les plus minables dans le quartier sud à San Telmo. On les voyait aussi errer la nuit autour du port, sur les quais du Rio de la Plata à la recherche tout autant de charité que de clients hâtifs peu en fonds ou parfois des sortes de vicelards qu'on appelle je crois saliromaniaques.

Une lettre. Nono appelle Lucie... il lui fait parvenir des billets pour le bateau... des paperasses pour certifier que les services d'intendance de l'Armée ont besoin d'elle pour des travaux de secrétariat. Toujours le brave colonel Longpont qui signe, qui certifie entre ses séances de divertissement au claque et ses quelques heures de présence au bureau. On se demande où il a gagné sa Légion d'honneur, mais le fait est qu'il l'arbore avec d'autres colifichets de gloriole. Nono lui dégotte une femme, une nommée Katia qui va répondre à tous ses fantasmes... une experte en tout et même en gestion de patrimoine. Elle va s'imposer, s'immiscer dans ses affaires, peu à peu l'accompagner partout et être surtout tous les soirs dans son plumard... Nono l'a fait se dépouiller des accoutrements putassiers pour figurer décemment au bras d'un officier supérieur. Les conseils de M'sieur Noël, Katia les suit doigt dans le cul et œil de bronze. Elle n'aura qu'à s'en féliciter... en même pas un an, elle sera devenue tellement indispensable au colonel qu'elle s'en fera épouser. Au grand dam de la colonie française... les autres ganaches, leurs mémères... bourgeoisie pur sucre. Ça va jaser dans les réceptions mais ça passera. Katia fraîche débarquée de sa Pologne natale... châsses de vipère... ongles à vous arracher la peau du dos... va devenir la générale du colonel. Et cette générale prend ses ordres chez le petit Jésus. Avec le fric de la viande exportée vers nos héros des champs de bataille... ça fait encore persifler, clabauder, ragoter... mais tout de même sourire, salamalecquer dès que le colonel paraît avec madame. Vieillissante, de retour à Paris dans les années trente, elle deviendra veuve et ridée de partout. Respectable enfin, jasant à son tour sur telles ou telles gourgandines qui mettent le grappin sur les fils de famille.

***

L'arrivée de Lucie n'était pas une occasion d'euphorie pour Rachel devenue Madame Amanda... même exilée à Rosario, ça lui rapprochait une rivale. Lucie ne s'était pas comportée avec acharnement contre elle, elle avait juste suivi le mouvement et au temps où elles travaillaient ensemble au *Grand 18*, elle y allait quand même de ses piques à propos de ses origines, lui attribuant une complicité morale avec le capitaine Dreyfus. Il subodorait ça, Nono... mais il régnait, il décidait. Il savait que la condition première de sa force était qu'on discute pas ses ordres. Ce qui n'excluait pas qu'il sache moduler ses actions... ruser, promettre et en s'efforçant de ne pas trop susciter les jalmin-ceries.

Il avait de quoi s'acheter une voiture tape-à-l'œil à l'instar de Sébastien mais il jugeait préférable d'utiliser une Chevrolet assez performante fournie par l'Armée... Il se faisait donner des ordres de mission par le colonel pour sillonner le pays. À l'évidence il y avait de quoi faire un peu partout, l'Argentine allait prendre un essor économique considérable pour peu que les factions qui se succédaient au pouvoir finissent par s'entendre sur l'essentiel. Et l'essentiel c'était que le pays hors de la guerre mondiale ne pouvait qu'en tirer du profit.

Lorsque s'amorçait une rivalité quelconque entre voyous français, Nono intervenait en médiateur. Il s'agissait de calmer les esprits bagarreurs en leur faisant comprendre que, de toute façon, d'être à Buenos Aires valait mieux que d'être sous l'uniforme bleu horizon en Argonne. Même les plus obtus maquereaux étaient capables de comprendre ça. À eux de faire tourner leurs moulins.

Peu à peu il secondait si bien le vieux Sébastien qu'il était considéré comme son successeur au cas où il lui arriverait malheur. Et il est arrivé le malheur... malgré toutes les précautions qu'il prenait, Les Yeux bleus s'est fait surprendre *à l'américaine...* des sournois l'ont assaisonné au Browning un certain soir où il s'offrait une petite promenade de santé en compagnie pourtant d'un de ses gardes du corps, flingué lui aussi. Les agresseurs étaient en planque pas loin de la villa et on a entendu une voiture démarrer après les coups de feu. Rien de plus. Les témoins habitant les environs étaient laconiques. Ils avaient la trouille et la flicaille argentine s'est vite débarrassée du dossier. Règlement de comptes... des histoires entre maquereaux français, Sébastien ne manquait pas d'ennemis. Quelques années auparavant, lorsqu'il avait failli déjà se faire éliminer, on savait qu'ensuite il s'était vengé cruellement. On avait retrouvé quelques cadavres de voyous perforés, lardés... étranglés... flottant sur le Rio de la Plata. Ménage rapide et la paix qui s'ensuivit avait duré jusqu'à ce flingage dans le pur style des gangsters de Chicago qui amorçaient une ère nouvelle du banditisme.

Grandes pompes funèbres pour l'enterrer. Nono en uniforme au bras d'Inès sous ses voiles noirs. Elle lui avait dit, lorsqu'il était venu à la villa lui présenter ses condoléances, un bref : « On compte sur toi » qui l'intronisait successeur du caïd assassiné.

XI

Ministère de Jésus en Argentine

Le tango est une pensée triste
qui se danse.
DISCEPOLO

Voyez ce que je vous disais plus haut, ce monde de la pègre fonctionne comme la féodalité. On n'y comprend goutte tant qu'on n'a pas pigé ça. Tous ces malfrats, ces maques, ces affranchis en sont encore au XIIIe siècle.

— On a dit que je suis devenu le parrain des voyous en Argentine... un bien grand mot, moi en tout cas, j'étais plutôt emmerdé, si tu veux que je te parle franchement.

On est encore dans sa suite au *Continental*, ça le fatiguait de descendre au restaurant, il s'est fait monter la bouffe, il était en verve, valait mieux ne pas trop le remuer.

Promotion fabuleuse... en trois ans il devenait

l'homme incontournable de la Remonte et sa place, sa planque dans les services d'intendance de l'Armée, renforçait son pouvoir. Tant qu'il naviguait derrière Sébastien il ne s'exposait pas trop, maintenant fallait qu'il se protège, qu'il aille pas tomber dans une chausse-trape et surtout qu'il s'occupe de venger son protecteur. Celui sans lequel il aurait sûrement mis des années et des années avant d'acquérir ce qu'il possédait maintenant à Buenos... *Le Rêve* qui ne désemplissait jamais... quelques femmes en casita... des combines de toute sorte autour des exportations de viande et de céréales vers la France. Jusque-là il avait progressé sans éclats de verre... tout arrangé à l'amiable avec des bakchichs, des interventions heureuses auprès des autorités. Atout majeur, il plaisait ce petit Jésus... aux femmes, vous le savez, même à celles *off course* qui n'espéraient plus rien de sa virilité dont on disait qu'elle fonctionnait à la commande... aux hommes, il inspirait de la crainte, de l'admiration, de l'envie sans doute mais il avait au plus haut point le don de sympathie. Et ça, ça lui servait jusque dans l'entourage du gouverneur... les eaux troubles des militaires soucieux de préserver leur place à quinze mille kilomètres du front. On agrémente le menu avec la sauce aux pesos, aux dollars, aux louis d'or... aux cinq à sept organisés pour les amateurs de Franchuchas en chambre bien nattée comme il est écrit chez notre plus ancien et plus grand poète.

Les ennemis de Sébastien étaient nombreux sans être bien ciblés. S'agissait-il d'une pure vendetta ou d'une affaire de fric, de possession de territoires, d'entreprises, Les Yeux bleus avait des billes un peu partout. Il envoyait un homme de confiance relever les compteurs. Tout ça un peu compliqué... rien de très apparent, on se doute.

Visite à Madame Inès... sans que son homme la tienne au parfum de toutes ses affaires, elle avait suffisamment d'instinct, l'oreille aux aguets, l'œil aiguisé pour tout savoir... tout comprendre. Le pire adversaire sournois du vieux, c'était un certain Nino qu'on disait Mandoline rapport à ses dons pour ledit instrument. Il était là depuis plus de dix ans et il tenait tout un secteur dans le Sud jusqu'à Bahia Blanca. Ses filles ne se mélangeaient pas avec les autres, elles arrivaient de France bien sûr, mais aussi d'Italie dont Nino était originaire.

Sébastien avait-il voulu s'implanter dans ses terres... comment ? quand ? Difficile de savoir. Le traquenard qui lui avait brisé la jambe en même temps que sa virilité était-il en rapport avec ça ? Inès a fini par dire à Noël qu'elle en était quasi certaine, il y avait eu entre Nino et Sébastien une affaire de gonzesse. Les Yeux bleus avait détourné la femme en titre, la première du Rital. Inès, ça lui coûtait de raconter l'épisode, dans l'affaire elle se sentait aussi flouée que Mandoline, mais elle c'était dans la norme, elle n'avait qu'à écraser... l'homme, c'est l'homme.

— Il avait tort, dit-elle. Ça se fait pas chez nous et faut bien dire que Pepita c'était la dernière des morues.

On entrait dans les méandres de la jalmincerie aggravée par les us et coutumes de la pègre. D'où cette vengeance sur les parties nobles.

On n'avait jamais su exact comment s'était passé l'attentat. On l'avait coincé et lardé spécial de coups de surin au bon endroit dans l'intention de le saigner. Un miracle médical l'avait sorti vivant de cette affaire ! Vivant mais mort au plus précieux de sa personne.

La Pepita, cause de ce drame, après s'être fait à peu près défigurer à coups de rasoir, a été fourguée à un taulier espagnol de Montevideo. Qu'est-elle devenue ensuite ? Sans doute un objet de satisfaction rapide et brutale pour les prolétaires, les vagabonds uruguayens. Jusqu'à ce qu'elle devienne une épave... une mendiante. Tel était le sort des femmes qui trahissaient leur homme. Je vous raconte pas des contes de fées. Ainsi ce fut, ainsi je rapporte. Sans que ça fasse trop d'éclats de presse, une guerre implacable était engagée entre Mandoline et Les Yeux bleus. Qui sait attendre... À défaut du patron, son frère et associé Paolo s'est fait poignarder par des inconnus. Paolo au physique ressemblait à Nino... même silhouette... il fut peut-être victime de l'ombre. Il était seul, c'était entre chien et loup... le loup a bondi sur le chien. Et puis une des maisons de Mandoline a pris feu... Incendie criminel, ont diagnostiqué les pompiers. La police argentine n'a pas poussé l'enquête au-delà des premières constatations... D'autres feux à éteindre ailleurs, d'autres criminels plus évidents à rechercher. Dans le genre poulaga c'était pas des minutieux style Sherlock Holmes, très loin du niveau de nos lourdingues à parapluie du quai des Orfèvres. En général ils obtenaient leurs meilleurs résultats en cuisinant spécial le premier suspect venu. Aveux les plus doux. Après ça aux tribunaux de distribuer les récompenses pour la meilleure paix sociale de la République.

Ce que ne voulaient surtout pas les autorités c'est que ça fasse du tintouin... les pays d'Amérique du Sud avaient suffisamment une réputation d'anarchie, de dictature de généraux Castagnetta ou Dynamiteros. Pas de vague. Si les caftanes s'entre-tuaient qu'ils le fassent discrètement.

Ouais... l'apparence... ce que voulait le pouvoir en place... seulement les poulets du cru... les « vigilants », marchaient aussi dans les combines... ils touchaient de partout pour se faire cirer les moustaches, se payer les plus belles bottes de cuir... les plus belles juments dans leurs écuries. Comme partout, me direz-vous, ils en croquaient de leurs dents aiguisées. Ça les conduisait à rendre de petits services.

Sébastien était au mieux avec les brigades de flics de Buenos Aires. Il leur garantissait une paix royale sur tout ce qui en ville pouvait dépendre des Français... c'était déjà considérable. Ailleurs ça dépendait des polices locales et des margoulins en place. Nino Mandoline à Bahia Blanca était devenu pratiquement la doublure du commissaire de police... un obèse nommé Kuntz qui ne bougeait pas de son bureau où il se goinfrait, se soûlait et faisait venir des Franchuchas pour lui pomper le dard. Ça vous éclaire sur la situasse... Mandoline n'avait qu'à se pointer et l'obèse transmettait ses ordres. Pas plus délirant qu'ailleurs. Tout ce qui ne concernait pas la prostitution, les jeux et quelques trafics... roulait normalement.

Inès a expliqué tout ça à Nono. Elle était avec lui à la fois autoritaire et charmeuse. La voix de Sébastien d'outre-tombe passait par elle. Nono écoutait attentif... sérieux... n'empêche qu'il a eu vite l'impression que maintenant qu'elle était devenue vraiment veuve, Inès se la serait bien faite langoureuse avec cézig.

Tandis qu'il l'écoutait, ça se bousculait dans sa tronche... qu'il puisse l'accommoder à ses échalotes, ça lui posait pas de problèmes. Après tout il avait mitonné de la sauce amoureuse en des marmites plus anciennes. Il aimait toutes les femmes possibles... tous les corps... infanterie, chevau-légers, grenadières... et l'artillerie lourde, pourquoi pas ! On y a l'impression de s'enfoncer dans un fruit mûr... on en a plein les pognes, plein les yeux... on s'anéantit et on a le sentiment de sortir encore de sa mère.

Il savait raison garder notre Jésus... se précipiter serait maladroit. Fallait tout de même auparavant venger le patron. Tout ce que bonissait Inès dans le salon moelleux de la villa de Sébastien, ça débouchait sur la conviction que c'était carrément des flics qui avaient liquidé son mec. Des hommes dépêchés par le commissaire Kuntz... un descendant de colons allemands. Mandoline derrière... à distance... alibi...

ses voyous ailleurs... ce qui lui avait permis d'expédier une splendide couronne de fleurs pour l'enterrement de son rival.

Se posait la question de savoir s'il fallait lui renvoyer la balle en calibre onze millimètres ou s'occuper auparavant du poussah dans son antre de police. Une turluteuse de choc pouvait aisément le laisser en épectase comme naguère le président Félix Faure.

Ça amusait beaucoup l'ardente Inès, elle connaissait des poudres, des trucs de sorcière pour achever un homme par la queue. La donzelle volontaire pour cette mission avait quelques chances de s'en tirer... mais pour la beauté de la vendetta, ça faisait mesquin. On restait, disons, sur sa soif. Et puis fallait être certain de la culpabilité de ce Kuntz.

Nono demande d'abord à réfléchir, à enquêter. Rien ne presse. Il sait, par les officiers qu'il fréquente, que la situation des truands français n'est pas aussi solide qu'elle paraît. Dans certains partis politiques, on dénonce la honte de la traite des blanches, on en appelle à l'archevêque, à la Sainte Église.

— T'es un bon chrétien, dit Inès. Tu payes ton obole à l'Église.

Certes, ça lui coûte assez cher d'être bon chrétien. Mais un changement de régime, une nouvelle majorité au pouvoir et ça peut basculer d'un coup. Donc être sur ses gardes. Noël jouissait lui d'un statut un peu spécial, il avait appris à se rendre presque indispensable auprès des exportateurs de viande. Les divers belligérants se disputaient le marché avec beaucoup d'âpreté... tous les coups tordus étaient permis. Chez les manitous qui tiraient les cordons de dynamite, on avait intérêt à ce que les pays d'Amérique du Sud restent neutres... surtout l'Argentine. Noël savait ça et il savait aussi enlever le morceau en payant mieux et en dessous-de-table.

***

Il se donnait donc quelques jours pour apporter une réponse à l'accorte Madame Inès. Peut-être même liquiderait-il le problème avant même d'aller lui rendre une visite de courtoisie... S'il embrochait la volaille pouvaient s'ensuivre des difficultés superflues. La belle Rachel ne manquerait pas d'être informée... les murs ont des oreilles... les larbins aussi et les putes, pour ce qui concerne les affaires de cul, ont un sixième sens. Certes Nono ne se privait pas d'essayer toutes les nouvelles pensionnaires, vous avez lu, mais en l'occurrence Rachel n'y trouvait pas à redire puisque ça faisait partie de son travail. Exactement comme elle lorsqu'elle prêtait son minou aux clients.

Madame Inès, elle la rangeait dans une autre catégorie... Sans doute elle était plus vioque, plus lourde... n'empêche si elle se couchait, la chienne, sous son homme... ça devenait de la trahison.

***

Entre-temps, avant ou après l'exécution de Sébastien, Lucie avait pris un beau navire via l'Argentine. Noël avait organisé son intronisation à Rosario. C'est une nouvelle maison qu'il avait acquise, une construction neuve... Pour préparer le terrain, il avait expédié sur place un homme de confiance, Gaston le Lutteur. Tous poids et muscles en évidence, ce qui ne voulait pas dire qu'il était dépourvu d'esprit. Depuis sa retraite des rings, il s'occupait de recycler les jeunes filles au chômage dans le croustillant pain de fesses. Lui, il était pas si beau à regarder que les dames puissent tomber en pâmoison. Son sobriquet signifiait les esgourdes feuilles de chou... le nez cassé... la voix aussi... et les yeux d'une couleur incertaine entre le jaune et le marron sous des arcades sourcilières simiesques. Et pourtant ce maquereau était finalement plutôt brave mec. Ça venait sans doute du fait que personne s'avisait de lui chercher noise. En tout cas c'était ce Gaston que Nono avait désigné comme mentor pour Lucie.

— S'il lui plaît pas, avait objecté Rachel.

— Il a pas à lui plaire, il est là pour la défendre et lui expliquer comment on tient un claque à Rosario.

Mais Nono espérait bien que Gaston finirait par faire une prise de lutte gréco-romaine à Lucie pour le compte du septième ciel. Il expliquait à Rachel que ça lui paraissait mieux à tout point de vue... que Lucie ne pouvait pas se passer d'amour.

— Mais c'est toi qu'elle aime, tu le sais pas ?

Il est vrai que si elle avait dû l'oublier, elle se

serait pas précipitée prendre le bateau de la compagnie Sud-Atlantique.

— C'est ta mère, elle aussi !

Ah, non ! il en avait sa botte d'être le fifils de toutes ces mémères. Il n'avait pas réussi à se débarrasser de son sobriquet de Jésus. Ça tombait qu'en pays hispanisant Jésus était un prénom assez usuel. Alors... il était marqué. On disait M'sieur Nono devant et M'sieur Jésus derrière, ça il n'y pouvait pas grand-chose.

Il ne savait plus à ce moment où donner de la tête et du reste. Il m'avait fait part de sa situation lors de notre rencontre au *Continental* un demi-siècle plus tard.

— Je me plaignais d'en avoir trop. Quand on peut fournir, on se doit de régaler les plus méritantes.

Bien de son avis, mais en plus il avait le quotidien à gérer, les affaires de barbaque congelée... quelques gallines... de nouvelles poulettes à brancher, ne serait-ce que pour renouveler l'escadrille. Il ne pouvait pas non plus laisser croupir la vendetta avec Mandoline. En arrivant ici, il avait eu toutes les portes ouvertes grâce aux Yeux bleus... c'était comme un pacte de sang qu'il avait contracté avec lui. S'il était en situation aujourd'hui d'être le boss du Milieu ici, il devait se conduire comme tel. Et ça lui pesait, il savait que toutes ces exécutions, ces flingages n'auraient jamais de fin. À partir de là, il lui faudrait vivre constamment sur ses gardes... entouré de gorilles descendus des Andes. La rançon de la royauté, aussi bien dans la pègre qu'à la cour d'Angleterre où le monarque ne peut plus pisser sans qu'un domestique vienne lui tenir la bite.

Il eut dans l'idée d'aller à mains nues affronter Nino Mandoline... voir s'il n'y avait pas moyen de moyenner. On ne pourrait tout de même pas alors le traiter de dégonflé... médire qu'il avait baissé son beau pantalon de lin blanc. Mais il ne devait pas entreprendre une telle démarche sans en référer à Inès.

Elle l'a écouté sans broncher... elle a gambergé puis elle a eu l'idée du siècle.

— Mets ton uniforme pour aller le voir. S'il te descend, il commet un crime envers l'Armée française.

Ce que Nono voulait obtenir en échange de la paix c'était quelques avantages sur son territoire, l'implantation de quelques casitas où des femmes de son cheptel viendraient paître.

Ça semblait pas très sérieux cet arrangement pacifique. Un vicelard comme Mandoline ferait semblant de se soumettre et, à la première occase, il ferait un carnage chez les mignonnes de Nono.

Qu'il a d'emblée appelé Jésus... ou plutôt Jésous avec son accent. Il était au milieu d'une hacienda, dans une maison de belle construction. Il s'occupait aussi d'élevage de taureaux pour les corridas... les cérémonies de mise à mort. Mince, la tronche en lame de sabre... chevelure argentée abondante... des fringues ajustées style picador... une cravate noire avec un brillant au milieu.

La pièce où il recevait Jésous était nette comme une salle d'opération, meublée de bois noir et tapissée de peaux de bœufs, de vaches. Fauteuils en cuir, noir lui aussi. Il a fait asseoir Nono... un verre ? un cigare ? il est chez lui puisqu'il représente l'Armée française et que l'Italie est maintenant en guerre aux côtés des Alliés.

— Si j'étais plus jeune, je serais rentré au pays pour combattre en uniforme. Il sourit en disant ça et il ajoute : ... Comme vous, sergent !

Le vanne cinglant, Nono se le prend dans les gencives. Sans ciller, il ouvre le débat sur l'essentiel :

— À propos de la mort de Sébastien, tout le monde se pose des questions...

— Moi aussi d'ailleurs... répond Mandoline en souriant.

Nono préfère alors attaquer les choses autrement.

— Je cherche tous les moyens de nous arranger. Aussi bien les gens de la mission française que ceux du gouvernement voient d'un mauvais œil toutes ces tueries.

Et de lui développer qu'au poste où il se trouve, il peut l'aider à fourguer son bétail aux meilleures conditions possibles. S'il a pris la suite de Sébastien sur le marché des putes, il a un double avantage avec sa position auprès du colonel Longpont.

— Je lui ai fait comprendre qu'il avait tout à gagner à ce que nous fassions cause commune.

Je redonne la parole au vieillard dans son salon du *Continental*, ça vous raccourcit le dialogue, les tractations. Les voyous dans leurs arrangements, leurs pactes de non-agression ou leurs alliances, prennent autant de précautions de jactance, de préséances, circonvolutions que les diplomates de métier... Ceux-ci ont passé des examens, ils sont rejetons du beau monde, mais leurs maîtres sont bien souvent des prédateurs. Prédateurs couronnés, élus... bénis... En me lançant dans le parcours de ce Jésus, le roi des tenanciers, je retrouve finalement le même schéma qu'avec certains personnages historiques honorés par nos plaques de rues.

À mi-mot, Mandoline a fait comprendre à Nono ce qu'il savait déjà, que l'instigateur, le vrai coupable... le dégueulasse qui avait fait liquider Sébastien, c'était le poussah, le commissaire Kuntz. Mais Mandoline, en maître mariole, se dégageait. Rien à voir avec tout ça. Kuntz avait sans doute des raisons bien à lui d'envoyer ses argousins vigilants seringuer le caïd.

— Ce n'est tout de même pas à moi de faire le ménage de la police.

Ça tenait comme raisonnement mais ça impliquait que Nono devait se mouiller pour éliminer le gros Kuntz. On changeait de registre. Toucher aux flics argentins, ça pouvait provoquer des catastrophes. Les deux hommes se sont quittés sur une poignée de main et des promesses d'échanges de toute sorte, y compris de femmes qu'on pouvait muter de Buenos Aires à Bahia Blanca à la plus grande satisfaction des consommateurs.

***

Les choses se chevauchent. Lorsque Noël emménage dans sa nouvelle résidence à Palermo, il a appris que le bateau de Lucie est arrivé au port.

— Va, lui a dit Rachel résignée... Le passé est fait parfois pour être oublié.

Ça tournait farce cette existence de nabab oriental. Rachel a été remplir ses fonctions d'Amanda au *Rêve* et dans les casitas les pouliches de Nono recevaient les hommages particuliers des clients nombreux qui attendaient toujours sur des chaises dans la salle d'attente comme à une consultation médicale avec des numéros d'ordre.

Pour faire sortir Lucie de la quarantaine, Nono a dû encore faire intervenir le colonel Longpont. Il bougeait plus beaucoup depuis qu'il avait Katia à domicile.

— Tu vas finir par le lasser, avait dit Noël à madame la colonelle. Laisse-le sortir un peu. Tu sauras toujours où il va et il reviendra.

Sagacité, certes, mais Katia avait le trac qu'il lui ramène une maladie, son vieux sagouin.

J'ai oublié de vous en parler des maladies dites honteuses. Elles sévissaient en Amérique du Sud tout autant qu'en Europe. D'autant qu'on prétendait que c'était les lamas du Pérou qui avaient foutu la vérole aux conquistadors au XVIe siècle et que ceux-ci l'avaient ramenée avec leurs galions remplis de métaux précieux.

Les capotes étaient déjà au service des biroutes triomphantes. Croyez pas, jeunots, que vos grands-parents ne risquaient rien avec leurs organes génitaux. Noël essayait de les imposer dans tous ses établissements. Pas facile... les gauchos clients étaient rétifs, ils se croyaient invulnérables et bien sûr y avait de la dèche... des filles plombées qu'il fallait hospitaliser, parfois réexpédier en France. On imagine mal qu'un caïd proxénète comme Nono puisse assumer autant de fonctions auprès de son personnel. Il avait embauché un toubib qui fuyait un mandat d'arrêt pour avortement. Se souvenir qu'en ces temps où la consommation de bipèdes humains était considérable sur les champs de bataille, l'interruption volontaire de grossesse était un crime. J'ai connu encore des médecins qui tiraient sept-huit ans de taule pour ce motif, dans les années cinquante.

Passons, mais c'était une innovation que d'avoir un médicastre muni de faux papiers appointé par un taulier. Fallait aussi que Nono mette parfois son grain dans les problèmes de ces demoiselles. Leurs chagrins d'amour, leurs amitiés particulières, la correspondance avec leurs parents en France.

— Tu vois, m'a dit un jour Jésus Nono, j'étais comme ces mecs qui soignent au baratin... comment tu les appelles ?

— Psychanalystes...

— C'est ça... ils remplacent les curés à ce qu'on dit. Seulement les curés, ils te promettent le paradis. Si t'es assez nave pour les croire, ça te fait patienter avec les vacheries de l'existence.

Vous pouvez constater, chers lecteurs, que je vous tartine pas sur un héros qui manque de philosophie.

On disait que ses filles d'amour lui ont toujours gardé un petit coin de reconnaissance au fond de leur cœur. Il intervenait maintes fois pour calmer les ardeurs violentes de leur jules... Et on obtempérait à ses injonctions.

***

On en arrive... ou elle arrive... Lucie. Ça fait près de cinq piges qu'il l'a quittée et elle a pris du flacon, la môme. Épaissie des hanches, de la mamelle, le menton qui se dédouble... toujours de beaux yeux noirs qui ne font pas tout, n'est-ce pas. C'est le reflet de l'âme mais on ne bande pas qu'avec des reflets d'âme.

Premier coup d'œil, sa fonction était sans aucun doute dans l'encadrement des légions de la fesse. Était-elle suffisamment solide pour tenir le bobinard qu'il allait ouvrir à Rosario ? Lourde responsabilité que d'exposer ainsi sa maman à tous les risques du métier. Les malfaisants étaient toujours en quart, à l'affût de la moindre faiblesse et l'autorité de Noël était-elle encore bien assise pour inspirer du respect voire de la terreur au-delà de Buenos Aires ?

À Rosario, on signalait des malfrats du cru, des Argentins, des Uruguayens qui n'avaient pas tellement envie de voir ces salauds de Français coloniser leurs boxons.

Lucie, en attendant d'aller à Rosario, avait une casita réservée à quelques encablures de la villa de Nono. Il se devait de l'accompagner, de lui faire visiter sa cagna... lui présenter son assistante, la pute en retraite qui devait recevoir la clientèle... assurer la propreté du lieu. Son drame... enfin sa gêne, à ce moment, c'est qu'il s'en ressentait pas pour la tringler. Chez elle, la maman avait pris le dessus sur l'amante. Elle savait... c'était son métier, lire le désir dans le regard des hommes. Alors les hésitations de son Jésus, elle les a ressenties dès qu'ils furent en tête-à-tête. Jusque-là il s'était surtout montré affectueux, elle le trouvait magnifique avec son uniforme fantoche.

— T'es vraiment sergent-chef ?

— Si je voulais, je serais capitaine, mais je préfère ne pas abuser des bonnes choses.

Elle s'est rapprochée pour qu'il la prenne dans ses bras. Il ne l'a pas fait assez vite, assez tendre, alors elle s'est blottie contre lui et elle s'est effondrée en larmes.

Depuis son dépucelage par Marthe, ç'avait pas été banal son éducation sexuelle. Toujours ce petit Jésus qui hantait aussi bien l'esprit de ses mamans que le sien.

Fallait tout de même qu'il y aille, ne serait-ce que d'un coup de sabre d'abordage. Rien de plus terrible que de tringler par miséricorde. Et pourtant, je me demande si ce n'est pas une preuve de charité tout à fait exceptionnelle qui vous sera comptée le jour du Jugement dernier.

Nono s'est exécuté toujours avec son brio naturel, pourtant Lucie ne s'y est pas gourée, c'était sans doute le coup de bite d'adieu. Son plaisir était ambigu, renforcé peut-être, porté à une espèce de paroxysme provoqué par ce sentiment d'une dernière fois.

Après le lit, restait la table. Nono était accueilli dans les meilleurs restaurants de la ville. Ça ne valait pas les prouesses culinaires de Paris, mais quelques dames d'ex-petite vertu se reconvertissaient dans les casseroles avec certains bonheurs de sauce et de cuisson.

On a parlé... projet à Rosario. La situation inespérée pour Lucie... en France elle aurait dégringolé les marches du métier jusqu'à la Monjol... un quartier dans la banlieue nord où les vieilles, les rescapées du tapin faisaient encore quelques passes avec les Arabes... Le sort abominable de toutes ces nanas.

Nouvelles de Paris. Marthe faisait rouler *La Cigale d'or* à plein rendement de militaires américains qui venaient au secours de notre patrie ensanglantée par les Boches.

Côté négatif, la maman Louisa était clouée dans son lit, atteinte du mal de Pott, une variante de tuberculose osseuse qui ne pardonnait à personne avant les antibiotiques.

— Je sais pas si t'auras des chances de la revoir après la guerre quand tu rentreras.

Nono savait qu'elle avait pris des dispositions testamentaires pour qu'il hérite du *Grand 18* et de la villa de Villejuif. Comme il avait largement réalisé ses affaires en Argentine, il n'y pensait pas... il aviserait sur le moment. Au consulat, il s'était lié avec un homme de loi qui s'occupait de ses transferts de fonds. Il avait déjà plusieurs comptes bancaires en Suisse. Sans être spécialement prévoyant, les choses tournaient d'elles-mêmes... le seul risque qu'il prenait, c'était de se faire allumer au coin d'une de ces rues qui quadrillaient la ville au cordeau. Beau prendre des précautions, se faire escorter par des vrais de vrais, des tueurs à gages, on n'est jamais à l'abri d'un coup de Trafalgar. Cette paix conclue avec Mandoline, il savait que c'était du précaire... une étincelle et tout pouvait redémarrer en feu d'artifice.

Il a laissé Lucie en réserve dans sa jolie casita... il ne la propulserait à Rosario que lorsque Gaston aurait un peu rodé l'affaire avec une sous-maîtresse avisée.

— J'ai encore été voir Inès... Elle s'est plutôt marrée quand elle a su que Nino Mandoline se défarguait sur l'autre ordure de flic.

Ça tombait pas mal non plus ses origines allemandes à celui-ci. On savait qu'il avait des relations plus qu'amicales avec les Boches de l'ambassade. Si le gros Kuntz les renseignait sur les transports, les convois français, ça donnait aux sous-marins de la Kriegsmarine l'occasion de faire de jolis cartons avec leurs torpilles.

Vous avez peut-être déduit la suite... que ça faisait à Nono une raison patriotique de supprimer ce gros caca humain. Où ? Comment ? Inès avait des idées... qu'il fallait lui dépêcher une créature de rêve pour l'amener en un endroit d'où il rejoindrait, non le septième ciel comme il se le figurerait, mais je ne sais quel cercle de l'enfer après, au choix, une strangulation, un égorgement ou un coup de marteau sur sa grosse tronche.

À Nono Jésus de mettre ça au point sans que Mandoline dans son hacienda ait le moindre soupçon. Avec quelques indices, il pourrait ensuite orienter les flics dans la direction de son ennemi, façon efficace, sinon élégante de s'en débarrasser.

Nono accueillait, aidait des bagnards évadés d'un peu partout... Brésil, Chili, Uruguay... et de temps en temps des rescapés du Maroni, le pénitencier de Guyane, où quelques célébrités de nos cours d'assises françaises échouaient obligatoirement. Ceux-là se donnaient le mot... qu'il y avait un Jésus à Buenos Aires qui faisait des miracles. Il multipliait le pain et le vin, certes, mais surtout les papiers d'identité. À défaut de se refaire une vertu, quelques beaux spécimens de malfrats se refaisaient une virginité judiciaire. Ils devenaient : Durand importateur, négociant, mécanicien... selon. Ceux-là, M'sieur Noël pouvait s'en faire des exécuteurs de hautes œuvres à la commande.

***

Inès a dit : « J'ai la fille qu'il te faut. » Réticence. Nono sentait que la grosse était un peu à l'avance jalmince de cette nana... à l'idée que le beau Jésus ne manquerait pas de lui réciter son évangile de séduction. Une nouvelle qui venait de débarquer, hors du circuit habituel de la traite. Ce qu'elle venait foutre là alors ? Inès se faisait mystérieuse, elle ne pouvait ou ne voulait pas en dire plus. Conception... c'était son prénom, immaculée peu probable. Elle avait été reçue chez le consul d'Espagne. Donc une *honnête femme*, selon le langage voyou... pas une recrue pour leurs casitas à cinq pesos la passe. Pour la moindre caresse de celle-ci, un homme aurait mis dix fois plus de pognon sur la table de nuit.

Elle allait venir... Inès l'attendait pour prendre un verre.

— Tu jugeras par toi-même.

Une pointe d'aigreur dans sa façon de dire... Toujours difficile, atteinte par l'âge, pour une femme de passer le relais. Nono pigeait tout ça et se disait qu'il avait eu raison de se tenir à distance avec Inès. S'il l'avait gratifiée d'un carambolage à répétition comme il en avait la recette, peut-être qu'aujourd'hui elle jouerait moins volontiers les entremetteuses.

Depuis la mort de Sébastien, Inès avait donné un coup de coquetterie à la maison. Y avait des fleurs un peu partout... des tableautins XVIIIe... des vases anciens... des tapis moelleux. Ça respirait la gonzesse. D'ailleurs pour les parfums français, encore là, Jésus était le grand fournisseur de ces dames... les siennes et les autres, même les mémées des fonctionnaires, des alcades. Son fric avait une odeur, pour faire mentir l'adage sans doute.

Il faisait beau... un temps sans excès... de douceur et de soleil voilé. Inès et Nono attendaient au patio la merveille annoncée !

De quoi tomber à genoux pour prier son sexe. Inès n'avait pas charrié. Concepcion était lisse et étincelante, grande, élancée, un visage de brune... des yeux qui se plantaient sans crainte droit dans ceux de l'interlocuteur, avec une assurance de petite fille arrogante. Les cheveux coiffés en bandeaux ajoutaient à la noblesse de ses traits. Vêtue cependant à la dernière mode parisienne... les jupes au-dessus du genou qui vous laissaient admirer le galbe parfait de ses jambes. Tailleur léger de la meilleure coupe dont la veste s'entrouvrait sur une poitrine qui vous laissait la gorge sèche.

Elle faisait tache, cette môme, à Buenos où la mode était aux couleurs criardes... au tape-à-l'œil... au maquillage de mascarade.

Instinctivement, Nono l'a amorcée au baisemain. Rire frais de la déesse.

— Je ne suis pas mariée, monsieur, on ne fait pas le baisemain aux jeunes filles.

Vrai que les jeunes filles il en rencontrait pas des bottes, le Nono, il avait simplement pris l'habitude du baisemain avec les femmes de gradés, de flics et de fonctionnaires du cru. Ça lui renforçait sa réputation d'homme du monde. Ses bonnes manières gommaient un peu les rumeurs qui circulaient à son endroit.

Patio... Concepcion s'assoit sur un fauteuil de jardin en osier. Elle regarde Nono et elle dit :

— J'ai été élevée chez les sœurs dominicaines et je me réjouis beaucoup, monsieur, de faire votre connaissance.

Il a manqué de toc, mon vieux malfrat modèle... il est resté trois secondes un peu dubitatif et elle a enchaîné :

— Il paraît que vous êtes une réincarnation de Jésus !

Là, il s'est marré, elle était déjà au courant la garce.

— On ne parle que de vous et, lorsque Inès m'a dit que vous lui rendiez visite, je n'ai pas pu m'empêcher de venir vous voir.

Noël a trouvé le moyen de lui retourner un compliment admiratif sur sa beauté. Il se demandait en même temps comment une telle créature pourrait être entraînée dans une pareille mission auprès de Kuntz. Il a commencé à comprendre lorsque la conversation orientée par Inès dévia vers les événements... la guerre. Concepcion, quoique espagnole, exprimait une animosité particulière à l'égard de ceux qu'elle appelait les Boches. Que lui avaient-ils fait les Boches, son pays était neutre ?

— Conception avait un fiancé français qui a été fusillé par les Allemands, finit par expliquer Inès.

À se demander pourquoi elle ne lui en avait pas parlé tout à l'heure lorsqu'elle lui avait annoncé la visite de cette reine de beauté. Ça lui paraissait tout de même un peu facile cette explication. Par haine des Boches, elle irait conduire le gros Kuntz dans un traquenard... Et ça ne traînait pas, Inès abordait l'affaire... un sujet argentin, descendant de Teutons, pouvait grâce à ses fonctions de commissaire de police à Bahia Blanca jouer de son influence pour contrer les Alliés dans leurs achats de bœufs et de blé.

***

— Je peux pas te dire exactement, mais j'ai eu une sorte d'intuition que cette gonzesse travaillait pour les services secrets.

Nous sommes, il me semble, toujours à l'hôtel *Continental*. Ça devient compliqué son récit. Services secrets. Ça ne m'avait pas sauté aux yeux jusque-là. Ces événements de la guerre 14-18 s'éloignent... Il est évident que l'espionnage sévissait dans les pays neutres, en particulier l'Espagne, mais aussi dans les Républiques d'Amérique du Sud où se déroulait une féroce compétition entre les belligérants pour se ravitailler. Dans les services d'intendance où Nono avait sa planque, on en parlait, on se méfiait... on se jouait des coups tordus. Je ne vais pas m'éterniser dans ces rencontres chez Inès, ces dialogues, ces choses dites à mi-mot avec des euphémismes et des tournures ironiques. Nono, s'il avait été comme d'habitude réservé et sage, aurait pris quelques distances avec ce genre de sujet. Mais ce qui lui arrivait, c'était ce qu'on appelle dans les histoires d'amour le coup de foudre. Concepcion lui avait tapé dans le mille, dans l'œil, dans le palpitant. Jamais il n'avait éprouvé autant le désir de posséder une femme. Et pourtant vous avez lu plus haut, au cours de nombreuses pages, comment il pratiquait avec le sexe faible. Ça ne durait pas excessif les préliminaires, la guitare sous le balcon... les tangos langoureux, il y allait à la hussarde. Et je ne parle pas de ses succès faciles avec les malheureuses qui débarquaient prêtes à tapiner. Sa dégaine, sa réputation lui ouvraient les cœurs, soulevaient les plus longues jupes... tous les froufrous, les affûtiaux qui sont tombés en désuétude, peut-être sans trop réfléchir à ce qu'ils apportaient dans la science érotique. Il avait déjà une réputation de tombeur et de sabreur exceptionnel. Tout ça précède l'entrée de l'artiste sur la piste comme avec un acteur vedette de cinoche. Les spectatrices l'admirent déjà, elles en rêvent et si le hasard les place sur sa trajectoire, il peut ouvrir déjà sa braguette avant de leur débiter un de ces petits compliments d'usage qui mettent la vanité à la disposition du sexe.

Concepcion, il me le dit franco, ça va être quoi... un point de faiblesse dans son armure de caïd. Elle le fascine... elle joue son jeu de femelle avec une aptitude consommée. Ils échangent des mots et ils s'efforcent de souligner ou de prononcer ceux qui peuvent donner à penser... espérer... supposer...

Il va rester longtemps imprégné de son parfum. Elle habite chez un oncle attaché au consulat d'Espagne. On l'escorte... des vigilants... des gardes. Elle s'absente pour chevaucher vers le sud. C'est une cavalière qui a remporté des trophées en Espagne. Et Noël se reproche de n'avoir pas suffisamment monté depuis qu'il est presque devenu un citoyen argentin. Il a négligé la cavalerie pour le moteur... Vous me direz qu'en cela il était comme le général de Gaulle... En Argentine, dans le moindre bordel, les éperons sonnaient... l'homme sentait le cheval... il vivait à cheval... ils allaient aux mêmes abreuvoirs. Les Français, eux, tous ces affranchis de Paname, de La Marsiale... les voyous importés de Belleville, de la Bastoche restaient fidèles à l'infanterie. Toujours à pince... et la démarche chaloupée. On les reconnaissait à ça. Les flics se permettaient de les interpeller, de les conduire au trou... Oh ! ils en sortaient, ça leur coûtait quelques pesos. Us et coutumes de la police bananière.

***

D'après tout ce qu'il va me confier en vrac, pour la première fois il était un peu désemparé. Il hésitait à passer à l'offensive comme d'habitude... tout à coup saisir l'occase de coincer cette merveilleuse gonzesse pour la culbuter. Seulement, il sentait que par jeu elle lui résisterait... qu'elle tenterait le coup de la femme et le pantin. Il voulait pas entrer dans son cinoche, alors il restait sur la réserve. Ils en étaient à des conciliabules des plus sérieux à propos du commissaire Kuntz. Concepcion affirmait qu'il était en contact permanent avec l'attaché naval de l'ambassade d'Allemagne. Ils se rencontraient à l'*Hôtel Royal* de Buenos Aires où les Fritz avaient leurs habitudes sinon leur PC. Kuntz jouait les intermédiaires pour les ventes de céréales et de viande mais il avait, on ne sait comment, des renseignements sur les convois français.

— Vous donneriez de votre personne pour l'amener dans un piège ?

Ce qu'il a fini par lui demander le beau Jésus. Fallait bien en venir là.

— Je peux vous le faire tomber dans une trappe... le reste me regarde.

Digne réponse d'une femme de caractère. C'était à Noël ensuite de choisir l'endroit où ce gros tas irait se passer la tronche enfarinée dans le nœud coulant.

— Agissez, a conclu Noël... le jour où l'animal sera prêt, je vous offrirai un endroit avec vue imprenable.

Ils se retrouvaient toujours au patio de Sébastien où Inès jouait de l'éventail. Elle semblait maintenant parfaitement à l'aise dans ce rôle d'entremetteuse, *deus ex machina* d'une affaire tout de même plus reluisante que les combines ordinaires du proxénétisme.

Concepcion, ce soir-là, l'a quitté en lui laissant entendre qu'elle entrait dans la partie et qu'elle se manifesterait bientôt par l'intermédiaire d'Inès.

Noël allait trouver l'endroit idéal, la porcherie où saigner le porc. Pas un rôle qui lui frisait tellement la chevelure. Déjà qu'il répugnait un peu à se mêler d'un règlement de comptes où il savait que les plus malins pris dans cet engrenage finissent parfois en cour d'assises. En Argentine, en ce temps-là, les accrocs, les erreurs pouvaient coûter du simple au double... quelques milliers de pesos ou les douze balles d'un peloton de soldats coiffés d'un sombrero.

***

Avant d'aller plus loin, d'en savoir davantage, y avait la trêve... le dîner d'anniversaire de M'sieur Nono, Jésus pour les dames, dans un grand restaurant du XVIIIe, à Montmartre, retenu en entier ce soir-là par quelques caïds de la place de Paris. Une salle décorée somptueux pour la circonstance... un buffet d'amuse-gueule et champagne avant les agapes proprement dites... un orchestre joue en discrétion des airs du folklore voyou. Les hommes de poids, les types qui tenaient encore quelques forteresses de boîtes de nuit, de salles de jeu... à présent, on ne pouvait plus tant les distinguer de parfaits businessmen... s'ils avaient débuté en uniforme de brigands, très vite ils avaient compris que ça valait pas la peine de s'offrir une vanité de Borsalino pour se désigner à ces messieurs du 36, quai des Orfèvres. Ça donnait dans les costards de bonne coupe, les pompes des meilleurs bottiers italiens... les cravates sobres sur les chemises blanches. Chez ceux de la nouvelle vague... les jeunes arcandiers d'après la révolution de 68, y avait plus de laisser-aller... du style cool, du jean... des cheveux plus longs. Moyen d'ailleurs de se fondre eux aussi dans l'anonymat.

Quant aux nanas, quelques-unes pavoisaient

encore dans la putasserie de bars louches... pour attirer l'œil chaste du quidam perdu dans un quartier où l'on a pas le droit de se perdre. Les plus jeunettes, elles aussi donnaient dans le détendu... la libération de la femme qui s'amorce. Je vous rappelle que c'était encore sous le règne du roi Giscard... qui ouvrait les sex-shops et jouait du piano à bretelles. N'exagérons rien... dans le quart de siècle qui allait suivre, le voile de toutes les convenances se dépiauterait en mille charpies... la drogue emporterait tout... le goût de la fiente... de l'insulte... Il reste du vieux Milieu quelques îlots par-ci par-là... quelques crocodiles qui ne laissent pas trop les sauvages venir pisser dans leurs marigots. Pas m'étendre sur cette soirée, c'était la fine fleur du banditisme réunie là, peut-être pour une dernière fois. La quatre-vingt et unième année de M'sieur Nono s'amorçait. Il est encore dans toute sa splendeur... il se tient droit, il donne l'accolade à tout le Gotha de la pègre. Ceux qui ont échappé au bras séculier... aux coups de saccagne... aux fusillades du trottoir. Et aussi comme le commun des caves, ceux qui n'ont pas le crabe — le dégueulasse cancer —, l'arrêt brusque cardiaque. Personne aurait imaginé que Lucky Luciano, le parrain des parrains... le numéro un de la Cosa Nostra finirait de la sorte en allant prendre un avion. Que l'événement se soit déroulé à Naples donne à imaginer un extraordinaire scénario. Et pourtant non... les grands truands meurent parfois dans leur lit... Ça vous fout en l'air les légendes.

On applaudit M'sieur Nono. Il congratule un malfrat roi du non-lieu. Je bavarde avec quelques jeunes... enfin des trente... quarante ans. Ils en savent peu sur Nono... qu'on l'a trouvé une nuit de Noël, d'où son surblase de Jésus. Qu'il avait gagné en Argentine de quoi monter *Le Cythéria*. Reste mythique *Le Cythéria*. « C'était du temps où les hommes savaient tenir les gonzesses », dit un maigre maque qui se regrette dans un monde révolu. À Buenos Aires, avec le boss, il aurait fait des montagnes de pognon. Ainsi de suite... il spécule... l'œil noir de nostalgie.

On passe à table, je suis honoré d'être à la droite de Jésus. Certains se demandent où j'ai fait mes vraies classes. Bien gentil d'écrire des livres mais ici on se mesure l'estime aux années de cabane... ce qui me sauve, consacre, c'est que je rencontre de vieilles connaissances, des emplacardés de ma promotion. On a becté les mêmes gamelles... connu tel ou tel... Jo Attia... les frères Romanito... René la Canne... Pierrot le Stéphanois... Marcel le Belge. C'est du beau monde, du vrai de vrai ou je m'y connais pas. Je m'assois et j'écoute... en fond sonore, on joue *L'Amant de Saint-Jean... Les Nocturnes*. Un accordéoniste fait solo : il nous emmène au bord de la Marne... un jour de semaine où se retrouvaient les plus fines équipes... de quand au juste ? n'importe ! On se perd dans *Le Tango des fauvettes*. À ma gauche, une dame est un peu vexée... je ne l'ai pas reconnue et pourtant j'allais parfois me désaltérer lorsqu'elle tenait un rade rue Greneta. Je me lance un peu dans les excuses... avec les femmes on confond parfois, elles se teignent en brun, bleu... elles vous resurgissent un jour en blonde Marlène... en presque rouge... Maintenant, celle-là, elle est blanche, son homme est mort... on l'appelait « la Lumière », un sobriquet dont on se souvient. Il était déjà très vieux lorsque, précisément, je fréquentais son bar. Il avait tenu à l'époque de Nono un bel établissement pour ceux qui pouvaient y mettre le prix... derrière l'avenue Foch, ce qui vous situe. La Lumière s'est éteint d'un coup de calibre qui lui a fait sauter l'ampoule. Voilà... j'étais où au moment de ce petit fait divers ? Dans quel trou ? Quel hosto ? Je fais semblant... je dis oui... et que M'sieur Nono m'a parlé souvent de lui. La vioque aussi, je crois, elle fait semblant. À un moment, on en arrivera tous là, on fera semblant, on se rassemblera dans les brunes du passé.

Ce qui me reste encore de cette soirée exceptionnelle... qu'on y a entendu *Le bal chez Temporel* de mon vieux pote André Hardellet. On a écouté en silence et à la fin j'ai applaudi et tout le monde m'a accompagné.

***

Il me laisse en carafe, le vieux, il devait rester quelques jours à Paris et il est redescendu le lendemain soir dans sa résidence méditerranéenne. Pas de raison... ou simplement qu'il supporte plus d'être loin de son jardin... que passé un certain âge, on devient juste un animal d'habitudes. Faudra que je patiente encore pour savoir la suite... démêler toute cette salade qui tourne au roman d'espionnage. Par recoupements, j'apprends des trucs... qu'en Argentine, pendant la Grande Guerre, les Allemands y étaient bien implantés... ça a continué d'ailleurs après 1945... les rescapés du nazisme ont trouvé auprès du général Peron... devenu dictateur à Buenos Aires... de quoi se reconvertir chez leurs compatriotes installés depuis les débuts du siècle. Comme ce commissaire Kuntz.

Je vous saute un peu du temps mort... c'est seulement l'été suivant qu'il m'a continué, Nono. Il avait mis, il m'a avoué, les panards où il ne fallait pas... mais comment reculer. Le piège, il l'a tendu dans une casita louée par un prête-nom, un traîne-l'aventure polonais. Avenue d'Alvea, il me précise, sans que ça me dise grand-chose... même avec une carte de Buenos, aujourd'hui ça ne signifie rien. Enfin que c'était du chicos... une sorte de villa où Concepcion était censée avoir ses pénates. Qu'avait-elle fait pour amorcer le gros lard ? Ça le tracassait un peu, Nono, il en convient. Que cette fille dont il rêvait comme un collégien amoureux puisse avoir eu des gestes lascifs... du pelotage... des patins avec Kuntz, ça lui soulevait le cœur.

Étrange, tout de même, de la part d'un professionnel de la prostibulo, comme disaient les flics de Buenos Aires. Entre-temps, il lui avait fallu faire tourner ses moulins... *Le Rêve* toujours avec Rachel-Amanda qui lui tirait un peu la gueule. La fameuse intuition féminine lui disait que pour une fois son Jésus était attiré ailleurs. C'était pas dans leurs coutumes qu'elle lui pose des questions. Elle l'observait, il n'était pas tout à fait à ses occupations ordinaires. Il a circulé... un voyage à Rosario pour installer Lucie dans son bordel *Le Château des fleurs*... tout ça bien organisé, bétonné... avec des chiens de garde et surtout le lutteur Gaston qui n'avait qu'à se présenter pour que les plus turbulents se calment.

Il lui fallait toujours faire un peu de présence dans les locaux militaires. Justifier son grade... Il s'est enquis discrètement auprès du colonel Longpont, au sujet des services secrets, s'il était au courant de ce qui se tramait autour du port, des bateaux en partance vers l'Europe. Longpont, en dehors de ses occupations sexuelles, il préférait laisser le travail à ses sous-fifres... c'est d'ailleurs pour ça que Noël avait pris tant d'importance auprès de lui.

Un lieutenant de vaisseau, qui travaillait avec l'attaché naval de la marine française en poste à Buenos Aires, a reçu Noël à la demande du colonel. En réalité, cet officier de la Royale était le spécialiste des services d'espionnage. Noël est venu lui demander des renseignements sur le commissaire Kuntz avec lequel il aurait éventuellement à faire à Bahia Blanca. Sans détours, le lieutenant lui a dit : « Méfiez-vous, il travaille pour les Boches. » Pas de remerciements, l'officier de marine possédait aussi un petit dossier concernant M'sieur Noël et il ne voulait à aucun prix pousser plus avant les relations avec ce genre de personnage.

Un soir un envoyé d'Inès s'est pointé chez lui. Elle l'attendait dehors pour qu'il la conduise au piège. Il hésite, à son avis dans les entreprises de ce genre, il faut cloisonner. Ce qu'il lui argumente.

— T'as peur ? demande-t-elle.

Jamais une femme ne lui a posé pareille question... il a un mouvement pour stopper net la conversation, donner un coup de frein à la voiture et dire à Inès de descendre.

— T'aurais pas osé demander ça à Sébastien.

Elle sourit, acquiesce... exact. Elle lui développe alors le scénario prévu. Le gros Kuntz, une fois le sexe appâté, Concepcion le conduira à cette casita. Nono pensait qu'il devait intervenir là... enfin, lui-même ou ses hommes de main.

— Non. Tu vas attendre...

— Attendre quoi ? Qu'il ait fini de baiser ?

Inès s'amuse du ton emporté, inhabituel de Noël. Elle est tout de même obligée de lui fournir quelques explications... Avant qu'il entre en piste, Concepcion veut avoir le temps de lui tirer les vers du nez.

Là se situe le piège dans le piège. Escortant la belle Espagnole et le commissaire obèse... deux gardes... en apparence des flics argentins, mais en réalité des sbires recrutés par Inès. Que se passa-t-il dans la villa de l'avenue d'Alvea ? En fait de gâteries luxurieuses, le commissaire Kuntz, on l'introduit dans une drôle de moulinette. Les deux accompagnateurs de Concepcion sont des agents français... des spécialistes d'aveux spontanés. Tout un pan de cette anecdote échappe à Noël et lorsqu'un domestique d'Inès se présente à son domicile, c'est simplement pour l'avertir qu'à la casita « Un colis vous attend ! »

Il marche sur des œufs notre bon Jésus. D'après ce qu'il est convenu, il doit procéder à l'exécution du fameux colis, puis son transport en un lieu où il doit disparaître en fumée ou les pieds dans le ciment au fond de la flotte.

Pour régler le problème Noël dépêche deux évadés de Guyane à sa dévotion et qui n'ont jamais eu d'états d'âme quant à effacer un bipède. Appelons-les pour ce récit Marcel et Maurice... deux Parisiens que la cambriole avait menés plus loin que prévu... Pas le temps d'épiloguer sur leurs exploits... ils purgeaient au Maroni l'un vingt ans et l'autre perpète. Rien à perdre. Après des aventures semblables à celles qu'un certain Charrière a racontées dans *Papillon*... ils ont eu le bol d'arriver en Argentine par l'Uruguay et de se retrouver sur le terrain de chasse de Nono. Je vous ai dit, il se payait le luxe de sauver ce genre de rescapés. Nono savait qu'ils lui étaient dévoués, certes plus par intérêt que par reconnaissance. Ils faisaient un peu la police dans ses claques, ses casitas de prostibulos. À eux de jouer, M'sieur Noël devait passer aux nouvelles, l'air de rien, dans un café avenue Del Mayo où Marcel avait ses habitudes de jeu et de biberon. Il n'avait pas, on peut dire, ce Marcel ex-bagnard, une tronche si avenante... ça donnait dans la note tragique ses traits tirés... ses yeux aux paupières tatouées de pointillés... sa bouche amère sous une moustache de Gaulois. Mais ce jour-là Nono lui a trouvé vraiment mauvaise mine.

— Alors ?

Il s'était assis en face de lui... au fond du rade.

— Drôle de salade, a fait Marcel. On avait pas grand-chose à faire pour l'achever ce gros con.

D'expliquer qu'ils étaient entrés dans la chambre d'amour où Concepcion devait se donner au commissaire et qu'ils ont trouvé cézig attaché à l'espagnolette, ensanglanté, brûlé... hoquetant... les châsses révulsés.

— Maurice lui a abrégé ses souffrances à la pogne... en bon artisan.

Presque un acte de charité dans le contexte. Ensuite, c'était le plus délicat, l'envelopper dans une couverture... le saucissonner et l'embarquer discret dans une camionnette empruntée pour uniquement servir de corbillard.

— Il est où maintenant ? questionna Noël.

— Au cimetière... la réponse du joyeux bagnard devenu fossoyeur.

Tout de même une idée de malfrat aiguisée que d'aller porter leur victime directement dans une tombe. Moyennant pesos, le gardien du cimetière les laissait entrer la nuit. Ils s'étaient mis, pour se faire un peu d'agent de poche, à piller les caveaux de famille. Certains défunts ou défuntes se font enterrer avec des bijoux, de la joncaille...

Après tout, ils lésaient personne en dépouillant les cadavres. Le gardien touchait sa comme... et se chargeait de remettre en place la sépulture. Dans le cas présent, il avait suffi de glisser le corps encore tout chaud, tout sanglant sous une tombe. On pouvait attendre longtemps avant de le retrouver.

Nono n'avait qu'à se louer du travail de ses bons serviteurs. Les louanges il sait les métamorphoser en talbins... un joli paquet de pesos que nos deux arsouilles iront perdre dans des parties de poke endiablées avec leurs homologues plus ou moins basanés.

— Pour la première fois je m'étais fait avoir et par une gonzesse.

Aujourd'hui, après avoir bu une gorgée de scotch, il se marre. Elle était si belle, la Concepcion, que le plus marle s'y serait laissé prendre.

Faut que je démêle... j'embraye plus très bien sur son récit. Il me paraissait glauque. Il avait rempli son contrat vis-à-vis de Sébastien via Inès. Seulement, ce qu'il savait pas au départ, c'est que tout ce pastis était mêlé d'espionnage. Par la suite, petit à petit, il reconstituera le puzzle... Déjà Les Yeux bleus... Sébastien s'était mouillé avec les services français, sans doute pour garder sa place au soleil. Comment ? Nono ne savait au juste... Fric... planque... peut-être même évaporation de gêneurs à la commande. Alors, s'il s'est fait étendre par les flics de Kuntz, ce n'est pas un règlement de comptes de voyous. Rien à voir avec des rivalités de proxénétisme, des questions d'honneur du Milieu. Nino Mandoline a joué un rôle dans cette affaire puisqu'il était en cheville avec le gros Kuntz. En croquait-il du côté boche ? comment le savoir ?

Noël n'avait plus qu'à attendre. Les enquêteurs argentins feraient le rapprochement entre la disparition d'un de leurs hommes et cette femme apparue depuis peu dans ses relations d'amour vénal. On avait du mal à imaginer que cette créature que tout le monde s'accordait à trouver d'une beauté exceptionnelle, se soit fait la malle avec ce quasi-monstre malodorant... À moins qu'elle cultive une perversion inimaginable.

Pas moufter. Nono continuait je ne dirais pas son bonhomme de chemin... puisque celui de Buenos Aires, ça voulait dire la traite des blanches. On en parlait pas encore beaucoup en France... La presse avait d'autres grains à moudre pour faire son pain... La guerre... toujours la guerre... les offensives de Ludendorff... contre-offensive de Foch, Mangin... la Grosse Bertha... et Clemenceau qui entretenait le feu de la victoire.

Seulement, au bout de quelques jours, on a commencé à parler de la disparition du commissaire Kuntz. Ça s'agitait en surface chez les poulets argentins et en profondeur certainement chez les agents fritz. Concepcion fréquentait l'ambassade d'Espagne, nul ne pouvait ignorer l'existence de cette éblouissante merveille féminine. Où avait-elle rencontré Kuntz ? Si elle était sortie avec lui, ça n'avait pu passer inaperçu. Un hasard a mis Noël en présence de Nino Mandoline à Rosario. Carrément au *Château des fleurs*. Il voulait juste se rendre compte, le Mandoline, voir un peu quelle taule Nono avait installée là.

— Chapeau ! a-t-il dit en souriant.

À savoir si le compliment concernait le bordel ou autre chose ? Il avait choisi la meilleure table. Gaston le Lutteur l'ayant reconnu, il avait jugé bon de lui faire honneur. Si M'sieur Mandoline voulait se distraire, il pouvait se choisir une galline... Y avait de beaux châssis dans la maison... en des tenues de travail... guêpière et peignoir transparent qui font monter la sève aux mâles. Champagne... à moins que Monsieur préfère un cocktail maison. Lucie est venue spécial le saluer, on l'avait affranchie que le seigneur et maître de toutes les dames galantes de Bahia Blanca était dans la salle. Convoqué le guitariste attitré... Mandoline l'a stoppé net, ça l'indisposait les autres instrumentistes. Parfois, dans les circonstances exceptionnelles, il reprenait sa mandoline et autour y avait intérêt à faire silence pour l'écouter. Ça devait être comme ça dans la vieille France lorsque le roy s'essayait à la musique... les courtisans d'avance lui décernaient tous les compliments les plus fleuris.

Nono était le bienvenu à la table de Mandoline. À celui qui régalerait l'autre... que les pesos soient et les pesos sortent des fouilles ! Les pensionnaires occupées à leurs michetons, elles guignent en lousdoc ces deux caïds attablés... apparemment fraternels. Mandoline se donne le mal d'expliquer à Noël, qu'il s'obstine à appeler M'sieur Jésous, le pourquoi de sa visite au *Château des fleurs*, son incursion dans son territoire.

— De toute façon, ici, t'es chez toi, rétorqua Nono.

Mandoline feignait, l'enfifré, d'oublier leurs accords. L'ombre du commissaire Kuntz rôdait dans la conversation. Nono déviait dans les mérites de Lucie, une de ces femmes admirables qui l'avaient élevé.

— Presque une mère, a ponctué Mandoline.

Elle avait quitté la table, comme toujours les turfs qui doivent laisser messieurs les hommes jacter entre eux. Devenue sous-maîtresse, Lucie s'était transformée, épanouie. Ses marques de vieillissement lui servaient maintenant à asseoir son autorité. Nul besoin de tortiller du valseur, de s'attifer gourmande de bites. Du strict... une robe ras de cou... les cheveux tirés en un chignon presque de dame patronnesse... maquillage juste ce qu'il faut pour masquer les rides les plus méchantes. Ce genre réservé lui attirait même des messieurs qui lui glissaient des propositions avec de sérieux chiffres à la clef. D'importants fermiers... revendeurs de bétail. « Je ferai de vous la reine de la pampa. » Certes, mais quand on a voué son âme et son corps au petit Jésus, on revient pas sur son engagement.

Tout ça, blabla... Mandoline dit à Nono qu'il a de la chance, il connaît aussi sa première, sa jolie juive qui lui tient ses bobinards à Buenos... À tout trac, il y va quand même.

— Le commissaire Kuntz nous a quittés...

Nono le coupe :

— Il a été nommé ailleurs ?

La répartie fait éclater de rire le Rital... Il s'en étouffe... Il sait apprécier les fines allusions.

— C'est une dame qui nous l'a enlevé. Je crois que tu la connais.

Jouer serré... il ne faut surtout pas qu'il l'ouvre... qu'il joue au con... celui qui n'a jamais vu personne, comme chez les flics... le suspect qui se promenait à Versailles dans le parc tandis qu'on abattait son plus implacable ennemi rue Victor-Massé à Pigalle.

L'autre il faut qu'il meuble, qu'il poursuive sa description. Une très belle gonzesse, d'après ceux qui l'ont aperçue. Un prix de Diane... une Espingouine... enfin d'aspect.

— J'espère qu'ils ont pris le bateau, finit par dire Noël.

— Peut-être... et avec Kuntz, y a pas à craindre les sous-marins allemands.

Tout est dit. Il est au parfum de tout Mandoline. Dans quel camp joue-t-il sa partie ? Ça pencherait plutôt chez les Boches... en tout cas c'est ce que dit Inès. Peut-être même qu'il a mis des brèmes des deux côtés. Il est naturalisé citoyen de la République argentine, il craint pas que les autorités italiennes le fassent extrader.

Nono, il y pense à devenir lui aussi un bel Argentin tout neuf, mais il se sait fiché comme caftane... c'est-à-dire trafiquant de femmes... maquereau. C'est pour ça qu'il s'est mis à l'abri en entrant au service du colonel Longpont.

Ainsi de suite devisaient nos deux caïds. Nono se demandait bien pourquoi Mandoline avait provoqué cette rencontre. Il était au courant de ses faits et gestes par quelques traîtres introduits dans son entourage. Il venait simplement le narguer, lui montrer qu'il possédait toutes les cartes en main.

***

À tous les soucis s'ajoutait tout de même le sort de la belle Concepcion. Il n'aimait pas poser de questions mais il a tout de même été trouver Inès. Presque une visite de politesse... il se devait de lui faire savoir que l'opération avait réussi.

— Je n'attendais pas moins d'un homme comme toi, a-t-elle dit.

Ça lui brûlait la langue de parler de Concepcion. Inès souriait toujours... ce jeune dur était amoureux... elle avait envie de s'amuser avec lui... de le laisser mijoter... attendre, se morfondre. Un régal pour une âme noire comme sa chevelure. Elle a fini par lui demander :

— Tu voudrais la revoir ?

Qu'il dise oui, c'est ce qu'elle espérait... qu'il se foute à poil, le Jésus de ces dames ! Il l'a regardée droit dans les yeux mais il a eu l'astuce de lui répondre par une question.

— Elle travaille pour les Français ?

Inès a fait un geste qui pouvait signifier oui... peut-être.

— Tu voudrais qu'elle te récompense ? a-t-elle demandé dans l'ironie.

On touchait le fond du problème. Qu'elle soit

agent du Cinquième Bureau, il en était presque convaincu. Si elle disparaissait sans plus lui donner signe de vie, il était le dindon de la farce des services secrets. Il faut bien reconnaître que c'était ça... une vraie farce à cette époque, l'espionnage, ça fonctionnait encore à l'encre sympathique... les codes qu'on peut aujourd'hui déchiffrer dans les journaux pour enfants. Circulaient des gonzesses comme Concepcion, Marthe Richard, Mata Hari qui découvraient des secrets de polichinelle. Toutes ces facéties tournaient parfois tragiques... Mata Hari se faisait flinguer plus pour sa mythomanie que pour quelque chose de sérieux. Si ce n'est une espèce de raison d'Etat... le maintien du moral des troupes.

Dans l'affaire Kuntz, là où le bât blessait, c'était du côté de chez Mandoline. S'il jouait la carte allemande, comme il était convaincu que Nono était derrière l'opération... il pouvait le faire éliminer par des gens à la solde des Boches.

Il s'était mouillé pour quoi alors ? La vengeance de Sébastien ? Le service de la patrie ? Ou carrément pour les yeux ardents de Mlle Concepcion.

L'entretien tournait court. Allait-il être floué dans cette aventure ?... qui sait, se faire étendre lui aussi à la fleur de l'âge, lorsqu'il avait accumulé une petite fortune et qu'il rêvait, après la guerre, à son retour en France où il mûrissait déjà quelques idées pour poursuivre son ascension.

— Sois patient, Jésus, a fini par dire Inès. Ça n'en sera que meilleur.

XII

Le retour de l'enfant prodigue

Ce qui devient coton dans mon histoire c'est que M'sieur Noël m'a laissé encore en rade. Il a été naviguer, je ne sais où... en Italie, ça me semble. Il avait de vieux amis dans le Sud. Mafiosi peut-être... il n'avait pu traverser un demi-siècle de truanderie sans avoir rencontré quelques spécimens de ces joyeux lurons.

Le hic, pour un héros de roman, c'est qu'après l'épisode du gros Kuntz il était devenu un assassin. Même s'il n'avait pas mis la main dans le dépeçage du monstre, il était l'instigateur... le commanditaire... en bonne justice le coupable numéro un. Ça le gênait lui-même aux entournures, il me l'a confessé. L'engrenage... s'il avait pu si bien se tailler sa placarde en Argentine, c'était grâce à Sébastien Les Yeux bleus. En faisant disparaître Kuntz, il payait sa dette. Le petit supplément qu'il n'avait pas prévu, c'était que tout ça se compliquait d'histoires d'espionnage.

Il gambergeait qu'il lui faudrait sans doute dégager la piste... se rapatrier plus vite que prévu. Ses précautions étaient prises, il avait mis ses pépettes là où il fallait... S'il se taillait, il ne perdait éventuellement que quelques murs s'il ne pouvait pas les refourguer à temps à un bon prix.

Nous n'en sommes pas tout à fait là. Je vais encore le retrouver... quand bon lui semblera, il me fera signe. L'année suivante, tandis que je me farcis une expérience cinématographique en Suisse. Brusquement à l'*Hôtel Simplon* où je besogne au scénario, j'ai un coup de fil, une voix qui me dit... qu'elle voudrait bien parler au petit Jésus. Il a appris dans un journal que j'étais là en train de chef-d'œuvrer. Si j'ai un peu de temps, il m'invite au *Richmond* où il séjourne.

Pour lui je suis déjà à sa table. Il est venu à Genève consulter un professeur... un médium réputé. De plus en plus il a du mal à arquer... des questions d'artériosclérose... peut-être même d'artérite, ce qui me paraît plus grave. Il peut plus bouffer ceci... du beurre, le pain du beurre... le sel... le sucre et boire que l'eau d'Évian ou à la rigueur du Vittel.

— Je me demande ce que je fous là ?

Mais il me rassure, il sait encore illuminer sa gueule de vieux forban d'un sourire qui découvre pas un dentier. Je peux demander du Dom Pérignon... du caviar d'Iran... tout ce que je veux. Il m'a fait venir pour s'entretenir avec un ami, mais il n'a pas tellement envie de poursuivre ses confidences. Il s'en tape la carcasse de l'image qu'il va laisser. La postérité c'est bon surtout pour les héros de champ de bataille... On ne retient la légende des voyous que s'ils finissent au bout d'une corde... à l'abbaye de Monte-à-regret, comme on disait de la guillotine jadis aux veillées des cellules dans nos maisons de force.

Il raisonne juste, mais je vais rester en panne... ça peut pas finir là, c't'histoire en Argentine, avec l'autre magnifique salope de Concepcion qui s'est évaporée.

Je sais bien qu'à présent, au XXIe siècle, les experts en littérature rejettent les romans qui s'achèvent, qui veulent aller au bout des personnages. Ça devient vieillot de narrer droit-fil. Minimalisme, on peut se contenter de rester dans les chiottes en des branlettes éperdues... des cacateries sans honte... empuantir les pages, surtout les minettes plumitives qui vous feraient regretter nos bobinards de jadis où elles auraient pu se perfectionner la créativité en des exercices plus émoustillants.

— Dis-moi quand même pour Concepcion... est-ce que tu l'as revue ?

— Oui et quand je l'avais presque oubliée... Je dis presque... tu sais bien qu'on regrette toujours celles qu'on n'a pas eues.

Donc elle restait dans sa tête... un petit recoin. Il avait fini par en apprendre sur son compte. On ne savait pas si elle était réellement espagnole, si c'était vrai son histoire de fiancé fusillé par les Allemands. Ils fusillent en 70, en 14, en 45 et ça vous fait quelqu'un d'honorable dans une famille un fusillé par eux. Marthe Richard racontait que ses parents avaient été massacrés par les Uhlans et ceux-ci, vivants et bien-portants, imaginez leur surprise de se voir, dans un film à la gloire de leur fille, collés au mur par les méchants Teutons qui, pour faire bonne mesure, brûlaient derrière eux leur chaumière. Ainsi des légendes... quand il n'y a plus de témoins, ça vous illumine les existences.

Il m'a résumé un peu M'sieur Noël ce que je vous expliquais plus haut, qu'il reniflait un vent mauvais qui le poussait à finir plus tôt que prévu sa campagne argentine. Puisque je vous l'ai comparé quelque part à Bonaparte, il est un peu comme lui en Égypte... est venu le temps qu'il déguerpisse s'il ne voulait pas que le piège se referme.

— J'ai pensé un moment rester en Amérique du Sud. Y avait à faire un peu partout. Au Brésil, au Chili... peut-être même monter jusqu'au Mexique.

Il aurait voulu se débarrasser de sa réputation de hareng. Vestimentaire, il donnait pas dans le genre, mais c'était la traînée de foutre qui le suivait... qu'il enjambait les arrivantes... qu'il donnait la meilleure éducation possible aux novices... les autres, question trougnougnousse, elles avaient déjà quelques michetons à leur compteur... il leur faisait apprendre l'espagnol... il investissait dans la sape... l'uniforme de la parfaite suceuse d'infanterie légère. Un stage de formation pour ainsi dire et ensuite plus qu'à monter au front se faire troncher. Comme il en avait en surnombre, il en fourguait. Ça se faisait aussi les échanges, une belle Polack contre une négresse. Il avait ses habitudes, il pouvait pas d'un coup refermer sa braguette magique... redevenir un vrai Jésus de sacristie.

Son drame intime... qu'à sa naissance une fée pute l'avait drivé vers son destin. Cette tentative à Lagny, au collège des Maristes, ça ne pouvait pas aboutir, il avait vu le bordel avant l'Église. Pourtant son intelligence s'accommodait mal de toutes ces histoires de proxénètes. Fallait qu'il se contraigne pour jouer aussi la carte du « rouge est mis » sur la violence. Il ne fut jamais féroce sans nécessité absolue.

Il reste dans les considérations d'ordre général, tandis qu'à Genève, au bord du lac, je l'accompagne dans sa promenade matinale pour admirer les cygnes. Justement il me dit :

— Concepcion, c'était un cygne... si tu vois ce que je veux dire... racée... lisse... lointaine, toujours lointaine.

Parti sur Concepcion, je laissai glisser... il en finissait plus de me vanter ses mérites. Physiques, bien sûr, je pense vous en avoir assez dit de son élégance naturelle, de sa frime à se retrouver encadrée pour quelques siècles dans un musée... La belle Concepcion au Louvre, ça serait autre chose que cette conne de Joconde. Ce qu'il affirmait le vieux, il avait été au Louvre, après la fermeture du *Cythéria*, il avait eu le temps enfin de se cultiver... même pris quelques assurances de ce côté-là... des achats de peintures... dans les Derain, Vlaminck,

Dunoyer... au-delà il se méfiait, on n'aurait pas pu lui fourguer des monochromes ou du Pop art.

Ça allait trop rapidos la fin de sa campagne argentine. L'autre enfoiré de Mandoline, il drivait quelques opérations de sabotage... toujours mises sur le compte de Polacks, de Russkofs frais débarqués à la conquête du royaume prostibulo. Il se permettait même, ce foutu Rital, d'envoyer du lamento... qu'il regrettait le temps où les choses allaient au bon train-train de la fesse partagée sans histoires. L'enquête à propos du commissaire Kuntz s'arrêtait toujours à une femme au port de déesse que nul n'avait jamais revue. Les autorités argentines se gouraient bien qu'il y avait derrière tout ça la guéguerre franco-allemande. Elle allait finir... une énorme source de profits allait se tarir... mais, en revanche, des emmerdements multiples en moins. Une fois l'armistice signé, pas mal de Boches restèrent en place pour s'investir dans l'industrie et le commerce. En Allemagne ça tournait à la catastrophe... la famine... la révolution larvée.

Il dit, cinquante plus tard, qu'il aurait pu rester, Nono... la traite allait durer encore près de dix ans pendant lesquels les Français continuaient à faire venir des colis de fesses fraîches pour leurs harems. Ça s'est terminé, je crois, par des mesures brusques et draconiennes du gouvernement de Buenos Aires. Expropriation et réexpédition de ce joli monde d'où il venait.

Ça nous amènerait dans les années trente d'épiloguer sur cette décolonisation. Il convenait, M'sieur

Noël, qu'il avait peut-être anticipé un peu trop tôt de cette issue fatale.

Après novembre 1918, il est resté encore un peu au service du colonel Longpont tout en négociant au mieux la cession de ses affaires. Mandoline dans son hacienda n'était pas preneur, il prétendait qu'à l'avenir il allait peu à peu larguer les gonzesses pour s'occuper exclusivement des taureaux... l'élevage et l'organisation des corridas.

En bonne logique, celui-là, il aurait dû lui envoyer des premières gâchettes pour le payer de ses enculeries. Il était derrière des tas de choses désagréables le concernant. Mais Noël préférait avant tout prendre ses distances le plus discrètement possible. Il se dégageait par petit peu. À Rosario... au *Château des fleurs...* Lucie, qui s'était mise carrément en ménage avec Gaston le Lutteur, avait pris goût à son métier de taulière du bout du monde et avait l'intention de rester...

Son petit Jésus essaya bien de la dissuader, de la faire revenir à Paris avec lui. Entêtée la môme, elle voulait attendre encore deux ou trois ans, de quoi se faire une bonne pelote avant de réintégrer la France.

Généreux, M'sieur Nono n'a rien exigé de sa maman Lucie... elle le dédommagerait à son retour si elle le pouvait... ce qui fut convenu. Toutefois Jésus la mettait encore en garde, avec simplement Gaston pour tenir la place, elle risquait de se faire dégager en vitesse.

Ce qui arriva... Gaston n'était que courageux, ce qui ne suffit pas pour tenir un poste avancé comme ce bordel de Rosario. Il ne savait pas louvoyer... reculer pour mieux sauter. M'sieur Noël n'était pas encore arrivé au Havre que Gaston servait de repas aux condors de la Cordillère... Il s'y était aventuré et il était tombé dans un traquenard de western. Une fois sans son lutteur, Lucie était à la merci de Mandoline... Certes il s'occupait de corridas mais n'en négligeait pas pour autant le bizness des gallines.

— J'aurais jamais dû la laisser à Rosario, dit Noël.

Et il me surprend alors, il se signe... Elle est restée quelque temps, redevenue simple turf au *Château des fleurs*. D'après des témoins elle y fut maltraitée, battue, humiliée. En tentant une cavale, une fuite vers Buenos Aires... vers le bateau qui la ramènerait en France, elle s'est fait étendre elle aussi, on ne sait trop où, ni trop par qui.

Requiem pour une maman du petit Jésus. Aucune possibilité de cérémonie, d'enterrement même en petite pompe. Noël a appris les choses par des relations qu'il s'était gardées dans les services du colonel Longpont et il a fait dire quelques messes à l'église Saint-Paul.

***

Ce paragraphe implique donc qu'il avait dégagé la piste argentine. Il a profité d'une espèce de permission libérale avec voyage de rapatriement que lui allouaient les services d'intendance. Il a appris à l'occasion qu'il avait bien servi la France... ce qui lui donnait droit à une médaille... pas tout à fait la Croix de guerre des Territoires extérieurs, mais quelque chose d'approchant. Il se rappelait même plus. Il avait eu la décence de ne jamais l'arborer.

Ça nous amène à 1919... ce que je déduis de ses confidences. Il a refourgué ses affaires à plusieurs affranchis français. Des nouveaux sur le marché, des types qui se sortaient de la guerre avec des blessures qui les avaient rendus inaptes à remonter au front. Il s'était assuré quelques billes dans leurs établissement... des bénefs dont il ne vit pas trop la couleur sur ses comptes secrets.

Rachel qui ne voulait plus se cacher sous le nom d'Amanda était dans ses bagages. On la considérait comme sa femme... son séjour en Argentine, s'il ne l'avait pas rajeunie, lui avait renforcé la prestance... donné une allure de dame arrivée sans ostentation putassière.

— On reconnaissait plus la France. La guerre avait tout chamboulé.

Je vous résume, il faut bien. À Paris, Noël a appris que sa maman Louisa avait succombé. Son mal de Pott avait fini par l'emporter. Il arrivait un mois en retard pour les obsèques.

— On l'a mise au Père-Lachaise avec son homme.

C'est Marthe qui parle, maintenant elle a dix kilos de plus... les traits durcis par ses fonctions de maquerelle. Est-elle heureuse de retrouver son petit Jésus ? Une autre paire de roulettes... Oh ! il est encore plus beau mec qu'à son départ. Il avait encore de l'enfance alors dans son allure... une espèce de fragilité qu'il a laissée outre-Atlantique. Il s'est durci sans rien perdre de son charme. Il est au plein de sa forme virile. Ça paraît tout à fait exclu qu'il puisse à présent considérer Marthe autrement que comme sa maman de la Nativité. Il est le patron, elle a des comptes et des comptes à lui rendre. Pas trop vétilleux sur les chiffres... quelques zéros ont dû tomber dans l'escarcelle de la gravosse. C'est ainsi que les nouvelles pouliches du *Grand 18* la désignent derrière son dos...

Elle semble avoir enfoui profond dans ses souvenirs la trahison qui faillit envoyer son enfant pour quelques années en prison centrale lui brisant ainsi l'avenir. Elle ramène un peu sa fraise... que grâce à sa bonne gestion, *La Cigale d'or* pendant ces années de guerre a marché à plein rendement... Une fréquentation assidue d'officiers anglais, russes, puis américains. Elle avait pris l'initiative d'agrandir la maison pour recevoir tout ce monde... Construction d'un petit bâtiment annexe dans la cour.

Mauvaise impression du boss... la maman Marthe avait certes maintenu le cap pendant son absence, mais il n'aimait pas trop sa façon de faire. Entre autres, elle avait viré la pauvre Ursule sous le prétexte qu'elle présentait mal, qu'elle buvait trop et que ça faisait du tort à la maison.

Il allait tout reprendre en main, elle se faisait des illuses la maman Marthe, si elle se figurait qu'elle pouvait manœuvrer sans lui. Doigt et à l'œil. Si elle mouftait, il la renverrait dans les boxons d'abattage d'où il l'avait sortie malgré son comportement chez les flics. Il se gourait d'ailleurs qu'elle avait noué de ce côté-là de sérieuses relations. Lui, fallait qu'il reprenne des contacts sans lesquels il ne pourrait plus rien entreprendre.

Il s'est payé tout même une pause après avoir été démobilisé comme s'il avait fait la guerre en Artois ou à Verdun. Dans ce domaine il s'écrasait... pas comme certains planqués à jouer les héros quand on croisait un peu partout des mutilés sur leurs béquilles, des gueules cassées, tous ces pauvres types qui avaient payé au prix fort la folie de leurs dirigeants.

Rachel, avec un joli pactole, s'est payé un appartement dans le Marais. C'est là que Noël a son port d'attache. Son point fixe, mais il n'y est pas souvent, il voyage notre Jésus. Il dit pas pourquoi...

— J'ai été à Londres, à Marseille, à Palerme, en Algérie... j'avais de quoi me payer le sleeping comme une madone.

Il ellipse, je voudrais le ramener à Concepcion puisque je suis certain qu'elle est revenue dans sa vie et puis aussi savoir à quel moment il a commencé à mettre au point son projet du super bordel parisien.

Il me laisse à Genève. Faut que j'aille scribouiller mon scénario et surtout me faire payer par Zobelblat mon producteur helvète[1]. M'sieur Noël repart sur la Côte et je ne sais pas à ce moment-là que je ne vais plus le revoir. Quelques mois passent

1. Voir *Cinoche*, éditions de la Table Ronde, 1974.

et je m'étonne de son silence. C'était toujours lui qui avait l'initiative de nos rencontres. Tout de même je finis pas téléphoner à Cagnes-sur-Mer. Une voix inconnue me répond que le domaine est en vente... que Monsieur Noël Lachalupe n'a pas laissé d'adresse.

Ça m'a paru insolite qu'il ne me donne plus signe de vie... à moi, son presque biographe. J'ai appelé à droite, à gauche, des amis d'amis. Nib. On n'en savait pas plus. Nono s'était évaporé.

XIII

L'Ascension

Beau me démener, remuer le vieux Milieu, les antiques putes. On supposait qu'il s'était barré à l'étranger. Vu son état physique, son âge, je le voyais pas bien se lancer dans une entreprise hors de France... et pourquoi ? Toujours est-il que je n'ai plus mon héros sous la main. Il me faut partir en enquête pour connaître toute la seconde partie de l'existence du petit Jésus, devenu l'empereur du pain de fesses... l'homme qui révolutionna l'art du bordel. J'écris bien l'art et à la place de bordel je devrais dire lupanar. *Le Cythéria* qui fut son œuvre renouait avec les traditions antiques... gréco-romaines du métier de l'amour. Ça devenait une espèce de temple consacré au dieu Éros. Sa conception de ces choses qui n'avaient rien à voir avec les taules d'abattage où les pauvres types, les misérables du sexe venaient se satisfaire un peu comme un ivrogne écluse en vitesse son coup de rouge sur le comptoir poisseux du bistrot du coin.

Me voici à pied d'œuvre, il m'a fallu enquêter, rencontrer celle-ci, celle-là... les vieux poulets déplumés de leur belle crête de jeunesse. On a rangé depuis lurette la hache de guerre... on se rencontre dans les salons du livre, les cocktails... c'est l'occase de nouer, d'aller leur poser des questions.

Pour l'histoire officielle, c'est en 1923 qu'on a commencé les travaux pour faire d'un hôtel particulier de la rue d'Anjou le bobinard nec plus ultra. Une construction XVIIIe qui avait abrité des marquis et des marquises... des conseillers d'État, des banquiers. Rien que du gratin. Le dernier propriétaire s'était ruiné à la Bourse et une jolie comédienne y avait contribué.

Comme la façade donnait sur un jardin, l'entrée sur la rue était assez semblable à toutes ses voisines. On pouvait venir là sans se faire remarquer. On tirait la bobinette et le concierge qui vous gaffait savait s'il pouvait ouvrir.

Fallait qu'il ait mis à plat un sacré paquet de talbins pour acquérir une pareille cabane. Je dis cabane par habitude argotique mais ce qui allait devenir *Le Cythéria* était à la cabane ce que Versailles est à un HLM. Les grandes eaux. C'était ça son rêve à M'sieur Noël. Qu'avait-il été trafiquer entre 1919 et 1923, au Soho à Londres, puis au Canada et jusqu'à Chicago où on disait qu'il avait rencontré Al Capone à ses débuts. Aucune preuve et d'ailleurs toutes ces rencontres de malfrats, ça évite de laisser des traces, d'appeler les photographes avec leur piège à binette. Les renseignements que je pêche me viennent, je l'avoue, des flics. La fiche du sieur Lachalupe Noël, dit Nono, dit le petit Jésus. Il a le pacson... plusieurs feuillets. Jusqu'à 1919 j'en sais autant sinon plus que ce que nos fouineurs poulagas ont récolté.

Fait fortune en Argentine en ouvrant de nombreuses maisons de passe. Mobilisé sur place, il semble qu'il ait été lié avec les services secrets de l'Armée. Mêlé à des règlements de comptes où une de ses sous-maîtresses a été assassinée.

On signale son retour en France de 1919 un peu comme une fuite, qu'il a laissé là-bas quelques plumes, mais qu'il avait de quoi se refaire en Europe.

Ses déplacements en Angleterre, Canada, USA, Mexique sont précisés avec les dates d'embarquement, de débarquement. Il rencontre dans ces divers pays les personnages les plus réputés de la pègre. Et même les autres — des politiques et des vedettes de la chanson ou du cinéma. En dehors de ses activités qui tournent toujours autour du proxénétisme, on ne compte plus ses succès féminins. On lui prête quelque temps une liaison avec une princesse de la Côte d'Azur. La fiche à rallonges des RG indique aussi que M'sieur Nono en passant à Rome a été rendre visite à un cardinal. On ne précise pas lequel, mais ça donne une petite idée de sa palette de relations.

Si je sais compter, déduire, etc., la métamorphose de l'hôtel XVIIIe de la rue d'Anjou en lupanar a nécessité dix mois de travaux. Un architecte renommé supervisait le turbin... décorateurs... peintres... électriciens... tapissiers... une armada pour obtenir exact ce que voulait le patron. Il venait voir où en étaient les choses presque chaque jour. Les RG signalent à ce moment-là qu'il est encore propriétaire de *La Cigale d'or* héritée de sa mère adoptive Mme Lachalupe née Amélie Brioude. Pas de trace de Marthe, les flics n'ont pas cru bon de préciser qui gérait l'établissement.

Rachel ayant appris en Argentine à diriger un claque était destinée à devenir la tenancière officielle du *Cythéria*. Avant même le premier coup de pinceau des transformations rue d'Anjou, Nono avait fait le nécessaire auprès de ses relations à la Préfecture et à la Ville de Paris pour qu'elle obtienne sa tolérance. On pouvait peut-être reprendre une maison au débotté, mais pour lancer une affaire d'importance qui nécessitait un gros investissement, il fallait être sûr de son coup.

La maison phare jusque-là c'était *Le Chabanais*... réservé longtemps au Jockey-Club et aux étrangers importants en visite dans la capitale. Ce fut un des lieux privilégiés du prince de Galles, le futur Édouard VII qui s'était commandé un siège spécial pour y besogner les filles. L'ensemble était d'un confort grand bourgeois... tout se déroulait dans la discrétion, la courtoisie... les plus débauchés, les plus pervers trouvaient là réponse à leurs désirs les plus enfouis. Ça perçait tout de même les secrets, ça filtrait, les manies, les dingueries sexuelles de nos hommes en vue... ministres, industriels... académiciens. Même certains professionnels, quelques tauliers avaient leur entrée spéciale pour venir se défouler là.

Tout ça sentait tout de même la fin de siècle... Noël voulait innover. Quelque temps avant l'ouverture, il a procédé au choix lui aussi comme un client. Il lui fallait pour commencer une douzaine de belles mômes certes, mais présentant suffisamment de diversité pour une clientèle aux goûts variés. Quelques beaux châssis classiques... élégantes, racées... du modèle sur belles cannes et port altier... Et puis des variantes de joliesses pour stimuler toutes sortes de fantasmes. De son expérience en Argentine, il avait rapporté de quoi driver tous les caprices les plus tordus, mais à Paris il fallait quelque chose de plus... que tout ce qui compte, qui brille, qui veut se faire voir puisse fréquenter son lupanar sans retenue d'aucune sorte. D'où l'idée d'une espèce de club où les hommes pourront venir dîner... se retrouver a l'apéritif, à l'heure du thé, accompagnés de leurs femmes légitimes ou autres. La partie de l'hôtel réservée au péché de luxure étant bien entendu l'essentiel du bâtiment mais avec une espèce de séparation. Là où les dames ne sont admises qu'en tenue légère.

Les divers inspecteurs à la retraite... les anciens des Mœurs devenus la police mondaine en savaient beaucoup sur *Le Cythéria*. Certains y avaient été en enquêteurs. Noël les avait reçus avec les plus grands égards. Champagne pour ces messieurs et il laissait entendre à leurs chefs qu'ils seraient toujours les bienvenus... qu'une chambre leur serait réservée au cas zoù. Naturellement aucun de ceux qui m'ont gratifié de confidences n'a été jusqu'à me dire qu'il avait consommé de la fesse... À les entendre tous plus incorruptibles qu'Eliot Ness.

En tout cas avec leurs fiches, leurs souvenirs, il fallait que j'y aille un peu de mon imagination pour remettre la machine hagiographique en marche. Il existait bien au moment où je me suis mis en tête de raconter la vie de Jésus quelques mignonnes qui avaient servi au *Cythéria*. Ça les ciblait septuagénaires... les femmes tiennent la corde de la vie plus longtemps que les mecs. De cinq-six ans, paraît-il. Le hic, c'est que les personnes ayant exercé le métier de la galanterie, une fois sorties du sérail, elles ont hâte de tourner la page... de se métamorphoser respectables. Je parle de celles qui ont pris suffisamment de précautions pour ne pas se retrouver à la ramasse. Noël eut la réputation d'écarter le plus possible les maques de son secteur... de virer les filles trop évidemment sous la coupe d'un jules. Si les mômes ne brûlaient pas leur fric de façon inconsidérée, elles pouvaient après quelques années de service au *Cythéria* avoir une cagnotte... des lingots dans un coffre. Certaines se reconvertissaient dans des commerces proches du charme, fanfreluches, parfumerie... des petites échoppes en des quartiers où l'on consomme du luxe.

Mais tous les cas étaient possibles. Chacune serait le sujet d'un roman... celles qui se grifferent au passage un riche époux... celles qui se mirent en ménage entre elles... celles qui ont tout bu... celles qui se sont mis de la cocaïne dans les trous de nez... et pourquoi pas celles qui sont entrées dans un monastère, pécheresses repenties qui vont prier pour le rachat de leurs sœurs perdues.

Faut aussi compter avec le hasard, dieu des flics et du presque historien que je suis devenu. Il m'a écrit, le hasard... d'une écriture féminine dénotant quelqu'un d'assez instruit. Je reçois des bafouilles et des de toute sorte, depuis les demandes d'aides, les tapeurs, les délirants, les thuriféraires excessifs : « J'aime beaucoup vos livres que je n'ai jamais lus... » les vieilles dames qui me trouvent coquin « et au moins lorsque mon mari est plongé dans vos livres, il me laisse tranquille ». Enfin celle que je vous cite plus haut, l'écriture fine... quelques joliesses d'expressions... Elle appartenait sans doute à l'espèce de celles qui vous sollicitent pour écrire leur vie pleine d'aventures, de rebondissements, de tragédies, d'événements à peine croyables. Méfiance, je les renvoie aux éditeurs ces dames de futures lettres ou parfois ces messieurs. Je n'ai pas le temps, je suis sous contrat. Oh, mais là, Mme Hilaire prénom Coralie, elle fait tilt. « Pensez, cher monsieur, que j'ai débuté en 1925 au *Cythéria...* »

Fallait le dire plus tôt, chère madame ! Je réponds, je cours, je vole... je veux la voir... 1925 c'est l'année de ma naissance mais c'est surtout les débuts de la taule... les premiers mois. Elle ne peut pas inventer ça, Mme Coralie... pourquoi ? En général les vieilles putes, elles se confessent pas si facile. Il est vrai, comme elle va me le dire, que *Le Cythéria*, ça vous classe déjà une personne... c'est pas le 106, boulevard de La Chapelle ou *Le Fourcy* au 4 de la rue du même nom. Elle perche rue Chaussée-de-la-Muette, mais elle se méfie, elle me reçoit pas tout de suite à son domicile. Rendez-vous à l'heure du thé chez *Prunier* avenue Victor-Hugo. On penserait cet endroit uniquement bien fréquenté, mais ce fut pourtant un lieu où Pierrot le Fou venait ripailler avec Feufeu et Jo Attia. On se goure qu'ils y faisaient tache au milieu de dames à chapeau, de ces messieurs à col dur... de cette valetaille empressée.

De beaux restes, Mme Hilaire qui va me demander en toute simplicité de l'appeler Coralie. Je me retiens d'ajouter, comme au bon vieux temps... elle trouverait ça un peu familier. Et puis au *Cythéria* elle ne devait pas être Coralie mais Lélia ou Sabine, que sais-je ? Elle est tirée de peau et à quatre épingles... coiffée Alexandre... sapée tailleur Chanel... on pourrait la sortir derrière un Premier ministre, le P-DG d'une société sidérurgique. Aux courses elle ne fréquente que le Pesage... Elle a dû être un prix de Diane puisqu'on parle de courtines... l'irréparable outrage lui est passé dessus après de multiples spécimens de type masculin. Elle me botte assez cette Coralie, n'était son clébard... un chihuahua qu'elle tient dans ses bras. N'est-il pas adorable Clovis ? Ça lui va bien, n'est-ce pas Clovis ? L'impression qu'il vaut mieux acquiescer... que si je conteste un peu Clovis, c'est foutu pour les confidences... que je serais définitif borduré... écrivain maudit de plume. Thé citron... elle a les gestes précieux cette vieille péripatéticienne. Elle m'explique... elle ne m'a pas lu, elle ne lit que des ouvrages sérieux, mais elle m'a vu à la télé et elle s'est dit que j'étais peut-être son homme. Tout bien tout honneur, il s'agit pas d'aller lui folâtrer les miches... son homme de plume, n'est-ce pas, et c'est peut-être au-dessus de tout le reste.

— Vous avez connu M'sieur Nono au *Cythéria* ?

Là, je tape dans le mille. Nono ! Noël ! Jésus ! Quel personnage merveilleux ! Ça me rassure des éloges pareils... Ah ! qu'il était beau... intelligent ! Il avait tout compris avant tout le monde.

On était déjà à l'époque où ça se libérait tout berzingue dans les foufounes, les membres plus ou moins virils. M'sieur d'Estaing, notre président neuf, il voulait laisser dans l'histoire une image de rénovateur... libérateur sexuel. Nous allons enfin parler à braguettes ouvertes. Sex-shops tout le long du boulevard de Clichy ! Ça la conduit, mon interlocutrice, à me dire que Nono dans son établissement il était en avance d'un demi-siècle. Plus même, puisqu'il avait mis au point une sorte de sécurité sociale pour ses employées.

— Vous ne me contredirez pas si je vous dis que j'étais très belle en 1925 ?

Ça me semble évident, elle a encore une silhouette assez svelte... une peau qui me paraît douce... et de l'ardeur dans le regard... des yeux d'un bleu qui ne se délavait pas trop à l'air du temps passé.

Oh, je complimente... je tiens mon affaire... elle ne demande que ça de me parler du *Cythéria*... de M'sieur Nono. Elle me précise une chose importante, qu'il avait une conception tout à fait nouvelle de leur métier. Il les voulait, n'est-ce pas, des sortes de prêtresses de l'amour. Gardiennes du culte d'Éros... qu'on revienne aux sources, à l'Antiquité grecque... Athènes... le temple de Vénus ! On sortait enfin du système de la fille exploitée par son vilain souteneur jusqu'à plus soif... qu'elle ait rendu toute son âme... flétri son corps... devenue vioque, clocharde, misérable encore à faire des turlutes rue Quincampoix dans les portes cochères, les remises à poubelles. Elle peut témoigner Coralie... elle s'est très bien sortie de cette profession de l'amour.

— Regardez-moi... ai-je l'air d'une malheureuse ?

Certes non, ce genre de rombière on en croise des quantités dans les quartiers chics... Tout de même l'aisance matérielle ça remplace pas la jeunesse, les tétons frais, les fesses musclées.

On donne des friandises à Clovis... une petite assiette... les larbins sont habitués. Il faut bien que je me le fade son cador... lui fasse des politesses... qu'il est mignon... qu'il est amusant... spirituel !

— On peut se passer d'homme, cher monsieur, avec un animal comme Clovis.

Je suis pas à même d'apprécier mais je hoche la tête d'acquiescement. Faut pas que je me déculotte trop vite... elle rêvasse sans doute que je vais négrifier pour elle, écrire le roman de sa vie... Ça va me compliquer le travail... faut surtout que je lui flatte l'encolure... que je pressens qu'elle est une créature exceptionnelle. Quand j'irai chez elle, elle me montrera son album de photographies. Elle ne m'a pas reçu d'emblée, elle voulait un peu, sinon me tâter, du moins se faire une idée visuelle du monsieur à porte-plume. Elle m'aurait aimé plus Jean d'O... mais je ne présente pas trop loquedu... Les vinasseux écrivassiers, même s'ils pondent des chefs-d'œuvre, elle ne veut même pas les apercevoir.

Falloir, façon uniquement de dire, que je me la farcisse. En dehors des flics et de quelques livres, elle est mon unique recours... D'abord bien obligé de patienter avec le récit de son enfance, sa jeunesse... qu'elle fut élevée par des parents stricts, chrétiens, et son frère aîné mort à la bataille de la Marne. Elle était encore petite fille à ce moment-là mais son chagrin fut immense. C'était un beau garçon son frère Célestin... elle prie encore chaque jour pour lui. Parenthèse... qu'elle a eu beau pécher contre le sixième commandement, elle a gardé le respect de Dieu. Elle fait ses Pâques... elle donne aux bonnes œuvres. Et ses études... elle a appris le latin chez les religieuses... les dames de Saint-Thomas. Elle peut encore, si je le désire, me réciter tous les départements et leurs chefs-lieux... la liste des rois de France.

Je finis par faire un petit geste pour la ramener à ce qui m'intéresse... *Le Cythéria*... Ah ! oui... *Le Cythéria* ! Elle avait juste vingt et un ans lorsqu'elle y est entrée. J'ai peur qu'elle me raconte un chagrin d'amour... qu'elle fut délaissée par un infâme. Non, elle ne m'explique pas pourquoi elle s'est pointée rue d'Anjou. Recommandée par une amie. Déjà dans la place l'amie et je vais, par petites touches, comprendre qu'elle a joué à broute-minou avec icelle... Une spécialité qui va lui servir au *Cythéria*. On l'a désignée pour le salon Louis XV sapée en marquise... en Pompadour... robe à paniers bordée de dentelles... très échancrée... dans le bleu turquoise, le rose bonbon. Y a tout un secteur dans le claque où l'on peut s'offrir des beautés comme au Parc-aux-Cerfs, le roy bien-aimé.

Ça faisait partie de son organisation à M'sieur Nono... que son établissement offrait aux amateurs une variété de friandises sexuelles extraordinaires... Le chaland peut se retrouver dans une cabine de paquebot, dans une case africaine, un grenier à foin... une chapelle, une piaule japonaise... un compartiment de chemin de fer... On va découvrir fur à mesure... Coralie qui me prend par la main, me guide. Elle, elle est heureuse puisqu'elle est au salon Louis XV avec Dorothée.

— Que j'aimais tendrement.

Voyez... on est loin des privautés trouduculières. Je suppose, je suppute et aussi je voudrais bien savoir si elle s'est mis Jésus dans sa petite crèche... S'il essayait pas toutes les mignonnes à l'embauche comme ça se pratiquait un peu partout dans le métier. Je tourne autour de la question. Mais voilà... quand elle s'est pointée, elle a été reçue par Madame.

— Madame Rachel, précise-t-elle.

Tout s'éclaire, Rachel veille au grain. M'sieur Nono peut pas être partout... Il voyage encore, il faut qu'il rencontre beaucoup de gens pour étayer ses affaires.

Rachel s'est mise au goût du jour... elle se fringue chez Poiret ou chez Patou. Elle se fait entretenir la peau... la coiffure pour tenir son rôle de grande prêtresse du *Cythéria*.

On est au plein des Années folles... mode Charleston ! Jupes à peine aux genoux, ceinture aux hanches... de la ligne droite... un peu ancienne Égypte... chapeaux cloches. Coralie se répand sur les jolies fringues de cette époque... que c'était autre chose que ce qu'on voit maintenant... ces jeans, ce laisser-aller ! Ce que disent et répètent éternellement les vioques de tous les temps. Sous Dagobert, on savait se tenir... on avait de la classe.

Enfin ce que j'en sais de ces années vingt... Ça y allait dur... jazz-band et parties fines. Ça cadrait donc très bien avec *Le Cythéria* où M'sieur Noël avait donné dans l'Art déco pour tout ce qui ne concernait pas les chambres d'amour à thème.

J'arrive pas à la faire cracher... me dire si le seigneur Jésus l'avait honorée. Elle s'en vanterait... qu'elle lui aurait donné des frissons inoubliables. Après tout, peut-être qu'il trouvait qu'il avait suffisamment de gonzesses un peu partout pour qu'il aille pas se mettre des fils à la bite dans sa propre maison. En Argentine, Rachel le laissait faire tous les essais qu'il voulait, mais peut-être qu'à présent elle avait peur qu'une de ces pétasses le lui détourne.

Coralie regrettait de ne pas avoir été de la fête le jour de l'inauguration l'année précédente. Tout le beau monde était convié... des Rolls, des Bugatti, des coupés sport dans tout le quartier ! Un plateau d'artistes exceptionnel... Touchagues, Van Dongen qui avaient participé à la décoration, Jean Cocteau, Georgius, Tristan Bernard avec sa belle barbe, Georges Carpentier, le prince Youssoupov dont on disait qu'il était l'assassin de Raspoutine... Ils venaient tous en visiteurs... futurs clients ou non. L'originalité du *Cythéria*, c'était le restaurant. Noël avait conçu un complexe, comme on dit à présent. On y servait de la bectance de premier choix, le chef avait fait ses preuves dans de grands restaurants. On avait mis le prix pour le débaucher. Un spécialiste rôtisseur... Pour le picton, même topo... un sommelier de réputation... et une cave qui allait s'enrichir au fil des années. Tout ce dispositif permettait de classer *Le Cythéria* hors du circuit habituel des maisons dites de société. Ça avait provoqué un drôle de schproum dans l'état-major bordelier. Ça bousculait tout le système. Leur syndicat, je vous ai dit... l'Amicale des maîtres d'hôtel de France et des colonies avait une existence légale depuis le début du siècle. Des habitudes, des règles bien établies. Il leur a fallu convenir à tous ces tenanciers que Nono n'avait pas contrevenu aux bons usages de la profession. Qu'il adjoigne un restaurant à son claque, rien à redire, sinon que c'était une bonne initiative et qu'ils auraient pu y penser depuis longtemps.

Coralie n'était pas au courant de toutes ces tractations, tout ce que le seigneur Jésus avait dû vaincre pour monter son bizness. Il avait carrément fourgué *La Cigale d'or* à sa maman Marthe... juste il y gardait quelques billes. Les affaires de bobinard se traitaient maintenant par actions, en sociétés de commandite. Elle était venue Marthe contempler le chef-d'œuvre de son fils... Jamais elle aurait pu croire qu'il avait de telles capacités.

Les flics aussi et ça leur en bouchait un coin. De ce côté-là, Noël avait bétonné le problème. Depuis son retour d'Argentine, il avait noué toutes les relations qu'il fallait chez les politiques, les édiles... les gens placés aux bons endroits.

Tout ça donnait une idée de ce qu'il avait dragué comme carbure pendant sa campagne sud-américaine. Sa façon de faire, souple et dure à la fois, portait ses fruits. Maintenant à nous deux Paris !

Je vous chronologique mon récit en juxtaposant ce que me racontait Coralie et puis les renseignements des flics. Et aussi de quelques vieux de la vieille de la corporation taulière. Il en traînait encore deux trois qui ne demandaient qu'à me rencontrer pour déverser leurs souvenirs avec suffisamment de rancœur. Eux ils s'étaient retirés dans un confort plutôt modeste après la tornade de la Fermeture. N'importe, il faut entendre tous les témoins, même les plus menteurs, ils vous éclairent d'une certaine façon.

Coralie, je vous l'ai présentée chez *Prunier* où en la quittant je me suis permis de lui faire le baise-main pour me la mettre tout à fait en fouille. Elle s'estimait pas une pute dans son for intérieur... tout au plus une courtisane, une hétaïre... une dame galante comme chez Brantôme. Je fus donc introduit quelques jours plus tard dans sa bonbonnière Chaussée de la Muette. Un minuscule salon et sa chambrette à côté. Tout ça dans les fanfreluches, les coussins brodés... les tons pastel... des tableautins XVIIIe, reproductions de Watteau... de Fragonard. De la joliesse incontestable mais gâtée par une odeur vieillotte... regrétivore... Que voulez-vous qu'elle m'offrît cette vieille pute quoi qu'on dise ? Du thé... avec un nuage de lait ou une rondelle de citron, j'avais le choix. Elle ne consommait jamais d'alcool, elle n'en avait donc pas à m'offrir. Mais je ne m'étais pas dérangé jusqu'à la Muette pour m'arsouiller au scotch ou au calvados, j'avais suffisamment de potes biturins pour célébrer le dieu Bacchus.

Les photos... l'album... Coralie bébé... collégienne... première communiante, je m'ébaudis mais je m'en fous... je l'attends au tournant de ses vingt piges... en robe de chez Patou... la coiffure à la garçonne. Je dois reconnaître qu'elle est canon, n'est-ce pas... une drôle de pièce d'artillerie ! Je regrette qu'elle n'ait pas une fille qu'elle me présenterait un beau jour, qui passerait impromptu embrasser sa maman. Mais je suis tout à fait persuadé qu'elle a toujours question radada préféré la gousse d'ail à la banane.

Voilà plus intéressant... Coralie en petite marquise avec une perruque... sa robe à paniers... un décolleté qui laisse entrevoir de confortables doudounes... éventail en plumes... le sourire en biais... l'œil, que voulez-vous qu'il soit autre que prometteur de tout ce qu'on peut faire une fois les rideaux tirés. XVIIIe siècle ou plus tard, mêmes galipettes, mêmes pompettes, sucettes, tarte aux poils... Ça se rattrape sur les décors, sur les fringues. Coralie, bien sûr, elle était plutôt affectée chez Louis XV ou XVI... mais toutes les pensionnaires changeaient à la volonté du chaland. Elle m'avouera, entre deux gloussements, qu'il lui est arrivé de donner un peu de martinet à certains vieux parlementaires.

— Et d'en prendre ?

Je m'enhardis de cette demande. Ça doit se passer lors de notre troisième ou quatrième entrevue. Je l'ai même invitée à déjeuner dans un petit restau de son quartier. Elle becte, réellement au sens propre du terme. Elle grignote, elle goûte du bout des lèvres... elle laisse les trois quarts de ce qu'on lui sert dans son assiette. C'est ainsi d'ailleurs que les rois, les princes et princesses de l'Ancien Régime pouvaient faire honneur à tous les plats qui défilaient sur leur table. Dans les chroniques, si vous avez lu les menus... jamais le XIV, le XV ou le XVI n'auraient pu se farcir toutes ces dindes, perdreaux, brochets... gigots et côtelettes sans en crever.

Elle toussote avant de répondre... bien sûr qu'elle s'en est pris sur son adorable derrière quelques petites fessées la Coralie.

— Si on me le demandait poliment.

Tout est là... enfin pour elle... Y avait une palette de travailleuses prêtes à tous les déguisements, offertes à tous les délices. Le micheton, on l'amenait d'abord à la Rotonde... on l'installait sur un sofa et une sous-maîtresse... qu'on appelait au *Cythéria* déjà une hôtesse, l'accueillait. Lorsqu'il s'agissait de quelqu'un d'important, de connu, une vedette... un banquier... Madame Rachel se déplaçait elle-même. Il s'agissait d'informer, guider l'amateur. Ça tournait parfois à la confession pour le faire accoucher de ce qu'il désirait. Tout est possible au royaume du sexe... même l'enfer, la dégueulasserie, l'immondice. Le principe de Nono... qu'il fallait toujours répondre à la demande. Natürlich y avait une salle de torture, avec des croix, des roues, des chaînes... des poulies... le vélo sans selle... une collection de cravaches, nerfs de bœuf... knout... une variété dans le cuir. Certains clients font des fixations sur l'objet choisi pour se faire flageller... sa souplesse... sa couleur...

Elle avait tout de même œuvré assez souvent dans le sado-maso cette chère Coralie. Elle prétendait qu'elle avait assisté à certaines scènes sans participer... passons ! Les pénitents payaient cher leurs fustigations. À la commande, on leur enfonçait des épingles dans les balloches... on leur brûlait le bout de sein ou de la queue. C'était presque toujours de puissants personnages qui exploitaient le reste du temps des malheureux sous-payés... ce qui procurait peut-être une motivation supplémentaire aux nanas pour les faire souffrir. On connaît tout ça de moult récits sur les bordels... les hommes-chiens qui lèvent la patte sur la commode... nu, collier, laisse et la raclée... sale cochon... tu vas lécher ton pipi ! Pas s'éterniser là-dessus, ceux-là ne représentaient qu'une infime minorité de la clientèle...

À la Coupole, c'était le catalogue, le défilé de mode dans une pièce en demi-lune avec des glaces sans tain de tous les côtés. Un jeu de miroirs et d'éclairages qui illustraient ce que la taulière ou ses assistantes proposaient... femme du monde en robe du soir... chinoise en kimono... négresse en boubou... le petit chaperon rouge pour jouer avec le loup... Perrette qui vous offrait son petit pot dans le foin du grenier normand... et la première communiante, la mariée, la minette en enfant de chœur... Xetera... Elles apparaissaient à la demande derrière les miroirs, elles faisaient de petits gestes correspondant à leur travestissement... des coucous... des révérences... des relèvements de cotillons... chattes entrevues furtif.

Rachel se révélait une Madame de classe. Les amateurs, ça les changeait de nos taulières mamelues... caricatures ambulantes, parées comme des châsses d'église. Elle s'asseyait près du monsieur... vieux ou jeune... elle le sondait... savoir un peu où l'orienter ! s'il aimait les petits sujets... les méchantes, ou les mamans poules... Elle appuyait sur un bouton... un miroir s'éclairait et apparaissait Cendrillon, Mme du Barry... un petit lapin... une grosse cocotte... la dompteuse de tigres.

Pour mettre tout ce spectacle au point, Coralie

reconnaissait que M'sieur Nono avait cogité sérieux. Rien à lure-lure. Le soir il revêtait un smoking pour aller saluer les clients de table en table au restaurant. À la trentaine il en jetait... la stature, l'élégance... le sourire enjôleur et quelque peu canaille à la fois.

— Toutes les femmes raffolaient de lui. On disait que certaines épouses qui accompagnaient leur mari au restaurant s'arrangeaient pour lui glisser leur adresse, leur numéro de téléphone.

Tel que j'avais connu mon Jésus, je me doutais qu'il avait dû en enjamber plus d'une. Ce qui ne l'empêchait pas de se maintenir la forme physique en faisant quoi ? Je vous le donne pas en mille, vous avez trouvé... du vélo ! Il allait trois ou quatre fois par semaine au bois de Boulogne ou dans la vallée de Chevreuse se mettre en forme. Parfois au *Cythéria* se pointait un champion cycliste, un Pélissier ou un Alfredo Binda, fallait qu'on le prévienne tout de suite, il se déplaçait pour le recevoir, lui indiquer la meilleure affaire du moment. Et Coralie me laisse entendre, en mangeant une pêche avec un couteau et une fourchette, qu'elle fut longtemps cette meilleure affaire, distinguée et tout... que ça leur plaisait à ces sportifs, plutôt des rustres, de s'offrir du beau linge... des belles manières.

Il était sapé le Nono fallait voir... admirer... un vrai Brummel d'après la vioque. Il logeait maintenant avec Rachel dans un appartement somptueux à Neuilly... trajet en automobile... vers 1926 une

5 CV Citroën... par la suite des Bugatti... On le voyait à Longchamp, à Auteuil... jumelles et melon gris perle. S'il se la faisait belle, l'enfant trouvé de la nuit de Noël... le petit Jésus du *Grand 18* !

Coralie m'apprenait fur à mesure à connaître *Le Cythéria*, elle croisait M'sieur Nono dans le vestibule, au bar... parfois elle savourait l'honneur d'être à sa table au restaurant mais elle connaissait assez mal son pedigree... qu'il avait fait fortune avec la Remonte en Argentine... elle savait pas au juste pourquoi certains l'appelaient Jésus. Rachel ne se répandait pas dans les confidences. Toujours gracieuse, aimable mais gardant ses distances, son quant-à-soi. On lui causait un peu le matin lorsqu'elle retrouvait ses pensionnaires qui se maquillaient, se refaisaient la façade devant leurs coiffeuses.

— Quand j'ai débuté, *Le Cythéria* avait un succès fou ! La clientèle la plus huppée ne cessait d'affluer.

Avec une quarantaine de filles et une trentaine de chambres, la taule tournait avec deux ou trois cents michetons par jour. Nono m'avait même confié que c'était un peu trop... qu'il s'était retenu dans l'expansion pour ne pas que ça vire à l'usine du trou du cul.

Elle me bonissait des tas d'anecdotes en vrac mademoiselle Coralie... Elle voulait qu'on la désigne ainsi, elle se considérait comme une comédienne à la retraite et à tout prendre la marge est étroite entre les deux professions.

Je finissais par circuler dans ce lupanar de luxe

comme si j'y avais été... Ascenseur pour le septième ciel. Ça montait, descendait... l'été, on s'offrait des rafraîchissements dans le jardin... sous les frondaisons... en admirant les fresques champêtres de la façade intérieure de l'hôtel. Rachel prenait des initiatives lorsque M'sieur Noël partait en voyage... elle organisait des soirées à thèmes... du vénitien, du romantique... des dames du meilleur monde venaient là masquées. C'était interdit par les règlements concernant les tolérances que les femmes dites honnêtes, non en carte, viennent participer aux orgies. Les flics de la Mondaine fermaient leurs jolis yeux, ils avaient mieux à faire dans tous les bouges où grouillaient les tréponèmes, les assassins de rentière en cavale, les satyres violeurs de gamines.

Coralie me conduit dans la cabine du transatlantique... avec les couchettes, le hublot... un mécanisme qui donne le roulis, le tangage... une nana déguisée en petit matelot, sans doute pour apaiser quelques fantasmes pédérastiques du client...

Tout ça très gentil... instructif... que sous la République troisième on savait se divertir comme sous la Régence à Versailles. Seulement je reste un peu sur ma soif puisque je m'intéresse en priorité au petit Jésus, que c'est lui mon héros... *Le Cythéria*, ça fait juste partie de la toile de fond. Me reste en carafe dans la tronche cette Concepcion, la ravageuse de Buenos Aires, l'espionne de tous les mystères. Ce qu'il y a de certain, c'est qu'elle avait réapparu et qu'elle avait joué un rôle important dans la vie de Nono. Concepcion, ça lui disait rien à Coralie et elle finit par me dire qu'elle, en 1930, elle a quitté la maison... qu'elle s'est enfuie avec une richissime Suédoise. Vogue la galère de Gomorrhe !

Certes son témoignage est précieux, ça me donne une image exacte de la réussite de Nono. *Le Cythéria* en 1930 a encore de beaux jours devant lui. Sans l'intervention de Marthe Richard, Noël en aurait sans doute gardé la direction jusqu'à sa mort. Toutes les années trente l'établissement fait partie de ce qu'on venait voir à Paris... en catimini certes avec le *One Two Two*, le *Sphinx* et toujours le vieux *Chabanais*. Tourisme braguette à boutons d'or. Ceux qui se payaient quelques divertissements dans ce genre d'endroit, ça leur coûtait un maximum ! Nono faisait dans la rénovation du plus vieux métier du monde mais pas dans la philanthropie. Avec cependant cette politique pour pousser ses pensionnaires à l'épargne et surtout à écarter les harengs parasites de leur sillage. Mais à ce sujet, il faut remarquer qu'elles ont tendance, les demoiselles de petite vertu, si elles n'ont pas été drivées dans le métier par un jules, à se trouver un petit ami de cœur, un galantin... un chéri qu'elles finissent par gâter de petits cadeaux. S'il n'a pas le travail chevillé au corps, il devient proxénète comme monsieur Jourdain faisait de la prose... avec parfois un réveil brutal aux aurores en direction du quai des Orfèvres.

***

Puisqu'on évoque ce lieu bien parisien... qui ne figure pas dans les guides touristiques... je vais encore fureter par là pour en savoir davantage. Au sujet de Concepcion peut-être et puis pour me rencarder sur ce qui s'est passé autour du *Cythéria* pendant l'Occupe... on a raconté des histoires en blanc, en noir et en vert-de-gris à ce sujet. M'sieur Nono, lui, il évitait d'en parler. Il avait vécu, comme l'abbé Sieyès pendant la Terreur. Pas si mal, je suppose, et sans trop se mouiller dans des salades à l'arsenic de la Collaboration. En tout cas, dans la presse de l'époque, il ne figure pas à la chronique tout de même abondante de l'épuration. Chez les poulets ça n'allait pas au-delà de cette fiche des RG qui indiquait que *Le Cythéria* avait reçu comme tous les établissements de ce genre des officiers de la Wehrmacht... quelques personnages en place à l'époque... Impossible de faire autrement.

Je voulais savoir ce qu'étaient devenues les deux dernières mamans du petit Jésus. D'après l'âge qu'elles avaient en 1895, vers 1970... 75... elles devaient avoir dégagé la piste. Je voyais pas bien la grosse Marthe devenir une Mme Calment... Il me semblait que Noël m'avait dit qu'elle avait pris sa retraite à la campagne. Après la Fermeture de 1946, elle était déjà en âge d'aller retrouver ses labours... ses vaches, veaux, cochons. Dans son comportement, toute sa vie, elle était restée plouque... bâfreuse, portée sur la dive autant que sur la queue. Nono, malgré cette faiblesse qu'elle avait eue chez les roussins, lui gardait la fleur de son dépucelage dans son bouquet de souvenirs.

Restait du mystère autour de Rachel. Avec sa tête de lard, mon héros, quand je l'avais eu sous la pogne, point n'était-ce du sucre d'orge que de le faire accoucher. Il ne disait que ce qu'il voulait, au moment qu'il avait choisi... Les questions il ne les avait jamais aimées, je suppose, même en classe quand on lui demandait qui avait tué Henri IV, ça lui paraissait d'une mauvaise mentalité de balancer Ravaillac. Tout ça venait de sa prime enfance.

D'après ce que j'avais saisi, vers la fin des années trente, Rachel n'était plus la gouvernante en titre... la grande appareilleuse, comme on appelait ces maîtresses des boutiques de femmes au XVIIIe siècle. Retraite alors ! Maladie ? Fatigue ? L'âge aussi, je la calculais quasi septua vers 1940. Je ne pouvais manquer de penser à la déportation, qu'en 1942, elle s'était peut-être fait rafler pour le Vél' d'Hiv'... Ça me paraissait difficile de penser que Nono n'avait pas pris des précautions pour sa femme. Sentant la cagade, il avait les moyens de la faire passer en Suisse ou en Espagne. J'apprends tout de même par un vieil inspecteur, un homme qui grenouillait autour de Joanovici, que dès avant la guerre la Madame du *Cythéria* on l'appelait Rosita. Une grande, me dit-il... une Espingouine. Des précisions, s'il la trouvait belle ? Oui, oui, il la trouvait même trop belle pour lui... C'était pas son genre. On se goure que la réciproque était vraie. Ce vieux poulet, ce qu'il en reste, ne laisse pas supputer qu'il fut un bel homme, un Casanova flic. En tout cas, Rosita gouvernait le sérail, pas question qu'elle monte. « Tout l'or de M. Joseph n'y aurait pas suffi », il précise, mais il ne sait pas si elle était la femme attitrée du patron ou une simple gérante. Dans certains bordels, les tauliers restaient en retrait, se prenaient une femme de confiance pour les remplacer... une gouvernante, comme Marthe l'avait été au *Grand 18* lorsque maman Louisa avait décroché de son comptoir.

Il ne pouvait m'en dire davantage mon poulaga... d'où venait cette gonzesse ? D'âge, il la situait entre les eaux de trente-cinq ans. Rien au fichier, ou il aurait fallu connaître son vrai blase et rien ne disait qu'elle avait été encartée avant de devenir gouvernante au *Cythéria*. C'était espagnol ce prénom... Ça m'a fait un peu gamberger secteur Concepcion... qu'après tout elle avait pu chanstiquer de blase pour entrer au *Cythéria*. Ça me semblait tout de même bizarre qu'elle ait tourné pute celle-là... En Argentine Nono me l'avait ciblée de bonne famille, liée avec des ambassadeurs, des gens de l'Amirauté... une personne distinguée, disait-on.

Coup de fil à Mlle Coralie. Heureuse de m'entendre... elle écrit sur mes conseils... elle se trouve du talent, tant mieux pour elle ! Je m'en suis dépêtré en l'incitant à raconter sa vie sur beau papier, qu'ensuite je ferai lire le résultat à Roland Laudenbach à la Table Ronde. Il s'y entendait, lui, pour dégager dans les formes de politesse prévues les écrivassiers qui assaillent les éditeurs.

J'en arrive à lui demander si par hasard elle a entendu parler d'une Madame Rosita qui aurait succédé à Rachel. Ah, oui oui ! cette garce de Rosita, elle ne l'a jamais vue mais des amies, des pensionnaires qu'elle avait connues pendant son séjour au *Cythéria*, lui en avaient fait un portrait à l'eau-forte. Elle avait surgi un beau jour en 1932, au moment de l'Exposition coloniale, et ensuite personne n'avait revu Rachel. Évaporée Rachel.

Ça mériterait que je retourne Chaussée de la Muette dans son boudoir rose lui pressurer l'indéfrisable... qu'elle me raconte tout ce qu'elle savait sur cette Rosita. Je recule devant l'assaut, elle piaille dans le bigophone... ce qu'elle sait, c'est de seconde, voire de troisième voix, mais elle peut m'indiquer une dame, une ancienne qui voudra peut-être me dire à moi des choses, surtout si je viens de sa part.

Le clap ! Je me retrouve la séquence suivante encore avec une grand-mère ex-poufiasse, mais celle-là plus conforme à l'idée qu'on peut se faire d'une personne qui gagna sa vie aux asperges. Elle s'est reconvertie dans la mangeaille... et je suis injuste en employant ce qualificatif. Elle mitonnait dans ses casseroles des petits plats en sauce qu'on ne risque plus de goûter avec la nouvelle cuisine... et elle servait un tas de hors-d'œuvre, des sifflards d'élite... jambon cru... des pâtés de tête... On arrivait au plateau de fromages, on était repu et Maryvonne vous poussait encore au crime. Je parle pas du jinjin... un choix de vins de pays gouleyants à souhait.

Sa formule, c'est qu'elle ne servait qu'une tablée par repas... dans un petit bar sur les pentes de Montmartre, on passait derrière un rideau pour becter un peu comme on irait pécher avec une créature, diraient les pisse-froid.

— Je ne reçois pas n'importe qui...

Elle prévenait, ses clients elle les recrutait un peu dans la voyoucratie et chez les artistes... les chansonniers... les dames de belles goualantes qui se traditionnaient le répertoire d'Aristide Bruant... de Carco... le vieux Mac Orlan... Brassens... Jean-Roger Caussimon. Pas de pub surtout, elle voulait rester comme ça, entourée de gueules qui lui plaisaient autour de sa table... avec son piano mécanique et ses photos souvenirs qui tapissaient les murs.

J'ai eu tout de suite droit à un tête-à-tête... elle me lisait depuis toujours et elle avait quelques bons titres à me faire dédicacer, parfois c'est pas si désagréable. Joufflue la Maryvonne... elle se soigne aux meilleurs crus et aux meilleurs morceaux au bout de sa fourchette. Elle se maintient en décolorages la blondeur de la tignasse... se masque un peu la couperose au maquillage. Elle fait ce qu'elle peut avec du rouge à lèvres et du rimmel.

— Je ne trompe que moi et ça me suffit.

Vous dire la philosophie profonde de cette personne. Et c'est elle qui va m'éclairer définitif, me permettre de poursuivre... que vous savourassiez jusqu'au bout ce récit, dégustateurs de mots et tournures égrillardes.

— Jésus ! tu penses, tout le monde savait que

c'était Jésus ! On l'appelait comme ça entre nous. Seulement, lui, il voulait qu'on dise M'sieur Nono ou M'sieur Noël. On se pliait à ses volontés, on pouvait pas faire autrement.

J'ai plus qu'à la laisser me jacter, elle a du style... de la trouvaille spontanée verbale... elle coupe où il faut pour se jeter un coup de picrate derrière son collier de perles ! Coralie, mondaine, m'avait averti que Maryvonne était assez nature... restée près de ses origines. Elle l'avait juste connue les derniers mois de son sacerdoce au *Cythéria*. Retrouvée par hasard, en compagnie d'un vieux professeur qui l'avait conviée dans son rade.

Maryvonne avait fait l'essentiel de sa carrière chez Nono. Commencé déguisée en fillette avec des socquettes blanches, la jupette et un ruban dans les cheveux. Elle fait la remarque à ce sujet que cet aimable déguisement devait sans doute calmer bien des obsessions pédophiliques.

Connu tous les étages, en fermière, duchesse, voyageuse de transatlantique... brouteuse de dames accompagnatrices... et puis fouetteuse... dompteuse d'hommes-chiens... royale panthère !

— J'ai même torturé un Chleuh... un officier qui voulait sans doute expérimenter sur lui-même ce que pouvaient ressentir les résistants quand il leur enfonçait des aiguilles dans le cul...

Si je suis tout ouïe d'écouter pareilles confidences. Elle en finissait plus de me citer des noms de personnages en vue de l'époque qui venaient se faire mettre des godes monstrueux dans le fondement. Elle en tirait pas des conclusions moralisatrices... ça lui semblait presque dans la nature des choses.

Je vous rapporte... j'écourte, mais une personne de cette classe, cette expérience, ça vaut tout de même qu'on s'arrête pour l'écouter... aux téloches, on risque pas d'en entendre de semblables... Celles qu'on convie viennent toujours se lamenter... tant il est vrai que les gens aiment se plaindre et surtout qu'on les plaigne. Je la drive en lousdoc vers Rachel... comment qu'elle la trouvait... si elle était une gouvernante à la hauteur.

— Elle ne vivait que pour le Christ, on disait dans les couloirs... son Jésus...

Toutes les pensionnaires connaissaient leur histoire... se la transmettaient en la déformant, en la magnifiant... les légendes se fabriquent comme ça. On disait qu'elle avait trouvé toute seule le bébé sous le porche d'une église dans un tas de chiffons et qu'elle avait pu l'élever en se prostituant. Qu'il était devenu son amant quand il avait douze ou treize ans. Maryvonne en prenait, laissait de tous ces racontars. Restait qu'il l'avait embarquée pour la Remonte à Buenos Aires... sa propre maman, en quelque sorte, et que là-bas avec les gauchos elle lui avait amorcé sa fortune.

Le matin elle était au *Cythéria* avant l'ouverture, elle contrôlait tout... elle recevait, elle souriait... elle guidait... elle aidait les timides à se déculotter. Tout le monde l'aimait bien... les filles, les michetons, les flics... les employés... les cuistots.

— Un jour, elle n'est pas venue. On nous a dit

qu'elle était malade, qu'il fallait qu'elle se soigne. Quelques jours on est resté sans Madame... Et puis Nono nous a présenté Rosita qui allait la remplacer.

Maryvonne lui trouve d'emblée un air peau de vache. Elle rend vingt-cinq ans de moins à Rachel. Ça murmure dans les coulisses que c'est la raison de ce changement, qu'une femme plus jeune rehaussera le prestige de la taule. L'évidence, la Rosita, elle a une tête de plus que Rachel... une tronche aux traits réguliers, des yeux ardents... une gonzesse d'une exceptionnelle beauté. Quelques filles ont fait remarquer qu'elle était venue trois ou quatre fois auparavant en compagnie d'un vieux monsieur. Elles ont même évoqué une scène... des mots plutôt acerbes entre cette dame et Rachel. Il leur semblait qu'elles se connaissaient ou s'étaient connues.

Je commence à me demander si Concepcion et Rosita ne sont pas qu'une seule et même personne. Ça se confirme puisque Maryvonne en bonne commère a fini par se rencarder. Cette Rosita avait connu Nono en Argentine... quels rapports avaient-ils eus, ça lui semblait du ressort de la bête à deux dos. Pas tout à fait ça, puisque Nono ne l'avait pas inscrite à son tableau de chasse, mais ça se dessinait bien que c'était sans doute la belle espionne amie d'Inès.

Pour quel motif, pourquoi, comment, surgissait-elle après plusieurs années sur la trajectoire de M'sieur Noël ? Il est vrai que, sans qu'il le recherche, on parlait beaucoup de lui... un peu dans les gazettes et beaucoup dans les conversations mondaines pour vanter son entregent... la réussite de son lupanar devenu pratiquement un club des mieux fréquentés... Le nom de Jésus qui circulait en catimini, ça jouait aussi. Inutile de parler du Milieu où, certes, il faisait des jalminces, mais où les caïds le considéraient d'égal à égal. On l'avait vu attablé avec Spirito et Carbone, les patrons de la pègre marseillaise... et aussi avec un certain M. Alexandre qui allait faire parler de lui sous son patronyme de Stavisky, accompagné de sa femme, la belle Arlette.

Difficile de savoir si Madame Rosita participait à ces agapes.

— C'était un sénateur, ancien ministre.

Ce vieux monsieur qui l'accompagnait ! Un barbichu à monocle. Je m'en tape de son barbichu, ce qui m'intrigue, c'est cette femme qui va revenir quelques semaines plus tard remplacer Rachel.

Maryvonne ne me garantit pas exact tous les détails du récit qui va suivre. Elle a su par celle-ci, celle-là... le chauffeur de la maison qui faisait des allers et retours à Neuilly. Nono qui s'attendait pas à revoir Rosita un soir à son restaurant. Le choc ! Je déduis aussi, je connais toute l'aventure à Buenos Aires... la liquidation du gros Kuntz. Il avait tout supposé, Nono, ensuite... qu'elle avait pu s'enfuir d'Argentine pour retrouver un galant... un richissime si possible... mais peut-être qu'elle s'était fait occire par les Teutons qu'elle avait trahis. Savoir ? ces gourgandines de l'espionnage travaillent pour tout le monde... elles changent de lit... de drapeau... elles estoufarès les diam's autant que les plans de l'offensive de printemps. Elles fourguent de faux renseignements. Sûr, certain, qu'elles sucent moult membres sans états d'âme... Ce n'était pas une étrangeté finalement que Concepcion se métamorphose en Rosita pour devenir gouvernante du *Cythéria*. On pouvait seulement s'étonner d'une promotion si rapide... sans passer par le rang... juste elle avait fait l'école de guerre secrète, si on peut dire.

Elle se pointe donc un soir pour bouffer du caviar au *Cythéria*. Fine mouche, elle doit savoir que le petit Jésus va venir ce soir-là... peut-être précisément pour saluer ce sénateur ancien ministre qui a peut-être la bite molle mais le bras long.

Le flash de surprise qui éblouit notre héros. Elle ! Enfin elle... il m'avait bien dit qu'il en avait croqué à mort pour la belle Concepcion. Elle a pris quelques années, mais pas encore de quoi lui niquer la gueule, lui dégringoler la laiterie et le fondement. Inutile qu'elle se lève de table, elle est toujours sublime... elle lui sourit d'un air entendu. Il reste quelques secondes sur son baisemain appuyé. Un rien... on échange des propos badins. Monsieur le sénateur, quelle bonne idée de vous être fait accompagner d'une aussi ravissante personne... Peu de chose près ce qu'il dit... il est devenu bilingue, Nono, il a appris la jactance mondaine... l'argot, il le réserve pour Anatole la Lumière, Riton le Rabouin, Coco le Borgne... ses confrères de l'Amicale des tauliers. C'est une erreur assez courante de croire que les malfrats s'expriment en argot jusque chez le juge d'instruction... qu'ils débagoulent du matin au soir en langue verte. Ça inspire de mauvais films et de mauvais livres, un préjugé pareil !

Il est certain aussi Nono qu'elle n'est pas venue là par simple curiosité... Elle lui glisse un numéro de téléphone. L'affaire est dans le lit. Cette fois elle va y passer ! Vous imaginez ce qui lui trotte dans sa tête de Don Juan. La foudre va s'abattre sur cette beauté du diable. Elle va fléchir, rabattre sa morgue... s'il le faut, il la maltraitera pour mettre du piment dans la sauce.

Elle est venue le retrouver dans une garçonnière rue de la Pompe où il reçoit ses conquêtes bourgeoises, ses extras. Il en a besoin sinon à quoi bon ce fric, ce luxe, ce bordel. Il flambe un peu... le poker... les chevaux à Auteuil... il jouit d'une certaine façon quand il roule sur son vélo à la fraîche sur la route de Saint-Rémy... mais c'est avec les femmes qu'il arrive à frôler le bonheur parfait... des instants qui ne peuvent se comparer à rien d'autre. Il y met une science accomplie... il effleure, il caresse... il y va des doigts comme sur un piano... il frôle des lèvres... de la langue. Il attend jusqu'à ce que la fleur s'ouvre. Il pénètre... il donne des reins... puis il attend encore pour reprendre crescendo. Il monte au plus haut et s'arrête à nouveau. Il lui faut d'un bout à l'autre être le maître absolu de la partie... donner à sa partenaire un plaisir sans autre trêve que celle qu'il lui laisse pour se reprendre un peu et aller encore plus loin.

Faut dire qu'avec Concepcion il trouve une gonzesse qui répond du tac aux fesses à son dialogue amoureux. Cette salope avait-elle prévu naguère à Buenos que ça finirait comme ça, qu'un soir, une nuit, ils se retrouveraient dans la folie des sens.

Il lui a arraché ses fringues en guise de hors-d'œuvre... un chemisier de soie... elle a esquissé une dérobade, une résistance. Manière forte, il lui a claqué la gueule, l'a propulsée sur le lit comme s'il allait la violer. Elle attendait qu'il s'exécute comme un soudard, un dingue. Il s'est arrêté et il l'a regardée... y avait un peu de haine dans ses yeux. Il était le dompteur dans la cage avec une panthère... s'il se relâchait c'était foutu, elle le déchirait cruellement. Lui est venu l'idée de donner des ordres, d'un ton calme... retire ton soutien-gorge... ta jupe... là... ta culotte... écarte-toi ! Écarte-toi mieux, ordure ! Là... regarde-moi. Il se déloquait lentement... elle commençait à se tortiller.

— Je vais te faire pleurer, j'ai trop pensé à toi, alors il faut que tu chiales, salope. Je vais te faire souffrir et tu m'en redemanderas.

Ça se mêlait ce délire charnel avec une espèce de vengeance qu'il voulait accomplir. Elle l'avait manœuvré, conduit dans une affaire où il pouvait tout perdre, sa liberté, sa vie... sans l'affranchir cartes sur table. Beau s'être réalisé avec éclat... avoir réussi à monter ce lupanar qu'on venait admirer du monde entier, ça lui est resté en travers de la glotte, il y gambergeait souvent... les montagnes ne se rencontrent pas mais les montagnards retrouvent parfois les escaladeuses de braquemart.

Ils sont restés dans cette fièvre érotique pendant des heures. Noël tenait la barre à volonté, elle avait, elle aussi, des dons extraordinaires dans les jeux de la volupté... une espèce de fausse soumission qu'elle modulait, qu'elle accordait à son diapason.

Après ça, il l'a fait parler... oh ! dire ce qu'elle voulait bien lâcher... qu'elle avait l'excuse dans son comportement d'être aux ordres d'un service qui n'admettait aucune dérogation à quelques règles d'acier. Après avoir servi un peu les Allemands, elle avait été récupérée à prix de braise par les services du commandant Ladoux au Cinquième Bureau français. Partie dangereuse, plusieurs fois elle avait échappé à quelques pièges où on lui aurait réservé un sort semblable à celui qu'elle avait fait subir à l'horrible Kuntz.

Ils étaient allongés sur leur lit d'amour, elle se confessait de sa voix légèrement rauque qui ajoutait à sa séduction. Il avait le sentiment qu'elle avait participé elle-même aux tortures du gros Boche. Peut-être s'était-elle revanchée ainsi des caresses qu'elle lui avait accordées pour mieux le piéger.

***

Tout ça, je vous reconstitue d'après un peu les témoignages et ce que j'ai su du caractère de Nono. Maryvonne, dans ses propos de table, extrapolait pas jusqu'à l'érotisme des rapports entre Rosita et

M'sieur Jésus. Ce qu'elle ne pouvait pas me dire c'était pourquoi Rachel avait été limogée si rapidos... ou ce qu'elle était devenue. Elle se rappelait qu'on avait donné des raisons de santé pour justifier son départ du *Cythéria*. On disait même qu'elle s'en allait de la poitrine. Les derniers temps elle toussait et elle avait maigri. En ces années trente, on était dans les ravages du bacille de Koch... le timbre antituberculeux... les cures en sanatorium... Rien d'impossible, d'autant que les familles, les proches d'un malade n'osaient pas en parler. Ça foutait la trouille... la contagion, l'hérédité ! On chuchotait lorsque quelqu'un était atteint. Avant les antibiotiques la mortalité était considérable. Je vais pas vous asséner des chiffres, mais encore vingt ans après ça dégringolait dans les salles de phtisiologie... Je m'en suis tiré, moi, de justesse... ça m'a fait le sujet d'un autre récit.

Alors tubarde la dernière maman du petit Jésus ? Ça expliquerait donc que Nono l'ait envoyée dans je ne sais quelle montagne magique et qu'ainsi la place de taulière soit devenue libre. Je n'arrivais pas à imaginer qu'il ait pu la bordurer brusquement comme une bonniche qui néglige la vaisselle ou qui fait sauter l'anse du panier.

Maryvonne, question ambiance au *Cythéria*, elle était précieuse... un gros sac de souvenirs elle trimbalait... avec des noms, des gueules, des descriptions... elle aussi une vraie romancière. Seulement, sur le destin de Rachel, elle n'en savait pas davantage. M'sieur Jésus-Nono, il était pas possible pour une simple pensionnaire de l'engager dans les confidences. Il jactait... j'en fus témoin, plutôt prolixe... gouailleur... truculent, mais uniquement de ce qu'il voulait. Sur certains sujets... les plaideurs de l'huître pouvaient ramener leur science, leur talent... il se permettait juste de sourire. D'après ce que j'avais compris, avec ses conquêtes non plus, il s'épanchait pas sur le traversin après les exercices d'endurance sexuelle qu'il leur imposait...

Maryvonne avait œuvré de chair dans le sérail toute l'époque cruciale. D'abord les plus belles heures des années trente... le succès constant de la formule. Les hommes d'affaires qui venaient là pour se retrouver au bar ou au restaurant. Il est vrai que la moitié d'entre eux ne s'égarait pas dans les étages une fois leurs rendez-vous terminés. Facultatif, et les demoiselles passaient, repassaient... se montraient en des tenues propres à inspirer le coquin qui sommeille mais sans insistance. Leurs robes, leurs dessous... habillées suivant la mode Paquin... Jacques Heim... La salle de restaurant, le bar... la piste de danse amorçaient le bordel dans le style dépouillé... les décors de l'élégance. C'était au point que les modélistes, les couturiers passaient de discrets accords avec M'sieur Noël. À certaines heures, deux ou trois filles se pointaient comme des mannequins fringués satin, mousseline, organdi, taffetas... les drapés de Mme Grès... le pyjama de plage au pantalon patte d'éléphant... des tenues de casino... de soirée... Tout en bectant les invités parfois s'extasiaient. « Cher ami, si le cœur vous en dit !

Et quand je dis le cœur... » Xetera. J'imaginais mal Maryvonne qui se faisait appeler Sonia dans le travail avec vingt kilos de moins et surtout quelques décades ! Et pourtant elle fut là un sujet d'élite. Elle m'avoue... peut-être plus demandée au choix qu'aux prémices dans le restaurant. Était-elle maquée ? Pas une question à poser à une ancienne fille de joie. Possible... beaucoup de ses congénères ne restaient pas sans amant de cœur. Certaines s'efforçaient de s'accrocher un client riche... célibataire ou veuf.

— J'ai des copines qui se sont mariées avec des michetons pleins aux as.

Terme d'époque, ça... plein aux as... argot de joueur. Ça semblait que Maryvonne avait surmonté les plus gros obstacles... le voyou glouton, ingrat... le vrai de vrai avec lequel on ne peut plus s'en sortir.

— Du magret de canard, t'aimes ça ?

Elle m'accueillait à la gueule, puisque entre nous il ne pouvait être question d'amusettes d'au-dessous de la ceinture. Certes, j'aimais le magret... Y avait rien à rejeter dans sa tambouille. Si autrefois au lit elle était aussi douée qu'à la casserole, ça devait faire gémir les sommiers.

J'étais encore revenu la voir avec un copain, un type qui voulait tirer je ne sais quel film d'un de mes livres. Il était pas déçu du voyage, Maurice... une gargotière comme Maryvonne, ça fleurissait pas dans les pages du Michelin. C'est comme certains livres, vous ne les trouvez pas dans les anthologies, faut chercher, explorer... découvrir.

En 1936, au moment du Front populaire, des

rumeurs ont couru d'une loi qui supprimerait les Tolérances. Au nom de l'émancipation féminine... qu'on allait regrouper les putes dans des ateliers spéciaux de rénovation, d'insertion sociale. Paraît que ça s'était fait en URSS au pays des lendemains qui chantent... que là-bas elles avaient recouvré le bonheur et la dignité dans les usines et dans les champs.

— Rien à craindre, a dit M'sieur Le Troquer, un fidèle client... ponte au Parti socialiste.

Elle se le faisait, Maryvonne, M'sieur André. Il avait perdu un bras en 14-18, mais du côté de la zigounette il fonctionnait joyeux. Pour le mettre en son meilleur état, les demoiselles se rajeunissaient en écolières du printemps, jupette... socquettes... petits souliers vernis... Inutile de préciser la sucette qu'il proposait à ces petites filles. Pour ceux qui savent, qui s'intéressent à l'histoire de la France, ça lui a valu de graves ennuis au début de la Ve République, lorsqu'il a esquissé une manœuvre de résistance au retour du général de Gaulle. Dans le placard rose de la Mondaine, ils ont tout ce qu'il faut pour écarter les gêneurs en cas de... Papa Le Troquer, il était fiché depuis *Le Cythéria* et même avant... en vieillissant, pour arriver à évacuer sa semoule, il lui fallait des vraies gamines, les ersatz le laissaient maintenant en colimaçon.

Parenthèse encore, mais ça vous agrémente les récits. M'sieur Noël, lui non plus, il s'est pas affolé à l'arrivée de Léon Blum au pouvoir, allié au parti radical. De ce côté-là rien à craindre, c'était des amis les radicaux, des consommateurs, des soutiens... Ne disait-on pas que M. Albert Sarraut, ancien président du Conseil, avait des parts dans *Le Sphinx*, le claque du boulevard Edgar-Quinet concurrent du *Cythéria*.

Lorsqu'un ministre, un homme politique de droite ou de gauche se pointait... Rosita avait tôt fait de le retapisser. Elle y allait de sa belle prestance pour le recevoir, lui proposer la meilleure table, et ensuite au choix, il pouvait tout lui dire... tout ce dont il avait envie... ses petits fantasmes jolis.

— Ça m'a permis, dit Maryvonne, de me soulager dans la gueule d'un nabab oriental.

Elle nous dit le nom, je ne peux pas vous le répéter. On en est justement à un plat d'épinards qui nous paraissait succulent... Elle se marre à l'évocation de ce souvenir dégueulasse.

— Il nous faisait prévenir la veille pour qu'on se prépare aux laxatifs.

Naturellement pour un service aussi spécial... un pareil régal, il offrait à la défécatrice un bouquet de gros biftons. La somme exacte, avec toutes les fluctuations de la monnaie, Maryvonne elle ne sait plus dire un chiffre. De toute façon, en allant se torcher, elle savait qu'elle avait fait sa semaine.

Tous ces récits de claque peuvent s'enfiler... le mot est bien choisi... à l'infini. On trouve déjà les mêmes turpitudes, les mêmes jouissances honteuses... les mêmes ignominies chez les appareilleuses, les mères abbesses des maisons accueillantes du XVIIIe siècle. On change les blases, voilà tout... Le président pour le vicomte... Le Premier ministre pour le prince... Les ecclésiastiques ont un peu disparu, ils ont plus les mêmes déguisements qui faisaient sinon toute leur fonction, du moins tout leur charme.

Aujourd'hui les choses se sont déplacées, on n'a plus les mêmes repères et surtout, selon la prophétie de saint Augustin, le vice s'est répandu dans la cité depuis la fermeture des lupanars.

Comment la conversation a-t-elle dévié un soir sur les maladies vénériennes, je ne sais trop. Quelqu'un a dû chantonner un air de salle de garde où il est question de vérole et de chaude-lance. Maryvonne en a profité pour nous affirmer qu'elle n'avait jamais rien attrapé en quarante ans au four et au moulin du pain de fesses.

— Surtout grâce au docteur Ploquin.

Première nouvelle. Personne n'en avait parlé de ce docteur Ploquin, ni Coralie, ni les flics, ni Nono lui-même. Et pourtant il était un personnage essentiel du *Cythéria*. Quasi à demeure. Aucune chatte de la maison n'échappait à ses inspections, incursion dans les profondeurs. Sitôt quelque chose de suspect... prélèvement... plaquette... microscope et prise de sang. Inutile de vous rappeler qu'à l'époque l'arsenal prophylactique était encore bien réduit pour éradiquer les microbes — gonocoques et surtout tréponèmes. Les spécialistes tâtonnaient... ou expérimentaient différentes thérapeutiques, entre autres des sels d'arséniate, pour des résultats aléatoires. Un impératif, détecter au plus vite le mal afin qu'il n'aille pas se répandre... surtout dans un bobinard fût-il le mieux tenu du monde. Dans ce domaine particulier les femmes sont plus vulnérables que les hommes, elles n'ont pas l'évidence d'un chancre devant les yeux ou d'un écoulement purulent.

Mille excuses, je suis obligé de vous donner ces détails bien oubliés depuis l'apparition des antibiotiques. On avait bien cru que c'était devenu sans risque la trempette du biscuit. La pilule anticonceptionnelle aidant, ça s'est mis à tringler jusque dans les sacristies. Et pour bien vous punir, humanoïdes irréfléchis, un jour vous avez vu venir le mal qui répand la terreur ! un fléau pire que la vérole dont on ne peut pas réchapper. Plaf ! Retour à la case départ. « Hé, grand-papa, explique-nous comment on utilise ce que t'appelais la capote anglaise ? »

Elle nous louange, Maryvonne, les qualités, les mérites de ce bon docteur... son dévouement sans faille... et, que de surcroît, il était beau mec. Les nanas lui exhibaient leur minette avec de la gourmandise dans l'œil, seulement ternie par la crainte d'un diagnostic désastreux.

Il ne se laissait pas séduire. Pas de mélange entre le travail et les sentiments. Il était très lié avec le patron... il déjeunait souvent avec lui.

Tout de suite dans ma tronche d'écrivain enquêteur, ça fait tilt, ce que me raconte la brave Maryvonne. Il était jeune... merde ! Oui, elle précise qu'il avait dans les trente piges au moment du Front populaire. Au plein de sa sève et sa belle gueule aux traits réguliers, n'était un pif un peu bourbonien.

— Toujours il souriait, il savait vous rassurer.

Si je calcule encore aussi bien qu'à l'époque de mon certificat d'études, ce bon, cet excellent docteur Ploquin... elle me précise son prénom, Georges, il est peut-être, et je le lui souhaite, encore vivant ? Ça, elle ne sait pas... Après la Fermeture, elle ne l'a plus revu. Lorsqu'elle eut ensuite besoin de se faire examiner, pas seulement le conduit amoureux, elle s'adressa à un médecin de sa famille... Elle va me le portraiturer... je la stoppe... celui-là, je m'en bats les précieuses. C'est Ploquin qui m'intéresse, Ploquin qui me dira peut-être la fin de mon histoire puisqu'il était très ami avec Nono et avec Rachel. Ma narratrice ajoute, un peu moins avec Rosita-Concepcion... que d'après sa souvenance, ça paraissait pas entre eux l'harmonie amicale... ce qui se passe souvent avec les vieux potes qui n'arrivent pas bien à adopter la seconde épouse.

Je laisse encore Maryvonne me baratiner sur le docteur Ploquin. Elle y met une telle chaleur que je me retiens de lui demander si, par un agréable hasard, elle ne se serait pas fait inspecter le minou d'une façon moins médicale... pour atteindre le suprême plaisir, qu'on appelle aujourd'hui l'orgasme. Maryvonne, pour lire, elle chausse de grosses lunettes mais pas pour décrypter les âmes. Elle en a pas besoin, elle a déchiffré mes réflexions qui n'ont rien de désobligeant, avouez. Carrément, elle me rétorque :

— Non. Si tu penses ça, c'est non ! Je t'ai dit qu'il n'a jamais déconné avec une fille.

Et puis, Maryvonne, elle en avait par-dessus les porte-jarretelles des étreintes... c'était le courant de son métier. Il me semble comprendre qu'elle n'hésitait pas à se prendre son panard lorsqu'un client lui bottait et qu'il n'était pas trop maladroit.

Revenons à ce docteur Ploquin, Georges de son prénom. S'il était encore sur ses cannes, peu probable qu'on le retrouve dans l'annuaire des médecins. Fallait encore que je poursuive, me tape encore des investigations. J'en finis plus d'investiguer et j'espère, adorables lectrices et vous mes fans mecs, que ça ne vous lasse pas. Je m'efforce de vous agrémenter tout ça de quelques réflexions gaillardes, aphorismes bistrotiers... anecdotes croustilleuses...

Elle ne pouvait me donner, Maryvonne, que son ancienne adresse au docteur, rue d'Anjou, un peu plus loin que le bobinard, autrement elle ne savait plus rien. Ça n'empêche que j'allais revenir la voir, inviter des amis à sa bonne table... écouter aussi ses chansons, après les liqueurs, lorsque la chaleur monte et qu'on se demande si ça vaut le coup de vivre sa vie, comme le chantait l'admirable Jean-Roger Caussimon, poète dont on devrait graver le nom dans le marbre du souvenir parisien.

***

Rue d'Anjou, au numéro, y avait un autre toubib, le cabinet s'était perpétué. Je suis grimpé voir ce successeur... un homme aimable, il me souvient, qui avait repris l'affaire à un autre en 1962... mais qui ne s'appelait pas Ploquin.

Restait à consulter les vieux annuaires téléphoniques. Ça se retrouve pas si facile ! Mon copain Jacky, le bouquiniste du quai de l'Hôtel-de-Ville, il m'a ri au pif... il avait tout de même des vieux bottins des PTT dans sa caisse. Il est susceptible, je l'ai presque vexé. Restait l'ordre des médecins... que je puisse consulter leurs archives. Je vous la fais courte... les diverses démarches... recherches... on a fini par cibler mon Ploquin Georges, docteur en médecine. À la retraite depuis dix piges... sa dernière adresse, au moment de sa cessation d'activité, à Saint-Rémy-lès-Chevreuse et fort heureusement il y était encore... et pas si viocard si je compare avec ma carcasse actuelle. Ma plus belle plume pour lui écrire, lui résumer les raisons... le pourquoi je voulais le rencontrer. Ça aide d'avoir une petite notoriété, il m'a bigophoné le docteur Ploquin... il me connaissait par mes livres, surtout *L'Hôpital* qu'il appréciait en professionnel sur le terrain.

Plus qu'à prendre mon véhicule automobile pour descendre à Saint-Rémy. Il crèche dans une villa mal entretenue, le docteur. Il laisse pousser les herbes folles, les feuillages l'envahissent... les oiseaux arrivent de partout sans crainte. Contrairement à M'sieur Noël, il a épaissi à la cuisson du temps. Il se pavoise une brioche de proprio... D'après la description de Maryvonne, en jeunesse il était tout à fait svelte... je le fus aussi, pour s'y maintenir faudrait se priver de camembert, de jinjin... de tripes à la niçoise... Hors les bandaisons, on voit pas bien pourquoi on irait s'ascétiser pour gagner quelques mois dans le troisième millénaire où de toute façon tout finira par exploser. Je ne suis pas Paco Rabanne pour vous indiquer la date, mais ça viendra pas du ciel... les hommes s'arrangeront bien pour se finir entre eux.

Devenu misanthrope le docteur, il ne s'occupe plus que de chiens et de chats... on en croise partout dans son jardin, comme autrefois chez Léautaud. Ça l'empêche pas, lui, d'être affable. Peut-être qu'en dehors des animaux il se penche un peu sur la bouteille, l'un n'empêchant pas l'autre. Enfin il se tient encore droit dans ses charentaises, l'œil scrutateur... un sourire comme ça, ironique, désabusé... sourire d'à quoi bon.

Que j'entre... et j'entre. Il a un salon où les décors s'usent avec lui... quelques jolis dessins aux murs... des paysages... des portraits de femmes. Pas tellement dans le genre érotique. Je m'interroge sur son existence, s'il a eu quelque épouse, maîtresse à demeure. Rien ne l'indique vu l'état des lieux. Mais je suis pas là pour vous narrer son existence... sitôt le cul dans un fauteuil, je l'attaque sur l'essentiel... je sais qu'il a été le praticien attitré du *Cythéria* et je suppose qu'il peut éclairer mon porte-plume de sa mémoire.

Il fume la pipe, je ne suis pas certain qu'on ne va pas me censurer ce détail, au train où vont les mœurs, le politiquement correct... qu'il vaut mieux ne pas trop mettre en scène un fumeur. Maigret aujourd'hui, on lui censurerait sa bouffarde.

Le docteur est en robe de chambre écossaise, un peu usagée. Il me fait lanterner avant de me répondre :

— Eh oui, cher monsieur, moi qui vous parle, j'ai connu Jésus, et je vous prie de croire qu'il ne prêchait pas dans le désert...

Sa pipe allumée, il enchaîne. Tout à l'heure il ira chercher de quoi se désaltérer... du scotch avec des glaçons à moins que je ne préfère l'eau Perrier.

— Il faut bien, dit-il en buvant sa première gorgée, que vieillesse s'achève.

Peu à peu, je vais mieux vous le portraiturer... ce turf écrivassier vous tourneboule... en même temps je dois vous poursuivre la biographie de M'sieur Noël et vous décrire ce dernier témoin. Je suis tombé sur la bonne pince... il sait tout... tout ou presque et il a envie de raconter. Il ne veut pas, je sens, brûler les étapes. Faut pas que je l'interroge sur la fin. Il va me dire au fur et à mesure... respecter la chronologie. Il y savoure le plaisir narratif, seulement troublé par ses clébards, ses matous qui viennent jusque dans nos bras nous lécher la tronche.

Par hasard qu'il est devenu médecin attitré du claque. Il sortait juste de ses études... c'est un peu plus tard qu'il a pu s'installer dans son propre cabinet. Il était pauvre, son papa s'était privé pour qu'il devienne *quelqu'un*. Le terme employé chez les petites gens. *Quelqu'un* c'est un avocat, un architecte, un cureton, un notaire. Le papa Ploquin était simple bourrelier à Montlhéry au moment où on n'allait plus avoir besoin de bourreliers, que le moteur à explosion allait remplacer le crottin. Lui, il n'était pas *quelqu'un* et il s'est privé d'un tas de petits plaisirs pour que son fils le devienne.

— J'ai pu quand même aider mes parents à ce qu'ils ne crèvent pas dans la gêne.

Il dit... et il me laisse entendre, qu'au *Cythéria* il gagnait mieux que n'importe où. M'sieur Noël était généreux, ce que je savais déjà. Il brûlait l'oseille pour faire briller sa belle gueule de Jésus-maquereau à la lumière des flammes. Ils se sont rencontrés sur le champ de courses à Auteuil. Lui, il était pas là pour gagner le Grand Prix... en sortant de la faculté, il cherchait des petits boulots pour se faire du fric. Là, il remplaçait un confrère préposé aux urgences sur le terrain... les accidents des jockeys et les crises cardiaques des perdants. Un pis-aller, et c'est en portant secours à une dame qui s'était foulé la cheville sur les gradins qu'il s'est heurté le regard sur Nono qui accompagnait cette dame. L'air de ce qu'elle était, ladite... une maquerelle... maquillage et fringues adéquats. À sa description, je repère Marthe qui drivait encore à l'époque le *Grand 18*... la maman initiatrice de l'amour du petit Jésus. Un massage léger à l'huile et un pansement serré. Elle avait encore de belles gambettes Marthe devenue Madame... Pas gémissarde et ce monsieur qui l'escortait... on pouvait le prendre pour son fils ou son gigolpince au choix. Avec certaines gonzesses sur le retour tout est possible et, pour une fois, c'était les deux ensemble... la maman et la putain... toute cette étonnante histoire que je viens de vous tartiner.

Fil en jactance, M'sieur Noël il lui a trouvé une bonne frime à ce jeune toubib... Comme les courtines allaient clore leurs réunions, il lui a proposé de le ramener en voiture à son domicile. Il perchait dans une mansarde, rue de Rennes.

— Je lui ai dit que le matin j'assurais une permanence au Centre prophylactique rue d'Assas.

Il savait ce que ça voulait dire Nono, et la dame à la cheville foulée aussi. On y soignait les maladies vénériennes. Toute la flottille des filles de joie, pensez si elle connaissait l'adresse. Ça l'a fait tout de suite gamberger celui que le docteur ne pouvait imaginer être une réincarnation du Petit Jésus, tant il aurait eu du mal à identifier la grosse dame en Vierge Marie.

— Vous voulez vous spécialiser là-dedans ?

Ce qu'il lui a demandé. Le jeune Ploquin a répondu ni oui ni non. Il se perfectionnait dans tous les domaines et surtout ça lui permettait, cette permanence matinale rue d'Assas, de payer sa piaule et de becter sans craindre toutefois les indigestions.

Jusque-là les filles de son claque, Noël les envoyait à la visite obligatoire à Saint-Lazare... ce jeune médecin lui a donné l'idée de l'attacher à son établissement. En tout cas faire un essai qui fut concluant. Georges Ploquin s'est alors spécialisé dans les maladies vénériennes.

— La place était bonne... M'sieur Noël me payait mieux que l'Institut...

Je me doute... des bonis... des petits à-côtés... On lui a installé dans les sous-sols de la maison un cabinet de consultations. À tour de rôle une pensionnaire lui servait d'infirmière. Pas difficile de les former, pour l'essentiel elles avaient déjà soigné leur entourage... les petits frères et sœurs... les bobos... les plaies et bosses... les grippes et les rhumes de cerveau. Il se marre le vieux toubib en ajoutant :

— Le plus difficile, c'était de ne pas céder à la tentation.

Tout ce que j'ai récolté comme témoignage, la chair était fraîche au *Cythéria*... Y avait des châssis à se faire branler des classes entières de collégiens boutonneux et même à réveiller les ardeurs de quelques vieillards en leur asile.

— Seulement j'étais fiancé, mon cher monsieur.

Une mignonne Sophie dont il s'était promis de faire son épouse dès qu'il serait installé, qu'il aurait son cabinet, sa propre clientèle... qu'il pourrait lui offrir une vie décente. C'était dans les mœurs de l'époque. Les parents de Sophie ne voulaient pas laisser leur progéniture à un médecin sans un rond, un soigneur de pauvres dans les hospices de l'Assistance publique. Des commerçants, les beaux-dabs futurs, dans le beau linge... la bonneterie... des choses propres... agréables à palper. Ça les rehaussait, en se comparant, par exemple, aux bougnats qui peuvent cependant avoir plus de répondant... de sérieux magots sous leur tas de charbon.

Il m'explique tout ça Ploquin... Comme Nono, Coralie ou Maryvonne, ça lui ravive les braises de se remémorer... et surtout... surtout qu'on l'écoute. Le drame partout, même avec les meilleurs débagouleurs, jaspineurs d'élite, on les esgourde mal, à peine... les auditeurs ils ont toujours mieux à dire... que le percepteur est venu les tondre ! La belle affaire... il tond comme il respire le percepteur ! Je m'égare. Le docteur, ça lui posait une question de moralité d'aller raconter dans le magasin de lingerie des parents de Sophie, rue de la Pompe, qu'il était maintenant devenu médecin des péripatéticiennes. Beau envelopper la fonction d'un mot savant, on découvre la pute toute nue. Seul le pognon arrangerait les choses. À trifouiller les trous du cul, si vous engrangez des piécettes... que vous vous ouvrez un compte en banque, les petits-bourgeois boutiquiers, vous leur devenez quelqu'un de bien fréquentable... admis à demander la main de leur fillette.

— Si tu veux, je t'arrange ça tout de suite, a dit Nono. Ton futur beau-père, invite-le à becter ici. On va le gaver, et lui cloquer dans les pattes une de nos expertes en pompe-moi le dard.

Il apprenait, Ploquin, des choses dont il se doutait bien sûr pendant ses études médicales, mais qu'il pouvait, là, constater... de fesses et de tétons... de fric et de bandaison. Ne cherchez pas, intellectuels avec vos lunettes à prix honnête... tout est là... résumé au *Cythéria*.

Ce fragment de dialogue, quelque temps après l'arrivée du jeune docteur, vous indique qu'il était déjà bien adopté par le boss, le grand patron... Jésus lui-même. Ce fut le début d'une longue amitié qui ne se termina qu'à la mort de Nono. Ne soyez pas pressés, on tient le bon bout, nous allons sinon tout savoir du moins ce qui nous intéresse.

Au moment où le docteur Ploquin, sa trousse et son stéthoscope, débarque dans la taule, c'est encore le règne de Rachel. Ils sympathisent bien, elle n'hésite pas à se déloquer devant lui pour se faire examiner... elle commence à avoir les douleurs de son âge, elle approche de ses soixante piges. Elle se tient bien la viande sur la carcasse mais sa jeunesse s'est évacuée. Il ne lui remarque rien de sérieux... elle ne picole pas... mais en revanche elle fume... elle bombarde même. Elle devrait s'arrêter, ça lui fait du tort dans les bronches, les poumons. Elle écoute attentive mais Ploquin sait qu'elle ne s'arrêtera pas. Elle lui semble désabusée... un peu au-dessus de ses fonctions qu'elle remplit pourtant avec vigilance et une espèce de distinction. Il se rend bien compte qu'elle est là pour Nono... à son dévouement, qu'elle lui est attachée par toute sa personne. De corps... sans doute ne doivent-ils plus se lancer dans les éthers de la volupté... mais tout vient de l'âme chez Rachel. Depuis son plus jeune âge elle a vendu son intimité... tout un monde lui est passé sur le ventre sans qu'elle perde une espèce d'intégrité, une grâce difficile à définir, surtout pour un médicastre. Il s'évertue à chercher les mots pour exprimer ce qu'il ressent encore en parlant d'elle.

Bien entendu l'amour de sa vie, son plus beau cadeau de Noël, s'il demeure toujours prévenant, attentif, d'une gentillesse infinie à son égard, il n'en reste pas moins qu'il a toutes les cartes en main... on l'aime plus qu'il n'aime. Rachel d'instinct respirait toutes ses fredaines... et tant qu'il ne s'agira que de passades épidermiques, elle préfère les accepter avec le sourire d'une mère qui observe son sale môme faire des siennes. Le cœur, ça ne se déclenche pas tout seul, sur un regard fût-il de feu, mais les frottements de la peau provoquent quelquefois des étincelles qui foutent le rif à la savane. Elle savait tout ça Rachel, elle s'y attendait... quant à s'y résigner !

Les premières années, le toubib sait plus me dire exact combien de temps ça a marché entre eux sans trop de secousses. Nono voyageait et c'était pendant ses absences qu'il y allait de sa virilité exceptionnelle. Il ne faisait aucune confidence au docteur, simplement il se faisait de temps en temps inspecter son armement, ce qui impliquait tout de même qu'il revenait d'une victoire de guerre en dentelles.

Homme de pondération, le docteur Ploquin... de réflexion, de grand bon sens. Avec le fric qu'il gagnait, il sut ouvrir son propre cabinet, celui où j'ai commencé mes recherches. Il eut alors la bénédiction des boutiquiers en lingerie et il convola avec Sophie qui passa du rang de fiancée à celui d'épouse. À son mariage M'sieur Noël et Rachel sont venus le féliciter à la mairie. Le dab de Sophie, selon le plan prévu, avait été entraîné à se faire faire quelques douceurs au *Cythéria*. La fausse nymphette qui s'était occupée de lui avait dû passer à la réserve des accessoires pour se procurer un martinet. De quoi le rendre plus accessible au bonheur de sa fille.

Le plus duraille pour le docteur c'était de se partager entre le bobinard et sa consultation ordinaire. Pas le temps d'aller en plus folâtrer hors du lit conjugal. Tous les matins à neuf heures il était chez ces dames... n'allez pas croire qu'il ne s'occupait que de leur minou... elles avaient toutes des tas de malaises, des douleurs, des inquiétudes constipées. Il s'efforçait de les rassurer, de leur distribuer des ordonnances. Une des principales fonctions d'un toubib consiste à écouter, à donner des médicaments à ceux qui en ont un besoin plus ou moins réel. Ainsi connaissait-il dans les recoins de leur âme et de leur charmante anatomie toutes les jeunes personnes du pensionnat. Ça lui a permis de détecter quelques tubardises en gestation, quelques ulcères... je passe la liste... il les expédiait chez des confrères, parfois directement à Laennec ou à Necker. Peu à peu, il est devenu à tu et à toi... intime presque avec le taulier... le grand Noël que tout le monde vénérait, respectait en son royaume. Il fut bientôt invité chez lui à Neuilly où il possédait maintenant un petit hôtel particulier. Le fin du fin du luxe, de la réussite... larbins et larbines... qu'on se serait cru chez quelque industriel... grossium... négociant... Rien n'indiquait en ses pénates qu'il se fortunait dans l'exploitation méthodique des arrière-trains du beau sexe.

Il recevait jusqu'à des ministres et même parfois ceux du culte... des gens du monde dont les membres masculins venaient s'oublier la dignité et les soucis au *Cythéria*. Motus là-dessus... on parlait d'autre chose... du ministère Chautemps... de M. Édouard Herriot, si bien monté qu'il faisait honneur à la France quand il allait en mission à l'étranger... de théâtre, de cinéma... Quelques vedettes débarquées d'Amérique venaient faire une petite visite rue d'Anjou... certaines pour jeter un œil, boire un glass, d'autres pour goûter à la cuisine de fesses françaises presque aussi réputée que celle des fourneaux et des toques. Que pouvait-il espérer de mieux notre Jésus ? À cause de ses origines, son petit dossier de proxénétisme dans le placard rose de la Mondaine, il pouvait pas se pointer sur les scènes de la vie légale... mille flingues l'auraient alors allumé... tir à vue... cible idéale ! Il ne pouvait donc que rester en coulisses... manœuvrer... manigancer... se glisser dans les coups fourrés.

Toute la question de l'orgueil, le goût de parvenir, de régner, c'est que ça n'en finit jamais contrairement à ce qu'on peut croire... Les dictateurs deviennent fous, le pouvoir les entraîne à leur perte. Ses handicaps de taulier empêchaient peut-être Nono d'aller trop loin. Même à l'Amicale des maîtres d'hôtel de France et des colonies, le syndicat quasi officiel des patrons de bordels, il avait refusé la présidence, il ne voulait pas, là, se mettre en avant mais ce qu'il disait, suggérait, était accepté généralement sans opposition. Alors ? Tout pour être heureux notre Jésus ? C'est compter sans la nature de l'homme qui cherche toujours ce qu'il n'a pas, ce qu'il ne pourra jamais avoir... Les sages, ceux qui se contentent de ce qu'ils ont, sont une infime minorité.

Il tangotait, valsait, roulait en Hispano... Tous les endroits où fréquente la faune mondaine... belles gonzesses... messieurs cigare au bec... les raouts... Deauville... et toujours les champs de courses. Il arrivait, on le saluait à droite, à gauche... les hommes lui chuchotaient au creux de l'oreille. Il disait « mais oui, mais oui... » Il avait ce qu'il faut pour tous... il était discret. S'il souriait avec insistance à une dame, elle était déjà dans son plumard, offerte de partout. Il aurait voulu lui secouer sa quincaille, breloques en or... ses diam's, il avait qu'à tendre sa belle arbalète dans la bonne direction et elle lui déposait toute la joncaille à ses pieds.

Il y allait pas de ce côté-là, c'était plus de son âge... fariboles de gamin qui veut s'arracher de la chtourbe. Il avait même envoyé un gros chèque au cardinal Verdier pour ses chantiers... l'édification d'églises modernes à la périphérie de la capitale. Il avait pas refusé Verdier, l'encensoir de ses messes chassait les mauvaises odeurs du vice.

Tout allait aux œufs, avec cependant la menace que faisait peser le chancelier Adolf Hitler sur l'Europe. Mais en France ça cocoriquait, s'il avançait trop sa petite moustache, celui-là... notre vaillante armée à bandes molletières allait lui infliger une correction dont il se souviendrait... Nono il avait des renseignements par quelques clients bien placés qui mettaient un bémol à cette musique optimiste... En Allemagne, ça donnait le sentiment qu'on aiguisait les baïonnettes, réchauffait le moteur des blindés, que les avions de la Luftwaffe se lissaient les ailes.

Là, il y pouvait rien notre héros, tout Jésus qu'il était, il avait pas le pouvoir de marcher sur les eaux du Rhin pour impressionner le Führer. Simplement Rachel, ça la rendait inquiète ce qu'on lui racontait... que les nazis persécutaient ses frères de race... qu'ils les enfermaient dans des camps qui n'avaient rien de centres de loisirs.

Pourtant les malheurs pour elle sont venus autrement. Nous y arrivons. Ce fameux soir où Concepcion se pointe au *Cythéria* accompagnée d'un sénateur... ce barbichu à monocle. La scène narrée plus haut. Noël se répandra pas auprès du docteur sur l'arrivée de celle qu'on appelle désormais Rosita. Il est ultra-discret sur ce qui concerne ses affaires privées.

Dès l'apparition de la belle Concepcion, ça s'est mis à grincer dans les rouages avec Rachel. L'avait-elle connue... tout au moins vue à Buenos Aires ? Savoir... en tout cas elle l'avait déjà reniflée à l'époque... de bonnes langues lui en avaient léché quelques mots.

Reste ce mystère... pourquoi lui a-t-elle largué sa place au *Cythéria*, aussi rapidement ? Un élément pourrait m'apporter une réponse... c'est vers cette époque que Rachel s'est sentie fatiguée, qu'elle a toussé... qu'elle a maigri. D'où ce qu'on a dit aux pensionnaires, aux employés, qu'elle était partie se reposer.

Le docteur Ploquin sait de quoi il retourne... la

toux, les expectorations, l'amaigrissement, il s'en est occupé... stéthoscope, radiographie... elle avait une superbe caverne au sommet du poumon droit... volumineuse géode, était-il écrit sur le rapport médical.

Nib de tergiversation... clinique à Auteuil et soins intensifs. Bel et bien tubarde Rachel. Un cas à évolution rapide... avec le faible arsenal thérapeutique de l'époque, ça ne laissait présager rien de bon.

— Elle avait l'air de se résigner, me dit le docteur.

Comme toutes les choses se tiennent, il pense que certainement elle était atteinte déjà depuis quelque temps, mais qu'un événement, un choc avait accéléré le processus de la maladie. Il se prononce pas formel, Ploquin... mais il est frappé parce que tout ça se déclenche, se développe au moment où la garce espagnole resurgit du passé.

Elle est donc revenue au claque... elle a dansé avec Noël... le plus beau tango du monde. Elle en jetait, fallait reconnaître... avec son regard étincelant... l'harmonie de son visage... les deux petites rides d'expression qui mettent ses lèvres entre parenthèses... son sourire irrésistible. Dès qu'elle enquillait quelque part, y en avait que pour elle. Au cinoche, on aurait fait le point sur sa frime, laissant tous les autres dans le brouillard. Il ne sait au juste à quel moment elle s'est ramenée, triomphatrice... désignée pour driver la taule ? Ça s'est fait sans cérémonie. M'sieur Noël l'a présentée aux deux sous-maîtresses, aux loufiats, à tous les employés... Madame Rosita qui remplace Rachel... Ça avait flotté quelques jours, peut-être une semaine... Rachel, tout le monde remarquait qu'elle toussait de plus en plus, qu'elle tirait une mine décavée. On disait encore poitrinaire en ces temps pour désigner les tuberculeux. Voilà... la vie continue... tournez belles fesses... on arrête pas la musique pour autant.

Avec Rosita, il a des rapports du strict nécessaire le docteur. Elle le fascine, elle le brûle avec ses yeux mais elle ne lui inspire aucune sympathie. Elle le sent... elle respire tout avec un frémissement léger des narines. Oh ! elle ne fait rien pour mettre de la confiture sur la tartine. Elle drive... elle change un peu le style de la taule. Avec Rachel c'était plus convivial... maintenant, il faut que le fric rentre encore davantage dans les caisses... toujours le fric. On dit qu'elle participe un peu à des séances de flagellation... que ça a l'air de l'exciter particulièrement. On dit aussi qu'elle accroche les petites nouvelles, celles qu'elle a choisies et qu'elle te les malaxe au broute-minou... qu'elle les veut toujours plus souples, plus obéissantes.

Ça se raconte et jusque dans le cabinet médical : « Qui vous a fait ce bleu ? » Elle répond jamais la donzelle mais il sait.

C'est une époque où Nono est absent de longues périodes. La cause... il a accompagné Rachel au Plateau d'Assy en Haute-Savoie dans un hôtel-sanatorium où il espère qu'elle va se rebecter. Il est très attaché à sa dernière maman. Ils ont traversé ensemble des épreuves de toutes sortes, des aventures incroyables et elle a contribué à sa fortune.

Maintenant elle sait qu'elle va mourir et elle sait aussi que son Jésus chéri l'a vraiment trahie avec cette poufiasse ibérique... C'est cette salope qui l'a achevée, voilà la vérité.

Mal dans ses pompes notre caïd... il n'est pas homme à se justifier, s'expliquer... quémander un bout de pardon. Mais il est là... il occupe une chambre voisine et il surveille tout. C'est le docteur Ploquin qui les a dirigés vers cet établissement. Ce qu'on fait de mieux à l'époque. Dans l'état où se trouve Rachel, on ne peut plus guère espérer qu'en la Montagne magique... ou bien Lourdes, mais la Vierge y fait-elle des miracles pour les petites Juives de la rue du Roi-de-Sicile ? On ne sait au juste. Serait-elle convaincue d'y trouver la guérison que Rachel n'irait pas. Beau être reine des putes, elle reste fidèle à la religion de sa mère.

Avec son épouse, le docteur fait le voyage jusqu'en Savoie. Il trouve Rachel encore plus minée... les yeux qui lui mangent le visage... un sourire de plus en plus triste. Elle a fait une hémoptysie la semaine précédente. D'après le médecin du sana, elle ne va pas durer très longtemps. Ça crounit régulier dans tous les établissements du plateau. Malgré le grand air, les cures... les essais de sauvetage au pneumothorax.

Son devoir à Ploquin de prévenir Nono... mais il sait déjà, il s'attend au pire et il a décidé de rester avec elle jusqu'au bout. Ce qui lui vaudra une réflexion douce-ironique de Rachel.

— Tu peux rester... la maison est bien tenue.

Hélas vrai. Il reste. C'est pas dans ses habitudes d'attendre au pied d'un lit. Il veille cependant... il change les crachoirs, les bassins. Rachel ne peut plus se lever, elle respire de plus en plus difficilement. Et puis ça craque... elle envoie le raisiné... un flot de sang que rien peut arrêter. Scène atroce... je peux en juger, j'ai vu quelques copains se vider de la sorte comme si on les avait égorgés. Ça éclabousse toute la literie, ça se répand jusque sur le sol.

On imagine que Nono est resté un peu pétrifié d'horreur et de chagrin... qu'il a eu quelque peine à se remettre la tronche en place. Les mesures à prendre, les détails sinistres des obsèques. Elle avait plus de famille à Paris, le mieux c'était que sa frêle carcasse reste là dans la montagne. Elle avait fait dire qu'elle ne voulait pas de fleurs, c'est pas l'habitude chez les Juifs.

Alors il est revenu Nono... Orphelin maintenant, puisqu'il avait appris deux ans auparavant la mort de Marthe. Ça lui faisait sur sa réussite comme un voile noir... il se l'est noué et se l'est fourré en poche... Triste pense-bête qui le ramenait à ses années chez la Mélie à Nogent... au pensionnat Saint-Laurent... au *Grand 18*. Mais les souvenirs se dessèchent... comme ces fleurs qu'on garde dans un livre. Petit à petit, toute la vie reprend le dessus.

Pas fait attention sur le moment, mais Rachel avait rendu l'âme juste le jour de l'Anschluss... lorsque Hitler envahissait debout dans sa Mercedes l'Autriche. À la réflexion, le docteur il se disait qu'il valait encore mieux que cette pauvre Rachel soit morte au Plateau d'Assy plutôt qu'à Auschwitz.

***

Certes, Rachel aurait décarré du *Cythéria* à l'arrivée de nos chers vainqueurs en juin 40. Sans doute, Nono l'aurait-il dirigée sur l'Espagne et pourquoi pas vers les USA où il avait quelques amis dans la pègre italo-américaine.

Le docteur Ploquin, une deuxième fois où il me reçoit, me convie à partager son déjeuner, servi par une femme de ménage. Il me raconte long en large la période de la guerre... la drôle d'abord, où les officiers de haut grade britanniques autant que français trouvèrent au *Cythéria* de quoi s'offrir un repos du guerrier d'autant plus agréable que les opérations militaires furent quasi inexistantes pendant neuf mois. De quoi se faire faire un petit dans le dos. On se l'est accouché de la plus belle défaite de l'Histoire de France.

Les détails, on les a lus dans les livres... de quoi vous remplir toute une bibliothèque... l'exode... les bidasses en folie chiasse au cul... les ponts de la Loire... le bon Maréchal qui nous donne sa personne. Moi-même j'ai tartiné là-dessus puisque j'étais sur mon petit vélo à agacer les Stukas. J'en ai fait naguère un récit témoignage. Je me croyais déjà héros pour avoir embarqué dans ma sacoche un coupe-coupe... énorme serpe qu'on distribuait aux

Sénégalais pour couper cabèche aux Boches... histoire sans doute de les civiliser.

Jésus il est resté en place. Il allait pas rejoindre le général de Gaulle à Londres... déjà en 14-18 il s'était abstenu de tirer à la carabine... c'était pas pour s'y mettre à quarante-cinq ans. Eh oui... le temps a passé. Il est encore droit sur ses pattes M'sieur Noël, il a pas pris de bide, de bajoues... il enfourche toujours son vélo pour s'entretenir la forme. Rasé de frais, pimpant... toujours des fringues souples... tissu anglais... des couleurs sobres... gris, marron. Rien qui laisse deviner ni son âge ni sa profession aux lisières de la loi.

Il n'a pas voulu installer Concepcion dans les meubles de Rachel. Il déménage pour la rue du Champ-de-Mars près de l'École militaire. Un grand appartement avec une terrasse ensoleillée. Ça l'intègre d'une certaine façon à la bourgeoisie aisée.

Je vous résume... comment vit-il avec Concepcion qu'il se refuse à appeler Rosita ? On ne sait trop. Maintenant il n'invite plus le docteur chez lui. Ils se retrouvent au restaurant. Puis la guerre arrive et Ploquin est mobilisé, il va soigner les ampoules aux pieds des grivetons qui ne font que des marches d'entraînement. Il a pas le temps de se secouer la neige sur sa vareuse d'officier de santé que tout éclate... le ciel, la France... tout se déchire... il se retrouve au milieu d'un troupeau de prisonniers en Poméranie... V'là mon loulou ! Plus qu'à attendre la fin des bégonias. Mais, fort heureux, M'sieur Noël pense à lui et il a des relations avec les nouveaux maîtres de Paris... on s'adresse à celui qu'il faut, y en a toujours un quelque part, et l'officier de santé Ploquin débarque à la gare de l'Est en haillons kaki avec des bagages de clochard.

Retrouve sa chère et tendre Sophie qui reçoit des cadeaux précieux du petit Jésus... des nourritures terrestres qu'on ne trouve plus que parcimonieusement après avoir fait la queue des heures devant les boutiquiers devenus féroces.

À l'évidence, au *Cythéria* on échappe au sort commun. Lorsque le docteur se pointe après s'être remis en état, c'est-à-dire en costard civil, il est surpris de tout retrouver en place comme avant le cataclysme. Les filles lui font la fête... il va reprendre sa place dans son cabinet. Depuis son départ, elles sont obligées d'aller se faire contrôler les organes ailleurs... dispensaire... des attentes humiliantes... des laborantins qui se croient permis des égrillardises de caserne. Avant même de se congratuler avec Nono, il s'avance vers Madame Rosita. Elle est moulée dans une robe en satin bleu pâle... une fleur rouge piquée dans sa chevelure retenue par deux peignes en écaille.

— Quel bonheur de vous revoir, cher docteur.

Elle lui tend sa main à baiser avec ses doigts longs et fins... ses ongles vernis de rose. Beau être taulière elle se veut grande dame. Il la regarde, il ne sait quoi dire... elle l'éblouit toujours, et toujours elle le paralyse. Ils sont au bar, ce n'est pas encore midi et le restaurant n'est pas ouvert pour le déjeuner.

— Nous n'avons pas beaucoup de monde au début de l'après-midi.

Il demande rien le docteur, d'autor Concepcion le conduit à son cabinet au sous-sol. On vient de le remettre à neuf pour son retour.

— Vous n'avez pas trop souffert en Allemagne ?

Il répond non... sa femme lui manquait, bien sûr, et aussi quelques amis, mais il soignait ses camarades. Près de son oflag, il allait travailler dans l'annexe d'un hôpital où s'entassaient des prisonniers blessés, malades... les rescapés de la corrida guerrière.

Il ne voulait poser aucune question à M'sieur Noël, il savait que ça ne se faisait pas... qu'il ne répondait jamais, en tout cas directement. Ce qui l'étonnait... que ce claque de grand luxe puisse subsister dans un Paris qu'il avait entrevu à la grisaille, la semi-disette... au bruit des bottes et des fifres de l'armée d'occupation. À ce moment-là, juste lorsqu'il était encore frais débarqué de son oflag poméranien, il n'avait pas encore réalisé que tout un aspect de la vie parisienne échappait au joug des vainqueurs. Les cabarets, les restaurants les plus huppés, les spectacles depuis l'Opéra jusqu'aux music-halls des bas quartiers, continuaient comme si de rien d'uniforme vert n'était. C'était une espèce de paix sans automobiles où l'on pouvait entendre les oiseaux et les fontaines. Ça allait un peu changer lorsque les communistes, atteints dans ce qu'ils avaient de plus cher, l'Union Soviétique, feraient entendre leur patriotisme à la bombe et au couteau.

De quoi coller des affiches d'otages fusillés en noir et jaune et décréter de temps en temps un couvre-feu draconien.

Nono de lui-même s'était expliqué. Oh, il n'adhérait en aucune façon aux idées de la Collaboration... que foutre ! Simplement fallait continuer... ça aurait servi à quoi qu'il mette la clef sous la lourde ? Qu'un autre la reprenne et se gave des bénéfices de toutes ces années où il avait édifié son chef-d'œuvre de lupanar. Fallait composer... obtenir des autorisations... des passe-droits. Encore une fois envoyer la soudure... trouver les portes où l'on pouvait frapper et surtout par lesquelles on pouvait entrer.

En juin 40, Nono à l'arrivée de la Wehrmacht a fermé boutique. Éviter à tout prix que la soldatesque teutonne vienne festoyer dans ses murs. Les bordels plus modestes furent envahis... et certains devinrent alors réservés aux Fritz. Les militaires qui s'installaient dans nos bâtiments administratifs avaient en même temps mille problèmes à régler, la prostitution ne les intéressait pas encore. Sait-on qu'en Allemagne les poufs[1] étaient interdits. Hitler était aussi pudique que Robespierre, la Nuit des longs couteaux fut pour lui une excellente occasion de liquider les homosexuels de son parti. Il était urgent d'attendre... on était dans une période où tout était possible, y compris un compromis avec l'Angleterre.

1. *Pouf* : bordel en argot berlinois, est à l'origine du mot poufiasse qui désigne une femme de bordel.

Les champs de courses furent les premiers à reprendre leurs activités. M'sieur Noël, jumelles en bandoulière, n'a pas manqué au rendez-vous des turfistes. Quelques absents toutefois au pesage parmi le beau monde... les Rothschild et quelques autres barons du même cru... vite remplacés par des officiers à monocle et casquette plate. Question d'un jour ou deux pour que la jet-set s'habitue... Concepcion, coiffée d'un grand canotier posé sur le côté pour atténuer d'une certaine coquinerie son air altier, l'accompagnait... toujours les seins hauts et fermes bien pris dans une robe de piqué blanc avec une légère vareuse de lainage. La défaite ne la concernait pas et le docteur Ploquin avait remarqué qu'elle laissait deviner, dans la conversation, un penchant pour le général Franco et son régime. Pigé. C'est de ce côté qu'il faut chercher la faille... si durant le dernier conflit en Argentine elle avait, semble-t-il, œuvré pour les services secrets français... l'épisode du gros Kuntz en faisait foi... elle aurait eu en principe tout à redouter des Allemands. Elle ne pouvait avoir échappé à la surveillance de leurs agents... ceux qu'on appelait la Cinquième Colonne ou plus précisément l'Abwehr, les services de renseignement de l'armée.

En bonne logique, elle n'aurait pas dû pavoiser au bras de son amant sur les champs de courses. Nul ne pouvait ignorer qu'elle régnait en maîtresse femme sur *Le Cythéria*. Là, il se pose toujours des questions trente-cinq ans plus tard, mon docteur. Il va apprendre que les choses se sont arrangées comme par le coup de baguette d'une fée qui pouvait s'introduire à l'hôtel *Lutétia*, au *Continental*, au *La Pérouse*. Le résultat le plus probant... que *Le Cythéria* put rouvrir en juillet 1940, mais que sa porte fut interdite aux Allemands. En tout cas en uniforme, ce qui n'excluait pas les civils de l'Abwehr et de la Gestapo. D'après Maryvonne, ils étaient aussi repérables que s'ils verdoyaient de la tunique. N'importe, on pouvait recevoir en toute quiétude la michetonnerie habituelle... les messieurs de bonne bourgeoisie qui étaient de retour... bientôt de nouveaux clients qui commençaient à faire fortune au marché noir. Tout de même que ça serve d'exploiter la misère du populo. La plupart thésaurisaient... entassant leurs picaillons dans les lessiveuses. D'autres y allaient de leurs talbins pour se faire agrémenter la vie sexuelle. Naguère la plupart copulaient laborieusement avec des bobonnes de caricature dans l'odeur de friture, de produits d'entretien et parfois même de pipi de chat.

Tout ça, le docteur me le développe... il en finit plus d'être surpris par cette époque qu'on définit la plus sombre de notre histoire. Chez Nono, jusqu'à l'heure la plus indue, on faisait feu du plus bel éclairage qu'on ne tamisait que pour les nécessités de l'érotisme.

Et toujours Rosita-Concepcion en vedette... au bar... au restaurant... au salon du choix. À la dérobade, le docteur il gaffait qu'elle réceptionnait avec déférence des hommes d'allure germanique. Des distingués, certes... ronds de jambes et tout.

Champagne ! Dom Pérignon... le caviar à la louche... les volailles rôties... les fruits du jardin d'Allah. Tout ce qui manquait partout était là, étalé à profusion. Il en bavait le docteur, il récupérait aux cuisines quelques reliefs pour sa femme... sa table ordinaire... faire des cadeaux à ses vieux parents. Il avait à peu près largué son cabinet personnel pour se consacrer uniquement aux jolis derrières des hétaïres du sérail. On soignait maintenant les blennorragies aux sulfamides, ça progressait dans la thérapeutique du trou du cul. Pièce en trois actes : « En attendant Fleming ».

Il observe, il fait des déductions... Noël s'absente moins, il reçoit... il s'empresse auprès de certains, ce qui n'est pas dans sa nature. Au fur et à mesure qu'on s'enfonce dans la guerre, l'atmosphère devient plus lourde, même au *Cythéria*... Après les Germaniques en civil et les BOF s'amènent des drôles de loulous... les séides de la rue Lauriston, le siège de la Gestapo française où M'sieur Henri a ses bureaux... peut-être même ses véritables salles de tortures, qui, elles, n'ont pas pour finalité l'éjaculation des vicelards. Il pratique le racket, M'sieur Henri Chambelin, qu'on appelle aussi Lafont. Il règne sur les bas-fonds, telle une espèce de Vautrin... toutes les racailles, les tueurs à gages, les assassins de rentières échappés du bagne sont à sa botte.

C'est lui qui invite Nono à sa table... ça peut tourner en affrontement mortel. Ils ne semblent pas larrons en foire, mais deux fauves qui se mesurent la force... D'autres personnages sont conviés au dîner... Conception s'approche... le dur de dur, celui à qui tous les voyous disent « patron », se lève pour lui faire ce baisemain dont elle raffole.

Le docteur, il redoute surtout qu'on lui fasse signe, qu'on lui offre une coupe de champagne. Il se tient en quart, derrière une colonnade, mais il n'en perd pas une. Ce qu'il me dit... il a l'instinct qu'à la table de Nono, c'est de la dynamite humaine. Les petits acolytes de Lafont, de tronche on se les catalogue dans les horribles... les capables de vous découper en rondelles sans s'arrêter de mâchonner leur cigare. La réflexion qu'il se fait, le toubib, c'est que les petits terroristes flingueurs de Boches, les jeunots lycéens distributeurs de tracts... palabreurs de leurs exploits, ils sont pas de force avec des gabarits pareils. Exact... ils font faire des ravages et ils iront jusqu'au bout des pires cruautés. Je les apercevrais plus tard, à Fresnes, enchaînés, prêts à prendre douze balles dans la paillasse avec toujours la morgue des galériens à la gueule.

Ça jette tout de même un courant d'air glacé dans le boxon. Les nanas, elles redoutent d'être choisies... bien sûr, ils raquent rubis sur l'ongle et c'est pas une image... des pièces d'or parfois... ils tirent les faffiots froissés de leur poche sans les compter et quand ils se déloquent, ils sortent au préalable leurs flingues du holster... pas des petits calibres de jeunes filles... des P38... de noirs Mauser. Ils sont tatoués, il va sans dire, jusqu'aux endroits les plus cachés... *Robinet d'amour... On ne passe pas...* les classiques des Bataillons d'Afrique où ils ont tous fait leurs classes. Je pourrais sans doute vous aligner les noms de ces héros de la pègre... le docteur Ploquin, il se souvient seulement de celui qu'on appelait Pierrot la Valise qui deviendra vedette des tractions avant sous le blase de Pierrot le Fou.

Tous ces lascars lui foutaient une trouille salutaire, dès qu'ils étaient au *Cythéria*, il se planquait, il se faisait tout petit. Concepcion, elle, ils n'avaient pas l'air de l'émouvoir outre mesure... elle manœuvrait pour qu'ils décarrent avant d'être soûls défoncés... quand ils deviennent imprévisibles. Dans certains claques, ils s'amusaient à déquiller les bouteilles derrière le bar à coups de calibre... Ça arrivait qu'ils se cherchent des querelles entre eux. On parlait de cadavres embarqués à l'aube dans les 11 CV munies de l'Ausweis.

Comment Nono s'est-il dépatouillé avec toute cette engeance, alors qu'ils se passaient tous leurs pires caprices ailleurs ? Le docteur est bien incapable de me répondre. Il devait avoir barre d'une certaine façon sur Lafont et quelques autres caïds du même tonneau. Ça impliquait qu'il les tenait par des complicités difficiles à démêler.

Arriva la période où il va donner de sérieux gages à ceux de l'autre bord... des gaullistes, des résistants. On verra Joseph Joanovici, le ferrailleur milliardaire, lui rendre visite et ils seront au mieux, dira-t-on. Joseph, je l'ai étudié sous toutes les coutures... ses fréquentations au *Cythéria* et ses relations avec M'sieur Noël n'apparaissent pas dans son dossier. C'est un homme qui portait en lui toutes les ambiguïtés de l'époque. Juif, trafiquant avec la Gestapo et financier du réseau de résistance de la Police Judiciaire.

À quelques reprises, au cours de nos conversations à Cagnes, Nono m'a laissé entendre qu'il avait sauvé des Juifs de la déportation. En mémoire de Rachel... plutôt que par patriotisme.

Par la suite, d'après le docteur, peu de ces gens qui lui devaient la vie se sont manifestés. Parmi eux, des personnages qui joueront un rôle dans l'après-guerre. Prenait-il des précautions... il en prenait toujours et partout, mais dans bien des cas il agissait par pure générosité.

Le docteur l'estimait beaucoup sans réussir à le cerner, à le définir par rapport aux idées du bien et du mal... Il était souvent où on ne l'attendait plus... il aimait surprendre, parfois en *écrasant*, comme on dit en argot, en abandonnant une partie au milieu du jeu. Me restait en suspens la question assez primordiale de ses rapports avec les Fritz... jusqu'où allait-il trop loin peut-être ? Le docteur Ploquin était incapable de me répondre, bien sûr. On le disait à l'époque au mieux avec les gens de l'Abwehr... on le voyait parfois gravir les marches de l'hôtel *Lutétia* où ils avaient leur siège.

Seulement le personnage le plus trouble de cette histoire, c'était Rosita-Concepcion. Certains Allemands en civil qui venaient au *Cythéria* semblaient la connaître de vieille date, comme je le supposais.

Certes, ils manifestaient pas ça dans les embrassades, les signes d'amitié évidents. À des riens, le toubib comprenait. Elle parlait leur langue... qu'ils aient l'air de la respecter serait peut-être un grand mot, mais tout du moins ils s'exprimaient dans un style presque cordial. Forcé, les mômes du gagne-fesse, les pratiquantes des offices amoureux, pas si nature, elles aussi se rendaient compte des choses.

— Quand elle a disparu, j'ai pensé qu'elle travaillait pour eux depuis longtemps.

Ce que m'assène Ploquin. Il n'avait pas encore anticipé dans son récit sur cette disparition. Maryvonne, ça lui avait pas paru une chose digne d'être mentionnée. Qu'une taulière se retire, ça s'expliquait de toutes les façons et entre autres, dans ce cas précis, que Nono l'avait bordurée. Ils se mélangeaient les quilles depuis déjà pas mal de temps... les hommes se lassent, mordent à un autre hameçon. Lui ne m'avait jamais bien expliqué comment s'était terminé son roman d'amour avec Conception.

Je pose la question... savoir à quel moment exact elle s'est évaporée cette gonzesse qui, au fur et à mesure, se dessinait tout à fait fatale. Il se souvient seulement que Nono, après le débarquement amerloque en Normandie, lorsque ça tournait vinaigre pour les Chleuhs, un matin il a demandé à son assistante, une certaine Monique, de prendre les rênes... que Madame devait entreprendre un voyage pour des raisons familiales. Concepcion, ses parents, frères et sœurs... sa mère encore vivante étaient en Espagne. Déduction que c'était dans cette direction qu'elle voyagerait... Outre que ce n'était pas des plus faciles de circuler en France à ce moment, avec les bombardements, les maquis en action un peu partout dans le Centre, dans le Sud-Ouest, il lui fallait le feu vert, l'Ausweis... pour passer la frontière. Déjà de nombreux collabos... les plus prudents, les plus marioles, cherchaient refuge de ce côté-là... et ce fut pendant des années leur seule planche pour surnager dans la tempête de la victoire alliée.

À l'évidence, elle retournait chez elle se foutre à l'abri. Pour le toubib, elle était depuis longtemps en cheville avec les Fritz... comment les servait-elle, difficile à savoir ? Un claque comme *Le Cythéria* était un excellent poste d'observation... elle rencontrait avec Nono beaucoup de personnages depuis des années... des politiques... des militaires, des industriels, des trafiquants... d'abord des Français et des Anglais, puis des Allemands. On doit aussi tenir compte que chez ces derniers, les hommes de l'Abwehr et ceux de la Gestapo se livraient une guerre sournoise et implacable. La thèse que la belle Conception était affiliée aux premiers expliquait sa fuite. Le 20 juillet, pour ceux qui ont la curiosité de feuilleter les livres d'histoire, quelques aristocrates militaires tentèrent de supprimer le Führer. Attentat manqué, suivi d'une répression implacable. Le commandant de la place du Gross Paris lui-même fut exécuté... pendu à un crochet de boucherie. Si la taulière en avait croqué de ce côté-là, elle avait intérêt à prendre ses distances. D'autant que les services secrets alliés ou les communistes pouvaient aussi lui demander de régler quelques comptes.

Reste la question de M'sieur Noël dans tout ça. Cette femme l'avait-elle berné au point de l'envelopper, de devenir la taulière de son claque-palace pour mieux servir ses patrons de l'Abwehr ? Un homme tel que lui victime d'une pareille machination ? Ça me paraissait difficile à avaler, aussi bien qu'au docteur Ploquin avec lequel il était resté en relation jusqu'à sa mort. Plus jamais il n'avait soufflé mot à propos de Conception. Était-elle restée en Espagne ? Morte ? Vivante ? Nul ne pouvait à présent nous apporter de réponse.

Nono eut ensuite quelques nanas plus ou moins attitrées... elles faisaient une saison ou deux pour agrémenter le repos du caïd. Il les trouvait quand il avait besoin de se montrer en compagnie et puis, un jour, elles dégageaient tout comme Concepcion... elles retournaient chez leur maman. Tout juste s'il daignait murmurer une explication.

***

Quelque temps, au moment des troubles de la Libération, *Le Cythéria* avait fermé... Monsieur est aux barricades, disait la gardienne, non sans une pointe d'ironie... Et puis tout s'est remis en route vaille que pousse. L'épuration allait s'abattre sur les tenanciers et tenancières qui avaient ouvert trop grandes leurs portes et les cuisses de leurs pensionnaires aux occupants. Certains d'entre eux qui étaient compromis avec les nervis de la Carlingue... les officines françaises de la Gestapo... se sont retrouvés à Fresnes au mieux et devant les pelotons d'exécutions sommaires au pire.

Nono ne réapparut au claque qu'environ deux mois plus tard. Ça lui avait laissé assez de temps pour descendre des barricades. D'où arrivait-il ? L'avait-on recherché ? Nib d'expliques... Au docteur, il a simplement dit qu'il s'était reposé. En fait de barricades, il a cité Nogent comme lieu de retraite. « Je n'aime pas le bruit ! » Raison suffisante pour s'éloigner de la capitale pétaradante des feux d'artifice insurrectionnels. Ça l'avait pas empêché de driver sa taule au téléphone. Monique, la nouvelle Madame, répercutait les ordres et recevait les vainqueurs, frais galonnés de la Résistance, héros de la France Libre et, bien sûr, les officiers de Sa Majesté et du président Roosevelt.

— Ça m'aurait pas tellement étonné qu'il s'amène en capitaine FFI, ricane le docteur.

En tout cas, s'il se repointait toujours altier, aussi sûr de lui, c'est qu'il ne craignait pas de se retrouver au Dépôt comme son confrère du *One Two Two*... il avait bétonné les choses depuis longtemps. Juste il avait pris ses distances pendant la période où les malentendus les plus sanglants étaient possibles.

Un jour... le docteur Ploquin croit se souvenir que c'était au printemps 1945, tout à fait à la fin de la guerre, Nono l'a averti qu'il lui fallait se replier sur son cabinet personnel de la rue d'Anjou... que bientôt il n'aurait plus à assurer son service au

Cythéria. Il ne pouvait pas à ce moment-là lui en dire davantage, mais qu'il se rassure ses prestations médicales n'étaient pas en cause. La réalité, c'est qu'il prenait déjà ses dispositions, il était renseigné sur ce qui se tramait, que le parti des abolitionnistes, soutenu par les démocrates-chrétiens et les communistes, préparait une offensive contre les bordels coupables à leurs yeux d'avoir collaboré. Depuis toujours une coterie de cagots, de pisse-froid de toute sorte, luttait contre le système de la Tolérance. Au nom de la chrétienté, bien sûr... de la liberté des femmes... du socialisme... et pourquoi pas des lendemains qui chantent à la soviétique. La plupart des tauliers croyaient encore au miracle, que tout ça allait s'aplanir avec des enveloppes... des cadeaux, des participations au financement des nouveaux partis. Derrière cette opération se profilait Marthe Richard, elle s'était glissée dans un mouvement issu de la Résistance et pour mieux conduire sa manœuvre, elle allait se faire élire au Conseil municipal de Paris. Ce qu'elle voulait, en définitive... un sérieux bakchich... enfin, plus que sérieux... une véritable rançon pour éteindre le feu qu'elle allumait.

Nono la connaissait de vieille guerre. Il l'avait aperçue à Buenos Aires en 17 ou 18 où elle magouillait dans les services du Cinquième Bureau. À la cinquantaine, elle était restée une belle plante. Son sigisbée, un ancien tenancier de la rue Laferrière qui s'était fait exclure par ses pairs de la profession pour je ne sais quelle irrégularité, devait être l'inspirateur de la manœuvre. À l'Amicale, ils en étaient convaincus, les tauliers. Ce qu'ils ont dit à Nono en le priant d'intervenir, de servir de négociateur. Nono, ça l'enchantait pas spécial ce rôle, il ne s'était jamais senti très solidaire du clan des proxénètes organisés. Il n'a pas promis de résoudre le problème. La meilleure façon, pensait-il, de sanctionner ce bordelier indélicat de la rue Laferrière, c'eût été de l'expédier au fond de la Seine les pieds dans le ciment... ou même, à l'époque, de le faire abattre au nom de la patrie.

Avec la Marthe Richard qui s'était rajeunie de dix ans à coups d'onguents, de soins de beauté, de frisottis, il s'est contenté d'écouter... de la gratifier de son sourire canaille. Il m'a raconté cela plus tard... lors d'un déjeuner azuréen. Elle était encore vivante celle qu'on appelait la Jeanne d'Arc anti-maisons closes... la veuve qui clôt, disait Antoine Blondin. Elle apparaissait de temps en temps aux télévises pour raconter ses exploits. Ce qui nous avait amenés à parler d'elle. Le prix de son silence était d'or, mais tellement gigantesque que les hommes de l'Amicale avaient coupé net les tractations.

Ce que Nono n'avait pas dit au docteur Ploquin, c'est qu'il avait refourgué les murs du *Cythéria*... l'hôtel particulier de la rue d'Anjou, avant que la bataille se déclenche... Dès l'été 1945, il savait que la partie était perdue... il prit donc la décision la plus sage... sauver l'édifice avant que la loi ne l'en dépossède sans indemnités. Il y perdait tout de même l'essentiel de son entreprise... son renom, sa marque de fabrique. S'il ne s'agissait que de poursuivre l'exploitation de l'amour vénal, il y avait plusieurs façons de tourner les règlements. Des années durant, de gentils clandés ont fonctionné avec la bénédiction de la police des mœurs. Il y eut ensuite des réseaux de call-girls... ces Madame Ceci... Claude ou Magali qui offraient leurs services aux étrangers en panne de sexe. L'une d'elles affirmait qu'elle avait reçu dans son hôtel le président Kennedy pendant sa visite en France. On n'allait pas changer les putes, les maques et les michetons par un décret.

***

On arrive ensuite à cette période où le petit Jésus va se retirer plus ou moins de la compétition. Il a de quoi voir venir le grand âge... avec des billes un peu partout... dans des bars, des tripots... des affaires dont le toubib, qui continue à le voir au moins deux ou trois fois par an, n'arrive pas à démêler l'écheveau.

Lui, sa femme, sa Sophie, enfant de la lingerie fine, lui a mis des cornes sur la tête... Il a pas apprécié et il a divorcé. Depuis il se répand, il récrimine sur les gonzesses... que Nono avait mille fois raison de les tenir au pli dans son claque. S'il avait eu autrefois quelques états d'âme à l'idée qu'il favorisait de sa pratique une entreprise de débauche, ça lui paraissait à présent tout à fait œuvre de salubrité publique.

N'importe... toute sympathie qu'il puisse m'inspirer, ce docteur, j'allais pas entreprendre sa biographie. Elle vous intéresserait sans doute, mes petits potes lecteurs, puisque selon Georges Simenon n'importe qui pris dans la rue est un personnage de roman pour peu que les circonstances l'obligent à aller au bout de lui-même.

J'avais pressé le citron maxi... le docteur Ploquin m'avait donné tout son jus... Juste il me manquait une fin de cette vie peu angélique du Petit Jésus bis. Une fin inscrite au registre de la science... que brusquement son artérite s'est aggravée... la gangrène s'en est mêlée. On voulait lui couper la jambe...

— Il m'a fait venir... et j'ai fait ce que j'ai pu pour abréger ses souffrances.

J'entrave un peu la coupure. C'est pas possible qu'il me donne des détails. Il se tape une grande rasade de scotch et je lui demande où notre ami est enterré.

Ça l'a fait sourire ma question. Nono avait écrit un testament dans lequel il demandait à être incinéré et ensuite que ses cendres soient répandues. Mais pas n'importe où et pas par n'importe qui. Une lettre cachetée demandait que ses dernières volontés soient exécutées par le docteur Ploquin. Une démarche délicate à exaucer, et dont il s'est acquitté avec tout le respect dû à un ami mort.

Forcé que je vous reconstitue la scène. Avec l'urne funéraire dans sa bagnole, le toubib s'est mis un soir à rôder dans le IIIe arrondissement... le Sébasto... la rue Beaubourg. Et pas n'importe quel soir... le

25 décembre suivant le décès de Nono. C'était l'époque où le quartier se chamboulait... on transférait les Halles aux Rungis et commençaient les concerts de marteaux-piqueurs en vue d'édifier la quincaille dite Centre Pompidou. Bientôt la rue Brantôme sera devenue méconnaissable... piétonnière... des immeubles neufs... de nouveaux commerces. Déjà les putes se faisaient rares, elles désertaient le vieux quartier qui les abritait depuis la nuit des rois.

Fallait qu'il en dégotte une, le docteur... belle ou moche, c'était pas précisé dans la bafouille. Rue Quincampoix, quelques pauvresses tout en crochetant des détritus dans les poubelles, racolaient encore. On dit qu'il y a dans ce domaine insondable de la sexualité des amateurs surprenants.

Le docteur pouvait-il se résigner à solliciter une de ces misérables pour rendre le service funèbre souhaité par M'sieur Noël ? Fort heureux, en arrivant rue aux Ours, il aperçut une brochette de frangines au turf. Des gravosses, des outrageuses... des caricatures en bottines et jupes plissées. Il s'est arrêté sur le trottoir d'en face, devant le cinéma pour les observer. Il avait un peu les jetons de se faire rembarrer en s'adressant à l'une d'elles. Et voilà qu'une fille est sortie de l'hôtel de passe avec un client. Une môme celle-là plutôt pâlichonne... avec un petit manteau noir à col de lapin. Elle, elle ne pavoisait pas gagneuse. Elle n'avait pas l'air de frayer tellement avec les autres... elle s'est éloignée vers le Sébasto.

— Tu viens, chéri ?

— Oui... mais je voudrais que vous me rendiez un petit service.

La môme avait de grands yeux d'un bleu délavé. Chevelure pauvre... Il émanait de sa personne une espèce de tristesse... de désarroi.

— Ça dépend quoi ?

— Venez avec moi, je vais vous expliquer.

Déjà elle regimbait... elle pouvait pas quitter comme ça son morceau de bitume... Peut-être que son julot casse-croûte était dans les parages aux aguets. Y a le langage des fleurs pour les dames... pour les putes c'est des fleurs de la banque de France. Le docteur a sorti son portefeuille.

— Vous ne perdrez pas votre temps et c'est pas grand-chose à faire.

Il avait du mal à lui expliquer. Elle a fini par monter à côté de lui dans sa voiture. Pour mieux la rassurer, il lui a dit qu'il était médecin et que c'était un service qu'il lui demandait pour accomplir les vœux d'un ami mort. Ça ne la rassurait pas davantage cette explication. Il lui a tendu quelques biftons grand format, ce qu'elle ne gagnait certainement pas en une semaine.

— C'est tout près. Il est moins dix, il faut attendre jusqu'à minuit. Vous aurez juste à ouvrir cette urne et à répandre devant une porte ce qu'elle contient.

C'était vraiment pour elle un client insolite. Elle tremblait de froid et d'appréhension.

Il a embrayé pour aller rue Brantôme et il lui a détaillé du mieux qu'il pouvait sa mission.

— Alors, c'est un mort qu'il y a dans ce vase ?

— Ce sont ses cendres, et il a demandé qu'on les répande rue Brantôme.

Le 18, à présent, c'était un banal immeuble d'habitation. Quelques fenêtres étaient éclairées... on entendait un peu de musique, des voix de fêtards qui parvenaient de quelques appartements.

Il lui a bien expliqué... elle n'avait qu'à déboucher l'urne et la retourner devant la porte pour que les cendres se dispersent. On a entendu au loin un clocher d'église qui sonnait minuit. Ploquin a dû un peu pousser la fille pour qu'elle sorte, elle frissonnait en ouvrant l'urne... Le hasard d'un coup de vent glacial a emporté les cendres d'un seul coup. Par conscience, peut-on dire professionnelle, la petite pute a encore bien secoué l'urne et elle est restée immobile quelques secondes avant de remonter dans la tire à côté du docteur.

— Je vous raccompagne...

La fille a fait oui de la tête et il s'est aperçu qu'elle pleurait. Ça, il s'y attendait pas. Il lui a demandé :

— Pourquoi pleurez-vous ?

— Je sais pas... ça m'a fait drôle. C'était qui ce mort ?

— Le petit Jésus...

Elle a cru qu'il se foutait de sa gueule. Il fallait tout de suite qu'il lui donne des explications.

— Un homme qu'on appelait comme ça... parce

que les filles d'un bordel l'avaient trouvé là, abandonné par sa mère une nuit de Noël. Vous comprenez maintenant ?

Elle a fait « oui » de la tête. Juste avant qu'il stoppe rue aux Ours, elle a dit en rentrant ses larmes :

— Si ça m'arrivait une chose pareille... ça serait merveilleux.

Le docteur a regardé sa fine silhouette se diriger vers l'hôtel et il a ajouté pour moi :

— Elle me faisait penser à Rachel.

Nice, 4 octobre 1999

« Il y a encore bien d'autres choses qu'a faites Jésus. Si on les mettait par écrit une à une, je pense que le monde lui-même ne suffirait pas à contenir les livres qu'on en écrirait. »

L'Évangile selon saint Jean.

Table des matières

I. Il est né le divin enfant 11
II. Jésus dans sa crèche 37
III. Jésus au collège 63
IV. L'écolier de Noël 93
V. Le petit Jésus dans la crèche 113
VI. De crèche en crèche 129
VII. Requiem pour Arthur 155
VIII. Jésus en Normandie 167
IX. Jésus en son temps 193
X. La multiplication des putes 241
XI. Ministère de Jésus en Argentine 279
XII. Le retour de l'enfant prodigue 323
XIII. L'Ascension 335

Composition et mise en pages réalisées
par ETIANNE COMPOSITION
à Neuilly-sur-Seine.

Achevé d'imprimer sur Roto-Page
par l'Imprimerie Floch à Mayenne
en novembre 2000
pour le compte de France Loisirs.
Paris.

N° d'éditeur : 34258. N° d'impression : 49940.
Dépôt légal : novembre 2000.
(Imprimé en France)